Frau im Sturm der Zeit

Eine Autobiografie

Anneliese Sprengler-Ruppenthal

Frau im Sturm der Zeit

Die Autorin 2005

Impressum:
© 2005 Anneliese Sprengler-Ruppenthal
Herstellung und Verlag: Books on Demand GmbH,
Norderstedt
Satz und Layout: P. Zühlke

ISBN: 3-8334-3810-X

I Kapitel

Als die Uhr am 13. September 1923 die volle 18. Stunde schlug, begrüßte ich die sich zum Untergang neigende Sonne mit einem herzhaften Schrei. Meine Oma war dabei und erzählte mir später, dass ich wie eine Puppe in Zellophanpapier, d.h. in einer vollständigen Glückshaut, zur Welt kam und höchst anständig nichts schmutzig gemacht hatte. Doch hatte ich zum Ärger von Opa und Papa einen schweren Geburtsfehler: Ich war nur ein Mädchen! Vater, den Oma in seiner Werkstatt anrief, um ihm die glückliche Geburt seiner Tochter mitzuteilen, tat seinen Unmut gleich kund und sagte, wie meiner Mutter zuverlässig berichtet wurde, zu seinen Gesellen: „Meine Olle hat eins vom Stapel gelassen, nur ein Mädchen, aber ich muss nun nach Hause, und das Produkt angucken." Mein Großvater weilte gerade zur Kur in Tölz, kam aber mitten in der Nacht ahnungsvoll, doch unerwartet nach Hause.
Eine Nachbarin, Frau Emma Wöhler, die in folge meiner Geburt einen großen blauen Fleck am Arm davongetragen hatte, öffnete ihm die große, schwere Haustür und begrüßte ihn mit: „Willkommen, Opa!"
Voll Freude stürmte er die Treppe hoch, nahm immer zwei Stufen auf einmal, stand dann ganz außer Atem

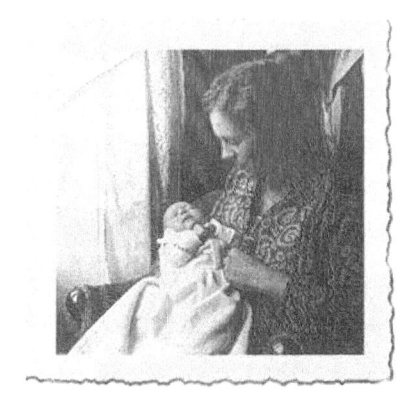

vor den Wäschekorb, in dem man mich gelegt hatte, weinte Freudenstränen, sagte dann aber, nun doch ein bisschen traurig zu mir: „ Ach, warum bist du kein Junge?" Ich muss das wohl verstanden haben; es war in mancher Hinsicht problematisch für meinen Lebensweg. Die Örtlichkeit meiner Geburt ist nur mit einem historischen Sprung zu beschreiben. Natürlich bin ich eine Hamburgerin und wie alle Hanseaten sehr stolz auf meine Stadt. Meine jugendlichen Eltern hatten ihren Wohnsitz in Hamburg. Mein Vater war schon in Hamburg geboren und hielt Hamburg für die schönste Stadt der Welt. Dort wohnten seine Eltern und Geschwister, dort hatte er seine kleine Möbelfabrik. Die Eltern meiner Mutter aber waren mit Grundbesitz Erbeingesessene Bürger in Altona, und meine Mutter begab sich eigens zu meiner Geburt in ihr Elternhaus. Hausgeburten waren Tradition.

Das hatte nun zur Folge, dass ich keine Hanseatin war – zunächst jedenfalls. Erst 1937, als Altona an Hamburg fiel, wurde ich aus diesem jämmerlichen Zustand erlöst. Mein Vater fuhr trotzdem noch fort, mich zu necken. Ich sei doch nur ein „ Quittsche" und müsste eigentlich darüber den ganzen Tag weinen!

Eimsbütteler Str. 72

Man lebte in der „ Weimarer Republik"; die Lage im Bereich der Wirtschaft und auf dem Arbeitsmarkt war katastrophal. Die allgemeine Stimmung war deprimiert. Wie eine schwere Bleiglocke lag die Depression über unserem Land. Das spürten schon wir Kinder. Der fröhlichen Gründerzeit vor dem Ersten Weltkrieg waren mit dem Ende des Krieges Schrecken und Entsetzen gefolgt. In mittelständischen Kreisen beklagte man sich heftig über den als ungerecht empfundenen Vertrag von Versailles und über den Verlust des Kaiserreiches. Solche Töne hörte ich auch von den Großeltern. Mein Großvater väterlicherseits stammte aus Lothringen und war deshalb als Franzose geboren, mit vier Jahren infolge des deutsch – französischen Krieges aber Deutscher geworden, wie es dem rheinischen Herkommen der gesamten, inzwischen weit verzweigten Familie Ruppenthal entspricht. Sie stammen alle von einem Gehöft südlich des Idar-Gebirges, das zuerst in einer Urkunde von 1334 als „Ruppenmule", wenig später als „Ruppendale" genannt wird. Die meisten in der Ahnenreihe waren Handwerksmeister. Einige namhafte Juristen gehören vermutlich Nebenlinien an. Nun – Großvater Charles Ruppenthal, Sohn eines „Maître tailleur" aus Saargemünd, wurde Tischler und reiste vorschriftsmäßig mit Wanderbuch von einem Ort zum Anderen und blieb schließlich in Hamburg hängen. Das hatte gute Gründe. Ihm gefiel nicht nur die schöne geschäftige Stadt, sondern auch ein hübsches junges Mädchen, das er an der Haltestelle von der Pferdebahn kennen lernte. Das war Elisabeth Wohlers, eine Landwirtstochter aus Süderau im Holsteinischen. Später nannte man sie die sture Liese; denn zeitlebens musste sie es bewähren, dass sie aus einem „Karckdorp" stammte. Kirchdörfer waren in Holstein ziemlich rar, und darum waren ihre Bewohner sehr stolze Leute. Nun – diese sture Liese wurde meine Großmutter. Sie hatte bei vornehmen Leuten an der Alster als Weißnäherin gedient und fleißig gespart. So brachte sie eine gute Mitgift in die Ehe.

Großeltern Ruppenthal

Mein Großvater mütterlicherseits war nordfriesischer und dithmarscher Herkunft. Er war der Stern meiner Kindheit: Friedrich Jebens, groß und schlank, mit unvergessenen tiefblauen strahlenden Augen, auf dem Kopf zu meiner Zeit graue Stoppeln und über der Oberlippe einen roten Bart. Die Stoppeln auf dem Kopf rührten von einem schwerwiegenden Verbrechen meiner Großmutter her. Die Haare sollen ursprünglich blond und sehr lockig gewesen sein. Letzteres fand meine Großmutter unmännlich und schnitt ihm als junge Ehefrau, während er schlief, ritsche ratsche die Locken ab. Gutmütig brummend hinderte er seine Haarpracht künftig am Wachstum. Er strahlte Liebe und Güte aus und war von großem sozialem Engagement. Als siebtes von neun Kindern in Altona - Ottensen als Sohn eines Malermeisters aufgewachsen, wusste er, was Armut bedeutete. Schon als Kind hatte er für die „Hamburger Zigarrenfabrik L. Wolff" Zigarren sortiert, um seine Familie zu unterstützen. Die Elbe, sein geliebter Fluss, der ihn sein ganzes Leben immer wieder zu Ausflügen und Spaziergängen reizte, hatte ihm die zwei jüngeren Brüder genommen. Eng umschlungen waren sie beim Baden ertrunken. Das Zigarrensortieren war damals in Ottensen eine weit verbreitete Kinderarbeit. Bis heute nennt man diesen Ortsteil im Volksmund „Mottenburg",

weil viele die Motten, d.h. Tuberkulose bekamen.
Großvater indessen blieb gesund, munter und strebsam.
Er wurde bei den Hamburger Zigarrenfabriken später
Werkmeister und schwang sich bis zum Prokuristen auf.
Damit hatte er seinen Bürositz mitten in der Innenstadt
von Hamburg, in den „Großen Bleichen". Als Kind
brannte ich darauf, Opa da besuchen zu dürfen; denn
da durfte ich „Paternoster" fahren, rauf, runter, rauf….
Mit meiner kleinen flinken und plietschen Großmutter
hatte der arme Malermeistersohn eine gute Partie
gemacht. Sie war eine Altonaer Kaufmannstochter. Der
Vater hatte mit seinem Gewürzhandel gute Geschäfte
gemacht, war ungemein fleißig, sparsam und tüchtig
gewesen. So konnte er seine zwei Töchter recht gut
ausstatten. Oma hatte auch schon eine bessere Schule
besucht und gab ihrem „Fredi", wie sie ihn nannte, gern
Nachhilfeunterricht, so dass sie an seinem beruflichen
Aufstieg erheblichen Anteil hatte. Die beiden hatten sich
tanzend im „Club Ungenannt" kennen gelernt. Ach, wie
oft habe ich diesen Namen gehört. Es muss herrlich
gewesen sein, einem solchen Club des bürgerlichen
Mittel- und gehobenen Standes anzugehören. Mitglieder
waren natürlich die Eltern, die ihre erwachsenen Kinder
gut und kontrolliert zu verheiraten trachteten. Für die
jungen Leute war es so ähnlich wie heute eine Disco,
allerdings viel vornehmer. Da gab es Tanzstunden,
Bälle, Feste mit großen Tafeln.
 Einmal im Jahr gab es ein „Pellkartoffeln und
Heringsessen". Die jungen Mädchen mussten dabei
auch für ihre Tischherren die Kartoffeln pellen. Dabei
wurde dann erkannt, ob sie flink und gute Hausfrauen
waren. Auch in dieser Hinsicht ließ meine Oma nichts zu
wünschen übrig. Und tanzen konnte sie! Noch als ältere
Eheleute tanzten Opa und Oma mit Wonne Wiener
Walzer, rechts herum, links herum. Ich hängte mich
dabei gern von hinten an meinen Opa an, weil ich auf

meine Oma eifersüchtig war. Eine geborene Hein war diese Großmutter. Die Familie stammte ursprünglich aus Holstein.

Mutti, Oma, Opa und ich 1928 im Ratenowpark

Mein Vater Karl Ruppenthal hatte Architektur studiert und so die verschiedenen handwerklichen und kunsthandwerklichen Anlagen der Vorfahren gebündelt. Als er gerade mit dem Studium fertig war, begann der Erste Weltkrieg und damit das deutsche Elend. Zunächst wurde das anders gesehen. Man hoffte auf einen schnellen Sieg, wie damals zu Bismarcks Zeiten. Vater wurde kaiserlicher Gardepionier und reiste erstmals nach Berlin zur Ausbildung. Er war sehr stolz, in der kaiserlichen Garde dienen zu dürfen; denn ein anständiger Deutscher liebte den Kaiser, wenn man sich auch über seine ständige Reiselust mokierte und Witze riss. Der militärische Drill in Berlin muss barbarisch gewesen sein. Doch Vater erzählte das alles lachend. Er wurde dann an die Westfront abgeordnet und hatte dort den ganzen Krieg durchzustehen, bis auf eine kurze Unterbrechung, während der er an der Ostfront über die Memel Behelfsbrücken bauen musste. Bei Verdun wurde er verwundet, jedoch nicht sehr schwer. Er beeilte sich, wieder an die Front zu kommen, weil er keine Lust hatte, in der Feldküche Kartoffeln zu schälen. Es drängte ihn hinaus und er schnitt die Kartoffeln einfach zu einem Würfel ab. Das ärgerte den Koch und Vater wurde rausgeschmissen. Anderes hatte er ja auch nicht gewollt.

Jetzt wurde er im Sanitätsdienst eingesetzt und pflegte seine verwundeten Kameraden im Fort Douaumont. Wenn das Geschützfeuer einmal ruhte, musste er Verwundete und Tote schulternüber vom Schlachtfeld ins Fort tragen. Er muss einen besonderen Schutzengel gehabt haben, dass er dabei unversehrt blieb. Mit größtem Amüsement erzählte er gern, wie er bei der verbliebenen umliegenden Bevölkerung, unter der sich kein einziger Arzt mehr befand, bald als „Monsieur Charles" zum „Wunderdoktor" avancierte.

Man rief ihn bei Geburten, bei Krankheiten um Hilfe. Er hatte geschickte Hände und wusste Rat. Etliche Kinder hatte er bei Geschützdonner auf die Welt geholt. Als der Krieg für die Deutschen ein so beschämendes Ende genommen hatte, kehrte Vater erst verdrossen nach Hamburg zurück. Als er aber von dem Spartakistenaufstand in Berlin hörte, zog er prompt seine Uniform wieder an, fuhr nach Berlin und half den Spartakistenaufstand niederzuschlagen und Ruhe und Ordnung wieder herzustellen, blieb noch ein

Vater als Student

Jahr dort als Soldatenrat und arbeitete in Vertretung einer Krankenschwester im Krankenhaus auf der Frauenstation.
Da seine Geschicklichkeit dem Chefchirurgen auffiel, wurde er bald im OP eingesetzt. Er solle doch Medizin studieren, wurde ihm gesagt.
Die Soldaten ärgerten sich, dass der Kaiser Deutschland verlassen hatte und hofften auf seine Rückkehr – lange Zeit. -

Als Vater nach Hamburg zurückkehrte, fand er meinen Großvater krank und gelähmt vor. So übernahm er zunächst die Leitung der Holzbearbeitungsfirma, die sein Vater gegründet hatte. Im Krieg hatte sie gelitten. Nun wurde sie wieder in Schwung gebracht mit fünfundzwanzig Maschinen und fünfundzwanzig Angestellten. Doch lange ging das nicht gut. Die Inflation erschütterte das Unternehmen. Es wurden keine Möbel mehr gekauft, also brauchte man sie auch gar nicht erst herzustellen.

Großvater Ruppenthal mit Vaters Schwestern Grete und Lina (r) Kusine Inga (l)

Vater stieg um auf andere Produkte, schließlich Spielwaren, für mich natürlich eine große Freude.
Überhaupt machte mir der Betrieb einen Riesenspaß. Mit Wonne spielte ich mit Sägespänen, rakte sie, auf Zehenspitzen stehend, von den Maschinen in meinen Kleiderausschnitt, und meine Mutter musste mich dann ganz ausziehen und alle Kleidungsstücke ausschütteln; denn das Zeug juckte ganz erbärmlich.
Vater hoffte dem Betrieb aufzuhelfen, indem er einen Compagnon hineinnahm. Oben auf dem Dach des lang gezogenen Gebäudes prangten nun in großen Buchstaben die Namen „Ruppenthal und Funck" statt bisher „Karl Ruppenthal". Diese Dachverzierung, an der ich meine ersten Leseübungen machte, ist im Rheinischen vielfach Sitte. Großvater hatte diese Vorstellung wohl aus seiner Heimat mitgebracht.
Mit Funck funktionierte die Sache nicht. Er stahl die Kasse und verschwand damit in Holland. Ich sehe noch, wie Frau Funck im rostfarbenen Kleid und mit rötlichen Löckchen vor meiner Mutter bei uns im Sessel saß und ihr was vorheulte. Nun, hin war hin. Doch Vater gab noch nicht auf. Erst der „Schwarze Tag" an der New Yorker Börse machte der Firma ein Ende. Der Betrieb musste geschlossen werden. Vater ging ohne Schulden, aber auch ohne einen Pfennig Geld aus der Misere heraus.
Er richtete sich sein Architektenbüro ein, um nun freischaffend seinen eigentlichen Beruf auszuüben. Diese Aktion brachte aber in der damaligen Zeit nichts ein. Es wurde nur selten etwas gebaut, und wenn ein Bau ausgeschrieben war, bewarben sich zehn bis zwanzig Architekten um die Bauleitung. Einer war der Glückliche, die anderen standen herum und guckten zu. Oftmals wurden die Bauten angefangen und nicht fertig, weil dem Bauherrn das Geld ausging. Vater versuchte

beim Bauamt eine Stelle zu erhalten. Da hieß es, er sei zu alt. Er hatte die Dreißig ja schon überschritten. Das habe ich als Kind alles mitbekommen, wenn ich selbst auch keine Not zu leiden hatte. Wir hatten ja die Großeltern Jebens, die mich nach Strich und Faden verwöhnten.

Meine Mutter war in Northeim am Harz geboren, während mein Großvater von den Hamburger Zigarrenfabriken aus dort eine Filiale mit aufzubauen hatte. Für einige Jahre war er mit seiner Familie dorthin übergesiedelt. Mutti hatte in Northeim schon die „Höhere Töchterschule" besucht, als alle nach Hamburg zurückkehrten. Nach ihrem glänzenden Schulabschluss wollte sie eigentlich Lehrerin werden, entschied sich dann aber für einen sozialen Beruf, lernte Säuglingspflege, arbeitete im Waisenhaus, lernte große Krankenpflege und wurde Diakonieschwester beim Zehlendorfer Verband. Als solche arbeitete sie eine zeitlang als Gemeindeschwester in einem Elendsviertel Hamburgs. Das war für ein junges, bildhübsches Mädchen nicht ungefährlich, vor allem im Winter bei früh einkehrender Dunkelheit. Mein besorgter Großvater hat sie abends

manchmal begleitet. Zu ihrem Dienst gehörte es auch,
für den Pastor am Sonnabend die herrliche Hamburger
Halskrause zu tollen. Das konnte sie wunderbar. Von
dieser Kunst habe ich später profitiert. Immer wieder
bekam ich weiße Kragen mit einer hübschen Tolle drum
herum.
Am Sonntag früh vor dem Gottesdienst musste Mutti für
den Pastor ein rohes Ei mit Traubenzucker und etwas
Rotwein schlagen, damit seine Stimme schön klingen
würde. Diesen Ritus habe ich viel später bei meinem
Mann angewandt. Jeden Monat musste meine Mutter
dem Pastor genau Bericht über ihre Tätigkeit erstatten.
Natürlich musste sie sich sehr devot gegenüber dem
hohen Herrn benehmen. Dazu gehörte auch, dass sie
sich bei der Verabschiedung bis zur Tür rückwärts
bewegen, den Türdrücker hinter ihrem Rücken ertasten
und so – die Augen immer demütig dem Erlauchten
zugewandt – ohne zu gucken, den Raum verlassen
musste. Mutti tat das brav; den inneren Protest musste
sie unterdrücken. Das hatte man ihr eingetrichtert. Doch
hatte die Sache ihre Tücke. Die alten riesigen
Pfarrhäuser hatten große, hohe Türschwellen. Und
plumps! Mutti lag auf dem Boden, nun auch noch dem
Pfarrherrn zu Füßen. Der eilte ganz beflissen herbei,
das junge Mädchen in der strengen Schwesterntracht
aufzuheben. Ihr war nichts Schlimmes geschehen. Und
der hohe Herr ließ sich herab, erst milde, dann
dröhnend zu lachen.
Mutti hatte eine Freundin, die aus dem Diakoniedasein
ausgestiegen war und einen Friseur geheiratet hatte.
Der hatte seinen Friseursalon im Hause meiner
Großeltern Ruppenthal direkt gegenüber von
Großvaters Betrieb – in der Bachstraße. Da saß nun
eines Tages mein Vater und ließ sich die Haare
schneiden. Meine Mutter betrat den Friseurladen, um
ihre Freundin schnell einmal zu begrüßen. Vater sah die

junge Diakonieschwester mit den großen dunklen Kirschenaugen, dem Herzmund und dem brünetten Teint im Spiegel und beschloss, wie er später erzählte, augenblicklich sie zu heiraten. Er sagte meistens, um Mutti zu necken, er hätte beschlossen, diesen niedlichen Käfer vor dem Feierabendhäuschen zu bewahren. So geschah es dann auch. Zunächst wunderte Mutti sich nur, dass ihr dieser Herr, wenn sie ihre beruflichen Wege ging, immer wieder grüßend begegnete. Ihre Freundin kuppelte heimlich und verriet Vater ständig, wohin Muttis Wege führten. Nun, es ging, wie so was eben geht. Schließlich kam es zu einer dramatischen Verlobung in Blankenese, wobei der letzte Zug nach Hamburg verpasst wurde und ein langer Fußmarsch folgte, für Mutti bis Altona, für Vater bis Hamburg / Bachstraße. Kurz vor dem angesetzten Hochzeitstermin platzte in der Firma Ruppenthal ein Wechsel. Das war schon mal ein Schock. Die Großeltern Jebens wollten, dass die Hochzeit verschoben würde. Das lehnte Mutti entschieden ab. Hatte sie einmal Ja gesagt, ging sie nun mit Vater durch Dick und Dünn. Die Hochzeit fand also statt – am 19. August 1922. Der Tag war für meine Eltern alljährlich ein großer Feiertag. Sie brachten es auf 62 Ehejahre. Zunächst zogen sie in die Gluckstraße. Bald meldete ich mich an – zur Freude der Eltern und Großeltern beiderseits, zum Ärger von Vaters beiden Schwestern, die finanziell auch an der Firma hingen und in mir von vornherein einen „unnützen Fresser" sahen – noch bevor ich geboren wurde. Sie haben mir noch lange ihre Ablehnung gezeigt.

Ich wurde also in Altona geboren. Mutti und ich blieben auch in dem großen Haus der Großeltern Jebens. Es war da genug Platz, und der Tisch war immer gut gedeckt. Vater hatte wegen seiner beruflichen Schwierigkeiten von seiner Schwiegermutter einiges auszuhalten. Die wohlbetuchte Kaufmannstochter hatte kein Verständnis für Erwerbslosigkeit. Sie war auch die eigentliche Besitzerin des Hauses Eimsbütteler Straße 72, während Großvater der Verwalter war und kleinere handwerkliche Arbeiten im ganzen Haus selbst durchführte. Er galt rundherum als der Hauswirt schlechthin, und den Mietern ging es dabei sehr gut. Ich verkündete auch im Haus und auf der Straße etwas schnippisch: „Mein Opa ist der Hauswirt!", woraufhin die Kinder aus der kleinen Nebenstraße riefen: „Ihr seid eben Kapitalisten" Damit konnte ich zunächst nichts anfangen.

Vater wohnte weiter in der Bachstraße und kam nur am Donnerstag und am Wochenende zu uns. Erst als er eine feste und gute Stellung hatte, ist er ganz zu uns gezogen. Die Gesamtfamilie wohnte dann in zwei Etagen in Omas Haus. In die Parterrewohnung, in der früher der Urgroßvater Nikolaus Hein mit seiner Frau Caroline gelebt hatte, waren bald nach deren Tod junge Eheleute mit zwei kleinen Kindern und einer Großmutter eingezogen. Sie hatten auch den schönen großen Garten übernommen, den mein Urgroßvater eigenhändig mit allen möglichen Obstbäumen, Beerensträuchern und bunt blühenden Gewächsen bepflanzt hatte. Wir drei Kinder, ein Mädchen des Jahrgangs 1921, ein Junge des Jahres 1922 und ich bildeten ein fröhliches und für die Nachbarn oft schreckenerregendes Trio. Hildegard fielen die dümmsten Streiche ein, Günter war allzu gern bereit, den glorreichen Ideen zu folgen, und ich als kleines Dummerle machte freudig alles mit. Wenn meine Mutter nicht immer ein wachsames Auge auf uns gehabt hätte und nicht die geringste Scheu, mir den Po zu verdreschen, wäre alles noch viel schlimmer gekommen. Ich entwickelte die Vorstellung, Muttis Augen seien überall. Manches ahnte sie mehr, als dass sie es sah. Und dann erschallte es laut: „Anneliese, du kommst sofort rauf! Anneliiiese!" Das war höchster Alarm! Es war doch so schön da unten. Der Vater der Kinder war meistens fern auf See, die Mutter bei der ungewissen Heuer genötigt berufstätig zu sein – als elegante Filialleiterin. Die geplagte Großmutter wusste sich oft keinen anderen Rat, als über den ungezogenen Gören die Hundepeitsche zu schwingen, wenn diese Bälger das Marterinstrument nicht versteckt hatten. Dann nahm ich schnell Reißaus. Die Großmutter rief mir noch nach: „Du müsstest auch was kriegen; aber dein Opa ist ja der Hauswirt!" Doch da war ich schon zur Tür hinaus.

An Feiertagen, z.B. am 1. Mai, war es damals allgemein üblich, eine Fahne herauszuhängen. Die Deutschen hatten noch Nationalbewusstsein. Das drückte sich allerdings sehr unterschiedlich aus. Es war ein recht buntes Bild, das sich da bot. Die einen flaggten wie zur Kaiserzeit schwarz– weiß– rot, so auch wir, die anderen bekannten sich zu Preußen (Altona gehörte ja zu Preußen) und flaggten schwarz – weiß, andere wiederum bekannten sich zu Schleswig – Holstein (wozu Altona auch gehörte) und hissten die Fahne blau – weiß – rot. Hier und da sah man auch rote Fahnen mit drei Pfeilen, dem Zeichen der SPD, in einer Nebenstraße wehten rote Fahnen mit Hammer und Sichel, ja, und dann tauchten schon mal Hakenkreuzfahnen auf. Wir Kinder verfolgten das alles staunend und ließen uns zu Hause erklären, was die

Fahnen zu bedeuten hatten. „Aber warum flaggen die nicht alle wie wir?"

Meine Oma, geschäftstüchtig, verkaufte für die Hamburger Zigarrenfabriken bei uns zu Hause Zigaretten, die Opa mitbrachte. Es war allerdings nicht nur Geschäftstüchtigkeit, sondern auch Gefälligkeit gegenüber den Mietern, denen der Weg zum Tabakladen so erspart blieb. Da kamen dann etliche junge Leute, um sich Zigaretten zu holen; aber auch, um mit meiner Oma zu „schnacken". Einige der Käufer wohnten noch im Haus bei den Eltern, einige waren schon ausgezogen und kamen zu Besuch. Gelegentlich brachten sie auch Verwandte oder Freunde mit. Oma kannte die meisten seit ihrer Kindheit und sprach sie beim Vornamen und mit du an. Ihr brachten die jungen Leute Respekt und Vertrauen entgegen, kamen mit ihren Ideen und mit ihren Sorgen. Die jungen Menschen hatten noch Ideale, auch auf politischem Gebiet. Jeder brachte Oma mit größtem Engagement seine Vorstellungen dar und suchte, sie zu überzeugen.
Da war Karl, ein angehender Lehrer. Ich nannte ihn frech auch Karl und gab Muttis Erziehungsregeln tadelnd an ihn weiter: „Karl, das tut man nicht!" Er quittierte das lachend. Er war überhaupt ein hübscher und liebenswerter junger Mann. Nur, dieser Karl war vom aufstrebenden Nationalsozialismus begeistert. Sein Vetter Werner, ein lieblicher Lockenkopf mit großen, strahlendblauen Augen und immer fröhlichen Gemüts, war bereits in der SA.
Eine junge Frau, die im Hause aufgewachsen war – ich nannte sie respektvoll Tante Gertrud – schwor auf sie SPD. Sie trug die damalige Uniform der SPD, kornblümchenblaue Hemdbluse mit rotem Schlips und Brosche mit den drei Pfeilen. Von Beruf Lehrerin, war

sie sehr beredt, stellte sich auf den Alsenplatz und hielt Reden zu Gunsten der Sozialdemokraten.
Auch sie kam zu Oma und benutzte ihr Redetalent. Ihr Ehemann war Otto Burmeister, der viel später als Begründer der Ruhrfestspiele in Recklinghausen berühmt werden sollte. Der war zunächst Kommunist. Strahlend unter dunklen Locken, groß und breitschultrig, verkündete er meiner Oma, alle Menschen seien gut und deshalb müssten auch alle gleich viel haben. Um die Güte aller Menschen zu beweisen, hängte er seinen Hut auf den Knauf am Treppengeländer. Er behauptete, trotz der tagsüber geöffneten Eingangtür würde ihn keiner stehlen. Natürlich war der Hut dann schnell verschwunden. So bekehrte sich „Onkel Otto" dann etwas, wurde Mitglied der SPD, von der er dann ebenso überzeugt war wie vorher von der KPD.
Oma hörte die verschiedenartigen Werbereden still lächelnd an, um dann kund zutun, was sie von all den Parteien hielt, nämlich gar nichts. Sie hat auch weiterhin nichts davon gehalten, ebenso wenig wie meine Eltern.
Für meinen Großvater als Kaufmann war die politische Situation kritisch.
L(ouis) Wolff, der Begründer der Hamburger Zigarrenfabriken war Jude. Nach seinem Tod übernahm sein Sohn Jakob die Firma. Er war Opas Chef und Gönner, ja, sogar sein Freund gewesen. Etliche schöne Dinge in unserer Wohnung erinnerten an ihn. Ein großes Ölgemälde vom Königssee mit dickem Bronzerahmen hing in Omas Prachtzimmer über dem Sofa mit dem olivfarbenen plastisch gemusterten Plüschbezug. Es war ein Geschenk von Jakob Wolff. Oma schmückte sich gern mit einer großen Silberbrosche, auf der ein Flugzeug eingraviert war. Jakob Wolff hatte es ihr verehrt. Er selbst war im ersten Weltkrieg Fliegeroffizier gewesen und war vom Kaiser mit einem höheren Ehrenzeichen ausgezeichnet worden. Eine sehr große

Fotographie zeigte ihn in seiner Offiziersuniform mit dem EK I. Diese Fotographie hing in einem schönen Rahmen zu Hause über Opas Schreibtisch. Jakob Wolff hatte sie Opa gewidmet mit dem sarkastischen Zusatz „Zur Erinnerung an die größte Dummheit meines Lebens". Nun, Dummheit hin, Dummheit her, das Bild hatte bei uns einen Ehrenplatz.

Das sollte Großvater noch zum Verhängnis werden. Mit dem Parteiengewusel wurde Opa reichlich konfrontiert. An der Ecke Eimsbütteler Straße / Waterloostraße war eine kleine Gastwirtschaft. Bei den zahlreichen Wahlen in der Weimarer Republik wurde sie als Wahllokal genutzt. Dann saß da jedes Mal mein lieber Opa als Wahlleiter. Als kleines Kind lief ich immer dahin, um auch zu wählen. Opa gab mir dann einen Bieruntersatz. Den durfte ich in die Wahlurne werfen. Schräg gegenüber auf dem Alsenplatz war auch eine Gastwirtschaft. Die diente verschiedenen Parteien als Versammlungsort. Das war beängstigend; denn da gab es fast jeden Abend Radau. Die feindlichen Parteimitglieder prügelten sich und zerbrachen Stühle und Tische. Die Reste des Gestühls standen am nächsten Morgen auf der Straße. Des Abends wurde auf dem Alsenplatz auch geschossen! Wenn Opa später heim kam, etwa weil er jeweils am zweiten eines Monats in Omas anderem Haus, in der Schumacherstraße, Miete kassieren musste, waren wir in heller Aufregung. Man wünschte sich Ruhe und Ordnung, ein Ende der Arbeitslosigkeit, des Parteiengezänks und der ganzen chaotischen Verhältnisse. Wie und was Eltern und Großeltern gewählt haben, weiß ich nicht. Es wurde nicht verraten. Ich für mein Teil hatte die Elbschloßbrauerei gewählt, deren sich Opa gern bediente.

Als ich etwa vier Jahre alt war, unternahmen die Großeltern eine große Urlaubsreise. Per Bahn natürlich und vierter Klasse. Sie fuhren erst in den Schwarzwald und ließen sich im Höllental halsbrecherisch photographieren; das Bild habe ich noch. Sie gerieten in ein fürchterliches Gewitter. Omas Hut verregnete total. Als sie dann über eine große Brücke weiterfuhren, nahm Opa der Oma spitzbübisch einfach den Hut vom Kopf und warf ihn aus dem Fenster in die tiefe Schlucht. Oma musste tief Luft holen; doch dann lachten alle beide. Ohne Hut kam Oma dann in Nürnberg an. Die Reise ging weiter nach München, Salzburg, Salzkammergut, wo sie mit besonderen Kopfbedeckungen im Reitersitz auf einem Balken ins Bergwerk hineinfuhren. Auch das Bild ist erhalten. Die Damen zeigten auf der seltsamen Sitzgelegenheit ihre langen, weißen Spitzenhosen.

In Nürnberg ereignete sich etwas Dramatisches. Ich weiß nur nicht, war es Zufall? Oder beim Großvater eine gewisse Neugierde? – Die Großeltern gerieten in eine Gruppe von Nationalsozialisten, die sich da versammelt hatte. Auf einmal, so erzählte es Oma, standen sie neben einem gewissen Herrn Hitler und hörten ihm eine Weile zu. Er muss zu der Zeit wohl noch nicht so gebrüllt haben, die Zahl der Versammelten war nicht sehr groß. Hinterher sprach mein Großvater einige Worte direkt mit ihm. Das Seltsame war, sie waren beeindruckt! Sogar meine ganz unpolitische Großmutter sagte, es sei von dem Menschen eine starke Faszination ausgegangen. Bei Großvater entstand und

wuchs allmählich die Vorstellung, dieser Hitler könnte Deutschland von dem Niedergang erlösen.
Erst einige Jahre später, aber noch vor der Machtübernahme, ist er in die NSDAP eingetreten, um es dann sehr schnell zu bereuen. Eine Auseinandersetzung mit dem Nationalsozialismus dürfte kaum stattgefunden haben. Jedenfalls hatte Hitlers Buch „Mein Kampf" in unserem Bücherschrank keinen Platz. Der war voll gestopft mit klassischer Literatur.

Ich erinnere mich noch an den „Altonaer Blutsonntag" im Juli 1932. Es war Nachmittag und die Familie und ich, damals acht Jahre alt, standen in der Stresemannstraße am Straßenrand, um die SA vorbeimarschieren zu sehen.
Sie waren auch schon am Vormittag marschiert und die Kommunisten hatten von den Dächern auf sie geschossen. Auch siedendes Öl hatten sie runtergegossen. Man hatte die Verwundeten verbunden, und sie marschierten weiter. Manche hatten einen Arm in der Schlinge, etliche Kopfverbände, durch die das Blut sickerte. Dennoch marschierten sie.
„Donnerwetter! Die haben aber Disziplin!" hörte man es sagen. Man war beeindruckt. Die Wut galt den Kommunisten.
Bei den Hamburger Zigarrenfabriken ereignete sich ein schwerer Einschnitt. Der tollkühne Jakob Wolff verunglückte tödlich bei einem Motorradunfall. Das war noch vor Hitlers Machtübernahme. Die Firma ging in andere Hände über, in „arische" Hände. Der neue Firmenchef hatte mit der Procurastelle andere Pläne, als Wolff sie gehabt hatte. Überhaupt erschien ihm mein Großvater als Jakob-Wolff-Günstling anstößig.
Entlassen durfte er ihn nicht. Das hatte Jakob Wolff testamentarisch verfügt. Also versetzte er ihn als Filialleiter in einen der zahlreichen großen Eckläden, die

die Firma in Hamburg und Altona unterhielt. Fortan war Opas geschrumpfte Einflusszone auf den „Hacifa" – Laden vor dem Bismarckbad in Altona beschränkt. Daneben, nur durch das Hundebad getrennt, standen Café und Konditorei Hirte. Herr Hirte war Opas bester Kunde, saß auch gern im Zigarrenladen im Sessel, während sich sein schöner Schäferhund zu seinen Füßen ausstreckte. Er redete viel über Politik und sah die NSDAP sehr positiv. Alle diese Dinge mögen dazu beigetragen haben, dass Großvater in die Partei eintrat. Er war gesundheitlich schwer angeschlagen und hat die üble Behandlung durch den neuen Firmenchef nie ganz verkraftet.

Für mich änderte sich durch den neuen Status meines Großvaters auch einiges. Statt zu den Großen Bleichen trieb es mich nun zum Bismarckbad. Wir Kinder liebten diese Einrichtung ohnehin sehr. Baden, die ersten Schwimmkünste – das war immer herrlich! Am schönsten natürlich in der Elbe, wenn „dicke Pötte" in den Hafen rein oder aus dem Hafen herausfuhren und hohe Wellen schlugen. Das ging nun nicht zu jeder Jahreszeit. Vom Bismarckbad aus lief ich natürlich zur Hacifa-Filiale. Da durfte ich Zigaretten verkaufen. Die Kundschaft war meistens arm. Nur selten wurde eine ganze Schachtel verlangt. Einige Kunden forderten nur eine Zigarette, andere zwei. So waren Schachteln verschiedener Marken jeweils im Anbruch, Konstantin Gold, Juno, Kyriaci und wie sie alle hießen. In jeder Schachtel war ein Bild der damaligen Schauspieler und ersten Filmschauspieler. Wenn keiner der Kunden es verlangt hatte, durfte ich es haben. Hildegard und ich spielten damit gern, wenn wir gerade nicht mit Anziehpuppen spielten – ja, und wenn Günter uns nicht alles klaute und kaputtschnitt. Opas Laden schloss um 19.00 Uhr. Wenn ich noch da war, stieg ich vor der Kasse auf eine Fußbank, um die Tageseinnahmen zu kontrollieren. Sie mussten mindestens 100 Reichsmark betragen. Lagen sie darunter, war Opa für den Abend trübsinnig. Natürlich bekam ich von Großvater immer etwas Geld, so dass ich mir bei Café Hirte einen leckeren Kuchen kaufen konnte.

Opa Jebens

II Kapitel

1930 kam ich zur Schule. Die Klassen waren groß, umfassten 45–55 Kinder, nur Mädchen. Mischklassen gab es nicht. Die Lehrer hatten es schwer, die Kinder sehr verschiedener Begabung und aus unterschiedlichen sozialen Schichten unter einen Hut zu bringen. Die erste Lehrerin teilte uns bald in drei Gruppen, die zweite setzte uns nach Klassenplätzen: die Begabten hinten, die Problemfälle nach vorn. Ich hatte in dieser Hinsicht keine Vorstellung von mir. Aber die Lehrerinnen befanden mich als begabt. Da hatte ich dann meine Ruhe, konnte gemütlich träumen oder leise schwatzen. Die Lehrerinnen hatten Plackerei mit den Problemkindern. Tatsächlich hatte ich auch ein großes Problem, das in der Schule aber kaum noch bemerkt wurde. Dafür spielten sich zu Hause einige Dramen ab. Ich war ein *Linkspoot*, und das war damals verboten! Aber so ausgeprägt, wie das bei mir war, ging es auch wirklich nicht. Das war nicht gesellschaftsfähig! Ich konnte zwar, schon bevor ich zur Schule kam, wunderbar schreiben. Wenn Hildegard und Günter Schularbeiten machten, guckte ich zu und schrieb ab. Nur leider, alles verkehrt herum, von rechts nach links in Spiegelschrift, ein wahres Kunststück! Meine Mutter nahm es seufzend, aber liebevoll und geduldig auf sich, mich umzupolen. Ich war immer ziemlich ungeduldig. Und wenn es mir denn gar nicht gelingen wollte, die Schleife beim L in die richtige Richtung zu ziehen, und wenn ich mich bei der 8 ganz und gar verwirrte, wurde ich wütend. Erst versuchte ich zu mogeln. Natürlich merkte Mutti das sofort, wie ihr überhaupt gar nichts, aber auch gar nichts entging. Sie wischte die Schiefertafel mit einem Schwamm aus. Ich musste das noch mal schreiben. Das ging so ein paar mal, bis ich die Schiefertafel in die Ecke knallte! Dann war sie kaputt. Mutti holte ihre mager gefüllte Geldbörse, gab mir Geld und schickte mich um die Ecke in die Waterloostraße zu Fräulein Rütz, die ein Schreibwarengeschäft betrieb. Wenn die mich sah, wusste sie schon Bescheid, lachte und holte eine neue Schiefertafel aus ihren Regalen. Zu Hause begann die Prozedur dann von Neuem. Meine geplagte Mutter, die sonst schnell bereit war, Ohrfeigen auszuteilen, blieb dabei ruhig – jedenfalls äußerlich. Was konnte ich auch dafür, dass in meinem Oberstübchen ein paar Pole vertauscht waren? In der Schule bemerkte man die Verdrehung dann nur noch in der Handarbeitsstunde. Wenn die Lehrerin guckte, nahm ich die

Elisabeth und ich

Nähnadel immer schnell in die rechte Hand, guckte sie weg, hielt ich die Nadel in der linken. Schreckliche Hemden und Unterröcke mussten wir nähen, nach Mustern von anno dazumal. Angezogen habe ich die Dinger nie.

Zu Weihnachten 1933 wurde ich sehr krank. Ich bekam Scharlach. Wir waren in keiner Krankenkasse versichert. Das hatten sich die Eltern nicht leisten können. Aber getrost behandelten sie mich selbst, ohne Arzt. Vater war ja ein erfahrener Sanitäter und Krankenpfleger, Mutti gar staatlich geprüfte Krankenschwester.

Außerdem hatten alle beide, stattliche medizinische Werke zur Naturheilkunde, die sie nun gemeinsam aufs Neue studierten. Mutti war auch allwöchentlich zu naturheilkundlichen Vorträgen gegangen. Sie wusste immer Rat. Es wurde mit mir, trotz aller Kuren, aber ziemlich schlimm. Den Eltern wurde bange. Sie sagten mir, ich dürfte einen besonderen Wunsch äußern, der mir dann auch bestimmt erfüllt würde. Erwartet hatten sie wohl, dass ich mir wieder mal ein Fahrrad wünschen würde. Diesem Wunsch hatte Vater bisher immer energisch widersprochen – wegen des großen Straßenverkehrs. Aber jetzt kam etwas ganz anderes. Ich wünschte mir, in den BDM eintreten zu dürfen! Damit hatten die Eltern nicht gerechnet und bekamen einen Schreck. Sie versuchten, mir diesen Wunsch auszureden; aber ich hielt ihnen entgegen, was sie mir versprochen hatten.

Wie ich darauf kam? Neben unserem großen Haus in der Eimsbütteler Straße stand ein kleineres, eine richtige Villa, erbaut einst für eine Familie mit zwölf

Kindern. Die Villa war von einem parkartigen Garten umgeben, dahinter erstreckte sich ein großer Werkplatz mit einer Halle. Alte verrostete Maschinen standen da herum, kaputte Lastwagen, sogar eine alte Lokomotive – alles Überreste einer Maschinenbaufirma, die jetzt brach lag.

Von den zwölf Kindern war nur eins nicht ausgezogen, wohl das älteste, inzwischen eine ältere Dame, unverheiratet und Postbeamtin. Sie fühlte sich wohl sehr einsam in dem Haus, wo sie nur die Gesellschaft von etlichen Katzen hatte. Die jüngste ihrer Nichten, Elisabeth, war mit mir gleichaltrig und wohnte in der Waterloostraße, also ganz in der Nähe. Wir waren eng befreundet. Auch unsere Mütter verkehrten miteinander. Tante Anna E., so hieß die ältere Dame, umgab sich gern mit jungen Leuten. Sie guckte allwöchentlich einmal einer Volkstanzgruppe zu, die am Nachmittag in der Turnhalle einer Schule ihre Tanzübungen absolvierte. Die Mädchen trugen rote und blaue Tanzkleider. Ein Lehrer spielte dazu auf der Ziehharmonika. Dahin nahm Tante Anna meine Freundin und mich mit. Wir tanzten also: „Nun Hacke, Spitze, eins, zwei, drei..." oder „ Kiekbusch, ick seih di..." u.s.w. – Für Tante Annas Unterhaltung reichte die Volkstanzgruppe aber noch nicht aus. So öffnete sie Haus und Garten für BDM-Jungmädels, die anfangst für ihre Heimabende meistens heimatlos waren. Es waren Mädels von zehn Jahren, die sich da in ihren braunen Leinenkleidern tummelten. Tante Anna entschied nun, Elisabeth und ich sollten den Mädels unsere Volkstänze vorführen und sie darin unterrichten. Das taten wir Neunjährigen natürlich gern. Wir kamen uns sehr wichtig vor. So entstand dann der Wunsch dazuzugehören.

Villa Ekström

Im April 1934 wechselte ich nicht nur die Schule, sondern nahm – nunmehr „Jungmädel" – am ersten Heimabend teil. Die Führerinnen einer „Schaft" waren in der Regel so um die vierzehn Jahre alt, unreif und unfähig, den Zehnjährigen etwas zu bieten. Meistens waren es Volksschülerinnen, die sich nach der Führerschaft drängten. Ganz zu Anfang hatte ich relativ Glück. Lucy, so hieß die erste Führerin, war intelligent und gab sich Mühe. Ihr Vater war Architekt, gerade mal mit einem größeren Auftrag versehen, der schneller erledigt werden sollte, als es ihm möglich war. So erschien Lucy abends spät bei uns, mich hatte man schon ins Bett gesteckt, und bat meinen Vater, ihrem Vater zu helfen. Das tat Vater allzu gern. Endlich hatte er Arbeit! Esselmann und Ruppenthal arbeiteten eine Weile zusammen. Kurz darauf erhielt Vater eine feste Anstellung beim Heeresbauamt, zunächst als sogenannter Bauführer mit einem Monatslohn von 212 Reichsmark. Er avancierte ganz schnell zum Bauleiter mit 800 Reichsmark.

Das war sehr viel Geld. Die Familie atmete auf. Vater gewann wieder Selbstbewusstsein, seine Schwiegermutter erkannte ihn an, er brauchte nicht länger als armer Bettler dazustehen! Omas Schwager, ein Bankier, der gut spekuliert hatte, vorher voller Verachtung für meinen Vater, fragte auf einmal bei jeder Gelegenheit: „Karl, was meinst du dazu?" – Es war schon lachhaft. Endlich konnte mein Vater sich neue

Anzüge kaufen. Meine Mutti brauchte nicht mehr die halbe Nacht sitzen, um für andere Leute zu nähen oder Kleider, Sofakissen, Taschentuchbehälter auf Bestellung mit Stofffarben zu bemalen. Sie konnte wunderschön zeichnen und malen; aber das, was sie für Verwandte und Freunde anfertigen musste, war Sklavenarbeit. Sie hatte nur wenig Zeit zum Schlafen gehabt und immer rot geränderte Augen. Aber jetzt konnte sie sich elegant anziehen und brauchte nicht für sich und mich aus alten Plünnen, die man ihr geschenkt hatte, etwas Anziehbares herstellen. Entzückend sah sie aus mit neuen bunten Kleidern und großen Hüten. Wenn es im Heeresbauamt Feste gab, umgarnten Vaters Kollegen die „gnädige Frau".
Alle 14 Tage am Freitagabend gingen die Eltern in die Hamburger Staatsoper. Ab und zu durfte ich auch mit.

An der politischen Gesinnung änderte sich bei den Eltern aber nichts. Sie warteten weiter auf den Kaiser. Heeresbauamt hin, Heeresbauamt her. Man war stolz, wieder ein Heer zu haben wie auch früher schon. Überhaupt – warum sollten die Deutschen immer auf dem Boden herumkriechen? Die Besetzung des Rheinlandes 1936, der endgültige Anschluss des Saarlandes bereits 1935 erfüllten mit Genugtuung. Vater hatte u. a. ein Offizierskasino zu bauen. In der einen Wand musste eine Vertiefung eingebracht werden, um dort ein Führerbild aufzuhängen. Das geschah dann auch. Bei der feuchtfröhlichen Einweihung hing es da noch. Am nächsten Tag aber war es verschwunden. Dafür hing da ein Bild vom Kaiser! Vater erzählte es uns prustend. Die Sache gefiel ihm. Meiner Mutter wurde meine BDM-Zugehörigkeit immer ärgerlicher. Mir selbst auch. Marschieren – im Gleichschritt! Dazu hatte ich keine Lust, und warum sollte ich mich immer nach dem Schritt der anderen richten? Wenigstens sollten sie sich dann nach mir richten. Hacken zusammenschlagen – i Gitt! Wo ich doch gerade jetzt so schöne Schuhe hatte. Und überhaupt! Wieso mussten die Mädchen die Hacken zusammenschlagen? Meine Oma lachte darüber Tränen.

Dann war da eine Gruppenführerin, etwa 15 Jahre alt. Die schnarchte uns kleinen Dinger an: man wolle jetzt ein hartes Geschlecht erziehen. Diese Erziehung sah dann so aus: einmal mussten wir bei strömendem Regen drei Stunden auf einem Schulhof in Reih`und Glied stehen. Es war Herbst, kalt und stürmisch. Auf dem Hof gab es viele Kastanienbäume, die ihre reifen und stacheligen Früchte auf uns niederprasseln ließen. Wir durften uns nicht vom Platz bewegen. In den den Schulhof umrandenden Häusern öffneten sich viele Fenster. Erboste Menschen beschimpften die Führerin. Die brüllte nur Frechheiten zurück. Als ich endlich nach Hause kam, war ich völlig durchweicht. Die langen Zöpfe trieften. Die billige braune Kletterweste, die mir ein jüdischer Kaufmann persönlich angemessen hatte, hatte bis auf die Haut abgefärbt. Der Kaufmann, der mit Uniformen ein großes Geschäft gemacht hatte, („steht dem kleinen Fräulein gut") war klugerweise längst ins Ausland verschwunden. Ich durfte die ersehnte Kletterweste nur haben, weil sie so schön billig war. Also nun war sie hin. Ein anderes Mal machten wir am Sonntagmorgen einen Ausflug ins Umland. Es hatte geregnet, das Gras war nass. Dieselbe Führerin gab den Befehl, dass wir uns alle ins Gras setzen sollten, einfach so, in unseren kurzen Röcken und dünnen Höschen darunter. Wir bekamen alle einen nassen Po und mussten dann noch lange weitermarschieren. Das war meiner Mutter nun endgültig zu viel! Sie nahm meinen schwarzen Schlips und den Lederknoten, wie sie bei der Uniform über der weißen Bluse getragen wurden, ging damit zur Bezirksführerin, beschwerte sich und gab Schlips und Knoten ab. Damit war ich aus dem BDM erstmal ausgetreten, was mich sehr erleichterte. Die langweiligen Heimabende und der viele Sport waren mir zuwider. Ich saß lieber zu Hause vor Opas Bücherschrank und eroberte die Welt der Klassiker. Goethes „Faust" las ich immer wieder, bis ich ihn fast auswendig konnte.

Meinem Großvater ging es nicht so gut wie meinem Vater. Kurz nach der Machtübernahme durch Hitler standen früh morgens, als er sein Geschäft aufschließen wollte, zwei SA-Leute vor der Tür und verwehrten ihm den Eintritt. Großvater wusste nicht, was das zu bedeuten hatte. Er wurde belehrt: L. Wolff sei eine jüdische Firma, und alle jüdischen Geschäfte sollten geschlossen bleiben. – Obwohl die Firma keinem Wolff mehr gehörte, war der weltweit bekannte Name um des Handels willen unverändert geblieben. Er blieb es das ganze Dritte Reich hindurch. – Opa versuchte, den SA-Leuten den Tatbestand zu erklären. Sie glaubten ihm nicht. Da musste er nun seine Trumpfkarte ausspielen. Zornig herrschte er die SA-Leute an, was ihnen einfiele. Er sei Mitglied der NSDAP und werde sich bei der Parteizentrale beschweren! Darauf ließen sie ihn wenigstens durch, damit er ans Telefon kommen konnte. Nachdem er die Parteizentrale angerufen hatte, kam sofort ein Überfallkommando und verscheuchte die bösen Geister, die sich beschämt davon trollten. Großvater kam sehr aufgeregt und wütend nach Hause. Allmonatlich kam der Ortsgruppenleiter zu uns und kassierte den Mitgliedsbeitrag. Ohne darüber nachzudenken, führte meine Oma ihn einmal in das Zimmer, in dem Opas Schreibtisch mit dem darüber hängenden Bild von Jakob Wolff stand. Natürlich war Jakob Wolff eine stadtbekannte Persönlichkeit gewesen,

33

und unter dem Foto war deutlich seine Unterschrift zu lesen.
Der Ortsgruppenleiter erkannte ihn und fuhr meine Großmutter an, sie sollte augenblicklich dieses Bild entfernen! Meine Großmutter gehorchte natürlich nicht. Sie müsse das erst mit ihrem Mann besprechen. Großvater kam immer erst um 19.30 Uhr nach Hause. Seine Reaktion war eindeutig: „Das Bild bleibt hängen!" Der Ortsgruppenleiter kam zur Kontrolle und um ernstlich zu mahnen. Doch das Bild hielt lange Zeit seinem wachsenden Zorn stand, bis meine Oma es heimlich wegnahm und Dürers kleines Rasenstück an die Stelle hängte. Großvaters bösem Brummen hielt sie entgegen: „Fredi, es hat doch keinen Zweck! Du bringst dich doch bloß in Ungelegenheiten!" So fügte Fredi sich denn der Weisheit seiner Frau.
Da mein Großvater als Friesenblut der reinste „Prachtgermane" war, geradezu ein Vorzeigeobjekt, wurde er gedrängt, in die SS einzutreten. Dem widerstand er energisch! Man bat ihn dann, bei einem Umzug in den hintersten Reihen in Zivil mitzumarschieren. Noch nie in seinem Leben war er marschiert, und wollte sich darin auch keineswegs versuchen. Er könnte nur mit einem Spazierstock gehen, behauptete er. Das verkündete er auch zu Hause.
Nun hatte er es keineswegs nötig, sich auf einen Stock zu stützen. Der Spazierstock war eher ein Requisit des eleganten Gentlemans. Opa handhabte das Schmuckstück sehr locker und führte mir damit gern Schwingkünste vor. Ich war entsetzt, dass Opa mit dem Spazierstock marschieren wollte. Das erschien mir höchst blamabel. – Die restliche Familie stand am Straßenrand der Allee (heute „Max Brauer Allee") und guckte zu, wie mein Opa da auf seinen Stock gestützt vorbeihumpelte, eine wahre Karikatur eines

Prachtgermanen. Man hat ihn dann auch nicht wieder zu so etwas aufgefordert.

    Vielen Leuten ging es mit dem wirtschaftlichen Aufschwung während des Dritten Reiches zunächst ausgesprochen gut. Es entstanden Siedlungshäuschen, die billig zu haben waren. Mit KdF („Kraft durch Freude") konnte man für wenig Geld die schönsten Reisen machen. Mein Vater unternahm mit den Kollegen vom Heeresbauamt eine wunderschöne Schiffsreise durch die Norwegischen Fjorde. Das war natürlich begeisternd. Es wurde mit großem Engagement und mit Freude auf allen Gebieten gearbeitet. Gewerkschaften waren verboten. Es hat wohl auch niemand an eine 40 oder gar 50 Stundenwoche gedacht, schon gar nicht an ein langes Wochenende. Der Freitag war ein voller Arbeitstag, der Sonnabend für die Behörden ein verkürzter, für Geschäfte ein voller Arbeitstag. Außerhalb des Dienstes wurde auch mit Freude noch ehrenamtlich gearbeitet. Vater gehörte der „Technischen Nothilfe", einer ganz unpolitischen Organisation an. Jeden Mittwochabend hielt er Schulungsvorträge, und am Sonntag stand er noch früher auf als sonst, dann fanden in der Alsterkrugchaussee, da wo die Alster ein schmaler Fluss ist, praktische Übungen statt. Vater als Schulungsleiter lehrte Behelfsbrückenbau. Er trug dann eine schicke Uniform – ohne Uniform ging ja nirgends etwas. Sie war dunkelblau und mit viel Glitzerzeug besetzt. Auf der linken Brustseite war der ganze „Klempnerladen" zu sehen, d.h. alle Orden und Ehrenzeichen aus dem Ersten Weltkrieg prangten da. Und natürlich fehlten nicht Koppel, Dolch und Schaftstiefel. Vater war ja immerhin im Rang eines höheren Offiziers.
Mit dem Dolch war das so eine Sache. Nach der theoretischen Schulung am Mittwochabend tranken die

Herren gern noch mal ein paar Gläser Bier. Das Schulungslokal war ein ehemaliges Wirtshaus; da gab es sogar noch einen Zapfhahn. Mein lieber Vater kam dann erst lange nach Mitternacht nach Hause und der Dolch rasselte am Treppengeländer entlang. Eine Nachbarin wartete immer schon auf das scheppernde Geräusch, sah nach der Uhr und erstattete meiner Oma am nächsten Morgen genauestens Bericht über den ungeratenen Schwiegersohn. Doch da hatte sie kein Glück. So was musste man den Männern nachsehen, fand Oma. – Sie brach sogar in helles Gelächter aus, als Vater sich einmal in der Etage geirrt hatte. Er klingelte meine Großmutter heraus. Während sie im Nachthemd im Türrahmen stand, salutierte er vor ihr, und sagte, die Hand an der Schirmmütze: „Gestatten, gnädige Frau, ist Frau Ruppenthal zu Hause?" Nun, Frau Ruppenthal schlief eine Etage höher. Es war ein Riesenspaß. Vater fand dann immer noch nicht zu seiner Frau. Er landete in einem falschen Zimmer. Dort schlief jene Gertrud Burmeister, in meinem ausrangierten Bett. Sie war gerade einmal zu Besuch und erwachte, während Vater sich dort in einen Sessel warf. Der Mond schien durch das Fenster, und Gertrud sah viel Silber glitzern. Erst erschrocken, dann amüsiert, holte sie meine Mutter, und gemeinsam beförderten sie den Herrn Schulungsleiter in sein eigenes Bett.

Es kam bei Vater allerdings höchst selten vor, dass er „blau" war. Entschieden öfter beim Vater von Hildegard und Günter. Das war wohl so Seemannsbrauch. Wie dem auch sei – unsere Großmütter sangen gemeinsam: „Siehste wohl, da kimmt er, lange Schritte nimmt er, siehste wohl, da kimmt er schon, der besoffene Schwiegersohn!" Meine Oma lachte dazu, die andere Oma seufzte.

Nun begab es sich, dass der Vater meiner Freunde im Schiff allzu laut seinen Unmut über die ganze Marschiererei geäußert hatte. Daraufhin wanderte er ins KZ. Auch Otto Burmeister musste im KZ seine kommunistische und sozialistische Gesinnung abbrummen. Es ging noch mal glimpflich ab! Alle beide kamen nach vier Wochen nach Hause. Den Seemann trieb es eiligst hinaus auf die weite See. Otto Burmeister erzählte strahlend, wie schön es im KZ gewesen sei. Es wäre wie eine Umschulung gewesen. Und so versicherte er meiner Oma – er sei fest davon überzeugt, dass nur die NSDAP die richtige Partei sei. Wenn man ihn auf der Straße traf, rief er schon von weitem: „Heil Hitler!" und riss den rechten Arm hoch. Wir Gören trieben unseren Unfug mit dem „Deutschen Gruß". Trafen wir eine Lehrerin auf der Straße, voll bepackt vom Einkaufen kommend, boten wir ihr mit erhobenem Arm den vorgeschriebenen Gruß. Dann amüsierten wir uns, wenn sie umständlich ihre soeben erstandenen Produkte auf den Boden stellte, um den Arm in die Höhe zu bekommen.

Der wirtschaftliche Aufschwung hatte bevölkerungspolitische Folgen. Etliche meiner Mitschülerinnen bekamen jetzt noch mal kleine Geschwister. Ich hätte auch so gern eine kleine Schwester gehabt. Meine Eltern hatten sich nach meiner Geburt dahingehend bremsen müssen. Man konnte den Großeltern nicht zumuten, weitere Enkelkinder zu finanzieren. Sie finanzierten ohnehin schon genug. Außer uns unterstützte Großvater noch andere verarmte Verwandte, Freunde und bedürftige Mieter. Auch Muttis jüngere Schwester, die 1923 nach Amerika ausgewandert war, und dort ihren aus „Mottenburg" stammenden Verlobten geehelicht hatte, erhielt Geld. Oma sagte meiner Mutti ganz unverblümt: „Wenn ihr

37

noch weitere Kinder produziert, setze ich euch den Stuhl vor die Tür!" Dabei liebte sie mich doch von Herzen und hätte auch die nächsten Enkelkinder geliebt. Aber meine Eltern wollten solche Worte nicht noch einmal hören. – Jetzt aber, da sie niemandem auf der Tasche liegen mussten, wollten sie das Versäumte gern nachholen und waren traurig, dass es nicht nach Wunsch ging. Ich blieb also allein, aber von vielen Gespielen umgeben.

Fast alle Kinder in der Eimsbütteler Straße gingen am Sonntagmorgen um 11 Uhr in die Pauluskirche zum Kindergottesdienst. Mit vier Jahren wurde ich zum ersten Mal von den anderen Kindern mitgeschleppt. Wir hatten da spezielle Gesangbücher für diese Veranstaltung. Lieder wie „Tut mir auf die schöne Pforte" und „Liebster Jesu, wir sind hier", sind mir von daher noch geläufig. Anfangs, als ich noch nicht lesen konnte, sang ich stattdessen herzhaft „Hänschen klein".

Unser Pastor Georg Christiansen, der in der ganzen Parochie sehr verehrt und geschätzt wurde, predigte für uns Kleinen richtig von der Kanzel. Die ganze Kirche war gerammelt voll von dem „kleinen Gemüse", und alle waren artig und saßen still. Vor dem Kindergottesdienst hatten wir uns auf dem großen Gelände allerdings schon mal gründlich ausgetobt. Eingeschlossen in den Gesamtgottesdienst war die zeitweilige Aufteilung in Gruppen zu kindergerechten Gesprächen mit freiwilligen Gruppenleitern. Ich war der Gruppe von Nora Raabe zugeteilt, einem etwas älteren Fräulein, das immer freundlich lächelte und im Gespräch mit uns ständig mit den Zehenspitzen auf- und niederwippte.

Mir gefiel es in der Pauluskirche so gut, dass ich immer wieder dahin tippelte, auch am Freitagnachmittag zur Bastel- und Häkelstunde im „Schönen Tal", wie wir den unteren Kirchsaal nannten. Die Gemeindehelferin, Fräulein Ida Schierenbeck, eine schon etwas ergraute, resolute Dame, las uns während des Bastelns biblische Geschichten vor. Im Allgemeinen waren wir auch da sehr brav. Nur heimlich wurde auch mal Unsinn gemacht. Natürlich war es wieder mein Freund Günter, der leise aus der Jungsecke in die Mädchenecke schlich und mir das Krokodil, das ich gerade mit all seinen Zähnen sorgfältig ausgeschnitten hatte, brutal zerstörte. Die biblischen Geschichten fand ich äußerst spannend. Selbstverständlich hat auch meine Mutter mir viel davon erzählt. Als ich von Jesu Kreuzigung hörte, habe ich mich auf meinen Roller gesetzt und furchtbar geschluchzt. Vater gab mir, sobald ich lesen konnte, ein dickes Buch „Biblische Geschichten", ein altes Hamburger Schulbuch. Damit schlich ich dann in Omas Prachtzimmer, legte das Buch auf einen der edlen Sessel aus Mahagoniholz und olivfarbenem Plüsch. Davor auf dem dicken Teppich kniend las ich mit Begierde nach und nach das ganze Buch durch.

In der Pauluskirche gab es Mädchenbibelkreise, nach Alter gestaffelt. Einmal wöchentlich versammelte man sich im so- genannten „Sonnenwinkel" um einen langen

Tisch, der mit einem dunkelgrünen Tuch bedeckt war. Jeder hatte eine Bibel vor sich. Wir lasen und „Tante Ida" erklärte. Mit Begeisterung spielten wir manchmal Bibellotto oder wir sangen, während Tante Ida das Harmonium betätigte. Ich stieg mit zunehmendem Alter immer höher von einem Bibelkreis zum anderen. Allmählich waren wir einfach die Kirchengören, als „Backfische" manchmal mit allerlei Unsinn im Kopf. Ich hatte inzwischen zu Hause Klavierstunden und spielte auf dem Harmonium „Lustig ist das Zigeunerleben". Das war damals ein schweres Vergehen und wurde bestraft. Viel später bei unserer Goldenen Konfirmation, war der ehemalige Sonnenwinkel voller Zigeuner, die da Asyl gefunden hatten, wenig später aber lärmend in den Michel umsiedelten. Der Konfirmandenunterricht fand zu meiner Zeit im alten Pfarrhaus neben der Wohnung von Pastor Christiansen statt. Anschließend tanzten einige von uns zu der Musik eines schrecklich krächzenden Grammophons in Pastors Garten. Pastor Christiansen ging schmunzelnd vorbei und sagte nichts. Seine eigenen Töchter, besonders die jüngste, waren öfter mit von der Partie, wenn wir auch in der Kirche unser Amüsement hatten. Elisabeth und ich kamen manchmal nach Hause, indem wir uns auf der Straße vor Lachen bogen. Mein Vater fragte dann kopfschüttelnd: „ Was macht ihr eigentlich in der Kirche?"
Unser Pastor Christiansen begleitete mich indirekt noch bis in meine spätere Lehrtätigkeit. Er hat nämlich das „Altonaer Bekenntnis" vom 11. Januar 1932 mit unterschrieben. Darauf war ich immer stolz und habe es meinen Studenten gern präsentiert.
Pastor Christiansen wusste mit dem Regime weise umzugehen. Als man ihm als zweiten Pastor einen „Deutschen Christen" hinsetzte, um ihn zu ärgern, hatte er ihn bald zum lutherischen Bekenntnis bekehrt. Die beiden Pastoren demonstrierten nun Einigkeit und

gingen zusammen durch die Straßen der Parochie. Das hat die Gemeinde sofort verstanden. Wenn Pastor Christiansen predigte, war die Kirche immer bis auf den letzten Platz besetzt. Da zog die SA auch niemals, wie in anderen Kirchen, mit Fahnen ein. Gelegentlich wurden Spitzel entsandt, die die Predigt kontrollieren sollten. Das nahm unser Pastor gelassen hin. Zu uns Konfirmanden sagte er einmal, er freue sich immer über solchen Besuch. Vielleicht bliebe ja auch bei den Leuten mal etwas hängen.
Er konnte auch wunderbar verschlüsselte Kritik äußern, die nur seine Gemeinde verstand.
Unsere „Tante Ida" riet uns energisch ab, in den BDM einzutreten. Es passierten aber immer wieder verwunderliche Sachen. Auch der MBK (Mädchenbibelkreis) geriet in den Sog der Zeit. Am Bekenntnis wurde nicht gerüttelt. Aber man uniformierte sich und fing an zu marschieren.
Ganz Deutschland marschierte irgendwo, irgendwie. Die Uniform bestand aus einer weißen oder hellblauen Hemdbluse und einem dunkelblauen Rock mit Ledergürtel. Die weiße Bluse war für Sonn- und Festtage, die blaue für den Alltag gedacht. Dazu gehörte noch ein dunkelblaues Musselintuch, das hinten gezipfelt, vorn mit einem „Schieber" zusammen gehalten wurde. Der Schieber bestand aus Metall und war mit den Initialen MBK versehen. Es war fast die gleiche Tracht, die kurz darauf der BDM übernahm. Vorher waren dort die braunen Leinenkleider üblich. Natürlich wollte ich auch eine MBK–Uniform haben. Doch Eltern und Großeltern fanden es total verrückt, dass nun auch noch die Kirche marschieren sollte.
Tante Ida ließ es sich zunächst nicht verdrießen. Sie marschierte tapfer, wir hinterher. Aber wir lachten. Die grauhaarige Dame war etwas verwachsen. Es sah zu

komisch aus. - Der Spuk war schnell vorbei. Solche „Konkurrenz" ließ sich die HJ nicht gefallen.

Nach Absolvierung der Grundschule hatte man mich erstmal in die Altonaer Mittelschule in der Arnkielstraße gesteckt. Das Schulgeld betrug da nur zehn Reichsmark und nicht, wie auf der „Oberschule" (Gymnasium) zwanzig Reichsmark. Zunächst bezahlte sowieso Großvater das Schulgeld, aber man durfte ihm nicht zu viel zumuten. Hildegard und Günter, auch Elisabeth gingen ebenfalls dahin, ja, die meisten Kinder aus unserer Straße. Die Schule war ja auch so schön in der Nähe, nur eben um die Ecke herum. Mädchen- und Jungenschule waren zwar in einem Gebäude untergebracht, aber doch strikt von einander getrennt. Die Grenze befand sich genau in der Mitte. Das galt auch für die Schulhöfe. Ein paar Durchschlupflöcher gab es allerdings auch. Aula und Zeichensaal wurden von beiden Seiten benutzt. Am beliebtesten war der Durchschlupf beim gemeinsamen Hausmeister im Parterre. Den wusste Günter natürlich gut zu nutzen. Im Winter flogen Schneebälle zwischen den Schulhöfen hin und her. Auch darin war Günter Meister. Schulbücher mussten die Eltern bezahlen. Meine Lieben hatten es darin am besten. Hildegards Mutter kaufte sie zuerst für ihr Töchterchen. Im nächsten Jahr erbte Günter sie. Und das Jahr darauf kaufte mein Opa sie Frau Semmler etwas verbilligt ab. Ich sehe vor mir noch das sorgfältig in Kaliko eingebundene Buch mit einem Etikett darauf. Sauber in Sütterlinschrift hatte Günter es betitelt: „Narturkunde für Günter Semmler."
In einigen Fächern wurde in der Arnkielstraße sehr viel gelernt. Besonders gut waren der Englisch- und der Französischunterricht. Die Englischlehrerin, Fräulein Hedwig Sibbers, war eine stattliche, allgemein sehr verehrte Persönlichkeit, die vor dem Ersten Weltkrieg in

Indien als Missionarin gearbeitet hatte. Bei ihr parierten alle aufs Wort. Sie war strenge, aber auch gerecht, korrekt und keineswegs ohne Humor. Bei ihr hatten wir auch Religions- und Geschichtsunterricht. Beides wusste sie interessant zu gestalten. Sie machte aus ihren Schülern kundige Lutheraner. Ich nahm mir damals vor, Missionarin zu werden. Im Geschichtsunterricht verliebte ich mich in Otto den Großen. – Die Französischlehrerin war klein, flink, temperamentvoll, obwohl sie nach unserer damaligen Vorstellung schon recht betagt war. Sie schnatterte unentwegt Französisch, belehrte uns über den Wohlklang dieser Sprache und brachte uns spielend französische Lieder bei. – Einige der Lehrer waren aber auch die reinsten Witzblattfiguren und hatten bereits mehrere Generationen zum Lachen gebracht. Meine Mutter hatte diese Schule auch einige Jahre besucht und kannte die Herren. Obwohl sie sicher eine Musterschülerin war, konnte sie ihre Heiterkeit nicht bremsen, wenn sie von ihnen erzählte. Jahrein, jahraus bot sich da das gleiche Bild, Luftballons stiegen auf, Papierkügelchen flogen, Bänke wurden verschoben und versperrten die Gänge. Es war wie in der „Feuerzangenbowle", wenn auch nicht so einfallsreich. Dass die Herren auch immer wieder auf den Spuk hereinfielen!

Einen der Lehrer konnten wir ganz und gar nicht leiden. Er galt als fies. Wenn er zur Mathematikstunde in die Klasse kam, sagte er in leisem aber gebieterischen Ton: „Ich zähle jetzt bis drei. Dann erhebt sich die Klasse wie ein Mann!" So geschah es dann. Das Erheben ging donnernd vor sich – bei 45 Schülerinnen kein Wunder! Dann mussten wir erst mal eine Weile stramm stehen, bis der Herr wieder diktatorisch flüsterte: „eins, zwei, drei!" Daraufhin hatten wir wie aus einem Mund zu brüllen: „Heil Hitler!" Danach wieder Geflüster, und die

Klasse plumpste auf die Bänke wie ein Mann. Ein wahrhaft komisches Theater! Das gab es aber nur bei diesem Lehrer, von dem einige meinten, es wäre am besten, ihn mit Rattengift aus der Welt zu schaffen. Ein entsprechendes Motto sah man eines Tages mit Kreide auf die Schulmauer gekritzelt. Ob der Täter je ermittelt wurde, weiß ich nicht.

Da meine Eltern bald zu einem gewissen Wohlstand gelangt und nicht mehr von den Großeltern abhängig waren, fand meine Mutter, ich sollte nun aufs Gymnasium gehen, ja, sie drängte darauf mit aller ihr eigener Energie. Sie besprach den Plan mit Vater, der dazu, wie üblich, bemerkte: „Wenn du das meinst, Spatz, wird es schon richtig sein!" Vater nannte alle weiblichen Familienmitglieder „Spatz". Mutti war der „große", ich der „kleine" und meine Großmutter der „alte Spatz", was bei Oma keine sonderlichen Sympathien auslöste. Meine Mutter sprach in der Arnkielstraße mit einigen Lehrern. Die stimmten ihr bei. Der Rektor meinte nur, ich sei ziemlich blass und schmal und gähnte öfters in der Stunde. Sie sollte mich doch mal ärztlich untersuchen lassen. Vielleicht sei das Gymnasium im Hinblick auf meine Gesundheit zu anstrengend für mich. Mutti war erschrocken und ging gleich mit mir am nächsten Tag zu einem Hals- Nasen- Ohrenarzt in der Schäferkampsallee. Bei dem alten Militärdoktor war ich öfter mal in Behandlung; meine Nasennebenhöhlen waren leicht mal geschwollen. Er parlierte gern mit mir Französisch. Als meine Mutter ihm Bericht erstattete, fing er an zu lachen: „Kein Wunder, dass das Kind in der Stunde öfter gähnt. Da hilft nur eines: sofort aufs Gymnasium und mehr geistiges Futter!"
Mit Beginn des neuen Schuljahrs fing für meine Freundin Annemarie und mich ein neuer Lebensabschnitt an. Wir fuhren fortan jeden Morgen um

7 Uhr 20 vom Holstenbahnhof mit der Vorortsbahn, wie die S- Bahn damals hieß, zur Klosterschule in der Nähe von Berliner Tor. Es war der 20. April, als wir das erste Mal unsere neue Schule betraten. Das heißt, es war „Führers Geburtstag". Wir waren beide in BDM- Uniform. Mich hatte die „Staatsjugend" erfasst; ich musste wieder eintreten. Annemarie und ich kamen zu spät, da uns die Nachricht über unsere Versetzung erst in der Arnkielstraße und nicht zu Hause erreicht hatte. Auf Grund unserer Erfahrungen in Altona hatten wir schreckliche Angst, dass wir gleich einen Betragenstadel bekommen würden. Der Hausmeister zeigte uns unseren Klassenraum. Da standen wir dann bibbernd vor der Tür, trauten uns nicht hinein und schauten abwechselnd durch das Schlüsselloch oder lauschten.
Plötzlich öffnete sich die Tür, ein freundlich, strahlendes Mädchen stand vor uns, das war, wie wir sie später nannten, unsere Tommy. „Wollt ihr auch zu uns? Immer hereinmarschiert! Wir sind noch nicht vollzählig. Ein Lehrer ist auch noch nicht da!" Hinter Tommy zeigten sich andere lachende Gesichter. Ohne Umstände wurden wir gleich in die Gemeinschaft aufgenommen. Es war wirklich eine Gemeinschaft und blieb eine. Tommy war als „Klassenführerin" Mittelpunkt und immer leuchtende Sonne für alle – Lehrer und Schüler. Natürlich war sie auch „Jungmädchenführerin" im BDM und trug eine entsprechende Kordel an ihrer weißen Hemdbluse. Alle waren an dem Tag in Uniform. Die eine gleiche Kordel trug, war meine spätere Freundin Ruth. Sie sorgte immer für soziale Gerechtigkeit in der Klasse und hatte ansonsten den Kopf voll dummer Streiche. Es war bis hin zum Abitur ein gutes Klassenklima – ganz anders als in der Altonaer Klasse mit ihrem Cliquengeist. Der freiheitliche Wind der Hansestadt trug entschieden dazu bei.

Kurz nachdem wir uns alle gegenseitig vorgestellt hatten, kam ein Lehrer herein und sagte: „Bitte, meine Damen, wollen Sie mich freundlichst in die Aula begleiten!" Wir guckten uns verdutzt an. Wieso siezte der uns? Das kannten wir nicht. Er hatte sich allerdings auch mit unserem Alter geirrt. Die Stattlichkeit von Ruth und Tommy mögen ihn verwirrt haben. Als er unsere dummen Gesichter sah, korrigierte er sich schnell und sagte: „Na, kommt schon!"

Klosterschule Klasse 5d 1939

In der Aula bewunderte ich die schöne große Orgel. Es war für mich ganz neu, dass es so was in der Schule gab. Auch das Schulorchester mit vielen Streichinstrumenten war sehr eindrucksvoll. – Der Unterricht gestaltete sich ganz anders als in Altona. Befreiend wirkte schon, dass wir auf Stühlen an

richtigen Tischen saßen, nicht wie in Altona auf
Bankmonstern, die über Schwellen mit Pulten
verbunden waren. Zuerst standen Tische und Stühle
noch in Reihen hintereinander. Das haben wir ganz
eigenmächtig schnell geändert, indem wir ein Hufeisen
um den Lehrertisch arrangierten. Erstaunlich war für uns
Altonaer, dass darauf kein Ermittlungs- und
Strafverfahren stattfand. Vielmehr quittierten die Lehrer
die neue Einrichtung mit einem verständnisvollen
Lächeln. Offenbar fanden es die Lehrer ganz hübsch, so
von jungen Damen umringt zu sein. Obwohl wir das
dafür vorgeschriebene Alter noch gar nicht erreicht
hatten, wurden wir von unserem Mathematiklehrer
durchgehend gesiezt. Das gehörte zu seiner manchmal
etwas eigenwilligen Pädagogik. Wir gewöhnten uns
allmählich daran, wenn auch die anderen Lehrer erst
später nachzogen. Diesen Mathematiklehrer schätzten
wir ganz besonders. Er war so ein interessanter Mann,
groß, schlank, dunkle nach hinten gekämmte Haare,
dunkle Augen, ein etwas kantiges Gesicht, lange,
schmale, feingliedrige Hände, damals so um die 50
Jahre alt. Nachher auf der Oberstufe wurde er unser
Klassenlehrer. Er mochte uns wohl auch leiden; denn er
bemühte sich, in dieser Position bis zum Abitur zu
bleiben. Als ich 16 Jahre alt war, verliebte ich mich in
ihn. Er sollte es nicht merken, merkte es natürlich doch
und wusste amüsiert damit umzugehen. Für ihn war so
was nichts Neues. Seine Erfahrungen beschränkten sich
nicht auf die Schülerinnen; auch einige Lehrerinnen
bekamen verdächtige rote Flecken am Hals, wenn sie
mit ihm sprachen. Er nahm das alles ruhig, gelassen
und souverän hin. Im Mathematikunterricht ließ er uns
immer erst einmal zappeln, wenn es galt, eine neue
Aufgabe zu lösen. Wir sollten versuchen, den Modus
allein herauszufinden. Oftmals zappelten wir ein ganzes
Wochenende. Dann holte Vater zu Hause seine alten

Mathematikbücher hervor. Es reizte ihn, der Sache nachzugehen. Wenn wir es dann gar nicht packten, war am Montag früh manchmal unsere Mitschülerin und Freundin Inge die Rettung. Die musste Mathematik wohl mit der Muttermilch eingesogen haben. Jede Aufgabe löste sie spielend, ganz anders oft als üblich, und sie war immer hilfsbereit. Das waren wir alle, alle für einen, einer für alle. Natürlich erbarmte sich unser „Amandus", wie wir unseren Mathelehrer nannten, und erklärte uns am Montag alles. Dann mussten wir es aber auch können. Jetzt war es ja auch klar. Zu blöd, dass wir nicht von selbst darauf gekommen waren! – In der Oberstufe gab uns unser Amandus auch Unterricht in Physik und Chemie. Wenn er vortrug, ging er mit langen Schritten auf und ab. Schließlich brachte er alles auf einen philosophischen Punkt, wie uns Mathematik und naturwissenschaftliche Untersuchungen einen Blick in die Unendlichkeit gewährten. Von da aus kam er zu Kant, zum moralischen Gesetz in mir und dem Sternenhimmel über mir. Um uns den zu erklären, ging er mit uns ins Planetarium. Nicht nur Philosophie, sondern auch Theologie wurde in seine Vorträge einbezogen. Das Johannesevangelium mit seiner Logoslehre imponierte ihm am meisten. Wenn er eine Freistunde hatte, spielte er in der Aula auf der Orgel. Für seine „Amanden" spielte er auf unsere Bitte auch mal in der Pause, und wir hörten mit Andacht zu. – Diesen Lehrer kann wohl keine seiner Schülerinnen je vergessen. Er vermittelte das Gefühl der Freiheit, förderte Selbständigkeit im Denken und Entwicklung der Persönlichkeit. Oft fällt mir sein lapidar hingeworfener Satz „Kein Mensch muss müssen" ein. Darüber kann man lachen; aber die Wahrheit bleibt: man soll sich zu nichts zwingen lassen, was einem innerlich widerstrebt, das heißt dem moralischen Gesetz in mir und dem „Logos" folgen.

Ganz anders aber auch hoch geachtet, war unser „Direx". Er war klein von Gestalt, aber forsch und drahtig. Seine blauen Augen blitzten, wenn er uns Geschichte vortrug. Immer im Dialog mit uns, war der Herr Professor Alfred Kleeberg ständig in Bewegung. Schnelle Fragen erforderten schnelle Antworten. Man musste auf alles gefasst sein und konnte keinen Augenblick abschweifen. Geschichte, das war buntes Leben, an dem wir Teil hatten, ob es nun die Perser, Griechen, Römer, Franken oder Deutsche waren – wir erlebten das alles, als sei es jetzt. In der deutschen Geschichte kamen wir bis zum Ersten Weltkrieg. Das Dritte Reich war zwar unsere Gegenwart, aber kein Thema. Das war wohl auch zu heikel. Die politische Gesinnung konnte man raten. Bei feierlichen Anlässen trug er Cut und Stresemann. Im Ersten Weltkrieg war er Offizier gewesen und hatte sich das EK I verdient. Das trug er stolz zur Schau. Er sah es gern, wenn wir vor ihm knicksten. Dann schmunzelte er von einem Ohr zum anderen.
Latein war spröde. Wir wurden der Reihe nach aufgerufen, um zu präparieren, rekapitulieren, lesen, übersetzen, Satz zerlegen u.s.w. Das ging hart zu, zum ersten, zum zweiten, zum dritten! Tommy sah immer zur Uhr und gab flüsternd jeweils die Parole weiter: „Noch 10 Minuten bis Buffalo.... Noch 5 Minuten bis Buffalo....".
Man konnte sich ausrechnen, wann man dran kam. Einmal hatte bei einer schriftlichen Hausarbeit die ganze Klasse von mir abgeschrieben. Dummerweise war mir ein kleiner Fehler unterlaufen. Der fand sich dann auch in allen Arbeiten wieder. Unser Lateinlehrer Friedrich Löhr ließ seine blauen Augen strafend in die Runde gehen, von einer zur anderen. An mir blieben sie dann hängen, und ich bekam den ganzen Segen. Was mir denn einfiele, einen so dummen Fehler zu machen? Mir

war nur leider nichts eingefallen. Es war eine Ausfallserscheinung.
Wir mochten lieber Lehrer als Lehrerinnen. Wenn unser Amandus uns den Stundenplan für das neue Schuljahr diktierte und es war eine Lehrerin dabei, machten wir: „Buh!" Das war manchmal sehr ungerecht; aber als „Backfische" hatten wir mehr Interesse für die Männlichkeit. Das hing wohl mit den emporschießenden Hormonen zusammen. Doch eine Lehrerin mochten wir wirklich gar nicht leiden, das war die Turnlehrerin. „Leibesübungen" standen damals an erster Stelle, in der Unter- und Mittelstufe wurden fünf Wochenstunden dafür angesetzt und das bei dem ständigen Sport im BDM. Zum Glück waren es auf der Oberstufe nur noch drei Stunden, nach unserem Geschmack immer noch zu viel. Die meisten in der Klasse waren sportlich nicht sonderlich begabt, und dann wurden wir natürlich auch zunehmend eitel. Die Frisur sollte sitzen, uns störte es, wenn wir schmutzig und schwitzig wurden. Es gab zwar neben den Umkleideräumen Duschen; aber wir hatten keine Zeit, sie zu benutzen, weil gleich die nächste Stunde begann. Mit einem Wort: Sport war widerlich. Natürlich sah das die Sportlehrerin genau anders herum. Sie betonte ihre Bedeutung und Wichtigkeit. Das hatte sie weniger uns gegenüber nötig als vielmehr gegenüber den vielen doktorierten und professoralen Kollegen, die sie nicht ganz für voll nahmen. Unser Amandus hatte einmal heimlich in der Ecke von der Turnhalle gestanden und unbemerkt zugeschaut, während wir nach dem Tambourin hüpften. „ Hopp, hopp, hopp", rief die Dame jeweils zu dem Tambourinschlägen. Später sagte unser Amandus scheinheilig: „Was will diese Frau eigentlich von mir, dass sie immer meinen Namen ruft!" Er hieß nämlich „Hopf", Dr. Ernst Hopf.

Meine Sache war Sport sowieso nicht. Beim Geräteturnen verknackte ich mir die Handgelenke und musste zum Schutz Ledermanschetten tragen. Meine Linkspoligkeit machte mir bei Leichtathletik zu schaffen. Die Erbmasse von Vaters Seite war auch nicht dazu angetan, aus mir eine Olympiasiegerin zu machen. Wenn meine Sprünge zu kurz ausfielen, donnerte unsere ungeliebte Sportlehrerin jedes Mal: „Fräulein Ruppenthal, Ihnen ist wohl nicht ganz wohl!" Das war ausgesprochen gehässig; denn wenn wir auch gesiezt wurden, so nannte man uns doch beim Vornamen.
Zu Hause machte ich meinem Ärger Luft und erzählte alles. Vater lachte und gab seine Militärerfahrungen zum Besten. Als er in Berlin zur Ausbildung war, hätte der Unteroffizier ihn in der Turnstunde angebrüllt: „Da hängt der vollgefressene Hamburger doch wieder wie eine schwangere Wanze am Reck!" Mutti fand meine Erlebnisse nicht so lustig, ging am nächsten Tag zur Schule und verlangte, den Direx zu sprechen. Der war auch gleich bereit, sie anzuhören. Beredt, wie sie war, schilderte sie ihr Anliegen, ihre Sorge und Beschwerde. Meine Mutter überragte den kleinen Herrn um Kopfeslänge. Freundlich lächelnd und dienernd empfing er die „gnädige Frau", hörte verständnisvoll zu und beruhigte sie. Sie brauche das gar nicht so ernst zu nehmen. In seiner Schule stünden immer noch die wissenschaftlichen Fächer an erster Stelle. Man wolle die jungen Damen auf das Universitätsstudium vorbereiten, nicht auf die Olympiade. Meine Mutter ging zufrieden und sehr beeindruckt von dem kleinen Herrn Professor nach Hause. Kurze Zeit darauf fand ein Elternabend statt. Meine Eltern gingen beide hin und erzählten mir tags darauf amüsiert von der Rede unseres Direx. Er habe gesagt, er würde sich freuen, wenn seine Schülerinnen z.B. einmal Studienrätinnen würden. Sie brauchten dazu aber keinen Bocksprung

über das Katheder zu machen. Die Wissenschaft sei an seiner Schule das Entscheidende. – Nun kann man sich vorstellen, wie sehr mich unsere Sportlehrerin nach diesen Vorgängen liebte. Wir machten uns alle die Einstellung des Direx zu Nutze, beklagten uns bei ihm, dass wir nach dem Turnen abgekämpft, zerstaubt und schmutzig in die Lateinstunde kämen, wodurch die Konzentration leide. Und wir hätten Latein doch viel lieber als Sport. Das hörte der Direx schmunzelnd. Wie weit er unserer vorgeschützten Liebe zur Lateinstunde Glauben schenkte, weiß ich nicht. Doch das Ergebnis sah so aus: Die Sportlehrerin musste ihren Unterricht eine viertel Stunde vor dem Läuten beenden, damit wir uns in Ruhe waschen, anziehen und kämmen, wie auch noch einen Moment verschnaufen konnten. Sie quittierte das zähneknirschend.

Unser „Amandus" Dr. Ernst Hopf

III Kapitel

Der BDM gefiel mir allmählich besser. Viel trug dazu bei, dass Altona nach Hamburg eingemeindet wurde. Ich gehörte jetzt nicht mehr zu „Nord – Nordmark", sondern zu „Nord Hamburg".
Die Wege zu unserem HJ-Heim waren zwar weit, bis in die Bundesstraße musste ich laufen. Aber das Heim war hübsch eingerichtet. Die Heimabende wurden inhaltsreicher, vor allem als für den BDM „Glaube und Schönheit" eingerichtet wurde. So dumm der Name war, so gut war die Sache. Es handelte sich um Kurse zu allen möglichen Sachgebieten, gelehrt von Fachkräften. Ich wählte zuerst „Gesundheitskunde" bei einer Ärztin. Nach dem Abschluss des Kurses war ich sog. „G-D-Mädchen", musste bei Großveranstaltungen zwecks „erster - Hilfe" - Leistung parat sitzen,
auf dem Kopf ein weißes Tuch mit einem roten Kreuz darauf.
Als nächstes wählte ich einen Kosmetikkursus bei einer Kosmetikerin. Was ich an Heimabenden und Kursen besonders genoss, war, dass sie abends von 20 bis 22 Uhr stattfanden. Sonst musste ich immer um 21 Uhr zu Hause sein. Aber an den Tagen musste Vater von dieser Regel Abstand nehmen. Natürlich nutzte ich das aus und ging noch mit einer BDM - Freundin in die Eisdiele, bevor ich mich nach Hause begab. Es war eine einmalige Gelegenheit pro Woche. Dem Drängen, ich sollte Führerin werden, habe ich immer widerstanden. Unser Amandus bedauerte, dass er mich auf Grund dieses Widerstandes nicht zur Klassenführerin machen konnte. So wurde ich nur Stellvertreterin von Tommy.

Haben wir uns eigentlich mit dem Nationalsozialismus auseinandergesetzt? Das erwartet man heute immer von uns! Wir waren jung und lebten fröhlich dahin. Gutes und Böses lagen dicht beieinander. Wir nahmen uns das heraus, was Spaß machte und uns gefiel.

Ich saß immer noch am liebsten zu Haus vor dem Bücherschrank und las. Mein Taschengeld setzte ich vornehmlich in klassische Bücher um. Von Vater bekam ich 3,50 RM im Monat, Oma schob mir heimlich 20.- RM zu. Damit ließ sich einiges erwerben. Was ich von den Klassikern auswendig wusste, deklamierte ich auch gern. Dann schloss ich mich in mein Zimmer ein und spielte für mich ganz allein Theater. Meine Großmutter hatte das durch die Tür hindurch gehört und sprach mich lächelnd darauf an. Ich hatte neue Berufsvorstellungen und erklärte ihr, ich wolle nun Schauspielerin werden. „Aha", schmunzelte meine kluge Oma, „und welche Rolle würdest du am liebsten spielen?"
„Faust natürlich!" war die prompte Antwort.
Das hatte meine Großmutter schon erwartet, und schelmisch meinte sie: „Das wird dir kaum gelingen. Du könntest höchstens das Gretchen spielen!" Ja natürlich, da war es wieder! Was durfte man denn eigentlich als Mädchen? Als Vater von meinen neuen Plänen erfuhr, gab es ein Donnerwetter. Er schlug mit der Faust auf den Tisch und gab zu verstehen, dass er mich zu solchem „Huddel-di-Nuddel-Kram" nicht aufs Gymnasium schicke. Ich solle Medizin studieren und heiraten dürfe ich erst nach abgeschlossenem Studium. Meine Schauspiel – Idee hatte auch schnell ihren Reiz verloren. Gretchen oder gar das Käthchen von Heilbronn wollte ich ganz gewiss nicht spielen. Trotzdem ging ich weiterhin liebend gern ins Theater. Der HJ – Theaterring kam meinen Neigungen entgegen. Für wenig Geld bekamen wir Karten

für alle Theater in Hamburg und konnten uns beliebig aussuchen, was wir sehen wollten. Es wurden durchweg klassische Stücke in hervorragenden Inszenierungen und mit exzellenten Schauspielern aufgeführt.
Die politischen Schauspiele der Zeit zogen uns natürlich auch in ihren Bann. Wie hätten wir uns diesem Sog entziehen können? Wenn Hitler zu einem Stapellauf der KdF – Schiffe nach Hamburg kam, waren alle jungen Leute den ganzen Tag auf den Beinen. In aller Frühe musste der BDM antreten, um an der Strasse zum Hafen Spalier zu stehen. Vor uns bildeten die SA – Leute eine Sperrkette und hielten sich gegenseitig bei der Hand. Jeweils im Zwischenraum lugten dann die jungen Mädchen hervor, sicher hübsch anzusehen.
Die „Pimpfe", wie man die kleinen HJ- Jungs nannte, stiegen auf die Laternenpfähle, um jeweils lauthals anzukündigen, wer in Sicht war. Doch wir mussten stundenlang warten, bevor die Kolonne der Führer – Autos sich näherte. Wir trieben allerhand Unfug, tranken den SA – Leuten die Feldflaschen, die sie auf dem Po hängen hatten, leer, zwickten und zwackten die Männer, mussten aber am Platz bleiben. Es war auch sehr eng. Man konnte kaum treten. Schließlich großes Gebrüll, ein Auto kam schnell fahrend. Alle verstummten. In dem Auto saß Goebbels, den wir gar nicht leiden konnten. Langsam näherte sich der nächste Wagen: ein Riesengeschrei: „Hermann, Hermann!" Und dann endlich – Hitler, stehend im offenen Wagen, lachend, nach allen Seiten grüßend, begleitet von einem unbeschreiblichen tosenden und begeistertem Lärm. Es war so und nicht anders. Man kann es sich heute kaum vorstellen. Die jetzige Jugend kennt solche Begeisterung wohl überhaupt nicht – höchstens beim Fußballspiel. Das ist ja wenigstens etwas. Aber – was ist des Deutschen Vaterland?

Wenn Hitler vorbeigefahren war, löste sich das ganze Spalier schnell auf. Alle strebten dem Rathaus zu, um ihn in Kürze dort noch mal zu sichten. Das war ein Gewoge und Geschiebe auf dem Rathausplatz, der damals Adolf Hitler Platz hieß. Meine Freundin Elisabeth und ich hielten uns fest an den Händen, um nicht auseinander gerissen zu werden. Einmal hatte ich gerade neue Schuhe bekommen, nach der Mode dunkelblau. Sie waren nachher so zertreten, dass man sie nicht mehr gebrauchen konnte.
Nachdem die hoheitliche Wagenkolonne angekommen war, mussten wir immer noch warten und sangen dann alle lauthals:
„Nach Hause, nach Hause, nach Hause gehen wir nicht, bis unser Führer spricht!" Gelegentlich zeigte sich mal Göring an einem der Fenster. Schnell wurde er entdeckt, und es folgte das übliche Geschrei. Endlich trat Hitler auf den Balkon, und der Jubel kannte keine Grenzen, bis es dann plötzlich mucksmäuschen still wurde.
Hitler schaute lachend nach allen Seiten, sprach dann mit seiner rauen Stimme, etwas abgehackt: „Deutsche Jungen! – Deutsche Mädchen!..." Das höre ich noch. Wenn er dann vom Balkon verschwand, gingen wir noch lange nicht nach Hause. Einmal gabelte uns Elisabeths Tante Lia auf, die in der Nähe in einem Büro arbeitete und zufällig über den sich leerenden Platz kam. Sie nahm uns, dreckig wie wir waren, mit in das Vegetarische Restaurant an den Alsterarkaden. Da sollten wir uns erst einmal waschen, die aufgelösten Zöpfe neu flechten, essen und trinken. Natürlich taten wir das sehr gern, aber doch in aller Eile; denn wir mussten unbedingt den anderen nach, zur Hanseatenhalle. Da würde Hitler abends reden. Wir wollten ihn noch einmal vorbeifahren sehen, dann die Rede hören, die nach draußen übertragen wurde, am

liebsten den Redner auch noch zurückfahren sehen. Da war es dann allerdings schon dunkel.
Erst spät, so gegen 11 Uhr kam ich nach Hause. Vater war dann noch nicht daheim. Die Technische Nothilfe musste den Hauptbahnhof absichern. Meine Mutti, gänzlich uninteressiert, war schon zu Bett gegangen. Einsame Wacht hielt meine wissbegierige Oma. Sie musste alles sofort, aus erster Quelle erfahren, alles, aber auch alles, nicht nur solche Ereignisse, z.B. auch was wir in der Schule gelernt hatten. – An solchen Abenden wie diesem hielt sie Rote Grütze mit Milch bereit. Sie wusste sehr wohl, wonach mir der Sinn stand. Und dann erzählte ich ihr alles.

Mein Großvater war am 01. Januar 1938 an einem Herzschlag gestorben. Er plagte sich mit dem Herzen schon lange, konnte aber das professionelle Rauchen starker Brasilzigarren nicht lassen. Verbot ihm ein Arzt das Rauchen, empörte er sich und sagte: „Der verdirbt mir mein Geschäft!" Dann ging er zu einem anderen Arzt. Die Ehe meiner Großeltern Jebens war außerordentlich glücklich. Von den fünf Kindern überlebten nur zwei, meine Mutter und ihre fünf Jahre jüngere Schwester, die nach Amerika ausgewandert war. Das war meine geliebte Tante Friedel, die alle paar Jahre mal auf Besuch kam und mit mir spielte, mit mir Unfug machte und über alle meine Dummheiten lachte. Von „drüben" schickte sie mir gelegentlich Dollarscheine, in Paketen hübsche Kleider und Anziehpuppen. Hildegard und ich waren besonders begeistert, als sie uns eine Babypuppe aus Pappe, versehen mit allen Babyeinrichtungen und Ankleidestücken aus Pappe und Papier, schickte. Der Hintergrund war: Tante Friedel und ihr Mann, Onkel Bruno aus Mottenburg, hatten nach achtjähriger Ehe endlich den Bogen heraus und erwarteten Nachwuchs.

Das war dann das zweite Enkelkind meiner Großeltern Jebens. Unser Großvater hat die kleine Edith noch erlebt; denn 1937 kamen die „Amerikaner" auf mehrere Monate zu uns – mit einem großen Schiff über den Ozean. Edith war damals fünf Jahre alt. Onkel Bruno staunte über den plötzlich ausgebrochenen Wohlstand, bereute fast, dass er ausgewandert war und überlegte, ob er nicht hier bleiben sollte. Doch dann beobachtete er den Zwang auf vielen Gebieten, und so kehrten sie nach Detroit zurück.

Onkel Bruno, Tante Frieda, Oma, Opa, Mutti, Papa, Edith und ich. Familienausflug nach Bergedorf 1937

Als es 1938 schon einmal in der großen Politik so krieselte, dass ein Krieg nahe schien, machten wir von der Klosterschule gerade im September eine Klassenreise nach Mölln und Ratzeburg. In Ratzeburg feierte ich mit meiner Klasse meinen 15. Geburtstag in einem Café. Ich lud alle zu Pfirsichtorte ein, für Kaffee reichte mein Geld nicht ganz. Wo wir auch liefen, gingen, saßen – es kam immer wieder dasselbe Thema zur Sprache: Krieg oder Frieden? Für diesmal ging es noch gut! In Nürnberg wurde der Reichsparteitag des Friedens gefeiert. Weihnachten kam heran.

Das Heeresbauamt feierte jedes Jahr zu dieser Zeit ein großes Familienfest. Weihnachten nach alter Weise, mit allen christlichen Weihnachtsliedern. Es hatte sich eingebürgert, dass ich dann jedes Mal von der Bühne aus ein Gedicht vortrug, zuerst mit langen Zöpfen, große, weiße Schleifen darin, im weißen faltenbesetzten Mullkleid, mit weißen Söckchen und schwarzen Lackschuhen angetan. Auch 1938 hatte man meinen Vater bedrängt: „Ihre Tochter wird doch wohl wieder vortragen!" Stolz sagte er das zu.
Aber die Tochter wollte nicht mehr. Für solchen Kinderkram wäre sie zu erwachsen, meinte sie. Vater bettelte, ich solle ihn doch nicht blamieren, wo er doch schon ja gesagt habe. Dann stellte ich Bedingungen: 1. nur im längeren Kleid, 2. mit kurz geschnittenen Haaren und vor allem: nur mit einem selbstverfassten Gedicht. Vater stimmte erleichtert allem zu. Ich hatte mir zu der Zeit das Dichten angewöhnt, übte mich in Hexametern, Pentametern, Knittelversen und wollte in meinem doch noch recht kindlichen Sinn Goethe nacheifern. In der Regel bedichtete ich Natur und Kunst. Diesmal machte ich gnädigst eine Ausnahme und bedichtete den Frieden. So trug ich bei Sagebiel sozusagen erstmals aus eigenen Werken vor und erntete stürmischen Applaus. In meinem grünkarierten Wollkleid, das über die Knie ging, und mit Omas seidenen Strümpfen stand ich souverän hoch oben, und mit dem Applaus verneigte ich mich, ich knickste nicht etwa. Nun hatte ich erst recht einen stolzen Vater.

Am 26. März 1939 wurde ich mit vielen anderen, die größtenteils noch weiterhin die Schule in der Arnkielstraße besuchten, von Pastor Christiansen in der Pauluskirche konfirmiert. Mein Spruch war dem 50. Psalm entnommen: „Rufe mich an in der Not, so will ich dich erretten....." So kurz vor dem Krieg gesprochen, wurde er besonders wertvoll. Ich trug ein dunkelblaues Samtkleid; der Stoff war kostbar. Es wäre nur besser gewesen, wenn meine Mutter es genäht hätte und nicht Vaters Schwester Grete. Tante Grete hatte Nähen gelernt, sie machte so feste kleine Stiche, dass sich die Nähte schwer auftrennen ließen; aber was sie nähte, hatte keinen Schwung, es war immer etwas plump und bäuerisch. Meine Mutter konnte alles viel besser und hatte einen ganz anderen Schmiß. Aber Vater bestand darauf; er wollte seiner Schwester wohl etwas zukommen lassen. Übrigens hatte Tante Grete auch Muttis langes Kleid für die Opernpremieren schneidern müssen. Es war aus kostbarem weinrotem Wollkrepp, saß zwar gut, ließ meine Mutti aber zehn Jahre älter aussehen. Mutti und ich hatten auch später noch Grund, über Tante Gretes Künste zu seufzen. So war ich denn mit meinem Konfirmationskleid auch nicht recht zufrieden. Muttis Freundin, Tante Erna, hatte mir ihr goldenes Halskreuz geliehen, das die Düsternis etwas aufhellte. Schuhe trug ich aus dunkelblauem Krokodilleder, schmal und weit ausgeschnitten, mit flachem Absatz. Letzteres war ein Freundschaftsdienst an meiner Freundin Elisabeth, die im Wachstum mit mir nicht mitgehalten hatte und einen Kopf kleiner geblieben war. Sie trug schwarze Lackpumps mit ganz hohen Stöckelabsätzen, damit sie größer wirkte. Sie hat sich reichlich gequält und musste sich an mir festhalten. – Vater hatte sich nicht lumpen lassen. Er hatte alle Verwandten, Freunde und Bekannten zu uns nach Hause zum Kaffee und zum Abendessen eingeladen. Es war eine Demonstration des Wohlstandes, die auch Omas Schwager, den supervornehmen Bankier beeindruckte. Früher, zu Opas Glanzzeiten hatte es auch schon Familienfeste bei uns gegeben. Dieses sollte das allerletzte Fest in unserem Haus Eimsbütteler Straße 72 werden. Das wussten wir allerdings noch nicht. Von dem Menü, das Vater zusammengestellt hatte und aus einem Hotel kommen ließ, wurde noch den ganzen Krieg über geschwärmt. Es gab erst eine klare Brühe, dann gedünstetes Zanderfilet mit Krebssauce, als Hauptgericht Kalbsbraten mit viel verschiedenem Gemüse und schließlich eine Eisbombe. Zu allem wurden verschiedene Weine gereicht. Vater war ein Weinkenner. Immer lagerten bei uns viele Flaschen. Wenn Vater seine Schwiegermutter ärgern wollte, stellte er Kröver Nachtarsch auf den Tisch. Der unanständige Name regte sie furchtbar auf. Ob er bei meiner Konfirmation mit von der Partie war, weiß ich nicht zu erinnern. Zum Kaffeetrinken kam auch unsere verehrte Englischlehrerin, unsere „Göttliche", aus der Arnkielstraße zu Besuch. Sie unterhielt sich mit Vaters jüngerer Schwester, Tante Lina, angeregt über englische Literatur. Das genoss Tante Lina sehr und stimmte sie mir gegenüber milder. Die Feier erstreckte sich bis in die Nacht und wurde etwas feuchtfröhlich. Der Schwiegervater meiner fernen Tante Friedel, Onkel Paul aus Mottenburg, feierte schließlich meine Verlobung und ließ Braut und Bräutigam hochleben. Doch bis zur Verlobung hatte es noch sieben Jahre Zeit. Dazwischen lag der Krieg. Die ganze Welt hatte sich verändert.

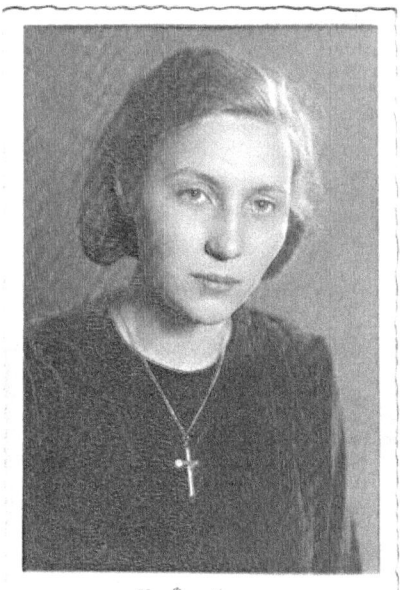

Konfirmation

IV Kapitel

Was man heute den „Überfall auf Polen" nennt, haben wir als „Polenfeldzug" bezeichnet und angesehen. Es war in unseren Augen eine Revidierung des Versailler Vertrages. Im Versailler Vertrag hatten die Alliierten die Demütigung Deutschlands bei weitem übertrieben. Die an Polen gefallenen deutschen Gebiete schienen uns widerrechtlich entwendet, und insofern konnte man den „Polenfeldzug" nach antiker wie christlicher Lehre als „gerechten Krieg" bezeichnen. Dass es überhaupt keinen „gerechten Krieg" geben kann, haben die meisten europäischen Länder nach dem Massaker wohl begriffen, jedenfalls nicht nur wir Deutschen. Damals waren wir jungen Menschen von solcher Art von „Gerechtigkeit" jedenfalls noch überzeugt. Besser wäre es natürlich gewesen, wenn man das Ziel mit diplomatischen Verhandlungen erreicht hätte. Ob das möglich gewesen wäre, sei dahin gestellt. Wer durchschaut schon die Hintergründe der Politik? – Wir waren frohen Mutes und glaubten an den baldigen Sieg der „gerechten Sache". Meinen 16. Geburtstag feierte ich nicht. Erst dann wollten wir wieder feiern, wenn der Sieg errungen war. Mein Vater nahm die ganze Situation gelassen hin und äußerte sich weiter nicht. Die Frauen der Familie waren skeptisch und besorgt. „Muss denn schon wieder Krieg sein!?", beklagte sich meine Großmutter. Im Ersten Weltkrieg hatten meine Großeltern ein paar Jahre in Mannheim gelebt. Da hatte es schon Bombenangriffe durch die Franzosen gegeben. Kettenbomben hatten sie mit einem fürchterlichen Gerassel geworfen. Meine Großeltern hatten einen Hund gehabt, der schon, bevor die Sirenen schrillten, mit lautem Geheul die Angriffe anzukündigen pflegte. In Mannheim gab es sehr feste und sichere Felsenkeller, in die man sich dann schnell begeben musste, und wenn es mitten beim Essen war. Meine Mutter fügte hinzu, sie sei in ihrem Weihnachtsurlaub mal kurz bei ihren Eltern in Mannheim zu Besuch gewesen. Da habe nach einem Bombenangriff bei einem Haus eine Mauer gefehlt, so dass man von der Straße aus in den Zimmern die Tannenbäume hatte sehen können. – „Und dann das dauernde Steckrübenessen! Etwas anderes hatte man ja nicht!" seufzte Oma. Ich konnte mir das damals alles gar nicht vorstellen.

Zunächst war für uns jungen Leute alles sehr interessant. Es gab zwar Lebensmittelkarten und alles war rationiert. Aber wir brauchten nicht zu hungern und auch keine Steckrüben zu essen. Alles war gut vorbereitet und organisiert. Wir übermütigen Backfische allerdings machten uns einen Spaß. Auf dem Korridor in der Klosterschule hakten wir uns in langen Reihen ein und sangen im Laufen: „Es geht alles vorüber, es geht alles vorbei. Im Monat Dezember gibt's wieder ein Ei!" Unsere Lehrer lachten dazu. Bei Wintereinbruch gab es in der Schule zuerst Probleme mit der Heizung. Auch das nahmen wir mit Humor. In unseren Mänteln krochen wir in der Hocke durch die Klasse und schlugen um uns, bis wir mit vielen Schulaufgaben ausgestattet für ein paar Tage nach Hause geschickt wurden. Wie herrlich! Einige Wochen war unsere Schule Marinelazarett. Wir mussten so lange in die Kaspar-Vogt-Schule gehen, wo halbtags Mädchen, halbtags Jungen unterrichtet wurden. Das war besonders amüsant. Unter dem Tisch fanden sich dann immer Liebesbriefe, von beiden Seiten der Geschlechter, obwohl sich die Angebeteten auf beiden Seiten gar nicht kannten. Dieses Vergnügen wechselte bald den Ort. Wir kamen wieder in unsere Klosterschule zurück, hatten aber auch da jeweils vor jedem Nachmittag unbekannten, aber amüsanten Herrenbesuch. Große Gefahr für uns behüteten jungen Damen sah unser Direx in der militärischen Nachbarschaft. Auf unserem Flachdach war eine Flakeinheit stationiert. In unserer Gymnastikhalle und in den dazugehörigen Umkleideräumen im 4. Stock hatten sie ihre Unterkunft. Das Klassenzimmer daneben war uns für ein Jahr zugeteilt, weil wir als vertrauenswürdig erschienen. Das waren wir auch. Wir befolgten strikt die Auflage, mit den Flaksoldaten kein Wort zu sprechen. Diese hatten wohl den gleichen Befehl; auch sie sagten gar nichts, wenn sie uns begegneten. Sie besaßen einen kleinen Hund, ein entzückendes Wollknäuel. Dieses junge Tier lief unbekümmert in unsere Klasse, als die Tür in der Pause einmal aufstand. Das war natürlich ein großer Spaß. Auf dem Bauch lagen wir auf dem Fußboden, um mit dem Hündchen zu spielen, das schwanzwedelnd und aufgeregt von einer zur anderen lief. Die Flaksoldaten suchten natürlich den kleinen Gesellen, erblickten uns auf dem Fußboden. Was blieb ihnen anderes übrig, als verbotenerweise den Klassenraum zu betreten, sich gleichfalls bäuchlings auf den Boden zu legen, um ihr Hündchen einzufangen. Gesprochen haben wir kein Wort, aber Gekicher ließ sich nicht vermeiden. Darüber kam unser Amandus hinzu und wurde richtig böse, was wir von ihm nur selten erlebten. Dieses obere Klassenzimmer war auch sonst sehr beliebt. Es war die „Möwenklasse". Auf dem Fahnenmast gegenüber saß immer eine Möwe und beäugte unsere Fenster. Am Ende der Pause legten wir Reste von unserem Frühstücksbrot auf das Fenstersims. Dann muss die wachsame Möwe wohl Alarm gegeben haben und die ganze Sippe stürzte sich kreischend auf unsere Brocken. Das quittierte unser Amandus nur mit Kopfschütteln. – Im Jahr darauf bekamen wir den Klassenraum im Parterre direkt neben dem Direktorenzimmer zugeteilt. Da waren wir unter strengerer Aufsicht. Gefährlich war es wiederum; denn die Fenster der Klasse waren dem Lübecker Torfeld zugewandt. Das diente normalerweise als Sportplatz für alle darum herumliegenden Schulen, auch für uns. Jetzt aber war es Exerzierplatz für eine Infanteriekompanie. Der Befehlshabende Unteroffizier machte sich einen Spaß und ließ die Soldaten auf unser Fenster hin stürmen; direkt darunter mussten sie sich dann alle auf den Bauch werfen. Das war jeweils dann, wenn wir Pause hatten. Natürlich standen wir alle am Fenster und lachten, während die Soldaten zu uns heraufblinzelten. Das gab dann ein Donnerwetter vom Direx. Wir sollten in der Pause ja auch auf dem Schulhof sein.

Nach einigen Schwierigkeiten am Anfang ging das Leben im Krieg zunächst einigermaßen normal weiter. Sicherlich – Straßen, Häuser, Züge waren verdunkelt. Daran gewöhnte man sich schnell. Vielfach trug man eine phosphorisierende Plakette am Revers, damit man sich nicht gegenseitig umrannte. Öfter gab es Fliegeralarm, ohne dass etwas Ernstliches passierte. Auch daran gewöhnte man sich. Meine Großmutter klagte immer, sie könne nicht schlafen. „Ich habe die ganze Nacht kein Auge zugetan", sagte sie dann. Ich fand das natürlich witzig. Du meine Güte, warum machte sie die Augen denn nicht zu? Uns kam die Sache nun zu statten. Während wir das Sirenengeheul eher verschliefen, war Oma sofort wach und weckte uns. Für sie war das immer eine schöne Abwechslung. Als erste war sie im Luftschutzkeller. Bepackt mit einer großen gefüllten Wasserkanne, wie das Vorschrift war, und einem kleinen Koffer, der alle Familienpapiere, samt Zeugnissen, Ehrenurkunden, Photos und dergleichen enthielt. In ihrem alten schwarzen Plüschmantel saß sie dann da, bald in angeregter Unterhaltung mit den anderen Hausbewohnern. Wenn die Entwarnungssirene ertönte, lud sie – so mitten in der Nacht – die Damen des Hauses zum Kaffee ein. Da ging das Geschwätz dann weiter, bis die Sirene uns das zweite Mal in den Keller trieb. Oma hatte dann eine interessante Nacht gehabt, und mir diente der nächtliche Kelleraufenthalt dazu, meine Schularbeiten zu beenden. Ich hatte es schon so geplant. Wenn der Alarm mal ausfiel, wachte ich erst morgens erschrocken auf. Du liebe Zeit! Meine Schularbeiten sind noch nicht fertig! Da half dann nur noch die Bahnfahrt bis zur Schule! Die Anfangsregelung, die nach Fliegeralarm schulfrei vorsah, wurde sehr schnell aufgegeben. Wir mussten lernen, lernen, lernen. Daran sollte der Krieg nichts ändern. Den Luftschutzkeller hatte mein Vater nach sorgfältigen Berechnungen zusammen mit dem Vater von Hildegard und Günter ausgebaut und mit dicken Holzstämmen abgestützt. Es war vorher unser Apfelkeller gewesen, in dem es immer so schön duftete. Damit war es nun endgültig vorbei. Die Familie Semmler mit Hildegard und Günter war kurz vor dem Krieg ausgezogen. Die tüchtige Frau Semmler machte sich selbständig und eröffnete in Ottensen einen eigenen Konfitürenladen. Mein Vater ging nie mit in den Keller. Er blieb in der Wohnung, um für einen eventuellen Einsatz der Technischen Nothilfe bereit zu sein. Das war sehr leichtsinnig von ihm; denn allmählich wurde es brenzlig.

Zu Beginn des Krieges wurde nur selten ein Haus von einer Bombe getroffen. Dann gab es am nächsten Tag eine ganze Völkerwanderung dahin. Alle wollten den Schaden besichtigen aus reiner Sensationslust. Doch am 11. Mai 1941– ausgerechnet Muttis Geburtstag – wurde es für uns ernst. Während wir im Luftschutzkeller unseres Hauses versammelt waren,

gab es plötzlich einen ohrenbetäubenden Lärm. Die
Wände zitterten, die Lampe flackerte. Entsetzt dachten
wir: „Jetzt hat es uns getroffen!" Doch dieses Mal waren
wir noch davon gekommen. Schräg gegenüber von uns
am Alsenplatz hatte eine englische Luftmine die oberen
Etagen eines Wohnhauses abgerissen. Die
Restaurierung des Hauses wurde umgehend in Angriff
genommen und wenig später war es wieder heil.
Menschen waren nicht zu Schaden gekommen. Eine
Mitschülerin von uns, Hanna, die in einem anderen
Stadtteil wohnte, hatte es dagegen schwer erwischt.
Nach einem Sportunfall war sie am Arm operiert worden
und deshalb beim Fliegeralarm nicht in den Keller
gegangen. Ihr wurde durch Bombensplitter ein Fuß
abgerissen, ihrer Mutter, die bei ihr geblieben war, ein
ganzes Bein. Damals war derartiges noch so selten,
dass der Bürgermeister persönlich sie im Krankenhaus
besuchte. Sie durfte sich etwas wünschen und wünschte
sich einen Webstuhl. Abwechselnd, jeweils zu zweit,
gingen wir nach der Schule zu ihr ans Krankenbett.
Sonst nahm das Leben weiter seinen Lauf. Abends,
wenn es mulmig wurde und noch kein Alarm ausgelöst
werden sollte, stand immer ein großer
Scheinwerferstreifen am Himmel. Wir nannten ihn den
Totenfinger, kümmerten uns aber weiter nicht darum.
Tagsüber ließ man Fesselballons aufsteigen, um den
Durchflug feindlicher Flugzeuge zu verhindern. Bei
trübem Wetter standen die länglichen grauen Dinger
ganz tief, bei schönem Wetter glitzerten sie ganz hoch
oben in der Sonne.
Die Binnenalster war zum Teil getarnt. Es war nicht nur
Tarnstoff ausgespannt, sondern auch eine unechte
Brücke gebaut, die von der Lombardsbrücke ablenken
sollte. An das alles gewöhnten wir uns. Noch im Winter
1941/1942 kamen Inge und ich auf die törichte Idee,
einen Kursus beim Roten Kreuz zu belegen, in der

Hoffnung, dass wir dann umgehend zum Lazarettdienst eingezogen würden und uns um das Abitur drücken könnten. Der Kursus fand in der Nähe der Schule statt, und zwar abends. Inge wohnte dort, während ich danach noch einen langen Nachhauseweg hatte, im verdunkelten Zug und zu Fuß. Das machte mir nichts aus. Doch mein Vater kam dahinter und machte einen Riesenkrach, weniger wegen der späten Heimkehr, vielmehr wegen der hinterhältigen Absicht. „Schicke ich dich auf die Klosterschule, damit du dich um das Abitur drückst? Hast du das nötig? Dann könntest du mir leid tun!" Beschämt gab ich Vater Recht. Den Kursus habe ich aber bis zum Ende mitgemacht und mit einer Prüfung abgeschlossen.

Mit Wonne ging fast die ganze Klasse am Samstagnachmittag zur Tanzstunde bei Schwormstedt. Das war schon ein alter Herr, bei dem mein Vater bereits das Tanzen gelernt hatte. Die Tanzschule lag nicht weit von unserer Klosterschule entfernt. Wenn wir am Samstagnachmittag büffeln mussten, brauchten wir zu Schwormstedt nur eben um die Ecke zu gehen. In der letzten Stunde hatten wir Geschichtsunterricht bei unserem Direx. So interessant das auch war – zuletzt wurden wir unruhig, sahen oft auf die Uhr. Die eitle Lisa schaute unter dem Tisch heimlich in den Spiegel, ordnete ihre Haarfrisur und puderte sich das Gesicht. Das merkte der Direx und ahnte den Hintergrund, „Meine Damen, schämen sie sich gar nicht, solchen Vergnügungen nachzugehen, während unsere Soldaten an der Front stehen?" Wir sahen nicht ein, dass wir uns schämen sollten. Unsere Tanzherren mussten gegenwärtig sein, von einem Tag zum anderen einberufen zu werden, und waren froh, dass sie die Tanzstunde noch genießen konnten. Auch mein Vater meinte, gerade im Krieg müsse man die Feste feiern wie sie fallen. Die Soldaten an der Front täten das auch, wenn sie die Möglichkeit hätten. Doch unser Direx sah das anders und brummte uns für den Samstag noch eine zusätzliche Stunde auf. Wenn er nun glaubte, er hätte uns damit die Tanzstunde vermasselt, so hatte er sich gründlich geirrt. Traurig erzählten wir Herrn Schwormstedt das schlimme Ereignis. Der lachte nur und wusste sofort Rat. Er erlaubte uns, am Kursus der Fortgeschrittenen teilzunehmen. So tanzten wir denn fortan in der zweiten Halbzeit bei den Anfängern, danach die volle Zeit bei den Fortgeschrittenen. Dagegen war selbst unser Direx machtlos. Meine Mutter hatte mir für die Tanzstunden hübsche Kleider genäht. Eins war aus buntkariertem Taft, ein anderes aus dunkelblauer Seide mit großen weißen Punkten. Am Gürtel trug ich eine große Schnalle aus echtem Silber. Es fand sogar noch ein großer Ball im Hotel Atlantik statt, eben da, wo der Hamburger Ingenieurverein seine Bälle abzuhalten pflegte. Zu letzteren durfte ich nie mit, weil Vater befand, „Schulkinder" gehörten da nicht hin. Meinen Gegenvorstellungen, ich ginge wohl noch zur Schule, sei doch aber kein „Kind" mehr, schenkte er einfach kein Gehör. Er habe gesprochen, basta! Zu diesem Tanzstundenball kamen meine Eltern natürlich mit. Mutti nähte mir wieder ein süßes Kleid. Es war ein elfenbeinfarbener Taftstoff, den meine Großmutter auf Bezugsschein erhalten hatte. Eigentlich sollte daraus ein Unterkleid zu einem Spitzenkleid werden – für Oma, nicht für mich. Aber die gute Oma schenkte es mir, dazu eine goldene Kette mit einem Zitrin. Für ein langes Kleid reichte der Stoff nicht. Aber ich war durchaus zufrieden. Wenige Tage vor dem Ball erkrankte ich an Nesselfieber und musste das Bett hüten. Ich nutzte die Zeit, um ein Theaterstück zu schreiben, eine Liebeskomödie. Genaueres weiß ich nicht mehr, bestimmt war sie sehr naiv; denn in solchen Dingen war ich gänzlich unerfahren. Zum Ball wollte ich unbedingt. Mutti sah mich besorgt an, als wir zur Stadt fuhren. Ich sah immer noch gesprenkelt aus, und das Fieber war auch noch nicht ganz weg. Der Eröffnungstanz war den Vätern mit den Töchtern zugedacht: Wiener Walzer. Da war mein Vater in seinem Element: erst ein Sprung ins Ungewisse, dann schwenkte er mich rechts herum, links herum. Es war herrlich, und ich war prompt gesund. Den Rest der Nacht tanzte ich mit einem gewissen Günther, der aber ein anderer war als mein Kinderfreund. Wir ließen keinen Tanz aus – bis in den Morgen. Unsere Tanzherren waren durchweg so alt wie wir und gingen aufs Gymnasium. Die im Alter darüber lagen, standen im Feld, was unseren, für uns viel zu jungen Freunden, auch in Kürze bevorstand. Die Eltern waren während unseres Vergnügens in großer Sorge. Die ganze Zeit über war Voralarm, und Schwormstedt war im Zweifel, ob er nicht den Ball abbrechen sollte. Als wir jungen Leute in der Pause in einer Gruppe zusammensaßen, kam mein Vater zu uns – natürlich als Kontrolleur. Er kam gerade im rechten Augenblick; denn unsere jungen Herren hatten großzügig eine Bowle bestellt und konnten sie dann nicht bezahlen. Vater sprang amüsiert ein. Es handelte sich um eine Selleriebowle, die schmeckte so ähnlich wie eine Ananasbowle. Ananas gab es zu dieser Zeit nicht. So hatten wir dann trotz allem unseren Spaß.

    Natürlich verfolgten wir immer das Frontgeschehen. Zu Hause hatten wir schon zu Großvaters Zeiten ein Radio. Mit Kopfhörern fing es an. Es folgte ein großer Kasten, der mit einem Akku funktionierte. Und schließlich kam der Volksempfänger. Der Besitz eines Radios war zunächst noch keineswegs selbstverständlich. Wenn Hitler eine Rede hielt, versammelte sich im unserem Wohnzimmer die ganze Hausgemeinschaft, um sie anzuhören. Der

Volksempfänger zitterte über dem Gebrüll. Doch alle hörten gespannt zu. Im Krieg informierte uns der Kasten über die Frontereignisse. In der Regel konnte man die Geschehnisse nur dem Deutschlandsender entnehmen. Es war sehr schwierig, einen anderen Sender zu bekommen. Meine neugierige Oma versuchte es immer wieder. Mit viel Geduld drehte sie und drehte sie, bis Vater sagte: „Mutter, lass das man lieber! Du weißt doch, dass es verboten ist!" Nun ja, wir waren soweit informiert, wie es der Deutschlandsender gestattete, und – das sei ungeleugnet – wir freuten uns über jeden Sieg. Dazu musste man kein „Nazi" sein. Wir waren Deutsche und liebten unser Vaterland. Wer wollte uns das wohl verbieten? Wie groß war der Jubel, als wir Frankreich besiegt hatten! Jene Nachbarin, die bei meiner Geburt am Arm einen blauen Fleck davongetragen hatte, rief meiner Oma zu: „Frau Jebens, Frau Jebens, Bismarck war groß, aber Hitler ist größer!" Dabei hatte sie als junges Mädchen bei den Bismarcks gedient und erzählte gern strahlend, wie der alte Reichskanzler mit der hübschen jungen Emma geschäkert und sie gern mal in den Po gekniffen hatte. Es war schon einiges, das sie bewegte, auf einmal Hitler über Bismarck zu setzen. Im Übrigen war Otto Burmeister ihr Schwiegersohn. - Ob nun Bismarck oder Hitler – der Bruderstreit zwischen Deutschland und Frankreich um das Erbe der dritten Bruders, Lothringen, durchzieht die Geschichte beider Länder von Anfang an. Mal ist der eine Bruder der Sieger, mal der andere. Der Krieg gegen Frankreich, das übrigens uns den Krieg erklärt hatte, nicht umgekehrt, war keine Spezialität Hitlers. Für die Deutschen war der Sieg über Frankreich eine Genugtuung, nicht nur im Hinblick auf Versailles, auch die Untaten Napoleons waren noch nicht vergessen. Dabei war seitens der Deutschen trotz allem auch immer ein Stück Bewunderung für den charmanten

Bruder im Spiel. Goethe sagte: „Ein deutscher Mann mag keinen Franzen leiden, doch seine Weine trinkt er gern!" Es waren und sind nicht nur die Weine. Welche deutsche Frau liebt nicht die Pariser Mode, Pariser Chique, Pariser Parfüm? Welchem braven Deutschen würde nicht die pikante französische Küche gefallen? Umgekehrt: sowohl im Ersten als auch im Zweiten Weltkrieg zeigten sich die französischen jungen Damen den deutschen Soldaten gegenüber sehr entgegenkommend, wie diese von ihrem Charme beeindruckt waren. Und dann der Wohlklang der französischen Sprache! – Ganz anders war es mit den Engländern. Das „neidische Albion" gönnte uns gar nichts. Ganz allein wollten sie die Herren aller Meere sein, und ihr Commonwealth sollte sich über die ganze Welt erstrecken. Wir dagegen sollten gar nichts haben – keine Seeflotte, keine Kolonien, nicht einmal die Gebiete, die seit eh und je deutsch gewesen waren, weder das zweite deutsche Kaiserreich mit seinem Glanz und seiner Gloria, noch das Dritte Reich mit seiner überraschend schnellen Erholung in Wirtschaft, Industrie und Wohlstand, seinem rasch aufgebautem Heer zu Land und in der Luft wie auf dem Meer. Das hatten sie sich nach dem Versailler Vertrag nicht träumen lassen. Das durfte nicht sein. Auch sie hatten uns den Krieg erklärt, nicht wir ihnen. Die grausigen Shakespear-Dramen, die wir in der Schule lesen, teils sogar auswendig lernen mussten, machten die Engländer nicht sympathischer. Sie waren einfach widerliche und aufgeblasene Piraten, die ihr ganzes Weltreich zusammengeraubt hatten. Hitler hatte sie irrigerweise anfangs für Prachtgermanen gehalten und musste jetzt einsehen, dass er sich in ihnen getäuscht hatte. – So etwa urteilten wir jungen Leute. Und die Russen? Das war so ein fremdes Volk und sie waren

Bolschewisten, als solche gar nicht diskutabel. Aber Krieg gegen sie? Nein, nein!

Ich lag mit einer Sommergrippe im Bett und hörte von da aus, wie meine Großmutter die soeben erfahrene Nachricht über den Einmarsch deutscher Truppen in die Sowjetunion verbreitete. Entsetzt rief ich: „Ist denn der Hitler verrückt geworden? Weiß er nicht, dass daran schon Napoleon gescheitert ist?" – Von da an nahm das Unglück seinen Lauf.

Für uns nahte erst einmal das Abitur. Unser Amandus, rundherum um das Wohl seiner Amanden besorgt, verteilte unter uns bestimmte Aufgaben: wer wem Nachhilfestunden zu geben hatte. Er entschied, ich habe Tommy in Französisch und Latein auf die Sprünge zu helfen. Annemarie musste in Mathematik etwas aufgebessert werden u.s.w. Tommy war nun keineswegs dumm oder faul. Vielmehr war sie etwas in Verzug geraten, weil sie für ein paar Wochen als Führerin mit in die Kinderlandverschickung musste. Die unteren Schulklassen wurden wegen der Luftgefahr nach Süddeutschland in die Berge oder nach Böhmen geschickt. Unsere Kleinen durften sich in Schliersee ergötzen. Zum Unterricht und zur Aufsicht wurden sie von einigen Lehrerinnen und von älteren BDM – Führerinnen begleitet. Unsere Gruppenführerinnen Ruth und Tommy waren gefragt. Meiner Freundin Ruth wurde eine solche Extratour nicht gestattet – wegen anhaltender Faulheit. Tommy durfte in die Kinderlandverschickung, musste nachher aber nachbüffeln, und dabei sollte ich ihr helfen. Sie kam zweimal wöchentlich zu uns in die Eimsbütteler Strasse. Wir waren eifrig im Pauken und hatten viel Spaß miteinander. Auch bei Großmutter wie bei den Eltern war Tommy ein gern gesehener Gast. Oma wollte sich totlachen, wenn sie vor ihr die Hacken zusammenschlug. Annemarie kam nur gelegentlich mal; sie hatte es auch nicht so sonderlich nötig. Von ihr wusste man: in der ganzen Klasse hatte sie das beste Gedächtnis. Alle Gedichte, die wir einmal gelernt hatten, ob deutsch, englisch oder französisch, alle Jahreszahlen wusste sie perfekt auswendig und irrte sich nie. Nur – Gedächtnis und Denken gehen nicht immer zusammen. – Ruth war die Jüngste in der Klasse. Mit fünf Jahren hatte man sie in die Schule geschickt, und sie war mit der Vorstellung hingegangen, dass sie es doch eigentlich gar nicht nötig habe. Dies Gefühl blieb ihr treu. Warum wollte ihr Vater eigentlich, dass sie das Gymnasium besuchte? Das war doch ganz überflüssig! Sie hatte auch einen reichlich langen Schulweg zurückzulegen. Das Häuschen am Krupunder See, das ihre Eltern sich hatten bauen lassen, war mit seinem großen Garten ein kleines Paradies. An Wochenenden und in den Ferien war ich öfter da, wurde von der zierlichen Mutter reichlich verwöhnt und vom leseeifrigen Vater unterhalten. Morgens liefen wir im Bademantel über die taufrischen Wiesen, und dann ging es in den See. Wir schwammen weit hinaus oder mieteten uns ein Ruderboot, ruderten bis zum Floß, aalten uns da in der Sonne. Auch die Wasserrutschbahn war herrlich. Ruth brachte dann jeweils den Schlitten zurück. Wenn ich beim Schwimmen müde wurde, hängte ich mich bei Ruth einfach an, indem ich mich an ihren Hüften festhielt und nur die Beine bewegte. Diese Idylle regte Ruth nicht gerade an, Schularbeiten zu machen. In guter Absicht nahm sie ihre Lateinbücher mit an den Strand, konnte sie dann aber im Sand nicht wieder finden. Das sah sie gar nicht tragisch an. Wozu saß ich denn neben ihr? Da hängte sie sich eben an. Ich tat, was ich konnte. Doch die Sachlage blieb nicht ganz verborgen. Der Direx und unser Amandus entschieden: Ruth darf nicht in die Kinderlandverschickung! Vielmehr musste sie gründlich nachpauken. Da reichte auch die Hilfe einer Mitschülerin nicht aus. Da unser Amandus immer um alle seine Amanden besorgt war, schickte er sie zu seinem Freund Professor Poppe. Der war schon pensioniert und gern bereit, sich bedauernswerter Schüler anzunehmen. Er hörte schwer, und Ruth erzählte uns am nächsten Tag, wie sie „Onkel Poppe" was vorgeflüstert habe, woraufhin er dann alles richtig sagte. – Inge kam im Winter 1941/42 jeden Sonntagnachmittag zu uns, und wir ergötzten uns eine Weile in Mathematik. Meine Oma hatte mir ihr Prachtzimmer zur Verfügung gestellt und heizte extra für mich jeden Tag den grünen Kachelofen. Wenn Inge bei mir war, verbot sie meinem Vater, aus Hochachtung vor der Mathematik, das Zimmer zu betreten. Der, müde vom Dienst bei der Technischen Nothilfe nach Hause kommend, zuckte nur die Achseln. Es dauerte nie allzu lange mit unseren Mathematikstudien. Inge brachte immer ein recht albernes Backfischbuch über „Komtesse Käthe" mit, worüber wir uns kaputtlachten. Vater hörte unser Gelächter vom Korridor aus und bemerkte, zu meiner Oma gewandt: „Ich wusste gar nicht, dass Mathematik so lächerlich ist." Darauf sagte meine Großmutter lieber gar nichts. Alle in der Familie liebten Inge. Großmutter bat sie zum Kaffee, lud sie auch gleich noch zum Abendessen ein. Inge unterhielt mit lustigen Geschichten jede Gesellschaft. – Gepaukt habe ich meistens für mich allein. In Omas Prachtzimmer hatte ich mir ein Kissen auf den Teppich gelegt. Darauf saß ich und rutschte von einem Bücherhaufen zum anderen. Die hatte ich, nach Fächern geordnet, um mich herum ausgebreitet.

Schließlich hatten wir genug gebüffelt und kamen alle durchs Abitur, wenn auch mit unterschiedlichen Noten.

Die Sportlehrerin pöbelte hinter uns her. Nach ihrer Meinung hätten die meisten von uns durchfallen müssen, wo Sport doch so wichtig war. Wir lachten sie aus, und der Direx grinste auch. In Latein hatten wir es alle gepackt, und das war nach seiner Meinung am wichtigsten. Empört und powackelnd ging die Sporttante von dannen. Als ich nach Hause kam, sackte ich erst mal auf einen Stuhl und fing bitterlich an zu weinen. Meine Mutter fragte entsetzt: „Was ist denn, Kind? Du bist doch nicht etwa durchgefallen?" Auf mein Kopfschütteln hin, sagte sie ratlos: „Ja, aber was ist denn los?" Ich schluckte: „Es ist, weil ich nun ja gar nicht mehr zur Schule gehen darf!" Es war wohl auch die Spannung, die sich jetzt löste; aber doch auch das, woran man vorher gar nicht gedacht hatte: der schönste Lebensabschnitt war vorbei. Unsere Klassengemeinschaft, durch Jahre zusammengekittet, wurde auseinandergesprengt, von unseren verehrten Lehrern, die uns geleitet hatten, waren wir nun endgültig getrennt. Bei der Abschiedsfeier sang man: „Da liegt vor mir die Strasse, vom Winde unberührt!" – Wie würde diese Strasse aussehen, wenn wir weitergingen? – Zunächst gab es ein fröhliches Abschiedsfest bei Renate in der Dehnhaide 10. Renate war erst später in unsere Klasse gekommen, etwas älter, intelligent und frühreif. Sie sah sich über uns hocherhaben und sagte das nicht nur uns, sondern auch den Lehrern, denen sie in der Pause zu dem Zweck nachlief. Das wurde belauscht, und wir bemühten uns, sie zur Kameradschaftlichkeit zu erziehen. So ganz reibungslos ging das nicht von statten. Aber sie integrierte sich dann doch und wurde unsere Freundin, wie wir alle miteinander befreundet waren. Sie organisierte also die Abschiedsfeier, die höchst amüsant und feuchtfröhlich vor sich ging. Das alles war im März 1942.

V Kapitel

Am 14. April mussten wir in den Reichsarbeitsdienst einrücken. Da ich über der Vorbereitung zum Abitur einiges an Gewicht verloren hatte, sah ich wieder zart aus und der untersuchende Arzt wollte mich zurückstellen. Das passte mir überhaupt nicht. Es wäre gegen meine Ehre gewesen. Ja, ich hatte immer mal wieder Nasennebenhöhlenkatarrh, räumte ich ein. Bergluft würde mir gut tun. Der Hintergrund war, dass ich gern mal in die Berge, in die Alpen wollte. Richtung Süden war ich über den Harz noch nicht hinausgekommen. Gutmütig bescheinigte mir der Arzt, ich sei „bedingt geeignet, nur für Bergluft". Als ich dann den Bescheid mit dem Bestimmungsort erhielt, las ich: „Charlottenhöhe, Bahnstation Itzehoe". Irritiert sagte ich zu meiner Großmutter: „Itzehoe wird der Sammelbahnhof sein. Von da geht es dann weiter Richtung Alpen!" Amüsiert verulkte mich meine Oma: „Das ist nur logisch, dass man Hamburger erst einmal nach Itzehoe schickt, wenn sie in den Süden fahren sollen!" Ich sah meine lachende Oma etwas ratlos an: „Aber ich sollte doch in die Berge!"
„Klar, darum kommst du ja auch nach Charlottenhöhe!" Inge und Renate sollten beide nach Hennstedt bei Heide in Dithmarschen. So fuhren wir in kalter Morgenfrühe vom Hamburger Hauptbahnhof an zu dritt. Wir froren und uns war zum Heulen zumute. In Itzehoe empfing mich eine Gruppe fröhlicher Maiden. Vor dem Bahnhof stand ein Leiterwagen mit einem Kutscher und einem Pferd davor bereit, um uns nach Charlottenhöhe, 6 km von Itzehoe entfernt, zu fahren. Das so genannte „Lager" war ein schönes ehemaliges Gutshaus, hoch auf

einem Geestrücken erbaut. Von da aus konnte man über die ganze weite Marsch Richtung Hamburg blicken. Da hatte ich doch Glück gehabt. Ingrid und Renate landeten in einem abscheulichen riesigen Barackenlager. Meine beste Freundin Ruth hatte sich freiwillig nach Neutomischel im Warthegau beworben und hatte da mit Läusen und Flöhen zu kämpfen. Ihr großartiger Elan ist ihr da schnell vergangen. Mich führte man zuerst in den Schlafraum. Eine KÄ (Kameradschaftsälteste) war anwesend. Sie nannte sich Usch, war nett und hilfsbereit. Da ich von den neuen Maiden als eine der ersten eintraf, durfte ich mir ein Bett aussuchen. Es waren jeweils zwei Betten übereinander, mit Strohsäcken gefüllt. Die Wolldecken waren ebenso wie die Strohkopfkissen mit blau- weiß karierter Bettwäsche bezogen. Ich wählte ein oberes Bett mit der Nummer 13. So war ich dann schlechtweg die Nummer 13. Am Spint und am Wasserhahn im Waschhaus prangte die 13, und das waren die mir zur Verfügung stehenden Gegenstände. – Da sich zunächst nichts weiter ereignete, holte ich mein Chemiebuch hervor, das schon für das Studium gedacht war, und begann zu lesen und gewohnheitsgemäß zu lernen. Usch lachte: „Steck das man wieder weg. Dazu kommst du hier doch nicht mehr!"
„Ja, aber was soll ich denn tun?"
„Das wird dir hier alles gesagt. Merk dir, das selbständige Denken musst du dir abgewöhnen. Hier wird nur das gemacht, was befohlen wird!" Na, das waren ja Aussichten! Allmählich trafen auch die anderen ein. In unserer Stube waren es 12, genau eine sog. „Kameradschaft." Der Name traf gut auf uns zu. Wir wurden wirklich zu einer Einheit zusammengeschmolzen, obwohl wir aus den verschiedensten Volksschichten kamen. Rechts neben mir im Oberbett schlief Emmi, eine schlichte Arbeiterin,

die sich aber sehr gut im Kochen auskannte und mir bereitwillig Ratschläge erteilte. Links neben mir im Oberbett lag Etti – so nannte sie sich jedenfalls. Es dauerte ein paar Tage, bis wir dahinter kamen, dass sie Henriette hieß und eine echte Gräfin war. Ihrem Vater gehörte das Schloss unweit von unserem Lager. Daran mussten wir immer vorbeiradeln, wenn wir in die Marsch fuhren. Etti war auch ganz natürlich, kameradschaftlich und hilfsbereit. Sie genoss geradezu alles mit viel Humor. Etliche von uns waren Abiturienten, was für die Führerinnen nicht so einfach war. In praktischen Dingen waren die anderen uns in der Regel überlegen; aber bei den Schulungen wussten wir vieles besser und meckerten dazwischen. Kadavergehorsam lag uns nicht. Wenn uns ein Befehl sinnlos erschien, stellten wir uns quer, oder führten ihn ad absurdum aus. Erst wenige Tage war ich da und hatte mich auf meinem Strohsack schon ganz gemütlich gefühlt, als eine wichtigtuerische Unterführerin, sog. Jungführerin, mir befahl, meinen Strohsack neu zu stopfen; er sei zu niedrig. Das sah ich nicht ein. Mir war er gerade recht, und sie sollte ja nicht darauf schlafen. Sie demonstrierte Macht, die mir nicht imponierte. Unsere Usch mischte sich beschwichtigend ein: „Komm', lass das! Ich helfe dir, den Strohsack zu stopfen." Ich hätte allein auch gar nicht gewusst, wie ich es hätte anstellen sollen. Über dem Waschhaus war ein Heuboden, nur über eine Leiter zu erreichen. Auf dieser Leiter mussten wir den Strohsack rauf - und runterbugsieren. Oben stopften wir so viel Stroh in den Sack, dass er eine dicke Beule bekam. Als ich dann abends sehr hoch oben auf meinem Bett thronte, kam die gleiche Führerin zum Gutenachtsagen. Sie bekam wohl einen Schreck und hatte Angst, ich könnte da herunter fallen. Vorsichtshalber konterte ich gleich: „Melde gehorsamst, Befehl ausgeführt!" Es verschlug ihr die Sprache. Sie wollte mir dann befehlen, ich solle den

Strohsack etwas entleeren. Jetzt widersprach ich mit Erfolg, man könne doch nicht einen Tag einen Befehl erteilen, um ihn am nächsten Tag trotz korrektester Ausführung zu widerrufen und das Gegenteil anordnen. Darauf sagte sie gar nichts mehr und tat sich davon. Großes Gaudi bei der Kameradschaft! Ich gewöhnte mich an meinen Thron und drückte ihn mit wachsendem Schwergewicht nach und nach herunter.

Unvergessliche, schöne Zeit! Wie gern denk ich daran zurück.
Da jauchzt' ich ins Land, die Arme so weit, da waren wir beide voll Glück!
Die Tage sind hin, und vieles versank, was damals mich heiß noch bewegt.
Doch weiß ich, Vater, dir immer Dank, dass mein Herz noch heute da schlägt!

Frühmorgens 5^{20} Uhr wurden wir geweckt. Dann hieß es erstmal Meldung machen: „Maidenführerin, ich melde, eine Kameradschaftsälteste und elf Maiden zum Dienst angetreten!" Alle vier Kameradschaftsältesten mussten aus der geschlossenen Reihe heraustreten und diese Zeremonie vollziehen. Es war ganz lustig. Danach folgte unter Führung der Lagerführerin der Frühsport zur Dehnung der Glieder. Anschließend ging es ins Waschhaus unter die kalten Wasserhähne. Da mussten

wir alle splitternackt in Reih und Glied stehen. Wir waren da alle sehr unbekümmert und taten, was der Säuberung und Abhärtung diente. Sobald wir alle angezogen waren, musste erst einmal die Fahne gehisst werden. Es war eigentlich mehr ein Wimpel mit RAD–Zeichen und natürlich einem Hakenkreuz. Das morgendliche Hissen und abendliche Einholen der Fahne war die einzige politische Handlung im Lager. Zwei Kameradschaftsälteste waren jeweils Fahnenpflegerinnen. Sie knüpften die Fahne an, zogen sie hoch, befestigten die Schnur, traten einander gegenüberstehend drei Schritte zurück, erhoben den Arm, um die Fahne zu grüßen, zählten bis drei und traten rückwärts in den Kreis zurück, den wir anderen um den Fahnenmast gebildet hatten. Schließlich mussten wir ein vaterländisches Lied singen, meistens: „Deutschland, heiliges Wort, du voll Unendlichkeit, über die Zeiten fort seiest du gebenedeit...". Als protestantischer Christ wusste ich nicht recht, warum das Wort Deutschland heilig sein sollte. Wohl hatte es mal ein Heiliges Römisches Reich deutscher Nation gegeben, aber das war lange her, und der Name stammte aus anderer religiöser Sicht. Und mit dem Wort „Unendlichkeit" verband ich auch eher religiöse wie mathematische Vorstellungen, wie unser Amandus sie uns vermittelt hatte. Aber Segen für mein Vaterland – ja, den wollte ich immer und zu aller meiner Zeit, und wehe dem, der ihn nicht wollte!
So sang ich begeistert und kräftig mit. Bald sollte ich merken, dass die Fahne noch eine andere sehr persönliche Bedeutung hatte. –
Nachdem wir somit unsere patriotische Pflicht erfüllt hatten, gab es ein karges Marmeladenfrühstück und Muckefuck. Wohlgestärkt begaben wir uns danach vom Esssaal in den Schulungsraum. Als erstes Fach studierten wir Musik, und das war sogar sehr schön.

Eine der Maidenunterführerinnen war hochmusikalisch und sang einen wohlklingenden Alt. Im Laufe des Sommerhalbjahres übte sie mit uns verschiedene Chöre und Kanons ein, z.B. einen sechsstimmigen Chor von Haydn, den Canon Dona nobis pacem etc. Dann folgte die sog. Politische Schulung, die bei Bismarck anfing und bei Bismarck endete. Die Lagerführerin, die diese Schulung leitete, war eine Bauerntochter aus der Gegend und von Beruf eigentlich Lehrerin. Wir mochten unsere „Marie" eigentlich recht gern leiden. Sie ging menschlich und geschickt mit uns um. Natürlich war sie nicht darauf eingestellt, frischgebackene und in Geschichte gedrillte Abiturienten zu unterrichten. So machte ich ihr das Unterrichten schwer; es war mir natürlich ein Vergnügen, sie zu korrigieren. An dritter Stelle stand dann noch Hauswirtschaft; dabei ruhte ich mich aus.

Doch zu Anfang, in den ersten Tagen unserer Maidenzeit, wurden wir erst einmal eingekleidet: zwei kornblümchenblaue Leinenkleider für täglich, eine Art Schusterschürze für die Arbeit, zwei rote Kopftücher, die nach hinten geknotet wurden, derbe Stiefel mit Nägeln darunter für die Ackerfurchen, entsetzliche Unterwäsche usw. Zum Ausgehen allerdings erhielten wir eine schicke Uniform: ein olivgrünes Kostüm, weiße Bluse, einen braunen Hut, und braune Halbschuhe. Für Wind und Wetter gab es noch eine mollige Lodenjacke, lange graue Wollstrümpfe und wollene Socken.

Am schönsten waren die Nachthemden, die wir vom männlichen Arbeitsdienst erbten: weiß und kurz, an beiden Seiten geschlitzt, vorne weit ausgeschnitten und geknöpft. Wir zogen sie verkehrt herum an: dann waren sie vorne hoch am Hals und rückenfrei. Der Nachteil war: wir hatten alle einen dicken Bauch und sahen aus wie im 8. Monat. Die Gesäße der männlichen Kameraden waren formgebend gewesen.

Am 20. April, Führers Geburtstag, wurden wir vereidigt, mit einer silbrigen Brosche ausgestattet und unmittelbar danach zu den Bauern in die Dörfer geschickt. Wer einem Hof im Geestdorf Ölixen zugeteilt war, musste dahin zu Fuß gehen, das war dann eine Bummelschrittgruppe. Wer zu den Marschbauern sollte, erhielt ein Fahrrad, so auch ich. Meine erste Außendienststelle lag in dem lang gezogenen Marschdorf Kronsmoor. Es war kein richtiger Bauernhof, vielmehr ursprünglich ein Gasthof, der Aukrug, mit etwas Landwirtschaft dabei. Doch der Aukrug war geschlossen; denn der Wirt stand an der Front. Der Saal diente als Kindergarten. Die junge Frau bewirtschaftete den Hof allein. Ein 14 jähriges sehr zartes Pflichtjahrmädchen wohnte mit im Haus. Zwei sehr muntere Kinderlein sprangen da herum, und das dritte war im Kommen. Im Stall standen zwei friedliche Kühe; ein riesiger Misthaufen lag neben der Stalltür, etwas weiter ein Reisighaufen, von dem man sich bedienen musste, wenn man den riesigen Küchenherd beheizen wollte. Hinter dem Haus floss im starken Tempo die Aue dahin, zu breit, um darüber zu springen. Ansonsten gab es kein fließendes Wasser. Dafür stand eine Pumpe im Hof, die sich schwer tat, etwas von sich zu geben. Na, das waren Aussichten!
Ich war gerade mal zwei Tage in dieser Außendienststelle, als das erwartete Baby das Licht der Welt erblickte, ein zweifellos, süßes kleines Mädchen. Es war eine Hausgeburt mit Hebamme, die sich ab und zu noch mal sehen ließ. Für ein paar Tage kam eine Tante und war etwas hilfreich. Sie melkte wenigstens die große rotgescheckte Kuh, die 16 Liter gab. Die meiste Arbeit fiel mir unerfahrenem Dummerle zu. Erst mal durfte ich die blutige und dreckige Geburtswäsche in der Aue waschen. Ich kniete dabei auf einem kleinen

zwischen Ufer und Wasser gespannten Holzvorsprung. Danach folgten Tag für Tag die Kinderwindeln. Meine Hände waren von dem eisigen Wasser bald dick geschwollen, die Haut aufgerissen; ich konnte meine Finger nicht mehr strecken. Dann sollte ich kochen. Emmi hatte mir geraten: „Mach einfach Rührei!" Wie leicht wäre das auf dem häuslichen Gasherd gewesen! So aber musste ich dauernd um die Ecke springen, um Reisig nachzulegen, damit das Feuer nicht ausging. Die schwarz-weiße Kuh musste ich auch melken. Natürlich war dieses liebe Tier höchst verwundert über die tollpatschige Behandlung. Zum Glück blieb sie wenigstens stehen, wandte nur öfter den großen Kopf zu mir um und gab ihren Unmut mit lautem Gemuh kund. Irgendwie schaffte ich es schließlich, sie leer zu melken. Dann sollte ich auch noch den Kuhstall ausmisten. Das fand ich eigentlich ganz lustig. Doch hatte ich das Gewicht des Mistes unterschätzt und häufte die einrädrige Mistkarre viel zu voll. Ich schob vorne, zog hinten und brachte sie nur mit größter Anstrengung durch die Stalltür auf den Misthaufen. Aber wie sah ich aus? Von oben bis unten voller Kuhschiet! – In dieser Zeit war ich von den Schulungen befreit, fuhr also gleich nach dem Frühstück allein los. Der Aprilwind wehte eisig und heftig. Auf der Stöhrbrücke musste man die Lenkstange sehr festhalten, wenn man die Balance halten wollte. Einmal fiel ein Bauer vor mir einfach um. Doch ich entwickelte mich nun wirklich zu einem „harten Geschlecht". Den wachsenden Appetit konnte man auf den Höfen zur Genüge stillen. Als unsere Wöchnerin wieder aufstehen konnte, fabrizierte sie mit meiner Assistenz einen würdigen Kartoffelsalat mit viel Sahne, Eiern und ausgebratenem Speck. Der Stöhrfischer brachte frische Stöhraale herein. Mir fiel die makabre Aufgabe zu, den zappelnden Dingern den Kopf abzuschlagen und sie zu enthäuten, sodann in der

Riesenpfanne mit viel Speck zu braten. Trotz all dieser Brutalitäten zappelten sie dann immer noch und sprangen aus der Pfanne auf den Herd. Im Hinblick auf meinen angestrebten Beruf als Ärztin zwang ich mich dazu, das tapfer durchzustehen, wenn es mir auch schwer fiel. Meinen Appetit hat es auch keineswegs gebremst. Ich dachte an Vaters Spruch: „De Schiet, de smeckt tau scheun!" Am nächsten Tag wurde ich mit dem Rest des Kartoffelsalates in den Hühnerstall geschickt. Die Hühner sollten auch ihre Freude haben. Neidisch auf die Hühner, nahm ich mir einfach per Hand noch eine Portion ab und mampfte sie in den Mund. Kurze Zeit später kalbte eine Kuh. Da durfte die etwas blutige Milch drei Tage lang nicht verkauft werden. Herrlich! Wir schöpften die Sahne ab, schlugen sie und ergötzten uns an der Schlagsahne. Die junge Mutter war ohnehin von beträchtlichem Umfang, und meiner wuchs bedenklich.
Trotz aller Köstlichkeiten blieb die Arbeit hart. Und manchmal war mir zum Heulen zumute. Auf einem Sack kniend musste ich den Queck aus dem Acker ziehen, Rüben und Kartoffeln mit einer schweren Hacke bearbeiten usw. Ich hatte schreckliches Heimweh. Etwas half es mir, wenn ich auf den Reisighaufen stieg und weit über die Marsch hinweg unsere Lagerfahne wehen sah. Dann wusste ich: heute Abend sind wir alle wieder zusammen, erzählen uns die Erlebnisse des Tages und eine ist für die andere da. Abends halb sieben war mein Außendienst zu Ende.
Ich wartete mit meinem Rad auf die anderen, die noch von weiter aus der Marsch angeradelt kamen. Schon von weitem hörte ich unseren Verständigungsruf: „Aaaalopploppplopp!" Im Lager angekommen, ging es erst einmal unter die kalten Duschen. Ggf. musste das Zeug gewechselt werden, natürlich, wenn Kuhdreck daran war, nach dem Motto: „Igitt, du stinkst!"

Ausführlich mussten die Stiefel gesäubert werden. Ich hatte mir von zu Hause schöne schwarze Schuhcreme mitgebracht, reinigte die Stiefel erst und brachte sie dann auf Hochglanz. Nur leider! Es gelang mir nicht ganz, den Mist vollständig zwischen den Nägeln an der Schuhsohle herauszukratzen. Beim Antreten zum Stiefelappell mussten wir alle in Reih und Glied stehen und auf jeder Hand einen Stiefel präsentieren. Dabei fiel ich durch und sollte die Stiefel besser gereinigt in Kürze nochmals vorzeigen. Die hilfreiche Usch belehrte mich: „Du musst auch keine Schuhcreme nehmen. Da hinten steht ein Pott mit Wichse. Die schmierst du nicht nur oben auf die Stiefel, sondern auch dick unter die Sohle. Dann sieht man die Scheiße nicht!" So geschah es, und die diensthabende Führerin war zufrieden. Zum Abendessen gab es Einheitskost: Pellkartoffeln, gekochte Rote Beete und Speckstippe, wobei die Speckstücke sog. Sondermeldungen waren. Die meisten davon hatten die Küchenmaiden schon beim Probieren weggeschnappt.
Zum Nachtisch gab es die hierzulande unvermeidliche „Bottermelcksopp", mal mit Klüten, mal mit Rhabarber oder Birnen, je nachdem, was gerade in unserem Garten wuchs. Das war der Verdauung sehr nützlich. Man hatte sich angewöhnt, möglichst schnell zu essen, damit man noch einen Nachschlag erwischte. – Nach dem Einholen der Fahne mit dem Lied: „Kein schöner Land zu dieser Zeit, als hier das unsre weit und breit" ging es zu Bett. Die diensthabende Führerin ging herum, sagte „Gute Nacht" und drehte das Licht aus. Punkt 9.00 Uhr hatten wir alle zu schlafen. Wir waren zwar hundemüde; aber wir wollten noch unseren Spaß haben. Kaum war die Führerin verschwunden, begann die Strohkissenschlacht. Am Ende musste das herumgeworfene Stroh mit einem großen Besen zusammengefegt werden. So gegen 12.00 Uhr meldete

sich die erste, die infolge der Bottermelcksopp „bei Tö" – das war so der Fachausdruck – musste. Sie weckte alle anderen, und im Gänsemarsch zogen wir auf den Hof zum Töhäuschen. Diese Zeremonie war in Ölixen bekannt geworden, und so hatten wir bald ständig Zaungäste. Die Dorfjungs warteten schon und waren begierig, uns in unseren weißen Männernachthemden vorbeimarschieren zu sehen. Sie lachten und wieherten, blieben aber brav hinter dem Zaun. Nach sechs Wochen unseres Maidendaseins fand ein Elternsonntag statt. Die meisten von uns stammten aus Hamburg oder sonst aus der Nähe. Wir stürmten zum Bahnhof, um unsere Lieben abzuholen. Natürlich hatten wir unsere Galauniform an. Nur leider – die Röcke passten sämtlich nicht mehr; sie ließen sich nur noch mit großen Sicherheitsnadeln schließen. Dafür hatten wir wunderbare Hüte. Jeder der braunen Uniformhüte war anders, jeder möglichst nach Pariser Chique umgebogen. Das hatte unsere Hutmacherin Hanni über einem Topf mit dampfendem Wasser jeweils nach Wunsch fertiggekriegt. Ungeduldig warteten wir auf die Einfahrt des Zuges. Endlich kam er angedampft. Meine Eltern und natürlich auch Oma stiegen aus. Ich lief ihnen entgegen; doch sie mussten erst zweimal hingucken, bevor sie mich erkannten. Ich hatte mich ja fast verdoppelt. Vater konstatierte: „Schwanenfigur! Hier laufen ja lauter Schwäne herum!" Es wurde ein wunderschöner Tag. Insbesondere meine Oma musste unser Lager genauestens inspizieren. Solche Schlafräume hatte sie noch nie gesehen. Sie führte ein ausgiebiges Gespräch mit Etti, die wegen Unpässlichkeit gerade mal im Bett lag. Meine winzige Oma musste sehr nach oben gucken, und Etti beugte sich lächelnd von ihrem Strohsack zu der mitfühlenden, elegant gekleideten älteren Dame herab. Nachher klärte ich die gute Oma über Ettis Hoheit auf. Da war Oma sehr beeindruckt. Das hatte sie im Arbeitsdienst nicht vermutet. Schließlich war die ganze Familie zufrieden; vor allem brauchten sie sich um meinen Gesundheitszustand keine Sorgen zu machen.

    Des Öfteren gab es in diesem Sommer auch bei uns Fliegeralarm. Wir hörten die Sirene von Ölixen oder wenn eine der Führerinnen auf den Gong schlug. Wir mussten uns dann anziehen und nach unten kommen. Über die weite Marsch hin konnten wir den Nachthimmel über Hamburg beobachten. Wir sahen, wie sich die englischen Bombereinheiten der Stadt näherten, wie unsere Jäger aufstiegen und sie schon vor dem Luftraum der Stadt verjagten. Mit großem feurigem Kometenschweif sahen wir sie ins freie Feld fallen. Es war ein faszinierendes, schauriges Schauspiel. Natürlich schlugen unsere Herzen für unsere tapferen deutschen Jäger, die unsere Stadt beschützten. Trotzdem bekam man eine Gänsehaut, wenn ein Engländer nach dem anderen abgeschossen wurde. Aber Gott sei Dank, dass es kein Deutscher war! Die restlichen feindlichen Bomber ergriffen eilig die Flucht, von den Deutschen noch ein Stück verfolgt. Gottlob, dass unsere Stadt noch einmal davon gekommen war! Am nächsten Morgen klingelten die Telefone im Lager wie im Außendienst. Meine Mutter rief an: „Keine Sorge, es ist alles in Ordnung!" Oder ich rief vom Außendienst an, was mir gern gestattet wurde: „Mutti, ist euch auch nichts passiert?"
„Nein, es ist nichts passiert!"
Die Engländer hielten sich dann lange zurück. Wir vergaßen ihre Attacken fast.
Die Außenstellen wurden alle paar Wochen gewechselt. Ich musste jetzt noch ein Stück weiter in die Marsch fahren, nach Westermoor. Der kleine Bauernhof wurde im Wesentlichen von der jungen Bäuerin alleine geführt. Der Bauer stand an der Front. Gelegentlich schickte der

Nachbar seine Leute zur Hilfe. Er war der ältere Bruder des Kleinbauern und hatte den großen Hof geerbt. Meine neue Chefin und ich mochten uns auf Gegenseitigkeit gleich gern leiden. Am wichtigsten war es ihr, dass ich mich um die beiden kleinen Kinder kümmerte, besonders um Elsa, die Dreijährige. Elsa war bildhübsch, blondgelockt und blauäugig, sehr wohl erzogen und lieb. Die eineinhalbjährige Helga war ein kleiner Deibel, rothaarig, schieläugig, aber zweifellos intelligent und plietsch. Elsa sollte etwas Besseres werden und viel lernen, entschied die Mutter. Nun fügte sich eins zum anderen. Ich musste abends die sechs Kühe und das Kälbchen von der Weide zum Melken in den Unterstand treiben. Meistens lagen sie ganz weit hinten. Die Prozedur ging nach einem bestimmten Ritus vor sich. Ich bekam einen Knüppel in die Hand, stampfte damit auf, während ich über die Weide stapfte, und brüllte aus vollem Halse: „Kooom Üsch! Koom Üsch!" Immer wieder. Langsam und mahlend erhob sich dann das Rindvieh und kam mir schließlich gemächlich entgegen. Schließlich ging ich hinter den Viechern. Nur das spielerische Kälbchen lief immer wieder hinter mich und hatte seinen Spaß daran, mich in den Rücken zu stoßen. Doch diese Zeremonie war geschafft und wiederholte sich jeden Abend. Die Bäuerin kam dann zum Melken. Ich machte mich auch mit Eimer und Schemel an eine Kuh, eine große, Rotgefleckte. Die war aber nicht so geduldig wie meine schwarz – weiße im Stall. Sie ließ ihrem Unmut freien lauf. Nach einer Weile bösen Muhens warf sie mit einem Fuß den Eimer um, trat in das, was ich mühsam errungen hatte und sauste im wilden Galopp über die ganze Weide davon. Ich lief mit meinem Knüppel hinterher; das Biest drehte sich um, sah mich kommen und sprang mit einem Satz über den Graben auf die Nachbarweide. Ich hinterher. Da lief das Vieh im wilden Saus wieder zurück. Als ich ganz

außer Atem beim Unterstand ankam, stand da die junge Bäuerin und bog sich vor lachen. Ich war ganz zerknirscht, sie aber konnte sich kaum wieder einkriegen. Immer wieder prustete sie los, und schließlich lachte ich mit. Die Kuh trottete jetzt ganz gemächlich heran; es schien, als lachte sie ebenfalls. Fortan wurde die Sache anders geregelt. Die Bäuerin erbarmte sich ihrer Kühe alleine. Ich blieb zu Hause bei den Kindern und sollte Elsa wegen der künftigen feinen Bildung Märchen erzählen. Da begann ich denn: „Es war einmal ein kleines Mädchen. Das kriegte von seiner Großmutter zum Geburtstag eine rote Kappe." Elsa sah mich mit ihren großen blauen Augen verständnislos fragend an: „Wat hestu seggt?" Natürlich, sie verstand kein Hochdeutsch. Also verbesserte ich mich: „Dor wer mol ne lüttje Deern. De kreeg von ehr Grootmodder tom Gebortsdag ne rode Kapp...."
„Ach so, dat hest jo man glieks seggen künnt", seufzte die Kleine erleichtert. So erzählte ich denn Abend für Abend die Brüder Grimm auf Plattdeutsch. Elsa hörte aufmerksam zu. Helga saß derweil auf dem Töpfchen und sollte ihr Geschäftchen verrichten, was sie aber erst dann tat, wenn von meinen vorbeifahrenden Kameradinnen das „Aaaalopplopp, komm mit!" ertönte und ich mich zum Gehen rüstete. Das machte ihr sichtlich großes Vergnügen. Ich musste meine Windjacke wieder ausziehen und Helga reinigen. Erst nachdem sie gesäubert war, durfte ich sie für eine Weile der zuverlässigen Elsa überlassen, bis die Mutter vom Melken heim kam. Auf diese Art kam ich fast jedes Mal zu spät ins Lager, wenn ich auch noch so sehr in die Pedale trat.
Elsa liebte mich und hing mir am liebsten am Rockzipfel. Wenn ich mit dem Rad irgendwo hingeschickt wurde, zum Kaufmann oder zu den Großeltern ins Nachbardorf – Elsa wollte mit. Die Mutter hatte auch keine Skrupel,

sie mir anzuvertrauen, obwohl die Sache nicht ungefährlich war. Vorne an der Lenkstange hing ein vollbeladener Korb, hinten auf dem Gepäckträger saß Elsa, die Wege waren schmal und holprig und dicht daneben jeweils ein voller Wassergraben. Elsa saß mucksmäuschen still und hielt sich vertrauensvoll an mir fest. Ich musste sehr aufpassen; doch zu meiner Beruhigung sang ich meistens laut oder deklamierte Gedichte von Goethe. Ob auch das zu Elsas Bildung beigetragen hat, weiß ich nicht. Sie hat später den reichsten Bauern der Gegend geheiratet.

Es kam die Zeit der ersten Heuernte. Alle „machten" wir Heu. Die Leute vom großen Nachbarhof kamen für einige Tage alle zu uns auf den kleinen Hof mit seinen Feldern. Das Wetter war herrlich. Es war ein großer Spaß. Und wunderbar war es, wenn man sich in einer Pause lang im Gras ausstrecken konnte, über Kopf die schwankenden Gräser sah und in den blauen Himmel blickte. Der Kuckuck rief vom Zaun – eine andere Sitzgelegenheit gab es da nicht - : „Kuckuck, kuckuck, kuckuck!" Ich träumte: „Wie im Morgenglanze du rings mich anglühst, Frühling, geliebter...".

Arbeitsmaiden bei der Ernte

Unsere Lagerführerin hatte mich wegen meiner anfänglichen Aufsässigkeiten mal unter vier Augen ins Gebet genommen und mir klugerweise Mitverantwortung übertragen. Sie ernannte mich zur Vorarbeiterin. Das war im Hinblick auf meine praktischen Tätigkeiten nicht sehr zutreffend. Die Nichtabiturientinnen waren in der Regel flinker als ich. Ich hatte ein Theaterstück geschrieben – so im Stil wie Shakespeares Sommernachtstraum. Das zeigte ich „unserer Marie". Sie war begeistert und wollte es aufführen lassen. Es erwies sich aber zu schwierig, die Szenerie herzustellen. Ich erhielt nun den Sonderauftrag, eine Lagerchronik anzufertigen, erst in Kladde, dann in Zierschrift, versehen mit Federzeichnungen.

Dafür bekam ich ein paar Wochen Urlaub vom Außendienst. Von früh bis spät saß ich auf der Terrasse und schrieb und zeichnete. Für meine Kameradinnen fielen auch noch Lesezeichen mit Federzeichnungen ab. Es war ein herrliches Leben.

Zwischendurch feierten wir „Bergfest" – die Hälfte unserer Maidenzeit war vorbei. Wir waren sehr international ausgerichtet. Jede Kameradschaft hatte ein Volk darzustellen – unter großer gegenseitiger Geheimhaltung. Zur Herstellung der Gewänder sollten nur die vorhandenen Kleidungsstücke dienen. Alle waren sehr erfinderisch. Die eine Kameradschaft stellte Schotten dar und benutzte dazu die blau-weiß karierte Bettwäsche; die nächste Kameradschaft spielte mit den weißen Bettlaken und weißen Handtüchern Inder, die dritte mit Hilfe der rotbunt bestickten Servierschürzchen Bulgaren. Am faulsten war meine Kameradschaft; Wir spielten Zigeuner in Trainingsanzügen und roten Tüchern. Nur für mich gab es eine Ausnahme. Ich sollte die Zigeunerahne darstellen. Dafür liehen wir uns vom nahe gelegenen Gasthof an der Stöhrbrücke,

„Fährhaus" genannt, Theaterzeug: eine schwarze zottelige Perücke und einen langen weiten Rock, große Messingringe für die Ohren. Eine schwärzliche Gesichtsbemalung tat das Ihrige, um mich unkenntlich zu machen. Nun sollte jede Kameradschaft etwas Passendes, Selbstgedichtetes vortragen. Da hieß es denn in meiner Kameradschaft gleich: „Das macht doch unser Goethe!" Allgemein wurde ich im ganzen Lager, seitdem ich die Chronik schrieb, „Goethe" genannt. Ich fand, es sollten aber alle etwas vortragen. „Nein, nein, nur du, du für uns alle!" riefen meine Lieben. So machte ich mich denn abends auf dem Strohsack an die Arbeit. Ich dichtete: „Ich bin dieser Bande Ahne, Toiteratai, das ist mein Name!" Danach fielen alle ein: „Toiteratai, Toiteratai, es lebe die Zigeunerei!" Das Gedicht ging natürlich noch weiter, und immer kam wieder der Refrain: „Toiteratai! Es lebe die Zigeunerei!" – Die Spannung war groß, als am Abend alle Kameradschaften in den ausgeräumten Sälen antraten. Unsere Lagerführerin erschien als Maharani, eine Maidenunterführerin als Maharadscha. Für das Paar war ein Thron errichtet. Den Speisesaal hatten wir in einen Wald verwandelt. In einem Winkel unter einer umgekippten Eckbank hockte ich und las aus einer rötlichen Brühe, die wir in einem Glasgefäß angerührt hatten, über einem imitierten Feuer, für jede einzelne die Zukunft ab. Dabei benutzte ich eine frei nach Goethe gedichtete Zauberformel:

„Links mach rechts und rechts mach links!
Hui! Im Kessel funkt es, blinkt's,
Im tiefen Wald ist unser Haus,
Und wir sehn nach Osten aus.
Was ist Osten, was ist West?
Seltsam Wesen ist der Rest!
Schäume, koche, du mein Brei!
Sag die Zukunft! Toiteratai!"

Das Ganze war ein Riesenspaß. In der restlichen Maidenzeit gab es noch mehr große Auftritte. In Itzehoe war eine Genesenenkompanie stationiert. Die hatte die „blauen Charlotten", wie man uns in der Gegend nannte, schnell ausspioniert. Der junge Leutnant hatte ein Auge auf unsere Lagerführerin geworfen, wobei ihm das Glück allerdings nicht hold war.
Am Sonntagmorgen durften wir meistens ausschlafen. Geweckt wurden wir von einem Ständchen der Kompanie, die in Haltung vor unserem großen Balkon stand. Der Balkon gehörte zu unserem Zwölferzimmer, und wir stürmten in unseren prächtigen Nachthemden auf den Balkon. Die Freude war beiderseits riesengroß. Nun befand sich unter den Genesenen ein Musiklehrer. Da kamen unsere Lagerführerin und der Leutnant auf die Idee, dass der mit ihren und seinen Leuten gemischte Chöre einüben könnte. Das geschah dann auch nach Feierabend im Wald. Wir sangen Sopran und Alt, die Herren Bass und Tenor. Natürlich alles unter strenger Aufsicht! Es waren wundervolle Abende. Sonst war alles still, nur die Vögel stimmten in den Gesang ein. Schließlich veranstalteten wir ein Konzert in Itzehoe. In einem großen Saal standen wir auf der Bühne, wir Maiden in unseren weißen Blusen, die Herren in Ausgehuniform. Ein Männergesangverein wollte sich auch nicht lumpen lassen und sang „Wo die alten Eichen rauschen". Der Saal war bis auf den letzten Platz ausverkauft. Der Erlös kam der Winterhilfe zugute; denn auch im Krieg sollte in Deutschland keiner hungern und frieren.

Es kam die Zeit, dass die Genesenen wieder an die Front mussten. Sie wollten mit uns gern ein großes Abschiedsfest feiern. Dem wurde freudig zugestimmt. Es war der 28. August, Goethes Geburtstag, eine laue

Nacht. Die unteren Säle unseres Hauses wurden ausgeräumt und ein langer Tisch im Garten errichtet, auf den die Küche allerlei an Leckereien zauberte. Zum Essen trank man Brause. Wir Maiden hatten uns so hübsch gemacht, wie es eben möglich war: unsere blauen Leinenkleider fein sauber, darunter weiße Blusen, übergeschlagene Kragen und Manschetten und zur besonderen Zierde unsere bestickten Servierschürzchen machten uns ganz appetitlich. Da standen wir nun in unserem Hof und erwarteten die Herren. Diese kamen anmarschiert, und durften sich eine Tischdame aussuchen. Auf mich stürzte sich gleich der „schwarze Franz", ein bildhübscher, dunkelhaariger, stattlicher junger Mann. „Ich nehme diese Kleine", sagte er. Ich war damit durchaus zufrieden. Was er so auf Anhieb an mir gefunden hatte, weiß ich nicht. Vielleicht gefiel es ihm, dass ich so schön braungebrannt war, „wie ein Schmorbraten", sagten meine Kameradinnen. Franz führte mich zu Tisch, Franz führte mich zum Tanz in unseren ausgeräumten Sälen, wo ein Soldat die Ziehharmonika spielte. Wir tanzten die ganze Nacht, schwebten unter den aufgehängten Girlanden dahin, tranken zwischendurch französischen Beuterotwein aus geliehenen Biergläsern und waren selig. Wir hatten unsere Umgebung vergessen und merkten gar nicht, dass wir, immer enger umschlungen, in Augenschein genommen wurden. Die Kontrolle war streng. Die Führerinnen und der Leutnant wachten aufmerksam darüber, dass kein Pärchen sich von dannen schlich. Doch auf einmal gingen Franz und ich auf Distanz. Er fragte mich: „Wie sind deine Zukunftspläne?"
„Ich will Medizin studieren!" antwortete ich. Darauf zog sich Franz in sich zurück: schade, er sei nur Schneider von Beruf. Wir tanzten zwar weiter; aber auf einmal war eine Schranke zwischen uns. Das machte mich sehr

traurig. Über dem Wein lockerten wir uns wieder etwas. Offenbar war ich zum ersten Mal richtig verliebt.
Der Abschied war herzlich, aber nach meinem Geschmack zu kurz. Ich hätte Franz gern noch vor die Tür begleitet, obwohl das verboten war. Er sagte leise: „Lieber nicht!" und verschwand in der Dunkelheit. Was mir blieb, war die Neckerei meiner Kameradinnen: „Du bist ja ein stilles Wasser! Wieso schnappst du dir den schicksten Mann und tanzt mit ihm die ganze Nacht? Das hätten wir dir nicht zugetraut! Du hast doch bestimmt noch nie einen Mann geküsst!"
Nein, das hatte ich wirklich nicht, und jetzt, da ich es so gern getan hätte, war gleich alles vorbei. Mir war es doch ganz egal, ob er ein Schneider oder sonst was war. Dieser erste Liebeskummer hielt nur wenige Tage an. Franzens „Lieber nicht!" war schon richtig.
Am nächsten Tag musste ich nach „Itze" fahren, um dort in der Molkerei einen großen runden Käse abzuholen. Ich balancierte ihn nachher auf dem Gepäckträger und musste ihn immer mit einer Hand festhalten, damit er nicht runtertrudelte. Auf dem Heimweg begegneten mir einige Soldaten, die zu unserem Lager fuhren, um dort aufzuräumen und die alte Ordnung wieder herzustellen. Wir begrüßten uns fröhlich; doch Franz war nicht unter ihnen. Wenige Tage später waren alle unsere Sänger und Tänzer fort – an der Front. Was mag aus ihnen geworden sein?
Ein Stück Freude war mit ihnen gegangen.
Aber nicht genug damit. Für unsere Lagerführerin und damit auch für uns wurde dieser schöne Abschiedsball zum Verhängnis.
Einige der Maiden hatten in ihrer Außendienststelle von dem schönen Fest geschwärmt. Das hatte Neid erweckt, besonders bei den Müttern heiratsfähiger Töchter, die es lieber gesehen hätten, wenn sich für ihre Kinder Gelegenheiten geboten hätten. Irgendjemand hat

unsere Lagerführerin beim Bezirk angezeigt, ich weiß nicht, mit welchen Behauptungen. Wenige Tage danach erschien unangemeldet die Gruppenführerin zur Inspektion. Es war eine etwas ältere, untersetzte, eigentlich recht sympathische Dame, von Beruf Lehrerin, ein Fräulein von und zu. Sie horchte uns ein bisschen aus und ließ ihren Blick in den Sälen herumschweifen. Oh Schreck! Unsere Soldaten hatten beim Aufräumen ein winziges Stück Girlande übersehen. Ein kleiner blauer Fetzen hing da in der Ecke. Ich musste beim Mittagessen servieren und Fräulein von… fragte, was das zu bedeuten habe. Wir redeten alle ein bisschen drum herum, waren uns ja auch gar keiner Schuld bewusst, rochen aber natürlich den Braten. Fräulein von… konnte von uns nichts Näheres erfahren, befand aber, dass es in unserem Lager reichlich liberal zuginge. Das Ende vom Lied war, dass unsere „Marie" versetzt wurde und wir eine andere Lagerführerin erhielten, eine ganz preußische und „BDMige".
Sie kam aus Berlin und war hauptamtlich BDM – Führerin gewesen. Da wehte dann ein anderer Wind. Dabei war sie hübsch mit ihrem langen blonden Haar, das sie schrecklicherweise in einen langen Zopf flocht und zu einem Ungetüm von Dutt aufsteckte. Dadurch wirkte sie älter, als sie ohnehin schon war – und sie war immerhin schon 25 Jahre alt, nach unseren Vorstellungen schrecklich alt. Nun, später kamen wir uns doch näher.
Fürs erste war ich vom Arbeitsdienst so begeistert, dass ich dabei bleiben wollte – als Arbeitsdienstärztin. Man konnte vom Arbeitsdienst aus studieren, musste aber gleichzeitig eine höhere Führerinnenposition erwerben, ähnlich wie beim Militär ein Stabsarzt ja auch Offizier sein musste. Ich hatte mich bereits verpflichtet, und die Gruppenführerin Fräulein von… hatte mir gut und

freundlich zugeredet. Zunächst mal war ich KÄ- und Führerinanwärterin. Es ergab sich, dass die Sommermaiden einen Monat länger dienen mussten, also 7 Monate statt sechs. Bevor die neuen Maiden kamen, sollte die ganze Ernte eingebracht sein. Ich kam noch ein letztes Mal in den Außendienst, diesmal in die Geest, nach Ölixen, auf einen riesigen alten Bauernhof im Musterstil. Unter dem großen Strohdach befanden sich nicht nur die piekfeinen Wohnräume der Bauersleute, strikt abgeschottet von „de Lüt", sondern auch eine sehr geräumige erdige Diele, die Unterkünfte des Gesindes, die Viehställe, sogar der abgesicherte Verschlag des ungebärdigen Stiers, der wohl der Vater der meisten Kühe des Dorfes war. Eine Stiege führte zum oberen Boden, wo Saatgut getrocknet wurde. Noch so manches gab es drum herum, vor allem einen schönen gepflegten Garten, der jeden Samstag gehackt und geharkt wurde, und dann natürlich die vielen Felder aller Art. Es war alles super, und im Garten stand für die ganze Mannschaft ein einziges Plumpsklo, dass der Bauer als seinen speziellen Thronsitz betrachtete. Dieses ganze arbeitsreiche Anwesen war voller Komik. Die Bauersleute waren so um die 50 und hatten 3 Kinder. Der älteste Sohn stand an der Front; die Tochter war ein hübsches Mädchen, etwas älter als ich; ein zwölfjähriger Nachkömmling, Hänschen genannt, besuchte in Itzehoe das Gymnasium. Die Bäuerin war ein schrecklich eingebildetes hochnäsiges Frauenzimmer. Ihr Mann war, wenn er nicht gerade auf dem Thron saß, fleißig und leutselig. Wenn er sich anschickte, aufs Feld zu fahren und den Trecker bestieg, rief seine Angetraute immer empört aus: „Mann, wat wüllt' du wat don? Wi hebbt doch uns Lüt!" Darauf antwortete ihr Eheherr nicht. Wer waren nun „de Lüt"? Da war eine 20 jährige Ukrainerin, Nadja genannt. Sie sprach kein Wort Deutsch, kannte sich aber in der

Landwirtschaft gut aus, war fleißig, tüchtig und sauber, was man denn so sauber nennt. Stets lief sie barfuss und reinigte ab und zu ihre Füße mit der „Flaschenbürste". „Flaschen" nannte man die Milchkannen. Ich konnte Milchkannen und schmutzige Füße schlecht auf einen Nenner bringen. Als es etwas kälter wurde, ließ ich ihr aus Hamburg einige von meinen Strümpfen schicken, die sie dankbar annahm. Wir verständigten uns auch ohne Worte und meinten es gut miteinander. Wenn ich irgendwo ungeschickt war, half sie mir. Sie war verheiratet: ihr Mann arbeitete woanders. Ob sie zwangsverpflichtet war, weiß ich nicht. Dann war da eine Polin, Josepha, 49 Jahre alt, ebenfalls verheiratet. Sie war mit ihrem Mann auch schon früher jedes Jahr zur Erntezeit als Schnitterin nach Deutschland gekommen. Josepha sprach ihr spezielles Deutsch, war wohl nie mit Wasser in Berührung gekommen und stank 10 Meilen gegen den Wind. Wenn ihr bei der Ernte warm wurde, zog sie ungeniert ihre lange Spitzenhose, die vielleicht einmal weiß gewesen war, aus und legte sie in eine Ackerfurche. Dann ließen die anderen Erntearbeiter sie hochleben, was sie freudestrahlend genoss. Ihr Mund verzog ihre lederartige braune Haut dann in noch mehr Falten. Nadja tat mir insofern leid, als sie mit Josepha zusammen in der Gesindekammer schlafen musste. – Dann waren da zwei französische Kriegsgefangene, die rund um die Uhr auf dem Hof und den dazugehörigen Feldern arbeiteten. Sie waren die besten und kultiviertesten Leute, Weinbauern von Beruf. Sie besaßen eigene Weinberge und Familien. Ihre Arbeit war korrekt und perfekt, was der Bauer durchaus zu schätzen wusste. Er behandelte sie kollegial. Ihren Spaß machten sie sich damit, dass sie immer so taten, als verstünden sie kein Wort Deutsch. Wenn der Bauer ihnen eine Anweisung geben wollte, sahen sie ihn verständnislos an und zuckten die Achseln. Sie wussten allerdings auch ganz allein, was zu tun war. Ich amüsierte mich königlich über das sich ständig wiederholende Manöver und erlaubte mir schließlich mal zu dolmetschen. Großes Erstaunen auf beiden Seiten. Aber nun hatte ich bei den Franzosen einen Stein im Brett. In der Spätmahd, dem Grummet, fuhr ich mit den beiden Franzosen auf dem Heuwagen allein aufs Feld. Wir parlierten Französisch. Ich freute mich, meine Kenntnisse aufzufrischen, und die Franzosen freuten sich, mit mir ihre Sprache sprechen zu können. Sie waren sehr höflich und zuvorkommend, erzählten mir von ihren Familien und ihrem zu hause. Wenn wir heimfuhren, thronte ich hoch oben auf dem Heu. Natürlich war diese ganze Kommunikation verboten; aber das kümmerte uns einfach nicht. Später kam die Kartoffelernte. Nebeneinander sammelten wir die Kartoffeln in die Körbe und unentwegt parlierten wir Französisch. Der Bauer war mir sowieso sehr zugetan, was seiner Alten nicht lieb war. Er war auch sehr zufrieden, dass ich mit seinen besten Leuten so gut auskam. – Ja, das waren dann „de Lüt"; ich gehörte auch noch dazu.

Die Tochter Ilse war ein hübsches Mädchen, das natürlich geschickt in der Landwirtschaft arbeitete, aber offenkundig dabei nicht ganz zufrieden war. Sie suchte öfter ein Gespräch mit mir – über Gott und die Welt. Eines Tages erklärte sie den Eltern, sie wollte für acht Tage mit ihrer Freundin an die Ostsee fahren. Da fiel der Vater aus allen Wolken: „Wo gifft dat denn sowat? Sowat heff ick noch nie beleeft!" Doch die Mutter redete zum Guten, und Ilse fuhr davon. Zurückgekommen, erzählte sie mir begeistert von ihrer Reise. Mit ihren Eltern dürfe sie ja nicht darüber sprechen. – Die Krönung war Hänschen. Wenn er mit seinen Schularbeiten nicht klar kam, wandte er sich

vertrauensvoll an mich. Das merkte die Bäuerin und brüstete sich, es sei ihre Sache, mit Hänschen Schularbeiten zu machen. Nun klappte das aber nicht mit dem Englischen. Davon hatte die Gnädige noch nie etwas gehört. Gelegentlich wurde ich im Hause beschäftigt. In der Mittagszeit, wenn die Bäuerin ihr Schläfchen hielt, saß ich oben auf dem Saatboden, einen alten Sack unter meinem Po, und puhlte Saaterbsen aus. Dann hörte ich, wie Hänschen vorsichtig die Leiter hochschlich, sich mir auf Zehenspitzen näherte, um mir erst einmal die schönsten Äpfel in den Schoß zu werfen und anschließend mir seine Englischarbeit zu präsentieren. Schnell und flüsternd erledigte ich die Arbeit für ihn, und ebenso leise, wie er gekommen war, doch sehr erleichtert, schlich er wieder nach unten. Das wiederholte sich eine ganze Zeit täglich. Die Mutter sagte nichts mehr. Sie registrierte schweigend, dass sich Hänschens Englischzensuren besserten. – Eines Tages sollte ich Hänschens Jungshose bügeln. Ich gab mir große Mühe, korrekte Bügelfalten in die kurzen Hosen zu bügeln. Dabei stellte ich mich nicht geschickt an; denn das war für mich ausgesprochenes Neuland. „Wokein mookt denn dat bi ji to Huus, wenn du dat noch nie mookt hest?" fragte mich die Bäuerin von oben herab. „Dat bruk ick doch nich to mooken. Wi hebbt doch uns Lüt!" erwiderte ich schnippisch. Erstaunt sah sie mich an: „Und wat mookst du den ganzen Dag?" „Ick bin to School gangen und nu will ick studeern!" gab ich zurück.
„Richtig an de Universität?"
„Jo, jo, richtig an de Universität!"
Das verschlug der Bäuerin die Sprache.
Kurz darauf war Erntedankfest. Das wurde vom ganzen Dorf im Dorfkrug gefeiert. Kaffee und Kuchen wurden von den Bauern gratis geliefert. Die Dorfmusik spielte.

Wir Maiden sangen und führten Sketche auf. Ich hatte nach Hause geschrieben, Mutti und Oma sollten doch übers Wochenende kommen und daran teilnehmen. Ich würde ihnen im Gasthof ein Zimmer bestellen. Vater war ja wegen der Technischen Nothilfe verhindert. Mutti und Oma kamen mit tausend Freuden. Das sprach sich rasch im Dorf herum. Ich hörte, wie meine Bäuerin einer anderen zuflüsterte: „De Lüt sünd riek. De wohnt im Hotel!" Beeindruckt schenkte sie mir für Mutti und Oma Brotmarken.

– Es wurde ein wunderschöner Sonntag. Besonders meine kleine Oma wurde im Gasthof richtig verwöhnt. Natürlich wollte sie Kaffee und Kuchen bezahlen. „Nee, lüttje Fru, dat gifft dat nicht. Eet man düchtig too!" Mutti lachte und Oma war selig über soviel Abwechslung. Das Leben war doch wirklich interessant.

Die Tafelrunde bei den reichen Bauersleuten war bühnenreif. In der großen Küche stand ein langer Tisch. Am oberen Ende saß in seiner ganzen Breite der Bauer und Herr des Hauses. Rechts neben ihm an der Langseite des Tisches thronte die Leibesfülle seiner Ehefrau. Dann folgten Ilse und Hänschen. Am unteren Ende saßen Nadja und ich. Neben dem langen Tisch, rechts davon war ein kleiner Tisch für die Franzosen vorgesehen. Es war verboten, dass sie mit am Familientisch aßen. Aber es ging ihnen dabei keineswegs schlecht. Nur Josepha musste allein in der Diele essen – zur Erleichterung aller; denn bei ihren Düften wäre auch dem hungrigsten Esser der Appetit vergangen. Kochen konnte die Hausherrin. Das musste man ihr lassen. Es gab immer mehrere Gänge, und als Hauptgericht immer Kartoffeln, verschiedene Fleisch- und Gemüsesorten. Auf der blank gescheuerten Tischplatte waren alle Speisen jeweils getrennt in großen Emaillenschüsseln säuberlich angerichtet. Aber alle Schüsseln standen dicht an dicht vor dem Teller des

Hausherrn. Der lud sich den mit allen Gerichten zusammen bis zum letzten Rand voll und quetschte anhaltend alles durcheinander: da kam das Erdbeerkompott zwischen Kartoffeln und Erbsen, der Selleriesalat in den Pudding u.s.w. Eigentlich hätte seine Frau alles zusammen in einem Kochtopf kochen können. Nachdem der Bauer alles auf dem Teller zermampft hatte, folgte die Mampferei in seinem Inneren. Alle anderen aßen manierlich. Die Franzosen erhielten vom Bauern eigenhändig immer die schönsten Fleischstücke rübergereicht. Dann gingen die Schüsseln herum und landeten schließlich, noch lange nicht geleert, wieder beim Bauern. Wenn er sah, dass mein Teller leer war, gab er den Schüsseln einen Schub, so dass sie über den glatten Tisch sausten und bei mir landeten: „Dor, eet, Deern!" Er meinte es wirklich gut mit mir. –
Als Ilse mit ihrer Freundin an der Ostsee war, gab es ausnahmsweise auch mal ein Tischgespräch. Der Bauer fragte, an seine Frau gewandt:
„Hett Ilse Voss schreben?" Antwort:
„Jo, se hett schreben!" Frage:
„Watt schrifft se denn?" Antwort:
„Ehr geiht dat gout!" Frage:
„Un wann kümmt se wedder?" Antwort:
„Dat schrifft se nicht!" Darauf das Donnerwetter:
„Se soll endlich wedderkommen!"

Als meine Zeit bei Bauer Voss abgelaufen war, endete auch meine Maidenzeit. Ich sollte nun zur KÄ (Kameradschaftsältesten) und Führerinanwärterin ausgebildet werden. Sozusagen „offiziell", jedenfalls in einem feierlichen Akt, hatten wir unsere Maidenzeit schon begraben. Heimlich, hinter dem Rücken der Führerinnen, hatten wir uns das alle zusammen ausgedacht. Genau um Mitternacht wurde der Gong geschlagen. Alle 44 Maiden schlurften gleichzeitig aus den Betten und streiften nur die Trainingshosen über das Nachthemd. Schweigend formierten wir uns zu einem Zug und stiegen so die Treppe hinunter, schritten dann zur Hintertür hinaus in den Hof und weiter in den Park. Völlig verwirrt standen die Führerinnen im Nachthemd unten an der Treppe und wollten wissen, was das zu bedeuten hätte. Vereinbarungsgemäß sahen alle nur geradeaus und stellten sich taub. Mich herrschte die Lagerführerin an: „Sagen Sie sofort, was hier eigentlich los ist! Sie als Führeranwärterin können sich kein Fehlverhalten leisten!" Doch ich dachte nicht daran, meiner Kameradschaft, der ich zurzeit noch angehörte, in den Rücken zufallen, und schwieg ebenfalls. Dem Zug voran schritt eine als Priesterin verkleidete Berlinerin, deren Mundwerk lagerbeherrschend war. Sie trug ein selbstgefertigtes Holzkreuz mit sich. Dann folgten mehrere Maiden mit einem riesigen Pappkarton, der als Sarg getarnt war. Hinter dem Sarg ertönte dumpfes Getrommel, verursacht durch auf Topfböden geschlagene Kochlöffel. Ein Grab war schon vorher ausgehoben worden. Feierlich versenkten die Träger den Sarg, nachdem wir uns alle darum versammelt hatten. Erde wurde darauf geworfen, das Kreuz aufgestellt, ein Eichenkranz, der von einer Sportveranstaltung stammte, darüber gehängt. Auf dem Kreuz war zu lesen: „Hier ruhet still und unvergessen unsere schöne Maidenzeit. Wir haben manches ausgefressen. Doch haben wir es nicht bereut." Unser „Priester", namens Inge hielt noch eine schöne Predigt; dann bewegte sich der Zug unter Trommelklang wieder zurück.

VI Kapitel

Für mich begann jetzt die Führerinnenausbildung. Es waren regnerische, kalte Tage im Spätoktober, als ich mich ins Lager nach Hennstedt bei Heide begeben musste, um dort an einer Schulung teilzunehmen. Zunächst freute ich mich, meine Schulfreundinnen Inge und Renate wieder zu sehen, die da gerade noch den Rest ihrer Maidentage verbrachten. Die ganze Klasse hatte ständig miteinander im Kontakt gestanden. Eine dicke Kladde war immer von einer zur anderen geschickt worden, und jede hatte ihre Neuigkeiten da eingetragen, bevor sie das Heft weiterreichte. Diese Kladde ist erhalten geblieben und zeugt von unserem damaligen überreifen Zustand. Schon die Anreden sind klassisch: „Liebste Kinnings!", „Geliebte Wesen!", „Liebe Rasselbande!", „Geliebte alte Bande!", „Herziginniggeliebtes Volk!" u.s.w. Die Mitteilungen sind mit Bildern, Kleksen und Kommentaren von Ruth und Inge reich verziert. Und alle behaupteten, sie würden total verblöden. – Nun – ich traf Renate und Inge keineswegs verblödet. Vielmehr hatten sie einen schönen Plan ausgeheckt, um der größten Trübsal ihres Barackenlagers zu entkommen. Renate spielte krank, oder war es auch – vor Sehnsucht nach ihrem Hans-Jürgen, einem Fallschirmspringer, mit dem sie sich, ganz gegen die Regel unseres Thusneldenbundes bereits verlobt hatte. Sie lag also im gemütlich warmen Krankenzimmer. Da Inge als Krankenbetreuerin eingeteilt war, hatte sie nun nichts anderes zu tun, als Renates Seufzer anzuhören. Ich konnte den beiden nur eine Stippvisite abstatten und musste zur Schulung. Das angenehmste der Schulung war sage und schreibe der Sport. Wir durften in der Sportbaracke unsere

Trainingsanzüge anziehen und tobten uns endlich mal warm. Die *Hotelbaracke*, eigens zur Übernachtung für Kursusteilnehmer gedacht, war ungeheizt und ohne Strom. Lediglich ein „Hindenburglicht", auf den kalten Ofen gestellt, gab einen fahlen Schein. In den Betten lagen statt der gemütlichen, molligen Strohsäcke harte und kühle Rosshaarmatratzen. Wir krochen in Trainingsanzügen hinein, zogen die Wolldecken unter das Kinn und froren doch erbärmlich; denn der Wind heulte durch alle Ritzen, und der Regen strömte über das Dach. Der Weg zum Töhaus wurde in dem riesigen Gelände von den Maiden in der Regel per Fahrrad zurückgelegt. Aber in der Nacht bei strömendem Regen und ohne Fahrrad überlegte man sich das wohl anders. – Während wir noch jammerten, öffnete sich plötzlich die direkt nach draußen führende Tür. Der dunkle Schatten, der hereinkam, rief laut: „Moritz!" So nannten mich meine Mitschülerinnen. „Hier!" antwortete ich, und Inge sprang zu mir ins Bett. Wir kuschelten uns aneinander und wärmten uns. „Wer ist das?" wollten die anderen wissen. „Eine Schulfreundin, die es als Maid hierher verschlagen hat!" „Ach, erzähl doch mal, wie es hier so ist!" Und Inge erzählte und erzählte, knüpfte eine lustige Geschichte an die andere, dass alle lachten und die Kälte vergaßen. So ging es denn Abend für Abend. „Kommt deine Freundin wieder?" fragten die anderen jedes Mal, wenn wir auf unseren harten Matratzen lagen. Und schon ging die Tür auf: „Hallo, hier bin ich!" Nachdem ich aus dem Grusellager wieder in unsere gemütliche Charlottenhöhe zurückgekehrt war, musste ich von fast allen Kameradinnen des Sommers Abschied nehmen. Ihnen stand noch ein halbes Jahr Kriegsdienst bevor – als Straßenbahnschaffnerinnen, als Fabrikarbeiterinnen in der Rüstung u.s.w. Für den Winter gab es nur zwei Kameradschaftsälteste: die gemütliche und mollige Eva, ebenfalls aus Hamburg,

und mich. Außer uns blieben einige sog. längerdienende Maiden zurück. Die wären auch gern KÄ geworden; aber sie wurden nicht genommen, weil sie kein Abitur hatten.
Eva und ich wanderten zum Bahnhof Itzehoe, um die Wintermaiden abzuholen. Leider hatten wir keinen Leiterwagen chartern können. Aber wozu auch? Das einzige, was man mitzubringen hatte, war eine Zahnbürste. Alles andere wurde ja geliefert. Wir hatten Itzehoe noch nicht ganz erreicht, als uns eine seltsame Schar weiblicher Wesen entgegenkam. Eva und ich sagten zueinander: „Das können doch nicht unsere Maiden sein! Das sind doch alte Frauen! Und guck mal, was die für große, schwere Koffer tragen! Was haben die da wohl drin?" Beim Näherkommen erkannten wir junge Gesichter, vermummt mit Wolltüchern und von großen Pelzkragen überragt, die Gestalten mit langen Mänteln verhüllt. Sie ächzten und seufzten unter der Last, die sie trugen. „Seid ihr die neuen Maiden für Charlottenhöhe?" fragten wir. Sie nickten stumm. „Was schleppt ihr denn da? Ihr kriegt hier doch alles!" Darauf gab keine eine Antwort. Eva und ich fassten die größten Koffer mit an. Mühsam erreichten wir Charlottenhöhe. Die neue Lagerführerin verlangte im preußischen Befehlston, die Koffer zu öffnen und den Inhalt vorzuweisen. Ein ganzer Feinkostladen kam zutage. Eine führte 10 Dauerwürste mit sich, eine andere 10 Pfund Butter. In Schweinsblasen eingenähte gebratene Gänse und Enten erblickten das Licht Deutschlands. Die Lagerführerin, ihrem Titel nach Maidenoberführerin, konfiszierte alles und sperrte es in der Speisekammer mit Vorhängeschloss ein. Trotzdem gelang es, einiges wegzuschmuggeln und zu verstecken. So landete die Butter zunächst auf dem Verandadach, bis unsere Preußin auch dieses bestieg und die neue Belegschaft um Zusatzernährung und Nebenerwerb brachte.

Schade, ich hätte die Butter ihrer wahren Besitzerin so gern abgekauft und nach Hamburg geschickt. Meine Lieben dort brauchten zwar nicht zu hungern; aber Butter war rar. Ich hatte aber doch einen großen Vorteil von der Sache. Zu meinen neuen Aufgaben als *KÄ* gehörte es, den Küchenchef zu spielen. So wurde mir jeweils zur Herstellung der Mahlzeiten der Speisekammerschlüssel ausgehändigt. Natürlich habe ich pflichtgemäß alle die östlichen Herrlichkeiten für die Zubereitung der Speisen verwandt. Nur mit einer riesigen eingenähten Gans hat mein Team ein Sonderspielchen getrieben. Da lag sie hingegossen in ihrem Mantel auf einem Regal in der Speisekammer, während ich mit einigen Maiden für den Sonntagmorgen die Frühstücksbrote schmieren musste. Wir schmierten Margarine und Marmelade, während die Gans uns aus ihrem Fett anlachte. Es war nicht anzusehen. Schließlich bohrte eine von uns nur ein klitzekleines Loch in den Paletot – nur so eben mit dem kleinen Finger. Da quoll das Fett hervor und lief auf das Regal. Wir waren vier, und alle stippten mit dem Zeigefinger in das Fett. Wie von selbst wurde das Loch im Gänsemantel immer größer, und das Fett lief über das ganze Brett. Unerwartet kam eine Maidenunterführerin in die Küche. Neugierig guckte sie um die Ecke. Statt uns zur Ordnung zu rufen, stippte sie gleich mit. Da gab es kein Halten mehr. Als die Frühstücksbrote fertig geschmiert und der Kaffee gekocht waren, hatte die Gans ihr letztes Dasein ausgehaucht. Eilig wurde die Speisekammer gereinigt – die Gans hatte es nie gegeben. – Als ich kurz vor Beginn der Mittagskocherei mal kurz in den Schlafraum ging, den ich mit fünf meiner Maiden teilte – die übrigen sechs hatten ihren Raum gegenüber – fand ich eine der Warthegauerinnen auf ihrem Strohsack liegen und genüsslich eine gebratene Ente verspeisen.

„Wie hast du denn das fertig gekriegt, die zu verstecken?" fragte ich erstaunt. Darauf gab Elfriede – so hieß sie – keine Antwort. Aber sie zeigte sich kameradschaftlich bereit, mir ein Stück abzugeben. Da konnte ich nicht widerstehen. Bei dieser Kameradschaftlichkeit zeigte ich mich als Kameradschaftsälteste nicht gerade vorbildlich. Wir waren alle miteinander sehr gefräßig.
Mit den Maiden aus dem Osten war es nicht immer ganz einfach. Sie hatten alle deutsche Namen und die Mehrzahl sprach einigermaßen verständlich deutsch. Nur eine konnte überhaupt kein Deutsch und bekam so großes Heimweh, dass wir sie nach Hause schicken mussten. Als ich für sie am Bahnhof Itzehoe die Fahrkarte besorgte, hatten die Beamten große Mühe, in etwa die Kilometerzahl auszurechnen, um den Fahrpreis zu bestimmen. Das winzige Dorf irgendwo hinter Kutnow, aus dem sie kam, war auf keiner Landkarte zu finden. Das hübsche blonde Mädchen hatte einen deutschen Vater und eine polnische Mutter. – Mit den anderen kam ich gut zurecht – außer mit Elfriede. Sie war ein sturer Dickkopf und beharrte auf ihren seltsamen Gewohnheiten. Zum Waschen sich nackt ausziehen – nein, das kam gar nicht in Frage, Duschen auch nicht. Wenn sie sich morgens ächzend von ihrem Strohsack erhob, wurden als erstes die dicken Wollstrümpfe angezogen, dann die Stiefel. Die Unterwäsche war gar nicht erst ausgezogen worden. Am Wasserhahn stand sie dann gebeugt und fürchterlich prustend, indem sie Gesicht und Arme bespritzte. Alle zusammen bemühten wir uns, sie zu einer vollständigen Körperwäsche zu bewegen. Es half nichts. Sie ertrug Befehle, Spott und Gelächter lieber als Wasser auf ihrem Körper. Die Zahnbürste, die alle dabei haben mussten, war und blieb ihr ein Fremdkörper; aber sie hatte hervorragende Zähne. Man ließ sie schließlich

gewähren. Auf weitere Bemühungen unsererseits reagierte sie doch nur mit einem furchtbaren Geschimpfe.

Für mich begann bald die zweite Schulung, nicht nur als KÄ, sondern als zukünftige Arbeitsdienstärztin. Ich durfte nach Kiel übersiedeln, zunächst für vier Wochen. Da sollte ich im St. Anscharkrankenhaus, das damals Nordmarkkrankenhaus hieß, ein Praktikum in Krankenpflege ablegen. Die Namensänderung des Krankenhauses war natürlich auf historische Unkenntnis zurückzuführen. Aber die gibt es ja auch bei anderen Politikern; so was ist keine Spezialität der Nazis gewesen. Ich freute mich sehr auf meine neue Tätigkeit, die mich meinem erstrebten Beruf so nahe bringen sollte. Ein weiterer Anlass zur Freude war die Nachricht, dass ich ein Privatquartier erhalten sollte. Die Adresse wurde mir auch gleich mitgeteilt. Welch ein anderes Leben würde das sein!

Meine Schulfreundin, eine andere Elfriede und ich

Kiel war zu dem Zeitpunkt mehr vom Krieg gezeichnet als damals noch Hamburg. Die Stadt wimmelte von Marinedienstgraden. Bei Dunkelheit wurden die Brücken eingenebelt. Ich fuhr an einem Sonntag hin; denn am Montagfrüh sollte ich meinen Dienst antreten. Natürlich hatte ich alles nach Hause berichtet. Und als ich mich in meinem Privatquartier einfand, war meine liebe Mutti schon da. So eine Freude! Sie hatte sich mit der Wohnungsbesitzerin, einer verwitweten Frau mittleren Alters, bereits bestens arrangiert, und ich wurde sehr freundlich empfangen. Das Zimmer teilte ich mit einer KÄ und ebenfalls künftigen Medizinerin aus einem anderen Lager, die den gleichen Weg gehen wollte wie ich. Gerda hieß sie und war die Tochter eines bekannten Hamburger Medizinprofessors und Chefarztes. Wir mochten uns auf Anhieb sehr gern leiden und hatten eine gute Zeit miteinander. Was für ein Unterschied zum Lagerleben! Das schöne gepflegte und freundliche Zimmer mit weißbezogenen Betten, Badezimmer und Küche zu unserer Benutzung! Mutti blieb auf unser Zureden noch bis Montagfrüh und fuhr dann sehr zufrieden nach Hamburg zurück. Gerda und ich wurden im Krankenhaus verschiedenen Stationen zugeteilt, trafen uns aber bei den reichhaltigen Mahlzeiten an der Schwesterntafel. Ich kam auf die chirurgische Frauenstation, die, wie auch die anderen Stationen, in einem Pavillon untergebracht war. Mein veränderter Status drückte sich schon äußerlich aus: ich bekam einen weißen Kittel. Natürlich trug ich hier keine Stiefel, sondern meine braunen Ausgehschuhe. Ich hatte mir besonders *schicke* von der *Kammer* in Charlottenhöhe *organisiert*. Sie waren ein bisschen zu eng für meine breitgetretenen Füße. Das bekam ich jetzt zu spüren, da ich in dem riesig großen Saal immer hin und her laufen musste, meistens mit zwei sog. *Bratpfannen* in den

Händen. Es mögen da 25 Betten im Halbkreis gestanden haben, und alle waren mit operierten Frauen belegt. Daneben gab es noch zwei Privatzimmer mit jeweils zwei Betten. Die Stationsschwester, namens Laura, war eine zierliche, aber drahtige Person mittleren Alters. Ich weiß nicht, warum sie einen Narren an mir gefressen hatte. Sie vertraute mir allen Ärger an, den sie mit den *dummen* Lehrschwestern hatte, und behauptete von vornherein, dass ich alles besser machen könnte. Sie zeigte und erklärte mir alles, was sie machte, wie man die Verbände anlegte, wie man die Spritzen zu geben hatte, wie man steril arbeitete u.s.w. Vieles ließ sie mich nachher alleine machen. Nach Abschluss der vier Wochen bekam ich vom Chefarzt ein glänzendes Zeugnis, das Lauras Handschrift trug.

Zu Weihnachten hatte ich Urlaub und durfte nach Hamburg fahren. Alle ehemaligen Klassenkameradinnen hatten Weihnachtsferien. So gab es am 28.12. ein Klassentreffen und freudiges Wiedersehen in meinem Elternhaus Eimsbütteler Str. 72. Wir versammelten uns in unserem großen Esszimmer. Auch die 1941 schwer verwundete Hanna war dabei. Sie hatte für ihren zerstörten Fuß eine ausgezeichnete Prothese bekommen und lief damit unbeschwert. Sie studierte bereits Architektur.
Silvester war ich wieder in Charlottenhöhe. Unsere preußische Lagerführerin hatte die Idee, um Mitternacht bei den Bauern in Ölixen jeweils ein Lied zu singen. Nur die Hälfte der Lagerbelegschaft war zugegen; die andere Hälfte hatte Silvesterurlaub. Im Stockfinstern schlichen wir von Hof zu Hof und sangen. Doch nirgends öffnete sich ein Fenster oder eine Tür. Es war, als ob die Häuser uns böse anschwiegen. Ich weiß nicht mehr, was wir sangen. Allzu vaterländische Gesänge waren bei uns kaum üblich. Dennoch – die Stimmung

war nicht auf ein *frohes neues Jahr* gemünzt. Die jungen Bauernsöhne standen im Feld, waren vermisst, oder sogar gefallen. Das Blatt des Krieges hatte sich mit *Stalingrad* gewendet. Der Jubel war vorbei. Wir lebten auf Charlottenhöhe fast wie in einer Oase. Nicht einmal ein Radio hatten wir. Gelegentlich wurde eine von uns zu den Abendnachrichten ins Fährhaus geschickt, um dann im Lager zu erzählen, was das Oberkommando der Wehrmacht zu berichten hatte. Der Bericht war wohl positiver als die Wahrheit.

Im neuen Jahr durfte ich noch einmal für 14 Tage nach Kiel umziehen. Der praktischen sollte nun eine theoretische Ausbildung zur Gesundheitspflegerin für das Lager folgen. Wieder trafen Gerda und ich uns in unserem Privatzimmer. Da wir dieses Mal jeweils nur bis 17.00 Uhr Dienst hatten, konnten wir unsere Freundschaft mehr pflegen und abends noch was unternehmen. Die theoretische Ausbildung sollte am RAD- Bezirk erfolgen und von einer der RAD- Ärztinnen vorgenommen werden. Es waren insgesamt sechs KÄ's aus verschiedenen Lagern, die sich da zu dem Zweck einfanden. Doch war die für uns vorgesehene Ärztin erst einmal krank, und wir trieben allerlei Unfug. Das dauerte aber nicht lange – schon fegte die Bezirksführerin schreckenerregend daher und gab uns Hefte in die Hand, deren Inhalt wir auswendig lernen sollten. „Wie soll ein Krankenzimmer aussehen?" „Wie soll man es mit dem Lüften halten?" und weiterer Schwachsinn dieses Stils. Schnell hatten wir diese Belehrungen durchgelesen und machten aufs Neue Blödsinn. Die Bezirksführerin indessen säumte nicht, daherzufegen und uns abzufragen. Wir rebellierten und beschwerten uns über diese mangelhafte Ausbildung. Daraufhin lud uns die Ärztin in ihre Privatwohnung ein. Sie war eine hübsche blonde und blauäugige Frau um die 40, unverheiratet, demnach mit „Fräulein Doktor" anzureden, und hatte einen friesischen Nachnamen. Lange nach dem Krieg erfuhr ich durch einen Bekannten, dem sie sich anvertraut hatte, dass sie nicht ganz *arisch* war. Damals ist das zum Glück nicht herausgekommen. Sie war sehr nett und erklärte uns die Krankheiten und Gesundheiten, mit denen wir es wohl am meisten zu tun haben würden, sehr eindrucksvoll. Im Übrigen war es in ihrer Wohnung sehr gemütlich. – Im Bezirk erhielten wir Freikarten fürs Theater. Das haben wir weidlich ausgenutzt. Recht hübsch wurden die klassischen Operetten aufgeführt. Eines Tages hatte die attraktive Gerda die Bekanntschaft mit einem Marinesoldaten gemacht und sich für den nächsten Abend mit ihm zum Stelldichein verabredet. Sie trug, wie es damals vielfach üblich war, die Haare hinten zu einem Dutt gedreht. Das fand sie nun nicht schön genug. Ich erwies mich als hilfreich und befeuchtete ihre glatten Haare mit Zuckerwasser, um sie dann auf Lockenwickler zu drehen. Aber ach, ich hatte des Zuckers zuviel genommen. Die Lockenwickler standen um ihren Kopf wie ein fest gefügtes Denkmal und ließen sich nicht lösen. Erst verspätet konnte sie mit feuchtem Haupt in den Dienst gehen. Das Rendezvous fand trotzdem statt. Es war so dunkel, dass man die Kopfpracht unter dem Hut sowieso nicht sah.

Nach Ablauf der zwei Wochen fand eine Prüfung statt und dann ging es bis zum Frühling zurück ins Lager. Ich übernahm in Charlottenhöhe jetzt neben dem Küchen- auch den Gesundheitsdienst. In dem Haus war ein voll eingerichtetes Arztzimmer, alle Instrumente und Medikamente waren in einem Glasschrank verwahrt, Untersuchungssofa, Laborgeräte u.s.w. vorhanden. Nur ein Arzt war nie da. In Notfällen hatten wir uns an einen uralten Arzt in Itzehoe zu wenden. Die jüngeren Ärzte waren alle beim Militär. Jetzt aber praktizierte ich hier.

Jeden Abend, wenn die Maiden vom Außendienst zurückkamen, hielt ich hier meine Sprechstunde ab. In Ermangelung eines Wartezimmers, saßen die Patientinnen den Flur entlang auf dem Fußboden. Vorwiegend hatte ich Frostbeulen zu behandeln, natürlich auch Schönheitspickel oder Furunkel. Die vierwöchentlichen *leichten Sommerschuhe* hatte ich kontrolliert auszugeben, begleitet von Elfriedes Geschimpfe, die bei ihrer Gefräßigkeit davon offenbar mehr brauchte. Aber als Kostbarkeit war so was natürlich rationiert.

Gelegentlich war ein Einlauf fällig. Das ging mit Gezeter, und ich musste energisch werden. Urinuntersuchungen erfolgten per Reagenzglas und Bunsenbrenner. – In der Küche kochte ich nebenbei diverse Kräutertees, die ich zwischendurch ins Krankenzimmer brachte – je nach Bedarf. Unsere preußische Lagerführerin sah das alles nicht allzu gern. Es nahm ihr einen Teil ihrer Hoheit. Als einmal etliche Maiden an Durchfall erkrankten, verordnete sie energisch allen ein bestimmtes Medikament, wobei ich bescheiden bemerkte: „Gestatten, Maidenoberführerin, dass ich ergebenst melde: Das Medikament ist gegen Harnwegsinfekte und nicht gegen Durchfall!" Daraufhin schwieg sie lieber. Eigentlich hatte ich viel Spaß mit ihr. Eine Zeitlang hatte sie ihre Mutter aus Berlin in ihrem Zimmer zu Gast. Sie befahl mir, dafür zu sorgen, dass die Maiden im Korridor mit ihren Nagelstiefeln nicht solchen Krach machten. Ihre Mutter würde dadurch gestört. Darauf konterte ich: „Gestatten, Maidenoberführerin, die Bemerkung: dies ist ein Arbeitsdienstlager und kein Sanatorium. Die Nagelstiefel sind reichsvorgeschrieben!" Die Mutter lachte und die Tochter schüttelte den Kopf. – Mutter und Tochter aßen für sich in ihrem Zimmer, und ich musste, mit dem buntgestickten Schürzchen angetan, servieren. Da hatte ich es nun wirklich gut gemeint und eine

extraschöne Rinderbrühe angefertigt. Doch die Führerin tadelte mich, die Brühe sei zu fett. Ich wehrte mich: „Melde gehorsamst, Maidenoberführerin, gnädige Frau Mutter wird in Berlin nicht viel Fett anzusetzen haben. Ich wollte sie ein bisschen aufpeppeln!" Schallendes Gelächter der Frau Mutter, Ratlosigkeit der Tochter. Es gab immer wieder Geplänkel zwischen der Lagerführerin und mir. Im Grunde mochten wir uns gegenseitig wohl ganz gern. Wenn sie an mir herummeckerte, sagte sie gleich: „Ich bin gespannt, was Sie jetzt wieder dagegen zu setzen haben." Als KÄ hatte ich in der Woche einen freien Nachmittag. Meine junge Bäuerin in Westermoor, Mutter von Elsa und Helga, hatte mich zum Kaffee eingeladen. Es wäre zeitlich unmöglich gewesen, den langen Weg hin und zurück zu Fuß zurückzulegen. So bat ich ergebenst, ein Fahrrad benutzen zu dürfen. Unsere Preußin hielt mir entgegen, die Fahrräder seien reichseigen und nur für Reichsinteressen gedacht. Darauf ich:
„Maidenoberführerin, ich melde gehorsamst, dass ich im Reichsinteresse eine reichseigene KÄ bin. Warum, bitte, darf eine reichseigene KÄ kein reichseigenes Rad benutzen?"
Darauf die Führerin:
„Machen Sie, dass Sie wegkommen!"

In der Küche gefiel es mir recht gut. Der Riesenkartoffeltopf hatte unten einen Hahn, so dass man ihn zum Abgießen nicht umkippen musste. Der Topf für die täglichen Roten Beete hatte auch ziemliche Ausmaße, ebenso der Topf für die *Bottermelcksupp*. Das waren die wichtigsten Geräte und Gerichte. Dazu kamen Soßen- und Puddingtopf in länglicher Form. Am Sonnabend hatte ich einen Riesenhefeteig für den Sonntagskuchen zu kneten und im Backofen einen großen Braten herzustellen. Das klappte zunehmend besser. Die zwei Maiden, die ich mir jeweils als Gehilfen aussuchen durfte, wechselten alle acht Tage. Anfangs suchte ich mir bewusst gute Köchinnen aus, denen ich dann einiges überließ, um es bei ihnen abzugucken. Aber das war bald nicht mehr nötig. Dem anfänglichen Zweifeln, noch in meiner alten Kameradschaft, ob *Goethe* wohl kochen könnte, trat bald die Zuversicht entgegen: „Doch, Goethe kann!", besonders nachdem die Wirtschaftsführerin an einem Appellsonntag das Kochen übernommen, den Pudding hatte anbrennen und die Sauce mit viel zu viel Nelken verbittert hatte. – Nur eine traute meinen Kochkünsten nicht: meine Oma! Hatte sie doch immer zu meiner Mutti gesagt: „Das Kind liest zu viel Goethe. Es sollte sich lieber um den Haushalt kümmern. Sonst nimmt das im Arbeitsdienst ein böses Ende!" So erschien denn eines Tages in meiner Küche meine Oma, meine belustigte Mutti im Schlepptau. Sie setzten sich in Hut und Mantel auf die dort stehenden Stühle und guckten zu, wie ich auf dem Herd hantierte und die Pötte hin- und her schob. Meine Oma drückte dann ihr großes Erstaunen und ihre Anerkennung aus. Nun konnte ich auf der Leiter ihrer Zuneigung wirklich nicht noch höher steigen.

Sonst hatte ich auch manchmal ganz netten Besuch in der Küche. Die jungen Grafen, Ettis zahlreichen Brüder, saßen da gern. Es war wohl eine Abwechslung für sie, mal in einer RAD- Küche zu naschen. Beflissen holten sie mir Briketts und Holz vom Hof herein. – Mir selbst holte ich eine der Warthegauermaiden in die Küche: Lydia, eine Bauerntochter, groß, blond, blauäugig, bildhübsch und hochintelligent. Sie erzählte mir, dass sie vor dem Krieg ein polnisches Gymnasium besucht habe, weil keine andere Möglichkeit bestand. Zu Hause hätten sie deutsch gesprochen; aber das wurde von den Polen eigentlich nicht geduldet. Als die Deutschen gekommen seien, hatten sie gleich überall deutsche

Schulen gegründet, und sie wäre auch umgehend auf ein deutsches Gymnasium gegangen. Man hätte aber natürlich nicht alles so schnell aufholen können, und es fehlte ihr viel an deutscher Bildung. Wir schlossen Freundschaft, ich nahm sie ein bisschen unter meine Fittiche, gab ihr in der Küche frei, damit sie dort in der Ecke sitzen und deutsche Literatur lesen konnte.
An meinen Zukunftsplänen hatte sich einiges geändert. Mein Vater hatte sich eine offiziersähnliche Tochter gut vorstellen können. Er war einmal ganz allein im Lager zu Besuch gekommen, um den heroischen Plan mit mir zu besprechen. Ich bekam frei, und wir gingen für dies schicksalsträchtige Gespräch den Deich entlang.
Jedoch in meiner Kieler Zeit säumte die Bezirksführerin nicht, die Eltern der zukünftigen Führerinnen zu einer Tagung einzuladen, um sie über die Zukunft ihrer Töchter aufzuklären. Meine Eltern folgten beide dem Aufruf und hörten sich aufmerksam an, was dieser Feger nicht säumte, da von sich zu geben. Mein Vater reagierte verstimmt, meine Mutter empört über das Gerede vom *harten Geschlecht*, das dem Führer dargebracht werden sollte. Sie wurden sich einig, dass sie mich nicht darbringen wollten. Ich selbst hatte in den 14 Tagen am Bezirk ebenfalls einen sehr üblen Eindruck von diesem unweiblichen Individuum *Bezirksführerin* bekommen. Auch im Lager war die fröhliche Toleranz des Sommers vergangen. Wenn ich mit der Preußin auch meinen persönlichen Spaß hatte – viele Maiden waren ängstlich und zitterten vor ihr. In Notfällen riefen sie mich um Hilfe an und ich bemühte mich, die Kontroversen auszubügeln. Allzu oft wurde Macht gegen Ohnmacht gesetzt. Schließlich war das Ganze doch eine Art Zwinger, und ich gab meinen Eltern Recht. So beantragte ich meine Entlassung aus dem RAD zum Frühjahr 1943. Die Gruppenführerin versuchte vergeblich, mich umzustimmen, während meine Preußin

meinte, ich sollte mir erstmal den Wind um die Nase wehen lassen und dann wiederkommen. Für den Rest meiner Zeit wurde ich nun in die Waschküche versetzt. Die Bauerntöchter, und das waren alle Warthegauer, durften eher nach Hause zurück, weil sie da in der Landwirtschaft gebraucht wurden. Mir fiel nun die liebliche Aufgabe zu, den sämtlichen Dreck der Winterbelegschaft wegzuwaschen. In zwei großen Waschkesseln brodelte die schmuddelige Brühe, die Schornsteine der Waschküche qualmten. Mit großer Gummischürze angetan rührte ich in den Bottichen. Zwischendurch mussten Eva und ich auf dem Leiterwagen unsere Wintermaiden auf den Bahnhof Itzehoe geleiten. Trotz Gummischürze war mein Bauch unter der Windjacke nass, als ich da auf dem Leiterwagen saß. Das machte natürlich gar nichts. Wir waren ja ein hartes Geschlecht. Als unsere Maiden abgefahren waren, rückten Eva und ich aus – in ein Gasthaus, wo es saure Heringe ohne Lebensmittelmarken gab. Mein Bauch war immer noch nass, auch als wir ins Lager zurücktrabten, wohlgesättigt und lustig von dem sauren Hering.

    Meine Lydia hatte ich erst einmal zu meinen Eltern geschickt. Sie durfte bei uns zu Hause in meinem Bett schlafen, sich verwöhnen lassen, Muttis Kleider anziehen – meine Vorarbeitsdienstlichen Kleidungsstücke waren ihr zu eng – und mit Vater ausgehen. Der war beflissen, ihr die Schönheiten Hamburgs zu zeigen, und Lydia war begeistert. Als sie wieder in ihrer Heimat war, schickte sie öfter Pakete mit sehr schmackhaften landwirtschaftlichen Erzeugnissen, bis der Krieg uns auseinander riss. Je näher unser Abschied vom RAD kam, desto stärker wuchs in Eva und mir der Freiheitsdrang. Eines Abends verabredeten wir uns für die Nacht um eins, um bei Mondschein auf

dem Deich spazieren zu gehen. Jede hatte für sich einen Wecker unter dem Strohkissen. Die Sache klappte vorzüglich und blieb unbemerkt – nur die über mir schlafende Gertrud aus Hamburg hatte etwas mitbekommen; aber kameradschaftlich schwieg sie. Eva und ich entdeckten im Mondschein das erste Frühlingsblümchen- ein Gänseblümchen. Es erschien uns wie ein Symbol der Freiheit.
Einen letzten Streich konnte ich unserer Preußin noch spielen. Es war ein Sonntag, ein sanfter milder Frühlingstag voller Sonnenschein. Ich erhielt den Auftrag, nunmehr auch sämtliche Trainingsanzüge in den Waschtrögen gründlich zu kochen. Ich dagegen:
„Gestatten, Maidenoberführerin, Trainingsanzüge kann man nicht kochen. Sie verlieren Form und Farbe!"
Diesmal wollte unsere Preußin sich durchsetzen:
„Sie haben gehört, was ich befohlen habe! Keine Widerrede!"
Ich schlug die Hacken zusammen:
„Zu Befehl, Maidenoberführerin!"
Die Sache machte ich nun besonders gründlich.
Die Trainingsanzüge brutzelten in der schwarzen Tunke, ich heizte die Öfen, was das Zeug nur halten wollte, legte mich dann gemütlich gegenüber auf den Rasen und las in einem Buch: *Empedokles*, wie er in den Ätna sprang. Zwischendurch guckte ich mal hoch und sah zufrieden, wie die Waschküchenschornsteine rauchten. Nachdem die Sauce eine Stunde unentwegt gebrutzelt hatte, nahm ich ausführlich die nächsten Waschgänge vor, bis dann 100 unkenntliche lila – weiße Stoffstücke auf der Leine hingen. Dann ging ich zur Lagerführerin und meldete, der Befehl sei ausgeführt. Sie betrachtete das Ergebnis und sagte kein Wort.

     Endlich war der 31. März gekommen. Der Rest der Belegschaft versammelte sich zum Abschied noch einmal im Schulungsraum. Wir waren alle in Zivil. Ich hatte mir von zu Hause mein schickes hellgraues Flanellkostüm mit der roséfarbenen Bluse schicken lassen. Es war etwas auf Zuwachs geschneidert und passte darum noch. Meine Haare hatte ich hochgekämmt und oben auf dem Kopf zu Locken gedreht. Diese Frisur hatte unsere Preußin im Lager verboten, und nun trug ich sie zum Zeichen der Freiheit. Man nannte sie damals *Entwarnung* im Hinblick auf die Luftschutzsirene, die die Entwarnung verkündete, und das hieß: „fort aus dem Luftschutzkeller, alles nach oben!" Unser Zivilzeug war das einzige, das bei dieser Abschiedsfeier noch interessierte. Und dann auf und davon! Nach Hause, in die Freiheit!

Abitur- und Abschiedsfeier
Bei Renate

VII Kapitel

Komisch! Die erste Nacht in meinem eigenen Bett konnte ich gar nicht schlafen, obwohl kein Fliegeralarm die Stunden zerriss. Mir fehlten der Strohsack, das Atmen meiner Kameradinnen. Es dauerte eine Weile, bis ich mich wieder an ein bürgerliches Leben gewöhnt hatte. Bei Ruth in Krupunder traf sich unsere Klasse wieder. Aber es schien, als hätten wir uns alle verändert. Wir hatten verschiedene Pläne und Ziele. Ruth begann mit dem Jurastudium, und machte wenig erfreuliche Praktikumsstudien in den Gerichten. Sie wurde auch bald Studentenführerin. Einige von uns, Tommy, Annemarie und Ursula waren bereits Junglehrerinnen. Lisa zog es zur Pharmazie, Eva zur Mathematik. Renate, Inge, Elfriede und ich studierten Medizin. Doch auch unter uns Medizinerinnen brach der Zusammenhalt auseinander. Renate heiratete ihren Fallschirmjäger und trug bei ihrer Hochzeit in Osnabrück ein langes weißes Kleid aus reiner Fallschirmseide. Sie kehrte danach nach Hamburg zurück und studierte weiter; aber es war wie eine Schranke zwischen uns. Unsere hochaufgeschossene, intelligente und hübsche Inge verliebte sich gleich zu Beginn des ersten Semesters in einen ebenso großen rothaarigen Kommilitonen, der Studienurlaub hatte. Sie war für uns gar nicht mehr ansprechbar. In den Vorlesungen sah man die beiden verschlungen auf- und fast ineinander sitzen. Ich dachte bei mir: ausgerechnet Inge, die mich noch kurz vor dem Abitur gefragt hatte, wo eigentlich die kleinen Kinder herkämen? Ihre Mutter wolle es ihr nicht sagen! Nun, ich hatte es ihr auch nicht gesagt, so ganz genau wusste ich es ja auch nicht. Jetzt aber dauerte es nicht lange und Inge merkte es. Ich selbst war jetzt sehr eng mit meiner Arbeitsdienstfreundin Gerda, der Professorentochter, befreundet. In der wunderschönen

Villa ihrer Eltern an der Marientaler Straße ging ich aus und ein. Durch die unteren eleganten Räume, die mit dicken Teppichen ausgelegt waren, huschten wir nur hindurch. Gerda hatte in der ersten Etage ein großes Zimmer, das sehr spartanisch eingerichtet war. Attraktiv war ihr Grammophon, und immer wieder legten wir Platten von Schubert auf. Ihre älteren Schwestern wohnten nicht mehr bei den Eltern, und ihre Mutter war viel unterwegs auf Forschungsreisen über die Ahnen. Wenn der Professor zu Abend essen wollte und wusste uns oben, rief er uns dazu. Wir speisten dann vornehm, vom Hausmädchen bedient, und der Professor erzählte uns Döntjes von seiner Studentenzeit, verriet uns, wie man beim Examen mogelt, den Pedell besticht, und dass man im ersten Semester das Leben erst einmal genießen müsste. Er war voller Humor und Lacher. Und während mein Vater mich ständig zu Emsigkeit und Fleiß ermahnte und kein Studentenbummelleben dulden wollte, tat Gerdas Vater das Gegenteil. Gerda und ich hielten die Mitte. Bei allzu schönem Wetter schwänzten wir schon mal die Vorlesung und gingen lieber in Planten und Blomen. Dafür saß ich denn aber bis in die Nacht und arbeitete die wichtigsten Vorlesungen aus. Morgens um sieben begann die erste Vorlesung mit Chemie, und dann ging es Schlag auf Schlag. Gerda hatte natürlich auch Freunde und Freundinnen in ihrer Villengegend. Einige davon studierten auch Medizin, und es blieb nicht aus, dass ich ebenfalls mit denen zusammenkam und sich Freundschaften anbahnten. Ein junger Mann, mit Namen Volker, war mir besonders zugetan und schrieb mir Gedichte. Doch da gab es ein Problem. Eines Tages wurde Gerda in meiner Gegenwart zu einem großen Gartenfest eingeladen, das bei einem Villenbesitzer gefeiert werden sollte. Ich aber wurde übergangen. Das

hat mich sehr gekränkt, und ich habe meiner Oma etwas vorgeweint. Meine kluge Großmutter hielt mir entgegen: „Kind, stell dir vor, sie hätten dich eingeladen – dann hätten wir uns doch revanchieren müssen! Könnten wir das? Schau dich um! Haben wir etwa eine Villa im eleganten Harvestehude? Wir gehören zum gutbürgerlichen Mittelstand, sind zwar mit Grundbesitz erbeingesessen; aber wir sind keine reichen Reeder, die in Hamburg die Oberschicht bilden. Ein Professor, der gleichzeitig Klinikchef ist und reiche Privatpatienten hat, kann da wohl ein bisschen mithalten, aber wir nicht. Und warum auch? Haben wir nicht alles, was wir brauchen und mehr als das? Und alles ist ehrlich mit viel Fleiß erworben. Da muss man doch wohl zufrieden sein. Glaub mir, Kind, die Villenbesitzer an der Alster haben auch ihre Probleme und sind nicht glücklicher als wir. Was ist denn schon so ein Gartenfest!?"
Ich tröstete mich schnell. Ja, ich hatte es wirklich gut. Die alten Kleider waren alle während der Arbeitsdienstzeit zu eng geworden. Meine Mutter ging mit mir zum Bezugsscheinamt. Vorher hatte sie mich in meinen alten Sommermantel gepresst, der sich nicht schließen ließ. Beredt führte sie mich so dem Beamten vor und schilderte die heilsamen Methoden des Reichsarbeitsdienstes. Der lachte und bewilligte die nötigen Bezugscheine für neue Stoffe. Meine Mutti nähte und diesmal nähte auch eine moderne junge Schneiderin. Besonders war es natürlich wieder meine Oma, die aus mir jetzt eine elegante Dame machen wollte. Ich bekam ein maisfarbenes Taftkleid fürs Theater, auf dem Rücken weit herunter mit überzogenen Knöpfen zu schließen. Eigentlich brauchte ich dazu eine Kammerzofe. Einen wunderschönen Ring mit einem großen Aquamarin schenkte Oma mir auch. Die Krönung war der Mantel aus beigem handgewebtem Stoff. Der Stoff stammte aus einer Handweberei in

Ölixen, wo ich als Arbeitsmaid mal ein paar Tage ausgeholfen hatte. Es fehlten nur noch Hut und Handschuhe; denn ohne derartige Requisiten hatte eine Dame nicht in die Stadt zu gehen. Handtasche und Schirm besaß ich schon. Es waren gerade große Hüte modern. Meiner, aus geflochtenem, buntem Stroh besaß fast die Größe eines Wagenrades. Natürlich hatte Mutti auch solchen großen Hut, und wenn wir nebeneinander gingen, stießen wir immer mit den Hüten zusammen.

Ab und zu machte es ja mal Spaß, die feine Dame zu spielen; aber es war kein Dauerzustand. Pfingsten 1943 unternahmen Gerda und ich eine große Wanderung. Am Sonnabend fuhren wir nach Lübeck, das bereits Ostern 1942 unter einem englischen Luftangriff schwer gelitten hatte und in seiner erhabenen hanseatischen Schönheit zerstört war. Dessen ungeachtet, marschierten wir von da an die Ostseeküste, einen *Affen* auf dem Rücken, Feldflasche und Kochgeschirr drangehängt, dabei feste Schuhe an den Füßen, simpel und wettersicher gekleidet, mit einem Schlafsack ausgestattet. Zuerst kamen wir nach Sierksdorf, damals ein kleines Fischerdorf. Da krabbelten wir die Kreidefelsen herunter. Dabei stand mein Kochgeschirr Kopf und die Sauce vom Kartoffelsalat ergoss sich über den Affen. Aber das machte ja nichts. Es war nur ein Grund, alles mitgeschleppte Essbare gleich zu vertilgen. Wir lagen lang ausgestreckt in einer Bucht aus Kreidegestein, die von links und rechts keinen Einblick gewährte. Der Sand war weiß und warm. Was hinderte uns, uns so zu benehmen, als seien wir im Paradies. Nur zum Schwimmen zog ich meinen Badeanzug an. Gerda fand das überflüssig. Erschrocken bemerkten wir, dass aus der Nachbarbucht kleine Steine ins Wasser geworfen wurden. Wir huschten hinter den Kreidevorsprung und

lugten um die Ecke. Da war ein männliches Wesen, das sich ebenfalls wie im Paradies vorkam. Schnell zogen wir uns an und krabbelten den Kreidefelsen wieder hoch. Weiter ging der Marsch in die Hohwachter Bucht. Da herrschte lebhafter Badebetrieb. Mütter saßen in Strandkörben; die Kleinen buddelten im Sand. Auch das Wasser war reichlich bevölkert. Ich zog meinen nassen Badeanzug wieder an, den ich an den Affen gebaumelt hatte, Gerda steckte ihr Hemd unten mit einer Sicherheitsnadel zusammen, und rein ging es in die herrliche Flut. Nachher kehrten wir oben an der Steilküste in ein Gasthaus ein. Längst hatten wir wieder Hunger. Wir fragten den kleinen alten Wirt, ob er etwas für uns zu essen habe. Geld hätten wir dabei, nur keine Lebensmittelkarten. Er lachte uns freundlich an und führte uns durch die überfüllte Gaststube in einen kleinen Nebenraum. Da saßen wir zu zweit und harrten der Dinge, die da kommen würden oder auch nicht. Nach geraumer Zeit erschien der Wirt und brachte uns mit geheimnisvoller Miene große Stücke frischen Ostseeaal, im Sud blau gefärbt. Dazu Kartoffeln, Dill und Gurkensalat.
„Lassen Sie sich`s schmecken, lütte Deerns!"
Wir waren selig. Nach diesem herrlichen Mahl mussten wir uns sputen, unser Nachtquartier zu erreichen. Die Jugendherbergen waren derzeit für militärische Zwecke in Anspruch genommen und für uns nicht zugänglich. Wir hatten uns einen anderen Übernachtungsplan ausgedacht.
Gerdas ältere Schwester Gisela wohnte derzeit zum Schutz vor Fliegerangriffen mit ihrer kleinen Tochter Elke in Malente. Ihr Mann war Arzt und natürlich beim Militär. Ein zweites Kind war unterwegs. Obwohl die Wohnung nur klein war, durften wir da übernachten. Also tippelten wir von Hohwacht nach Malente, und kamen dort abends an. Gisela nahm mich in ihre

Wohnung mit auf, als sei es absolut selbstverständlich. Ich durfte im Wohnzimmer auf dem Sofa schlafen, Gerda lag davor auf einem dicken Teppich. Nicht gar so früh brachen wir wieder auf, liefen durch die Wälder, um die Seen und strebten gegen Abend Eutin an. Da hatte ein lieber Vetter meiner Oma ein Haus. Das war Onkel Johannes Baars mit seiner ebenfalls sehr lieben Frau Tante Hermine. Sie hatten fünf Kinder, und das war der Grund, weshalb sie sich so ein großes Haus hatten bauen lassen. Alle fünf Kinder waren längst ausgeflogen, zum Teil in die ganze weite Welt hinein – bis nach Amerika. Onkel Johannes und Tante Hermine waren oft bei uns zu Gast, und meine Großeltern fuhren liebend gern nach Eutin. Nun war das große Haus weitgehend leer. Wie sich allerdings zeigte, war ein dreijähriger Enkel derzeit zu Gast. Klein – Eberhard war informiert und freute sich schon sehr auf Tante Anneliese und *Tante Freundin*. Kaum dass wir saßen und Tante Hermines Orangensaft durstig schlürften, stellte sich Eberhard hin und sang uns etwas vor. Wir schliefen wunderbar im großen Fremdenzimmer, jede in einem breiten Bett. Direkt daneben war das Badezimmer, wo wir uns gründlich vom Tippeldreck reinigen konnten. Am nächsten Tag ging es weiter nach Lütjenburg. Am frühen Nachmittag begaben wir uns dort in ein Café, um unseren Hunger mit Erdbeertorte zu stillen. Ein paar Brotmarken hatten wir noch. Da lernten wir einen sehr netten jungen Soldaten kennen, mit dem wir uns gleich alle beide anfreundeten. Wir spazierten mit ihm durch Wiesen und Felder, ganz unbedarft, er in der Mitte, an jedem Arm eine wandernde Studentin. Doch die Sache wurde sehr gefährlich, nicht etwa durch unseren freundlichen Soldaten, nein, wir gingen auf einem Feldweg an einer Kuhweide entlang, auf der ein einsamer Jungbulle sein Unwesen trieb. Man hatte ihn wohl noch für zu jung gehalten, um ihn einzusperren; er aber hatte bereits durchaus männliche Allüren. Mit aller Wucht rammte er immer gegen den Zaun, der ihn von uns trennte, senkte dabei den Kopf, präsentierte seine Hörner und stieß dabei ein furchteregendes Gebrüll aus. Wir rannten den Weg entlang weiter; der Bulle rannte mit und wurde immer giftiger. Schließlich wurde uns die Sache zu unheimlich. Wir schwenkten rechts um. Da war ein Kornfeld, in dem das Getreide schon sehr hoch stand. Wir liefen mitten hindurch, einer hinter dem anderen, und so geduckt, dass wir nicht höher waren als die Ähren. Da hörten und sahen wir den Stier nicht mehr. Er mag sich dann wohl beruhigt haben. Der Gefahr entronnen, atmeten wir erstmal tief durch und lachten. Doch nun mussten wir schnell den Weg zum Bahnhof finden. Den erreichten wir gerade noch, bevor der letzte Zug raus fuhr; unser Soldat war uns behilflich. – Als ich spät abends nach Hause kam, wachte einsam meine liebe Oma und wartete mir Roter Grütze auf. So erfuhr sie als erste alle Neuigkeiten.

Lübeck

VIII Kapitel

Bis dahin hatte der Krieg, bis auf die alltäglichen kleinen Beschwerlichkeiten, nicht unmittelbar in unsere engere Familie eingegriffen. Gewiss, viele Verwandte und Freunde standen irgendwo an der Front oder lagen im Geschützfeuer. Als ich Frau Semmler einmal in ihrer neuen Wohnung in Ottensen besuchte, sprach sie über ihre Sorge um Günter, der als Mariner in Norwegen bei Narvik lag. Hildegard war inzwischen in Berlin verheiratet und musste zwangsweise in der Rüstung arbeiten. Sie war gerade zu Besuch gewesen und hatte beim Abschied bittere Tränen vergossen. Doch ihre Mutter meinte, der Junge sei doch schlimmer dran.
Es war kurz nach Pfingsten, als mein Vater an die holländische Küste versetzt wurde, angeblich, um sich zusammen mit der Organisation Todt um die Befestigungsanlagen zu kümmern. Nur wenige Tage blieben ihm Zeit zur Vorbereitung. Doch gingen Vater und ich noch einmal zusammen aus – ins Operettenhaus auf die Reeperbahn. Dort wurde der „Vogelhändler" gespielt. Es lag auf einmal eine so bedrückende Stimmung in der Luft. Der Krieg hatte bei uns eingeschlagen. – Doch das Semester ging weiter, als sei nichts geschehen. Ein Dozent, den wir den wandelnden *Rauber – Kopsch* nannten, trug exakt nach diesem Lehrbuch die Anatomie vor. Ein Professor Zeiger machte seinem Namen Ehre, indem er abwechselnd auf die anatomischen Tafeln und dann blitzschnell auf ein armes Studentlein zeigte, um dessen Antwort auf eine knifflige Frage zu erheischen. Gerda und ich hatten viel Spaß an den sonnabendlichen Modellierkursen. Da wurden Knochen ausgeteilt, die wir mit Plastiline nachmodellieren sollten. Wir modellierten so allerhand.

Endlich, am 24. Juli 1943, war das Sommersemester zu Ende. Es war ein Samstag, ein herrlicher heißer Sommertag. Ich hatte mir morgens noch die letzten Abtestate geholt und lag mittags lang hingegossen auf der Wiese im Botanischen Garten, guckte in den blauen Himmel und war mit mir und meiner kleinen Welt zufrieden. Das erste Semester war geschafft. Nächste Woche würde ich zusammen mit Gerda mein Krankenpflegepraktikum im Barmbeker Krankenhaus beginnen, wie wir das mit ihrem Vater abgemacht hatten.
Am Nachmittag spazierte ich mit meiner Mutter am Kaiser-Friedrich-Ufer entlang und weiter zum Innocentia-Park. Wir wollten einer alleinstehenden guten Bekannten Rote Grütze bringen. Mutti hatte die köstliche Speise in einen großen Topf gefüllt und den in eine Basttasche gestellt, die ich natürlich tragen musste. Die Bekannte trafen wir nicht an und gaben die Tasche mit Inhalt beim Hausmeister ab. Mutti und ich schlenderten zurück, gerieten über eine Geringfügigkeit in Streit – ich weiß nicht mehr, was es war – und setzten uns am Kaiser-Friedrich-Ufer auf eine lehnenlose Bank Rücken an Rücken. Es war eine seltsam geladene Atmosphäre, die man nicht recht deuten konnte.
Nachts, kurz vor ein Uhr, weckte mich meine Oma aus tiefstem Schlaf. Fliegeralarm! Sirenengeheul!
„Kind, steh auf, zieh dich rasch an! Wir müssen in den Keller!"
Ich war erst halb angezogen, als Mutti mich eine Etage höher rief. Ein alter Mann war gestürzt, und wir mussten ihn wieder in sein Bett heben. Draußen wurde es schon unruhig. Auf einmal sagte der alte Mann, während wir uns noch um ihn bemühten:
„Rasch, geht in den Keller! Lasst mich hier!"
Wir rannten die Treppen runter. Ich lief noch schnell in mein Zimmer, riss meinen Mantel aus dem Schrank. Ich

hatte kein Licht angeknipst und lüftete ein wenig das Verdunkelungsrollo, um den Nachthimmel zu sehen. Der war auf einmal taghell, tannenbaumförmige Leuchtfeuer standen überall. Was das zu bedeuten hatte, wusste man von Köln. Jetzt wurde es ernst. Wie besessen lief ich nach unten. Die anderen Hausbewohner waren da schon versammelt, abgesehen von zwei ganz alten, die in ihren Betten geblieben waren, und drei Männern, die vor der Haustür standen. – Kaum war ich unten, - ein ohrenbetäubender Lärm, das Licht flackerte – brannte das elektrische Licht überhaupt noch oder war es der durch die Ritzen der mit Sandsäcken befestigten Kellerfenster blitzende Feuerschein, der noch Umrisse erkennen ließ? Die drei Männer, die vor der Haustür gestanden hatten, stolperten die Kellertreppe herunter, zwei von ihnen blutüberströmt. Der eine hatte eine klaffende Kopfwunde, dem anderen war ein Auge ausgelaufen. Wir fragten noch:
„Hat es denn unser Haus getroffen?"
„Unser Haus gibt es nicht mehr, und vor der Tür liegt ein Trümmerberg. Da können wir nicht raus."
„Wir müssen aber raus! Irgendwie!",
sagte der einzige unversehrte Mann.
Mittlerweile drang dichter schwarzer Qualm durch die Kellerfenster. Wir befeuchteten unsere Tücher aus Omas Milchkanne und hielten sie vor den Mund. Ich bemühte mich, so weit es ging, etwas um die Verwundeten. Einige Frauen fingen töricht an zu kreischen und zu jammern. Meine Mutter sagte in aller Ruhe:
„Da in der Ecke steht das Beil! Wir müssen die Wand zum Nachbarhaus durchschlagen!"
Der unversehrte junge Mann, der als Ehemann einer Jüdin nicht die Ehre hatte, Soldat sein zu dürfen, ergriff sofort das Beil und begann die ausgegipste Stelle in der Wand durchzuhauen. Vom Nachbarhaus kam ihm ein

junger Familienvater zur Hilfe. Sobald die beiden Männer, von jeder Seite einer, ein hinreichend großes Loch in die Gipswand geschlagen hatten, kroch ich als erste hindurch. Mir folgten alle anderen Kellerinsassen nach, indem ich zog, der junge Mann von drüben schob. Schwierigkeiten bereitete uns nur unser so genannter Luftschutzwart. Er drängelte sich vor und war so dick und schwerfällig, dass wir ihn nur mit größter Anstrengung durch das Loch hindurch brachten. Seltsamerweise hatten die Bewohner des Nachbarhauses, in deren Luftschutzkeller wir auf diese Weise eindrangen, den Ernst der Lage noch gar nicht begriffen. Einige starrten uns entsetzt an, während andere zusammen mit der Frau unseres nachbarschaftlichen Helfers und deren fünf Kindern, um einen Tisch sitzend, weiterhin „Mensch ärgere dich nicht!" spielten. Zum Glück war da gerade ein Korvettenkapitän auf Urlaub, der jetzt energisch das Kommando übernahm.
„Sie müssen alle hier heraus! Der Ausgang dieses Hauses ist noch frei; aber das Dach brennt. Raus hier! Sofort!"
Wir konnten noch die Kellertreppe hoch und bis zur Eingangstür gelangen, standen dann alle eng zusammengepfercht im Windfang und trauten uns nicht auf die Straße. Ich hatte vorschriftsmäßig ein Kopftuch umgebunden, nahm es kurz ab, um es zum Schutz vor dem Feuer zu befeuchten. Doch ein Windstoß riss es mir aus der Hand und wehte es in den brennenden Phosphor, der bereits vom Dach tropfte.
„Los, laufen Sie!",
rief der Korvettenkapitän.
Wieder war ich die erste, die lief, Omas Köfferchen mit den Familienpapieren in der Hand. Es war rundherum ein unbeschreiblicher Lärm, vom Knattern des Feuers, von einstürzenden Häusern, vom ziellosen Schießen der

Flak, und immer wieder vom Dröhnen der Bomber und Einschlägen von Bomben. Alles brannte, auch der Asphalt auf der Straße. Ich lief wie besessen zum schräg gegenüberliegenden Alsenplatz, wo ein unterirdischer Bunker war. Als ich den Alsenplatz erreicht hatte, drehte ich mich um und sah zu meiner Erleichterung, dass Mutti und Oma mir folgten. Mutti hatte Oma eingehakt, und sie gingen, so schnell sie es vermochten. Alle anderen Bewohner der beiden Häuser kamen hinterher. Ich stellte im Bunker, der schon ziemlich voll war, den Koffer ab, rannte zurück und hakte Oma von der anderen Seite ein. Alle kamen ohne weitere Beschädigung im Bunker an. Das war schon ein Wunder! Während ich zurück lief, sah ich das Nachbarhaus, in dem wir eben noch gestanden hatten, in hellen Flammen. Hinter den Trümmern unseres Hauses ragten zwei Feuerlohen hoch in den Himmel. Das waren einmal unsere köstlichen Birnenbäume gewesen, zwischen denen wir Kinder in der Hängematte geschaukelt hatten.

    In dem vollbesetzten Bunker war es mäßig hell. Auf dem Steinfußboden glomm Phosphor, das jemand

unter der Schuhsohle hereingetragen hatte. Alle stierten auf den leuchtenden Fleck. Doch der Phosphor fand auf dem Stein keine Nahrung und glomm nur vor sich hin. Wir saßen auf langen Bänken nebeneinander und schwiegen. Plötzlich brach meine Oma das Schweigen und sagte lakonisch:
„Komisch, hier habe ich das ganze Schlüsselbund vom Haus in der Hand, und das Haus ist weg. Aber ein Gutes ist dabei: eure Strümpfe brauche ich nun nicht mehr zu stopfen!"
Meine Oma tat mir so leid. Es war doch ihr Haus gewesen. Aber das war nur typisch für sie. Sie nahm es mit Gelassenheit. – Die Zeit stand still. Ich hatte meine Armbanduhr nicht umgebunden; andere hatten ihre Uhren auch nicht dabei. Wir wussten nicht, wie lange wir da eigentlich saßen und wie spät es war. Zwischendurch drängte eine jüngere Schar tropfnass in den Bunker. Sie hatten gemeint, im gegenüberliegenden Alsenpark am besten vor den Bomben geschützt zu sein. Auf einmal fing es furchtbar zu gießen an. Der Feuersturm hatte das Wasser aus der Elbe hochgepeitscht. Im stürmischen Regen kam es wieder herunter. Doch löschte es das Feuer nicht. Auch die Feuerwehr versuchte, wo sie sich noch Hoffnung versprach, vergeblich zu löschen. Der Phosphor fraß unbeirrt weiter, fraß Häuser und Menschen. – Nach langer, langer Zeit traute ich mich zum Ausgang des Bunkers. Da stand die Sonne hoch am Himmel wie eine Blutapfelsine; die Luft war schwarz. Der Bombenangriff war fürs erste wohl zu Ende. Ich ging über den Alsenplatz zu den Trümmern unseres Hauses, stieg auf den Schuttberg und suchte nach irgendwas. Irgendein Erinnerungsstück musste sich doch finden lassen. Ein angesengelter Papierfetzen kam mir in die Hand. Ich dachte, es sei vielleicht der Rest eines meiner geliebten Bücher. Doch waren die halbverkohlten Buchstaben

nicht zu lesen. Ich warf den Fetzen weg, stieg von dem Berg herunter auf die geröllübersäte Straße.
Unbeirrt des weiterzehrenden Feuers an den Häusern lief ich um die Ecke in die Waterloostraße, um nach meiner Freundin Elisabeth zu sehen. Doch schon beim Näherkommen erblickte ich die Flammen, die gerade aus den Fenstern des Hauses Nummer 10 schlugen, wo Elisabeth mit ihrer Mutter und ihrer Tante Lia gewohnt hatte. Ich hoffte nur, dass die Familie sich ebenfalls hatte retten können. Während ich die brennende Straße zurücklief, hörte ich aus einer schwarzen Rauchsäule Hilferufe. Es war da, wo die Kohlenhandlung Barth ihr Geschäft gehabt hatte. Undeutlich erkannte ich die Umrisse eines Mannes, der seine Augen mit der Hand bedeckte. Offenbar konnte er in dem Qualm nicht sehen und hatte die Richtung verloren. Mir gelang es, mich so weit an ihn heranzupreschen, dass ich ein Stück seines Ärmels erfassen und ihn daran aus dem Qualm herausziehen konnte. Ich führte ihn noch ein Stück auf der Straße. Seine Augen schmerzten noch; aber er konnte wieder sehen. Es war ein Mann von der Technischen Nothilfe. Ich musste an meinen Vater denken. War es Gottes Güte gewesen, die ihn nach Holland versetzt hatte? Was hätte ihm hier an Schrecklichem geschehen können? Ich lief zurück in den Bunker – zur Erleichterung von Mutti und Oma. Auf einmal wurde die Parole ausgegeben, in der Missundestraße sei eine Goulaschkanone mit Erbsensuppe angefahren. Wir sollten uns da einen Teller Suppe holen. Ich ging allein hin und stellte mich in eine lange Warteschlange. Das Dumme war nur, dass wir weder Teller noch Löffel hatten, und die wurden nicht mit ausgegeben. Nur ein Teller, den irgendjemand hatte, wanderte von einem zum anderen. Aber bevor ich dran kam, gab es erneut Fliegeralarm! Die Sirenen funktionierten in der Regel nicht mehr, da die Dächer,

auf denen sie befestigt waren, nicht mehr vorhanden waren. Es wurde einfach aus überfliegenden Flugzeugen geschossen und kleinere Bomben geworfen. Das waren die Amerikaner, die ihren verbündeten Engländern die mörderischen Nachtangriffe überließen und ihnen liebreich und hilfreich unter die Arme griffen, indem sie die Überlebenden durch tägliche Störmanöver auch am Tage nicht zur Ruhe kommen ließen. Die Schlange vor der Goulaschkanone löste sich schnell auf und stürmte in den Bunker zurück. Die nächste Parole hieß: „In der Mennonitenkirche gibt es was zu essen!" Also setzten sich etliche, auch Mutti, Oma und ich, in Bewegung Richtung Mennonitenkirche. Wir brachten Oma in den Luftschutzkeller unter der Kirche. Mutti und ich gingen in den Kirchraum. Die Kirche stand zwar; aber die großen Fenster mitsamt ihren Rahmen waren durch den Luftdruck herausgefallen und lagen mitten im Kirchenschiff. Wir erhielten Pakete mit Knäckebrot und Dosen mit gezuckerter Kondensmilch. Als wir uns dem Ausgang der Kirche näherten, um über die Straße um die Ecke wieder in den Bunker zu gelangen, trafen wir im Vorraum Elisabeth mit ihrer Mutter und Tante Lia. Erleichtert begrüßten wir uns: Gott sei Dank, dass wir noch lebten. In diesem Moment begann wieder ein ohrenbetäubender Geschützdonner, mit dem die Amerikaner den Engländern ihre Freundschaft bewiesen. Irgendwo in der Nähe muss auch wieder eine Bombe gefallen sein. Wir klammerten uns zu fünft zusammen, senkten engumschlungen die Köpfe. Solange hatte ich Ruhe bewahrt, jetzt zitterte ich am ganzen Körper. Doch der Spuk ging vorüber. Wir lieferten die Esswaren bei Oma im Bunker ab, wie alle anderen auch. Nun zerbrachen sich die Männer die Köpfe darüber, wie sie die Dosen ohne Dosenöffner aufkriegen sollten. Elisabeth und ich machten uns zu

zweit auf, um die Gegend zu erkunden, jung, leichtsinnig und neugierig, wie wir waren. Uns trieb es bis zur Eimsbütteler Chaussee. Da war unsere Buchhandlung Thaden, wo wir meistens unsere Bücher kauften. Elisabeth war ebensolche Leseratte wie ich. Wir mussten nun sehen, was daraus geworden war. Das Haus war ohne Fenster und Türen, und die Bücher waren auf die Straße geschleudert. Sie lagen da zu Hauf. Ich sagte:
„Da liegen nun so viele schöne Bücher herum, und wir haben kein einziges mehr!"
Elisabeth war es, die mich zur Ordnung rief:
„Du willst doch nicht etwa Bücher klauen? Diebstahl bleibt Diebstahl, und Plündern ist verboten!"
Natürlich hatte sie Recht. So haben wir keinen dieser Schätze auch nur angerührt.

Was uns befremdete und wir auch nicht anrührten, waren die vielen Staniolstreifen, die da überall auf der Straße, zwischen Schutt, Trümmern und Geröll lagen. Später machte die Parole die Runde:
„Nicht anfassen, das sind Giftstreifen!"
Niemand wäre auf die Idee gekommen, dass dies wirklich nur Staniolstreifen waren. Ganz harmlos? O nein, schlimmer als Gift! Mit diesen simplen Dingern, auf geradezu primitive Art, hatte man unsere hochsensiblen Radargeräte faktisch außer Betrieb gesetzt. Sie hatten die Bilder auf den Geräten derart gestört, dass man die feindlichen Bomber nicht hatte orten können, so dass die Flak ungezielt schoss und vor allem unsere Jagdflieger ohne Orientierung waren. So hatten die englischen Bomber dann freien Zuflug auf den Luftraum über Hamburg. Sie konnten Churchills Befehl, unsere Stadt mitsamt ihrer ganzen Zivilbevölkerung auszuradieren, ungehindert ausführen. Dass es ihnen

trotzdem nicht 100%ig gelang und wir heute wieder eine schöne Stadt haben, verdanken wir Gott allein.

Während Elisabeth mit Mutter und Tante bei einer anderen Freundin Unterschlupf fand, lief ich vom Mennonitenbunker aus zu meiner Freundin Annemarie in der Kieler Straße 79 und fand das Haus unbeschädigt. Annemaries Mutter empfing mich liebevoll und mütterlich. Ich konnte mich waschen und bekam ein richtiges Sonntagsmenü zu essen. Ach ja, es war ja Sonntag. Wir hatten Zeit und Stunde vergessen. Annemarie und ihre zwei jüngeren Schwestern standen in ihren Sonntagskleidern etwas ratlos herum. Die gute Mutter strich noch Brote für meine Mutti und Oma, füllte Kaffee in eine große Glasflasche und goss auch noch Milch dazu.

Dankbar mit solchen Schätzen beladen, ging ich zum Mennonitenbunker zurück. Ach, wie haben sich meine Lieben über die kostbaren Gaben gefreut! Inzwischen hatte ein findiger Mann aus Draht einen Dosenöffner gebastelt, so dass wir auch in den Genuss der gezuckerten Kondensmilch kamen.

Die Nacht verbrachten wir dösend auf den Bänken im Mennonitenbunker sitzend. Am nächsten Morgen erging die Parole, wir müssten uns beim Amtsgericht in der Allee (Max-Brauer Allee) Fliegergeschädigtenscheine holen. Also machten wir uns auf und stolperten mehr als dass wir gingen, in die Allee. Die Telegraphenmasten waren umgeknickt, die Drähte lagen im Dreck auf der Erde und überall die Silberstreifen. Das Gerichtsgebäude stand. In der Halle drängten sich die Massen. Trotzdem ging die Abwicklung schnell. Alles war wohl vorbereitet. Danach wollte Oma unbedingt in die nahe Schumacherstraße, wo sie auch noch ein Haus mit acht Mietparteien und zwei Läden besaß. Natürlich wollten wir sehen, was mit

dem Haus geschehen war. Ich musste immer den Koffer mit den Papieren tragen und meine Konfirmationsschuhe fielen mir schon fast von den Füßen. Der Koffer schien immer schwerer zu werden; es war, als seien Steine drin. Omas Haus, Schumacherstraße 50, stand. Nur das Dach war etwas beschädigt, die Fenster und die Türen waren aufgesprungen. Etliche der Hausbewohner schwatzten auf der Straße, und als sie ihre alte Hauswirtin in ihrem schmutzigen Plüschmantel daherkommen sahen, brachen sie in lautes Gejammer aus:
„Ach, Frau Jebens, das Ihnen das auch passieren muss! Das haben Sie doch bestimmt nicht verdient!"
Doch das war nun wieder typisch meine Oma. Gelassen sagte sie:
„Was soll das Gejammer? Gebt mir lieber eine Tasse Kaffee!"
Ach natürlich, dass man nicht gleich daran gedacht hatte! Man eilte, ihr den Wunsch zu erfüllen. Wir wollten uns nicht lange aufhalten, strebten weg aus der Stadt. Nach Rahlstedt wollten wir zu Omas Schwester Tante Betty, die da mit ihrem Bankdirektor eine Villa hatte. Schnell drückte eine Hausbewohnerin meiner Mutti noch einen tiefen Teller und einen Löffel in die Hand – für alle Fälle. Ja, so was konnte sehr nützlich sein. Dann tippelten wir zurück, durch die Allee zum Holstenbahnhof. Doch es fuhr kein Zug. Ich lieferte Mutti und Oma erst einmal im Bunker gegenüber dem Bahnhof ab. Vor dem Bahnhof stand ein kleiner dreirädriger Lieferwagen, der Besitzer, ein kleiner älterer Herr, daneben. Ich sprach ihn an und fragte, wohin er fahren würde und ob er vielleicht jemanden mitnehmen könnte. Freundlich gab er zu verstehen, er führe nach Wandsbek und ich solle nur aufsteigen. Oh, welch ein Segen – nach Wandsbek! Das war die Richtung, die ich suchte. Drüben im Bunker säßen meine Mutter und

meine Großmutter, ob ich die schnell holen dürfte, damit sie auch mitführen?
„Ja, mein kleines Fräulein, natürlich, aber möglichst schnell!"
Ich rannte zum Bunker, rief meinen Lieben zu:
„Kommt rasch rüber zum Bahnhofseingang. Ein kleiner Wagen wartet da auf uns!"
Eilig lief ich wieder zurück, um den Wagenbesitzer festzuhalten. Mutti und Oma hatten mich nicht ganz richtig verstanden. Der Holstenbahnhof hatte damals zwei Türen, die hintere diente aber eigentlich nur als Ausgang. Ausgerechnet dahin gingen sie. Ich sah es und rief und schrie aus Leibeskräften:
„Hierher, hierher!"
Sie machten kehrt und kamen auf mich zu. Allmählich müde geworden, konnten sie nicht mehr so schnell laufen. Ich winkte und gestikulierte, um sie ein bisschen anzutreiben. Da hörte ich, wie meine Oma ganz trocken zu Mutti sagte:
„Jetzt ist Anneliese verrückt geworden."
Der Wagenbesitzer blieb freundlich, nahm meine Oma auf den Arm und hob sie in den Wagen:
„Sieh so, kleine Frau, so wird's gemacht!"
Und Oma wollte sich ausschütten vor Lachen. Mutti und ich kletterten allein in den Wagen, und los ging die Fahrt, zunächst Richtung Innenstadt. Da waren wir erstaunt, Hamburgs Türme noch ragen zu sehen. Der Stadtkern war zu diesem Zeitpunkt noch nicht so übel zugerichtet, wie unsere Gegenden. Ein bisschen Freude kam auf:
„Ich dachte, Hamburg gibt es gar nicht mehr; aber seht doch, unsere Türme, es gibt Hamburg doch noch!"
Als der freundliche Besitzer des dreirädrigen Vehikels sein Ziel in Wandsbek erreicht hatte, setzte er uns ab. So freundlich war er dann doch nicht, dass er uns bis zum Wandsbeker Bahnhof fahren wollte, den wir

anstrebten. So mussten wir denn noch ein langes Stück Weges durch Wandsbek laufen, das sich zu diesem Zeitpunkt noch in heilem Zustand präsentierte. Wir kamen an dem Haus vorbei, in dem unser Amandus wohnte. Ich freute mich, es unversehrt zu finden. Endlich erreichten wir den Bahnhof. Völlig überraschend trafen wir da Tante Bettys Schwiegersohn, Onkel Fritz, und ihren Enkel, meinen Vetter Jürgen. Sie hatten sich von Rahlstedt aufgemacht, um in Altona nach uns zu sehen, waren aber nur bis Wandsbek gekommen. Nun liefen wir zerlumpten Obdachlosen ihnen direkt in die Arme. Der Zug stand da, um von Wandsbek wieder Richtung Ahrensburg zurückzufahren. Er hatte sich schon wieder gefüllt, wartete aber noch. Ich öffnete eine Abteiltür und stieg auch gleich ein. Es störte ja nicht, dass kein Sitzplatz mehr frei war, Mutti, Oma und andere Flüchtlinge drängten nach. Da erhob sich ein fürchterliches Gekeife der im Abteil sitzenden elegant gekleideten Damen. Wir dreckiges Lumpenpack sollten sofort verschwinden. Wir würden ihre Kleidung beschmutzen. Man konnte es nicht fassen; die hatten offenbar überhaupt nicht mitbekommen, was sich in den anderen Stadtteilen abgespielt hatte. Sie ahnten auch nicht, dass ihnen das Gleiche noch bevor stand. Gut, dass Onkel Fritz da war. Der sagte diesen edlen Geschöpfen kräftig, männlich die Meinung. Jetzt waren sie ganz verstört und ließen uns einsteigen. Wir standen dicht gedrängt, und die feinen Damen rückten möglichst weit von uns ab, pressten den Rücken an die Abteilwand und zogen die Knie ein.

Tante Betty hatte uns schon erwartet, allerdings nicht auf diese Weise. Wir waren an diesem Montagnachmittag sowieso bei ihr zum Kaffee eingeladen gewesen. Der Kaffeetisch war zierlich gedeckt, und ihre berühmte Sandtorte, die keine so gut backte wie Tante Betty, duftete schon von weitem. Wir waren auf einmal in einer anderen, einer heilen Welt. Als erstes mussten wir alle drei nach einander in die Badewanne – in das elegante schwarz gekachelte Badezimmer, das so schmutzige Menschen noch nicht gesehen hatte. Tante Betty brachte von ihren Sachen Kleidung für Oma, ihre Tochter, die liebe Tante Käthe, sorgte für Mutti und mich, indem sie den Inhalt ihres Kleider- und Wäscheschranks reduzierte. Nachher saßen wir alle sauber und frisch um den Kaffeetisch und aßen Sandtorte – als sei tiefster Friede. In der folgenden Nacht durften wir endlich einmal schlafen. Oma im Fremdenzimmer, Mutti und ich in Luftschutzbetten, zwei übereinander wie im Arbeitsdienst. Vorsorglich waren die im so genannten Nähzimmer aufgestellt worden. Das Nähzimmer hatte früher hauptsächlich Tante Bettys Enkelkindern und mir in den Ferien bei Regenwetter zum Toben gedient. Wir schliefen tief und fest und die alliierten Luftkräfte ruhten sich auch mal aus von ihrer Verteidigung der Menschenrechte. Doch allzu schnell fiel ihnen ein, dass sie ihre Verteidigungspflicht, d.h. die völlige Zerstörung unserer Stadt und totale Ausrottung der Hanseaten noch nicht ganz erfüllt hatten. In der nächsten Nacht waren sie wieder auf dem Plan, um ihr mörderisches Werk fortzusetzen. Diesmal war mit Hamm und Hammerbrook auch Wandsbek an der Reihe, um ausgerottet zu werden. Wir saßen im Keller von Tante Bettys Villa, der im Ernstfall kaum Schutz geboten hätte. Das kleine Haus zitterte und bebte unter dem Getöse der heranfliegenden Bomber und in der Luftlinie sehr dichten Einschläge. Wir zitterten und bebten auch. Aber Rahlstedt blieb verschont. – Meine Kusine Ruth hatte ihre Schule gerade beendet und musste zurzeit bei der NSV im Büro arbeiten. Sie war am nächsten Morgen wie immer in ihre Dienststelle gegangen, kam aber bald wieder nach Hause. Der

englische Sender, der dort amtlich abgehört wurde, hatte für die Nacht einen neuen schweren Angriff angekündigt. Unser Bürgermeister und der Gauleiter hatten angeordnet, alle noch lebenden Hamburger umgehend zu evakuieren. Es wurden für die Innenstadt bestimmte Orte angegeben, wo die Menschen sich sammeln sollten, um mit Omnibussen aus der Stadt gefahren zu werden. Im Übrigen wurden alle Vehikelbesitzer angehalten, Leute mitzunehmen.
Alle gerieten wir in Aufruhr. Schnell die Sachen gepackt und eine Möglichkeit zur Flucht gesucht! Mutti, Oma und ich hatten nicht viel zu packen, nur unsere frisch gewaschenen, noch nicht ganz trockenen Kleidungsstücke. Aber Tante Betty, Onkel Emil, Dienstmädchen Emma, Tante Käthe mit Mann und drei Kindern hatten ihre Probleme. Wir waren bei Tante Käthe in der Lübecker Straße, wo der Verkehr durchfloss. Kusine Ruth blieb gelassen und entschied: „Erstmal müssen wir alle was essen", ging in die Küche und kochte eine deftige Mahlzeit. In Tante Käthes Esszimmer saßen wir dann um den großen Tisch und aßen uns erst einmal satt. Dann stellten wir uns auf die Straße vor die Haustür, um mit einem Lastwagen zu trampen. Es gelang Mutti, Oma und mir, zusammenzubleiben. Wir stiegen auf einen großen Wagen, auf dem sich schon zahlreiche Menschen stehend eng zusammendrängten. So konnte man wenigstens nicht umfallen. Unsere Verwandten fanden andere Möglichkeiten. Wir haben uns erstmal aus den Augen verloren. – Über den Lastwagen war eine Plane gespannt, gehalten von einer dicken Holzstange. Die kam ins Rutschen und meine Mutti bekam sie auf den Kopf. Mutti verzog das Gesicht, legte ihre Hand auf den schmerzenden Kopf, biss die Zähne zusammen und sagte kein Wort. Die Fahrt ging langsam voran. Die Landstraße war vollgestopft; gelegentlich fuhren

Bekannte auf anderen Lastwagen vorbei. Man winkte sich zu und sah sich nie wieder.

 Wir hatten keine Ahnung, wohin wir eigentlich gefahren werden sollten. Doch dann sagte uns der Fahrer, der Sammlungsort sei Trittau. Aber so weit wollte er nicht fahren; er sei schon vorher am Ziel. Wir müssten eben sehen, wie wir dahin kämen. Mittlerweile war es schon dunkel geworden. Wir bettelten und flehten, der Fahrer möge uns doch jetzt nicht einfach auf der Straße absetzen. Es wären doch auch etliche alte Leute unter uns. Die könnten einfach nicht mehr. So ließ er sich denn erweichen, uns bis Trittau zu bringen. Eine große Menschenmenge versammelte sich da. Irgendjemand gab die Anweisung, uns in Reihen zu formieren und uns in angegebener Richtung in Marsch zu setzen. So trappelte im Stockfinstern eine Reihe hinter der anderen her. Plötzlich hieß es, alle sollten sich hinlegen, einfach so, wo sie gerade waren. Ja, wo waren wir denn eigentlich? Gehorsam legten wir uns hin. Wir spürten Stroh und weiches Heu unter uns. Bald ertönte hier und da ein wohliges Geschnarche. Die meisten schliefen vor Erschöpfung schnell ein. Ich bemühte mich, meine Augen an die Dunkelheit zu gewöhnen. Hinten in der Ecke war eine Tür, unter deren Spalte Licht drang. Ach, natürlich. Das war ja alles wie bei Buer Voss in Ölixen. Wir waren auf einer großen Bauernhausdiele untergebracht. Und da hinten, wo das Licht unter der Tür durchschimmerte, war die Küche, in der die Bauersleute vermutlich etwas ratlos saßen. Das Gewimmer einer Frau, die zwischen all den anderen lag, gab mir Anlass, auf allen Vieren dahinzukriechen. Schließlich war ich mal so was wie Notarzt gewesen und fühlte mich schon jetzt dem Eid des Hippokrates verpflichtet. Die Frau hatte Wadenkrämpfe. Ich kroch zum Lichtschein, klopfte an

die Tür und sah, dass ich richtig geraten hatte. Man gab mir willig das erbetene feuchte Tuch, das ich der wimmernden Frau um die Wade wickelte. Es tat ihr offenbar gut. Sie verstummte. Danach fand ich auch kriechend zu meinen Lieben zurück. Als die Morgendämmerung durch die Ritzen des großen Tores drang, schlich ich mich hinaus. Der Hof war noch leer. Noch vor dem Ansturm konnte ich das Plumpsklo genießen und mich unter der Pumpe teilweise waschen.
– Später hieß das Ziel: Trittau Bahnhof. Wir sollten mit einem Zug um Hamburg herum Richtung Süden gefahren werden. Stundenlang warteten wir auf den Zug. Mutti und Oma hatten einen Platz auf einer Bank gefunden. Es gab auch Suppe zu essen. Welcher Segen waren doch Teller und Löffel aus der Schumacherstraße! Ich ging mit langen Schritten auf dem Bahnsteig hin und her. Da sah ich einen, der mit noch längeren Schritten vor mir auf und ab lief. Die Gestalt und die Schritte kamen mir bekannt vor. Der Herr trug einen Philosophenhut und eine *Talentwindel* und führte einen Drahthaarterrier an der Leine. Wer konnte das wohl anders sein als unser Amandus, an dessen dazumal noch heilem Haus wir gerade erst vorbeigegangen waren!? Ich bohrte meine Blicke in seinen Rücken, wie ich das in der Schule auch gern getan hatte, wenn er etwas an die Wandtafel schrieb. Der sensible Mensch reagierte damals wie jetzt sofort. In der Schule hatte er mich einmal unwirsch angefahren: „Anneliese, lassen Sie das!"
Jetzt drehte er sich auch prompt um und sagte:
„Ach, Sie sind es, Anneliese!"
Freundlich und ernst war er:
„Ob wir uns wohl noch einmal wieder sehen?"
fragte er eher rhetorisch.
„Bestimmt, Herr Doktor Hopf!"

erwiderte ich aufmunternd. Wir haben uns jedoch nie wieder gesehen. Nachdem wir uns verabschiedet hatten, ging ich zu Mutti und Oma. Von der Begegnung musste ich unbedingt Bericht erstatten. Den Terrier, von dem er uns des öfteren erzählt hatte, konnte ich nun endlich auch mal sehen, und mir fielen unsere dummen Streiche ein, wie wir z.B. mit einer verrückten erdachten mathematischen Formel *bewiesen* hatten, dass sein Terrier sein Vater sei. Er hatte diese gloriose Algebra einfach ignoriert, und Inge hatte die mit Kreide an die Wandtafel gemalte Erkenntnis mit unserem Amandus im Vordergrund photographiert. Dabei hatte sie den Photoapparat auf meinen gekrümmten Rücken gestellt. Während ich noch sinnierte, fuhr endlich der Zug ein. Er war lang genug, um alle Wartenden aufzunehmen. Wir stiegen in einen herrlichen französischen Salonwagen, der mit rotem Samt ausgepolstert war. Das war sicher ein höchst illegales Beutestück. Doch darüber haben wir im Moment nicht nachgedacht. Wir kuschelten uns behaglich in die Polster und genossen die Kultur, kulturlos, wie wir selbst geworden waren. Die Herrlichkeit dauerte nur nicht lange. In Oldesloe hieß es: „Alles aussteigen!"
Und diesmal ging alles ganz schnell. Es ging wie der Blitz, dass wir in Viehwagen umgeladen wurden. In Eile und Getümmel wurden wir getrennt. Mutti und Oma verschwanden in dem einen Viehwagen, ich wurde in einen anderen geschoben. Wir standen wie die Heringe in der Tonne, und es war stockduster. Wir spürten wohl, dass der Zug sich in Bewegung setzte, hatten aber keine Ahnung, wohin er fuhr. Wie lange mochten wir wohl so zugebracht haben? Wir kannten keine Zeit mehr. Das Geschuckel schien kein Ende zu nehmen. Endlich hielt der Zug und die Wagentüren wurden geöffnet. Tiefes Durchatmen! Licht und Luft. Doch der Abend dämmerte schon. HJ- Jungen standen bereit,

kamen zu uns und gaben uns Himbeersaft zu trinken. Noch nie hatte uns dieses Getränk so gut geschmeckt. Aber wir waren noch nicht am Ziel. Mit einem normalen deutschen Personenzug wurden wir weitergeleitet bis Uelzen. Da war erstmal Endstation. Die Uelzener schienen alle alarmiert und zeigten rührende Hilfsbereitschaft. Hitlerjugend und Rot-Kreuz-Helfer führten uns in Privatquartiere, die die Uelzener bereitwillig zur Verfügung stellten. Mutti und Oma fanden bei einem Zahnarzt Quartier, ich wurde zur Konkurrenz geführt. Es war inzwischen fast Mitternacht. Der Hitlerjunge klingelte an der Vordertür. Eine ältere Dame, bereits im Nachthemd, den grauen Zopf über der Schulter, öffnete und nahm mich herzlich in Empfang. Es war die Frau des Zahnarztes, eine freundliche, mütterliche Frau. Ich stellte mich kurz vor und sagte auch, dass ich Studentin der Medizin sei. Das machte sie nun erst recht zutraulich. Ich konnte mich im Badezimmer waschen, bekam zu essen und fand im Herrenzimmer vor dem Bücherschrank ein ganz normales Bett mit frisch bezogenen weißen Laken aufgestellt. Ich plumpste hinein und sah und hörte erst einmal nichts mehr. Am nächsten Morgen empfing mich ein leckeres Frühstück. Ich erfuhr, dass in der Nacht wieder ein Großangriff in Hamburg stattgefunden hatte. Eigentlich hätte man auch in Uelzen Alarm geben müssen. Die Verantwortlichen seien sehr im Zwiespalt gewesen; sie wollten uns aber endlich einmal schlafen lassen.

Am nächsten Morgen traf ich verabredungsgemäß mit meinen Lieben zusammen. Denen war es bei ihrem Zahnarzt auch sehr gut gegangen. Der schlechte Ruf der Zahnärzte ist doch oft ein Vorurteil. Mit dem planmäßigen Zug fuhren wir, jetzt auf uns selbst gestellt, nach Northeim, wo meine Großeltern die jungen Jahre ihrer Ehe verbracht hatten. Wir wollten zu Muttis

Schulfreundin, Tante Gustchen, die, unverheiratet, mit ihrem alten Vater zusammen eine große Wohnung innehatte. Die dortige Bauweise sah neben den Zimmern noch etliche Kammern vor. Ich hatte in den Ferien als größeres Mädchen ab und zu mal ein paar Ferientage dort verbracht, einmal sogar im Winter bei Schnee und Eis. Da war ich begeistert, dass man vom Wieterturm, also hoch vom Berg, bis zum Marktplatz runterrodeln konnte. Und kürzlich hatte ich zu Tante Gustchen sogar einen Koffer mit einigen unserer Kleidungsstücke gebracht – vorsorglich! Ganz so vorsorglich war es allerdings doch nicht; denn was ich dahingeschleppt hatte, war auf unseren augenblicklichen Zustand nicht berechnet: ein Abendkleid von Mutti, Vaters Smoking und schwarzen Lackschuhe und mein Konfirmationskleid. Derartige Kulturhüllen wurden in Hamburg z.Z. nicht benötigt; denn das kulturelle Leben war doch etwas eingeschränkt. In unserer augenblicklichen Situation waren wir auch nicht gerade auf Kultur bedacht. Später sollten sich diese Kleidungsstücke noch nützlich erweisen. Immerhin – ein paar Stücke von uns waren schon bei Tante Gustchen. Nun kamen wir hinterher. Wir wollten nicht als arme Bettler um Asyl bitten, sondern als Untermieter. Aber einfach so überfallen wollten wir die guten Leute auch nicht. Also gingen wir in Northeim in eine Telefonzelle, riefen das liebe Gustchen an und schilderten unsere Lage. Es war so, als seien wir bereits erwartet worden. Die Tragödie Hamburgs war bekannt, zum Entsetzen aller Deutschen. Nachdem wir die Stadt verlassen hatten, war alles noch viel schlimmer geworden – ein noch viel größerer Feuersturm hatte andere Stadtteile erfasst und viele Menschen waren lebend verbrannt.
„Gott sei Dank, dass ihr lebt!" sagte Tante Gustchen„Kommt her, ihr seid uns willkommen!"

IX Kapitel

So waren wir denn erstmal am Ende unserer Odyssee angelangt. Wir konnten es kaum fassen. In Northeim schien tiefster Friede zu herrschen. Tante Gustchens alter Vater war voller Jugendschwung und schien geradezu erfreut über die Abwechslung. Er setzte sich ans Klavier und spielte „Auf in den Kampf, Torero!" und „An der schönen blauen Donau". Wir bekamen auch gleich eine so genannte Kammer und jeder ein Bett – ganz normal.

Tante Gustchen

Ich meldete mich gleich den nächsten Tag im Krankenhaus, um dort mein Krankenpflegepraktikum zu absolvieren. Eigentlich war das damals sehr kleine Krankenhaus dafür nicht zugelassen; aber in meinem besonderen Fall wurde eine Ausnahme gemacht. Der Chefarzt war ein Jugendgespiele von Mutti und Tante Gustchen und Freund ihres Bruders. Sein Vater war schon Hausarzt meiner Großeltern gewesen. So blieb alles in der Familie und Hans, so hieß der Arzt, deichselte das schon. Damit verband sich für mich der Vorteil, dass ich vom Roten Kreuz eingekleidet wurde: blau-weiß gestreifte Kleider, weiße Schürzen, weiße Häubchen mit einem Roten Kreuz auf der Stirn, ein kuscheliger grauer Lodenmantel, graue Strümpfe und schwarze, lederne Schnürschuhe. Letztere waren allerdings etwas zu groß und so hart, dass ich sie erst einmal 24 Stunden ins Wasser stellen musste, um sie einigermaßen tragen zu können. Und das war sehr wichtig; denn meine Konfirmationsschuhe waren total kaputtgelaufen. So war ich nun so zu sagen „fein raus". Ich hatte was Anständiges anzuziehen. Die Northeimer Ämter waren auch großzügig im Bewilligen von Bezugsscheinen und die kleinen Läden waren voll schöner Sachen, die Ladenbesitzer auch gern bereit, mal etwas ohne Bezugsschein herzugeben. Mutti nähte von schönen neuen Stoffen für uns alle drei; eine junge Bekannte, die das Schneiderhandwerk erlernt hatte, nähte auch für uns. Oma drängelte sehr; sie wollte ganz schnell ein neues Kleid haben. Das kannten wir an ihr nicht; sie war doch immer bescheiden. Aber diesmal konnte sie die Zeit gar nicht abwarten. Mutti beeilte sich, und Oma bekam ihr *Kaffeekannenkleid*; auf schwarzem Seidenstoff waren lauter kleine rosa Kaffeekannen abgebildet. Mit rosa Stoff abgepaspelt, sah das Kleid ganz entzückend aus. Oma war zufrieden und erklärte prompt:

„So, jetzt fahre ich wieder nach Hamburg. Hier bleibe ich nicht!"
Wir waren entsetzt. Das also war des Pudels Kern bei ihrem Drängeln. Alle unsere Vorstellungen, das sei doch viel zu gefährlich und sie könnte doch auch so schlecht sehen, nützten nichts. In der Tat war Oma von Geburt an etwas kurzsichtig, und man ließ sie ungern allein irgendwo hingehen. Wenn es hieß: „Anneliese, geh' mit Oma!", tat ich das sehr gern; es sprang immer etwas für mich dabei heraus, ein Kinobesuch, oder gleich zwei, Schlemmerei in Café und Eisdiele. Aber jetzt war alles anders. Oma bestand darauf, allein zu fahren. Sie wollte lieber bei ihrer Schwester Betty wohnen als bei fremden Leuten. Im Übrigen musste sie sich um ihr Haus in der Schumacherstraße kümmern, außerdem um ihre Konten und Schätze, die bei der Hamburger Sparkasse am Schulterblatt vergraben waren. Also reiste Oma ab, kam gut an und leistete auch in der Folgezeit Erstaunliches, um zu retten, was noch zu retten war. In Hamburg hatten die Engländer für ihre Untaten kaum noch Objekte. Zuletzt hatte Petrus durch ein Gewitter ihre Pläne durchkreuzt. Sie wandten sich anderen Städten zu. Nach und nach erfuhren wir, was Verwandten und Freunden in Hamburg geschehen war. Meine Großmutter Ruppenthal, die mit ihren beiden unverheirateten Töchtern am Hofweg wohnte, war dort auch total ausgebombt. Sie war schon hochbetagt und gesundheitlich sehr angeschlagen. Das ganze Geschehen konnte sie gar nicht mehr begreifen. Mit Mühe schlugen sich die Tanten mit ihr von der Uhlenhorst bis nach Altona in die Eimsbütteler Straße 72 durch. Sie hofften, bei uns Aufnahme zu finden, und standen dann ratlos vor den Trümmern unseres Hauses. Man brachte sie schließlich in einem von der Straße aus zugänglichen Keller unter einem Haus an der Alster unter. Dort gab es eine spärlich leuchtende Lampe, aber

kein Wasser und keine Heizung. – Vaters Kameraden von der Technischen Nothilfe waren ebenfalls zu unserem Haus geeilt, diese in der Absicht, uns zu helfen, und sahen dann, dass sie zu spät kamen. Nachdem ich mich brieflich bei Annemarie gemeldet hatte, erhielt ich von ihr einen erschreckenden Brief. Unsere Freundin Renate war bei ihrer Nachtwache im Universitätskrankenhaus Eppendorf bei lebendigem Leibe verbrannt, gerade mal vier Wochen nach ihrer Hochzeit. Ihre Mutter, die in der Dehnhaide 10 ebenfalls ausgebombt war, erhielt die Aufforderung, ihre Tochter zu identifizieren und musste ihr totes Kind unter etlichen dort aufgereihten verkohlten Leichen suchen. Anklagend lief sie zu Professor Bürger-Prinz, dem Chef der Klinik. Wie war es möglich, dass niemand zur Hilfe geeilt war? „Wir haben das Schreien ihrer Tochter wohl gehört, aber wir mussten uns zuerst um unsere Patienten kümmern", war die Antwort. – Inge war aus ihrem brennenden Haus in Büstenhalter und Höschen gelaufen. Sie wohnte jetzt bei Ruth in Krupunder, während ihre Eltern und Schwester nach Bremen gezogen waren. – Von der Schwester meiner Arbeitsdienstfreundin Gerda hörte ich, Gerda sei in der Nacht allein im Haus gewesen, habe sich aus dem zerstörten Haus retten können und sogar noch ihr Fahrrad herausgeschoben. Die Familie wohnte jetzt im Barmbeker Krankenhaus. – Renates Tod rührte mich wie ein Schlag. Alle Medizinstudenten mussten ein paar mal im Semester im „UKE" Nachtwache halten. Ich war auch schon einige Male dran gewesen und an jenem Montag, als wir in Rahlstedt ankamen, war ich wieder an der Reihe. Daran hatte ich gar nicht gedacht.
Nachdem wir Vater von unserem Missgeschick hatten verständigen können, schickte er aus Holland und Belgien Kleiderstoff, Schmuck, Esswaren, soweit nur möglich, auch herrliche Kekse, Genever, Danziger

Goldwasser, Süßwaren, so wunderbare Sachen, wie wir sie schon lange nicht mehr kannten. Der sich über die Esswaren und Spirituosen am meisten freute, war unser alter Wirt, Onkel August. Wir waren ihm immer mehr willkommene Gäste. Das Schreckliche war, er verliebte sich in mich, berief sich auf Goethe und Ulrike von Levetzow und machte mir ernstlich einen Heiratsantrag. Meine ahnungslose Mutter animierte mich, mit ihm einen Waldspaziergang zu machen, weil er das so gern wollte. Ich hatte dann Mühe, sich seiner Liebesbezeugungen zu erwehren. Natürlich konnte ich das alles gar nicht ernst nehmen; er war aber von seiner Attraktivität überzeugt. Vater ging es in Holland blendend. Sie lebten da wie der liebe Gott in Frankreich, wussten gar nicht, was sie da eigentlich sollten. Die Befestigungsanlagen waren längst fertig. Im Endeffekt sollten sie überflüssig sein. 20 Jahre später habe ich die zersprengten Stücke noch in der Nordsee schwimmen sehen. Von einer feindlichen Haltung der Holländer gegenüber den Deutschen hat Vater nichts zu spüren bekommen. Die Kehrseite wurde erst später gezeigt, während Vater bis an sein Lebensende für Holland schwärmte, für die Landschaft, die Kunst, die Küche, die Menschen, und dieses auch in seinem Wandschmuck ausdrückte.

Ich trat jeden Morgen um punkt sieben meinen Dienst im Northeimer Krankenhaus an. Außer dem Chefarzt *Hans* war da noch ein Gynäkologe tätig, der jeden Tag mehrere Stunden operierte. Die Ärzte sorgten dafür, dass ich nicht wie eine Lehrschwester zum Pötte putzen eingesetzt wurde. Die Stationsschwester, ein grauhaariges Ekel, ärgerte das. Aber die Ärzte behandelten mich betont als zukünftige Kollegin. Bei den Operationen stand ich oft stundenlang auf einem kleinen Schemel, damit ich besser sehen konnte, dann wurde mir auch alles erklärt. Natürlich war ich auch mit der Pflege der Frauen beschäftigt. Da war ein großer

Saal mit 24 Betten für die Kassenpatientinnen. Für die Privatpatienten gab es einige kleinere Räume. Sinnigerweise waren die Klos und die ganze Pötterei in der hintersten Ecke untergebracht, so weit weg vom Saal wie nur möglich. Im Saal lag alles durcheinander, Operierte, Wöchnerinnen, Rheumakranke, und was es noch so gab. Damals herrschte die Vorstellung, alle, Operierte wie Wöchnerinnen müssten möglichst lange im Bett liegen und dürften tagelang nicht aufstehen. Das machte dem Personal sehr viel Arbeit, sowohl mit der Reinigung wie mit der Pötterei. Immer wieder rannten die Schwestern den langen Gang entlang, in jeder Hand eine Bratpfanne. Auf die Idee, diese auf einen Wagen zu schieben, ist man erst später gekommen. Ich machte dabei immerhin interessante Studien. Ein Abortus in der Bratpfanne reizte mich zum Sezieren und zu anatomischen Studien. So ein Abortus war wohl eine traurige Angelegenheit; aber ich nahm es sachlich und unwahrscheinlich neugierig. Ein winziges Wesen von etwa Fingerlänge hatte schon alles, was der Mensch brauchte. Nur das Leben war ihm nicht vergönnt, und die Mutter musste getröstet werden. Seltsam, dass es ihr manchmal half zu hören, es sei ein bildhübsches Kind gewesen und sogar ein Junge. Beim nächsten Mal würde es gelingen, ein lebendiges Baby zur Welt zu bringen. Am liebsten war ich im Säuglingszimmer, wickelte manchmal 16 kleine Wesen hintereinander, brachte sie zum Säugen zu ihren Müttern oder gab ihnen das Fläschchen mit Zitrettenmilch, wenn die Mütter nicht nähren konnten.
Zwischen den Neugeborenen lag ein älteres Kind, ein Mädchen von 3 Monaten, Ingeborg, uneheliche Tochter einer Polin und eines Franzosen. Die Mutter arbeitete in der Küche. Dafür wurde Ingeborg von uns betreut, deutlich als Herrscherin und Tonangebende unter den Winzlingen. Ingeborg bestimmte, wann gebrüllt wurde.

Hob sie an, dann stimmten alle ein. Hörte sie auf, beruhigten sich die Kleinen auch bald. Natürlich bekam Ingeborg schon feste Nahrung, die ihre Mutter in der Küche zubereitete. Wir stritten uns, wer Ingeborg füttern durfte, obwohl das kein ungefährliches Unterfangen war. Man musste sich schon gut bedeckt halten. Warum quält man kleine Kinder eigentlich immer wieder mit Spinat? Ingeborg hatte ihre besondere Art, damit umzugehen. Brav öffnete sie ihr Mündchen immer wieder und ließ sich den Löffel hineinschieben. Sie hamsterte den Spinat, und ihre Bäckchen wurden immer dicker. Und dann – urplötzlich prustete sie ihn aus und die Fütternde war über und über mit Spinat bedeckt. Ingeborg aber quietschte vor Vergnügen! Besser ging es mit dem Möhrenbrei, vor allem dann, wenn man in schneller Folge nach dem Löffel mit Möhrenbrei einen mit Apfelmus verabreichte. Dann kam das Kind gar nicht richtig zum Nachdenken, was das nun eigentlich war. Mein Dienst im Krankenhaus gehörte zur Ausbildung. Ich erhielt dafür keine Bezahlung und offiziell auch keine Verpflegung. Die jungen Schwestern Liese und Lotte, mit denen ich mich gleich angefreundet hatte, sorgten aber dafür, dass ich von dem reichlich vorhandenen Patientenessen immer etwas abbekam. Und dann gab es unter den Patientinnen im großen Saal auch sehr fürsorgliche Frauen, mit mütterlichen Gefühlen gegenüber mir 19 jährigem Küken. Da lag ganz hinten links in der Ecke eine sehr liebe Frau mittleren Alters, die sich vor Rheumaschmerzen kaum bewegen konnte. Die Behandlungsmethoden waren nicht weit entwickelt. Ich erhielt den Auftrag, ihr Arme und Beine jeden Tag mit Rheumasalbe einzureiben und anschließend alles mit Watte zu umwickeln. Diese Prozedur hatte man schon lange mit ihr vorgenommen, ohne den geringsten Erfolg. Ich erzählte das meiner Mutti, und die riet mir, der Frau Arme und Beine täglich kräftig zu massieren, und sie zeigte mir auch, wie ich es machen sollte. Den Rat habe ich dann befolgt – zum Ärger der alten Stationsschwester, die das für Zeitvergeudung hielt. Dr. *Hans* aber stimmte zu. Und siehe! Die Kur half. Bald konnte die gute Frau aufstehen und auch ihre Arme bewegen. Sie machte sich nützlich, wo sie nur konnte, und sorgte für meine Ernährung. Die Patientinnen merkten natürlich, dass ich rund um die Uhr im Einsatz war, auch dann noch, wenn die Schwestern sich nach unten zum Abendessen zurückgezogen hatten. Dann hatte ich auf der Station ganz allein die Wache. Viele unserer Patientinnen kamen aus dem Umland, wo man sich gut ernährte von und mit dem eigenen lieben Federvieh, mit Stallhasen, oder gar niedlichen Schweinchen. Obwohl die Kost im Krankenhaus recht gut war, schleppten die Besucher ihren kranken Angehörigen in Mengen Esswaren zu: Eier, Schinken, Käse, Kaninchenfleisch, Kuchen. So gut das gemeint war, die Kranken konnten das unmöglich alles essen. So ging denn meine liebe Rheumakranke sammeln, natürlich in meiner Abwesenheit. Sie putzte einen der blechernen Nachtschränke und legte alles, was sie für mich gehamstert hatte, in die Schublade. Während die Schwestern beim Abendessen waren, musste ich mir das dann herausholen. Alle Frauen im Saal nickten zustimmend und keine verriet mich. Ich stopfte die Kostbarkeiten in einen Sack und wickelte meinen Lodenmantel darum. Es war ja Sommer. Ich brauchte den Mantel nicht anzuziehen, klemmte ihn vielmehr unter den Arm und ging so nach Hause. Der alte Onkel August guckte schon erwartungsvoll aus dem Fenster. Von den Köstlichkeiten bekam er den Löwenanteil.

Von den Schrecknissen des Krieges bekamen wir in Northeim natürlich auch einiges zu spüren, wenn das Städtchen selbst zu nächst auch noch verschont blieb.

Nachdem die Engländer sich in Hamburg ausgetobt hatten, wandten sie sich Hannover und Kassel zu. Aus Hannover brachte man etliche Verwundete in unser kleines Krankenhaus, allerdings nur für wenige Tage. Die Verwundungen konnten bei uns nicht behandelt werden. Sie waren zu schrecklich. Die Beine waren nur noch Knochen; das Fleisch war total abgebrannt. Sie mussten in größeren Krankenhäusern mit mehr Möglichkeiten gepflegt oder vielleicht auch amputiert werden. Ich weiß nicht, was daraus geworden ist. – Eines Abends wurden gleich zwei Frauen aus dem Umland eingeliefert. Beide hatten eine Bauchhöhlenschwangerschaft und mussten sofort operiert werden. Während der ersten Operation ertönten die Sirenen: Fliegeralarm! Wir konnten uns nicht darum kümmern. Es musste weiter operiert werden. Wir hörten die Bomber dröhnend anfliegen. Das Operationsteam ließ sich nicht beirren. Auch ich harrte auf meinem Schemel aus. Die Bomber nahmen Kurs auf Kassel. Die Bombeneinschläge waren allzu deutlich zu hören. Luftlinie war es nicht weit. Die Wände, Fenster und Türen zitterten. Die Frau, die als erste operiert wurde, hatte schon zu viel Blut im Bauch, der OP-Tisch, der Fliesenboden darunter schwammen vom Blut. Der Atem stockte. Sie war nicht mehr zu retten. Die Operation musste abgebrochen werden. Die Sterbende wurde im Nebenzimmer in ein Bett gelegt. Ich blieb bei ihr, bis ihr Atem ganz verstummte. Derweil erklärte mir der Gynäkologe den ganzen schwindenden Atemvorgang in aller Sachlichkeit. Ich zwang mich, ruhig und sachlich zu bleiben, denn ich wollte ja Ärztin werden. – Der OP wurde in aller Eile gesäubert, damit die zweite Frau operiert werden konnte. Es war schon dunkel geworden. Und immer noch und immer wieder der Bombendonner! Waren die Fenster des OP hinreichend verdunkelt? Konnten wir unbedenklich die große Lampe über dem

Operationstisch einschalten? Nein, wir mussten auf eine Notbeleuchtung zurückgreifen. Es wurde mit Petroleumlampen gearbeitet. Doch diese Operation gelang: die Patientin konnte gerettet werden. Danach beteiligten wir uns alle an der Reinigung des OP. Es war sehr spät geworden. Mittlerweile hatten die Engländer ihr grandioses Werk der Zerstörung der schönen Stadt Kassel mitsamt dem Massenmord an der dortigen Bevölkerung zu ihrer Zufriedenheit beendet. Bei uns war eine Frau gestorben, um deren Leben man gekämpft hatte – wie viele waren in der Zeit in Kassel getötet worden?

Das waren die schlimmsten Operationen, die ich in Northeim miterlebt habe. Da waren die Kaiserschnitte mit erquicklich krähendem Erfolg doch viel angenehmer. Zum Schluss der Northeimer Erzählungen noch eine kleine Story. Es war üblich, den Patientinnen zum Fiebermessen das Thermometer unter den Arm zu schieben, wo es dann zehn Minuten sitzen musste. Allzu leicht konnte es dabei verrutschen oder gar runterfallen, etwa wenn die Patientin einschlief. Das war einer älteren Dame im großen Saal passiert, und das Thermometer war zersprungen. Daraufhin gab es ein Donnerwetter von Schwester Else, der Stationsschwester. Die Patientin weinte und bat um Verzeihung. Schwester Else kannte kein Erbarmen. Sie rief alle Schwestern und auch mich zusammen, berichtete erbost über das schreckliche Ereignis und ermahnte uns, die Patientinnen strenger zu halten. Ein Thermometer sei schließlich ein Wertobjekt. – Das ganze Spektakel reizte meine Lachmuskeln. Ich konnte mich nicht mehr bremsen und prustete los. Entsetzt fuhr Schwester Else auf mich los: „Was mir denn einfiele?"
„Mir fällt ein, dass erst vor kurzem unser ganzes Haus in die Luft geflogen ist. Ein paar Fieberthermometer waren

auch dabei. Was für einen Skandal müsste ich jetzt machen!?" Daraufhin verstummte Schwester Else. Die jungen Schwestern grinsten. Ich ging zu der Patientin, tröstete sie und versprach ihr, ich würde ein neues Thermometer besorgen. Das war auch gar kein Problem. Der Apotheker gab es mir anstandslos. Kostenpunkt: eine Reichsmark. Die Patientin war selig. Seit dem galt ich bei den Patientinnen als Retter in mancherlei Nöten. Thermometer musste ich noch ein paar Mal besorgen, natürlich so, dass Schwester Else gar nicht erst dahinter kam.

Northeimer Krankenhaus, OP- Schwester Liesl

Mutti mit Kindern in Northeim 1944

X Kapitel

Zum Wintersemester 1943/44 immatrikulierte ich mich in Göttingen. Zuerst dachte ich, ich könnte weiterhin in Northeim wohnen und immer hin und her fahren. Aber die Züge fuhren zu unregelmäßig, und die Vorlesungen begannen schon morgens um sieben Uhr. Mutti fiel ein, dass sie ja noch eine Schulfreundin hatte, die in Göttingen verheiratet war. Das war Ilse, munter und allweil fidel, frisch und hilfsbereit. Ihr Mann war an der Front, die einzige Tochter, allgemein *Rübchen* genannt, damals etwa 12 Jahre alt. Ilse hatte Platz genug und war hocherfreut, dass sich ihr eine so günstige Gelegenheit bot, ein gut bürgerlich möbliertes Zimmer mit Sofa und eisernem Ofen samt angrenzender Schlafkammer abzuvermieten. Sie nahm mich auf, wie eine Tochter, und alle waren zufrieden. Für eine Studentin wohnte ich geradezu luxuriös. Mittags aß ich im Theaterkeller, der zu der Zeit höchst interessante Gäste zu sehen bekam. Da viele Theater in den großen Städten bereits zerstört oder gefährdet waren, sammelten sich in Göttingen die prominentesten Schauspieler, spielten dort Theater und speisten im Theaterkeller, so dass man sie da hautnah bewundern konnte, z.B. Hilde Kral, Wolfgang Liebeneiner, Brigitte Horney, Erich Ponto und etliche andere. Es war ein recht lustiges Völkchen. Und ich hatte meinen Spaß auf Beobachtungsposten.
Ilse und das Rübchen sangen im Händel-Chor. Das hatte zur Folge, dass ich, wenn ich zu Hause war, ständig ein Händel-Geträller hörte, vor allem aber gab es für Theaterbesuche Freikarten, und ich bekam auch öfter eine ab. Göttingen war zu der Zeit ein sehr musikalisches Städtchen, recht idyllisch, mit 20 000

Einwohnern, wunderschönen alten buntbemalten Giebelhäusern, einem mittelalterlichen Rathaus. Davor stand der berühmte Gänseliesebrunnen. Gediegen war die akademisch-studentisch geprägte Gastronomie. So eine kleine Stadt war für mich etwas ganz Neues. Für das Studium war es entschieden positiv, dass die Wege alle kurz und bequem zu Fuß zurückzulegen waren. In Hamburg ging durch die weiten Wege immer viel Zeit verloren. Die Kehrseite der Medaille war natürlich, dass der hier ansässige Menschenschlag ein ganz anderer war. Da guckte jeder jedem in den Kochtopf.
Gespräch unter den Damen: „Wie ist denn Ihre Studentin so?"
„Ach ja, es ist so schwierig, ihr klar zu machen, dass ich keinen Herrenbesuch dulde!"
„Ja, ja, und faul sind die Studentinnen auch. Ich kann doch wohl verlangen, dass sie jeden Samstag die Treppe scheuert und bohnert. Aber das sieht sie nicht ein!" u.s.w.
Gespräch unter den Professorenfrauen:
„Ja, mein Mann ist ja Ordinarius. Was ist denn Ihr Mann? Ist er wohl außerplanmäßig?"
„Nur jetzt noch; aber er kriegt ja anderswo `ne Planstelle!"
„Na, wenn das man klappt!" So und ähnlich sahen die Kochtöpfe aus. Die Professorenfrauen sah man auf dem Markt billig einkaufen. Sie benutzten dabei einen sog. *Marktroller*. So was hatte ich in Hamburg noch nie gesehen. Es war ein Krückstock, der sich unten spaltete und auf zwei Rädern gefahren wurde. Am Stock war ein Haken angebracht, an dem der Einkaufsbeutel aufgehängt wurde. Die Damen gingen auch im Sommer niemals ohne Hut und Handschuhe „in die Stadt", d.h. auf den Markt. Das ganze Milieu erschien mir sehr ulkig. Zunächst hatte ich das Wintersemester zu absolvieren und damit den ersten anatomischen Präparierkursus.

Das war nun doch ein sehr mulmiges Gefühl, das alle erfasste, die zum ersten Mal einen Präpariersaal mit lauter auf langen Tischen liegenden Leichen betraten. 10 Studenten hatten sich jeweils mit einer Leiche zu beschäftigen, sie säuberlich zu zerlegen und dabei Muskel für Muskel, Knochen für Knochen, Nerven für Nerven zu studieren. Immer, wenn wir einen Arm, ein Bein u.s.w. zerlegt hatten, kam ein älterer Student und nahm darüber eine Prüfung ab. Gegebenenfalls erhielt man dann ein Testat. Ich wurde bald zum Vorsänger und hielt ein Repetitorium ab, bevor der Prüfer kam. Das war nicht meine Absicht gewesen; aber es hat sich so ergeben. Wenn ich keine Lehrveranstaltung besuchen musste, saß ich in meiner Stube in der Hanssenstrasse 3 und paukte. Mancherlei Versuche, mit irgendeiner Studentin näheren Kontakt zu bekommen, brachten mich nicht weiter. Es blieb alles an der Oberfläche. Ich fand die Interessen merkwürdig einseitig und dachte mit Sehnsucht an meine Hamburger Freundinnen und auch an die Kameradschaft im Arbeitsdienst, die noch nicht mal ein Jahr zurück lag. Die Bombe hatte mir nicht nur Hab und Gut, sondern meinen ganzen bisherigen Lebensstil genommen. Also blieb mir nichts anderes übrig, als zu pauken. Anatomie war ja sowieso ein schreckliches Paukstudium, das selbständigem Denken keinen Raum ließ. Ich konnte mir auch nicht vorstellen, dass dieses Eingepaukte auf die Dauer haften blieb. Es schien mir eher wie nasser Lehm, der an die Wand geworfen, wieder abfiel. Nun, bis zum Physicum musste man das wohl durchstehen. Unwahrscheinlich viel interessanter erschien mir Chemie, vor allem als ich auch die organische Chemie entdeckte. Darin vertiefte ich mich mit Wonne.

Ich fühlte mich anfangs in Göttingen ziemlich einsam. Doch dann machte ich zwei Entdeckungen, die eine war die Studentengemeinde, die andere eine Kommilitonin, der ich in Hamburg gelegentlich in der Straßenbahn begegnet war, wenn ich mittags nach Eppendorf zur Anatomie fuhr. Das war Karla, mir der mich bald enge Freundschaft verband. Auch sie ging in die Studentengemeinde. Die Studentengemeinde traf sich jeden Donnerstagabend zur Bibelstunde im Jakobigemeindesaal und sonntags zum Gottesdienst in der Jakobikirche. Manchmal fand sonntags auch ein ganztägiges Zusammensein zur Bibelarbeit und gegenseitigen Gesprächen statt. Theologiestudenten gab es zu der Zeit nur ganz wenige. Es waren also größtenteils Studenten anderer und fast aller Fakultäten, die sich da in Massen versammelten. Die Jakobikirche war im Gottesdienst immer gerammelt voll, und der Gesang war nicht fern der Posaunen von Jericho. Und das alles im Dritten Reich! Da der eigentliche Studentenpfarrer an der Front stand, hatte der alte Superintendent Hittmeyer das Amt mitübernommen. Er hatte die Studentengemeinde fest im Griff und verfocht eine klare lutherische Linie. Im Übrigen beteiligten sich auch die Theologieprofessoren an der Arbeit in der Studentengemeinde, besonders der Neutestamentler Joachim Jeremias, dessen Bibelstunden eigentlich schon akademische Vorlesungen waren. Karla und ich waren beide fasziniert und gingen bald am Mittwochabend auch in die öffentlichen Vorlesungen, die einige Theologieprofessoren unter großem Zulauf im Audimax hielten. Das war der berühmte Friedrich Gogarten, der seine dialektische Theologie vortrug. Da musste man schon sehr aufpassen, um seinen Ausführungen zu folgen. Die Bibel war ein faszinierendes Buch – das hatte ich schon als Kind gewusst. Aber nun war es noch viel spannender, Feinheiten aufzuspüren, Hintergründe zu entschlüsseln, das Fazit zusammenzufassen. Und im Zentrum immer wieder das Mysterium: Christus, als greifbare Gestalt in der Unendlichkeit des Seins! Christus _der_ Logos – das hatte ich schon bei unserem Amandus gehört. Nun erfuhr ich etwas über die tiefere Bedeutung. – Die Theologieprofessoren hatten bei den Studenten ganz anderer Fakultäten ein dankbares Publikum. Sie gaben Licht in immer dunkler werdender Zeit.

In den Frühjahrssemesterferien 1944 war ich wieder in Northeim und erledigte mein Pflichtpraktikum dort im Gesundheitsamt. Die Leitung hatte ein Medizinaldirektor, der aber meistens von seiner Frau, einer sehr netten und couragierten Ärztin, vertreten wurde, da er an einer Lähmung litt. Patienten verschiedenster Herkunft saßen in Mengen im Wartesaal; viele Fremdarbeiter waren darunter. Arbeitsunfälle, Lungenkrankheiten, Geschlechtskrankheiten waren an der Tagesordnung. Ich arbeitete eine zeitlang im Labor, dann wieder musste ich Erbgesundheitsscheine ausstellen, die erst nach Eingabe vieler Papiere und Untersuchungen erteilt wurden. Schwachsinnige sollte ich einer Prüfung unterziehen, aufgrund deren entschieden wurde, ob sie sich fortpflanzen dürften oder nicht. Die Prüfungsfragen waren vorgegeben. Eine davon lautete: „Wie lange hat der 30 jährige Krieg gedauert?" Natürlich hatte ich glücklicherweise nichts zu entscheiden, sondern hinter den Fragen nur die positiven oder negativen Zeichen zu machen. Einmal kam eine junge unverheiratete Frau in Begleitung ihrer Tante. Die junge Frau war im 4. Monat schwanger, und nun sollte geprüft werden, ob sie das Kind behalten durfte. Sie heulte erbärmlich und war wirklich sehr schwachen Geistes. Nach vielem Zureden kam ihr die Erleuchtung, der 30 jährige Krieg habe „vier Johr" gedauert. Nichtsdestotrotz entschied das Ärzteehepaar: „Sie soll das Kind behalten. Wir brauchen auch dumme Leute. Und es ist für die Mutter viel zu gefährlich, jetzt noch die Schwangerschaft abzubrechen. Am Kind ist es Mord. Das machen wir nicht mit." Manchmal passierten auch verrückte Sachen. Da wurde eine Vaterschaft behauptet von einem jungen Mann, der sterilisiert war. Der war sehr stolz auf die Vaterschaft und machte auch einen ganz vernünftigen Eindruck. – An einigen Tagen hatte ich nachmittags frei und nutzte die Zeit, um mir nach einem Selbstlernheft das Schreibmaschinenschreiben beizubringen, ganz korrekt nach dem Zehnfingersystem. Das brauchte ich zunächst, um Krankenberichte zu schreiben. Später kam es mir noch ganz anders zu statten.

An mehreren Nachmittagen fand eine sog. Rachitisprophylaxe statt, manchmal in Northeim selbst, meistens auf den umliegenden Dörfern. Da brachten die Mütter ihre Babys zur Untersuchung und um zur Kräftigung der Kleinen Vigantol zu empfangen. Mir fiel dabei die Aufgabe zu, die kleinen Dinger zu wiegen, über das jeweilige Gewicht Buch zu führen und das Stärkungsmittel auszuhändigen. Auf den Dörfern fand diese Aktion in den Schulen statt. Dann fuhren die Frau Doktor, eine Krankenschwester und ich in einem uralten verbeulten DKW, der schon zerbrochene Scheiben hatte, über die Landstraßen. Die Frau Doktor saß am Steuer mit einem Hut auf dem Kopf, der ebenso verbeult war wie ihr Auto. Das machte ihr alles gar nichts aus. Ich fand sie großartig. Das Auto musste immer angeschoben werden, sonst sprang es nicht an. In Northeim gab es dafür Leute und auf den Dörfern war die ganze Dorfjugend alarmiert, wenn die verehrte Frau Doktor kam. Bei der Abfahrt halfen alle schieben, und wir ratterten gemächlich davon. Diese Unternehmungen machten einen Riesenspaß.

Zum Sommersemester 1944 war ich wieder in Göttingen. Ich musste mir zunächst eine neue *Bude* suchen. Ilses Nichte wollte in Göttingen studieren und bei ihrer Tante wohnen. Die hatte natürlich Vorrang. Zunächst gedachte ich in der Wilhelm-Weber-Straße ein hübsches Zimmer zu mieten. Doch die Bedingung gefiel mir nicht. Ich sollte nämlich die Treppenhausreinigung übernehmen mit Schrubben und Bohnern. Da nahm ich doch eher vorlieb mit einer richtigen, schon von vielen Studenten ausgebeulten Bude bei *Omi Groß* in der Hanssenstraße 18 unter dem Dach. Ein eisernes Bettgestell mit dünner Decke stand direkt unter dem schrägen Dachfenster. Wollte man mal auf die Straße gucken, musste man auf das Bett steigen. Schlief man nachts einen tiefen Schlaf und hatte das Fenster auf, setzte ein unvermerkt beginnender Regen den Schläfer unter Wasser. Bei einem roten Plüschsofa kamen die Sprungfedern hoch; auf allen Stühlen lagen geheimnisvolle Kissen. Hob man sie hoch, kamen die Löcher im Rohrgeflecht zu tage. Zum Waschen diente eine Emailleschüssel mit Emaillekanne in einem Drahtgestell. Meine Kleider durfte ich mit in Omis Kleiderschrank hängen, der auf dem Korridor stand. Daneben lehnte der Besen zum Fegen meines Zimmers. Omi lebte auch seelisch davon, dass sie an Studenten vermietete. Sie war eine herzige alte Dame, zierlich, schelmisch und doch sehr energisch, wenn es darum ging, die Studenten in Schach zu halten. Sie erzählte auch gern lustige Geschichten, die sie mit ihren Untermietern erlebt hatte, vor allem mit Theologen. „Die sind auch nicht besser als die anderen!" lachte sie. Und zu mir: „Das eine ist klar, Fräulein Rupperthal (sie nannte mich immer so), keinen Herrenbesuch!" Nun war mir damals an Herrenbesuch gar nichts gelegen. Die Bedingung akzeptierte ich. Die Miete war billig: 20 Reichsmark im Monat. Das entlastete mein

Taschengeld, das Vater mir schickte. Er ließ sich mein Studium ja einiges kosten. Die Gebühren waren für das Medizinstudium besonders hoch. Außerdem stellte er mir monatlich 100 Reichsmark zur Verfügung. Für den Hollandeinsatz erhielt er zu seinem Gehalt noch einen gehörigen Zuschlag. So konnte er sich das durchaus leisten. Was ihn verdross, war die Tatsache, dass er meine Tugend nicht mehr bewachen konnte. Er war besorgt und schrieb mir – so töricht kann nur ein Mann und Vater einer Tochter sein – nicht nur Mahn- sondern auch Drohbriefe: „Wehe dir, wenn du...", und er würde es bestimmt erfahren. Es war geradezu so, als wollte er einen Detektiv auf mich ansetzen. Dabei bestand zu all diesen Sorgen und Attacken nicht der geringste Anlass. Ich war wütend, zerriss einen seiner Briefe und beschwerte mich bei Mutti. Die hatte immer Vertrauen zu mir und blies ihrem Gatten brieflich den Marsch. Plötzlich erschien auch meine Oma mal wieder bei uns. Sie musste doch mal nach dem Rechten sehen. Der erzählte ich auch von Vaters Drohungen. Oma lachte schelmisch: „Wer weiß, vielleicht schließt er von sich auf dich!" Das war nun wieder typisch für meine Oma.
Ich fuhr in diesem Sommersemester selten nach Northeim. Das freie Studentenleben war viel zu schön und abwechslungsreich.
Mutti war in Northeim auch reichlich beschäftigt. Der alte Onkel August war schwerkrank und zum Pflegefall geworden. Für Tante Gustchen war es der reine Segen, dass sie eine voll ausgebildete und erfahrene Krankenschwester wie meine Mutti zur Freundin und Untermieterin hatte. Trotzdem passte es Mutti nicht so recht, dass ich mich so selten sehen ließ. Dann erschien sie plötzlich mal bei mir in Göttingen. Einmal fand sie mich quer über meinem Bett liegend mit einem Lehrbuch vor der Nase. Sie trat ein, und ich war so vertieft, dass ich nicht einmal die Augen hob. Da kriegte

ich einen gehörigen Rüffel. Gutes Benehmen und Anstand hätte ich anscheinend vergessen. Ob das bei den Göttinger Studenten wohl so Sitte wäre?! Das war es damals eigentlich noch nicht. Hocherfreut über Muttis Besuch war immer Omi Groß; denn Mutti brachte Kaffee aus Holland mit. Die beiden hatten sich schnell angefreundet und tranken ausgiebig auf Omis Veranda Kaffee.

Das Studentenleben war in diesem Sommer 1944 in Göttingen frisch und abwechslungsreich. In der Anatomievorlesung amüsierten wir uns über Professor Blechschmidt, der eine Vorliebe für Embryonen hatte. Mit Hilfe der Lebensmittelkarten seiner Studenten hatte er sich aus Kohlehydraten einen Riesenembryo anfertigen lassen. Der stand vorn vor ihm auf dem Katheder. Groß, wie er war, und mit großen Augen spähte er während der Vorlesung immer über diesen Embryo hinweg ins Auditorium. Er war noch unverehelicht und spähte dabei unter den Zuhörern ständig nach der Braut, um schließlich auch mal einen echten Embryo anzufertigen. Das gelang ihm dann auch nach kurzer Zeit. Einmal brachte ich, ohne es zu wollen, das ganze Auditorium ins Lachen. Das war bei Professor Blume, der angeblich immer sagte: „Wir marschieren! Wir marschieren!"
Ein Kommilitone hatte eine Karikatur gezeichnet. Ich, die ich neben ihm sass, musste darüber schrecklich – wirklich schrecklich – lachen. Ich konnte mich einfach nicht stoppen. Karla, auf der anderen Seite neben mir, ließ sich anstecken und konnte sich ebenfalls nicht bremsen. Wir saßen unten in der zweiten Reihe. Der vollbesetzte Hörsaal stieg von unten nach oben an. Die Reihe hinter uns konnte den Grund unserer Heiterkeit noch sehen und fing auch an zu lachen. Das Gewieher setzte sich bis oben hin fort, obwohl man da gar nichts

wusste, um was es eigentlich ging. Der Professor war ratlos. Was hatte er denn gesagt, was so lächerlich war? Er wusste es wirklich nicht. Er tat das einzig Richtige, hielt einen Augenblick inne, bis wir uns beruhigt hatten, und fuhr dann fort, als sei nichts gewesen.
Karla wohnte im Walkemühlenweg 28 und verfügte über zwei ineinander gehende kleine Räume. Wir besuchten uns gegenseitig und meldeten uns jeweils mit dem Ruf: „Jetzt woll'n wir Bickbeer'n pflücken geh'n." Wir sangen gern die Lieder von Hermann Löns. Für Karla, die einige Jahre älter war, lag eine gewisse Erfahrung darin, für mich nicht. Aber die Lieder waren schön. Wir arbeiteten zusammen auf das Vorphysicum hin; aber wir lasen auch viele andere Dinge: Nietzsche, Ringelnatz, Heinrich Heine. Letzterer war ein verbotener Literat, da er Jude war. Aber alles Verbotene übt natürlich für junge Leute einen doppelten Reiz aus. Und *Die Harzreise* mit der Beschreibung der Göttinger Bürger war doch gar zu hübsch. Die lasen wir sogar ganz laut beim Essen in der Mensa und lachten uns natürlich mal wieder kaputt. Wir besuchten uns oft noch spät am Abend, wenn es schon dunkel war, brachten uns dann gegenseitig nach Hause, immer noch mal, erst die eine die andere, gleich danach wieder umgekehrt, und noch einmal und noch einmal, bis dann schließlich eine allein über den alten Friedhof gehen musste. Manchmal kriegten wir Probleme mit unseren Wirtinnen. Karlas Wirtin duldete nicht, dass abends nach 10 Uhr die Klospülung benutzt wurde, und Omi Groß schloss das Klo, das nach der Bauart dort zu Lande eine halbe Treppe tiefer lag, einfach ab, wenn sie es für spät genug hielt. Da musste man sich einiges verkneifen oder das Weite suchen. – Karla rauchte Zigaretten, auch mal bei mir. Omi Groß hatte sie nicht gesehen, aber den Rauch geschnuppert. Als ich am nächsten Morgen in die Küche kam, um mein Frühstück zuzubereiten, erwiderte Omi meinen Morgengruß nicht.

Sie sah mich überhaupt nicht an und sprach kein Wort.
Ich sagte schließlich:
Was ist denn los, Frau Groß, habe ich etwas
verbrochen?" Darauf schnatterte sie empört los:
„Ich habe Ihnen das nun oft genug gesagt, Fräulein
Rupperthal, dass ich keinen Herrenbesuch dulde. Und
nun war doch ein Herr bei Ihnen!"
Ich war erst verdutzt. Wie kam sie nur darauf? Dann
fielen mir Karlas Zigaretten ein:
„Ach Omi, das war doch meine Freundin. Die raucht
nämlich!"
Omi sah mich schief und misstrauisch an.
„Ja, wirklich! Ich werde sie Ihnen vorstellen!"
Das tat ich dann, und Karla ließ ihren ganzen Charme
spielen, während sie meine Aussage bestätigte. Zudem
steckte ich Omi ein Tütchen holländischen Kaffee zu. Da
war die Sache wieder gut, und Karla durfte bei mir
rauchen, soviel sie nur wollte. Es gehörte bei den
Göttinger Studentinnen zum Morgenritual zu fragen:
„Welche Laune hat deine Wirtin heute?"

Wir lasen nicht nur die Harzreise – wir durchwanderten auch den Harz. Als es in Göttingen mal sehr heiß war, erfrischte das kühle Okertal. Ein andermal bestiegen wir den Achtermann, kamen allerdings nur langsam voran; denn die hohen Bickbeerstauden mit ihren dicken blauen Beeren mussten gepflückt und gegessen werden. - Leider besaß ich kein Fahrrad und konnte derzeit auch keins erwerben. Wenn Karla und einige andere Studentinnen, Gerda aus Bochum und Erika aus Bremen, mit denen wir uns auch angefreundet hatten, mit ihren Rädern von einer Vorlesung zur anderen fuhren, taten sie es langsam; denn ich lief nebenher. Das brachte mir den Spitznamen „Marathonläufer" ein. Wollte ich aber mit Karla in den Harz fahren, lieh ich mir Rübchens Fahrrad aus. Einmal begleitete ich Karla nur bis Gieboldehausen. Sie fuhr weiter nach Herzberg, wo sie einst ihr *Pflichtjahr* absolviert hatte, und ich fuhr nach Northeim. Das wurde eine ziemlich abenteuerliche Fahrt. Während ich mutterseelenallein auf der Landstraße dahinradelte, brummte am hohen Himmel ein Bombengeschwader heran. Es war klar: Berlin stand auf dem Plan. Sie würden wohl kaum eine Bombe für mich allein opfern; aber sicher hatten sie auch Maschinenpistolen an Bord. Ich warf das Rad in den Graben neben der Straße, mich daneben. Zum Glück war der Graben ausgetrocknet. Da lag ich regungslos auf dem Bauch, bis die Geschwader sich weit entfernt hatten. Als ich Northeim erreichte, war dort Fliegeralarm, und ich musste samt Rübchens Rad erstmal in den Bunker unter der Brauerei, die das scheußlichste Bier braute, an dem ich je genippt hatte. Als endlich Entwarnung kam, fuhr ich schnell zu Mutti, die natürlich in großer Sorge um mich war. Ich konnte mich auch nicht lange aufhalten; denn Rübchen wollte ihr Rad

frühzeitig zurückhaben. Ich trat also kräftig in die Pedale, doch schon kurz vor Sudheim machte es quäk, und ich hatte einen *Platten*. Was tun? Bis Sudheim schieben und da nach einem freundlichen Menschen suchen! Ein Schmied wurde mir als sachverständig genannt. Der runzelte ein bisschen die Stirn: Ja, mein Fräulein, aber so ganz umsonst ist das nicht."
„Nein, natürlich, ich will Ihre Arbeit ja auch bezahlen!"
Der Schmied kratzte sich den Nacken:
„Na ja, Tabak wäre mir lieber!"
„Das ist kein Problem," sagte ich, „mein Vater ist in Holland. Wenn ich ihn bitte, schickt er mir Tabak, echt aus Brasilien, und nicht, wie hier, bloß aus dem Eichsfeld. Und dann bekommen Sie den Tabak. Ganz bestimmt! Ich verspreche es!"
Der Schmied glaubte mir wohl, vielleicht auch nicht so ganz. Jedenfalls erkannte er eine ehrliche Absicht. Er flickte den Reifen fachgerecht, und ich sauste von dannen. In Göttingen wurde ich von Mutter Ilse und Rübchen böse empfangen, schon deswegen, weil ich so spät kam. Als ich das Malheur beichtete, wurden sie erst recht sauer. Ich hätte Rübchens Rad kaputt gemacht. Bei näherer Besichtigung beruhigten sich die Gemüter. Alles war exzellent wieder hergestellt. Die Geschichte hatte dann noch ein happy end: Vater schickte ein dickes Paket Tabak, und der Schmied war glücklich.
In der Studentengemeinde gab es etliche recht interessante Leute, mit denen wir uns anfreundeten. Am Donnerstagabend nach der Bibelstunde bewegte sich ein ganzer Trupp vom Jakobigemeindesaal zur Junkernschenke. Dort saßen wir um einen großen runden Tisch, tranken das zeitgemäße dünne Bier und diskutierten theologisch und politisch. Abgesehen von den uns betreuenden und persönlich bekannten Professoren stand noch ein anderer im Zentrum unserer theologischen Erörterungen: Der Schweizer Theologe

Karl Barth, der der eigentliche spiritus rector der so genannten „Bekennenden Kirche" war. Deren Hauptaktionen hatten sich allerdings in einer Zeit abgespielt, in der wir noch Kinder waren. Sie waren hauptsächlich gegen die *Deutschen Christen* und gegen die *Reichskirche* gerichtet, hatten somit aber gleichzeitig politische Wirkung gehabt. Karl Barth selber hatte als Professor in Bonn den Eid auf Hitler verweigert und war in seine Schweizer Heimat zurückgekehrt, wo er als Professor in Basel wirkte, aber auch weiterhin auf die Theologie in Deutschland Einfluss nahm. Von großer Faszination war für uns sein Christozentrismus, der alles religiöse Pathos menschlicher Ideologien und religiös anmutende Verherrlichung menschlicher angeblicher Größen ausschloss. Schon von daher sahen wir den Nationalsozialismus immer kritischer. Hinzu kam die ständig zunehmende Einengung individueller Meinungsbildung. Eine intellektuelle Jugend kann man nicht in eine Diktatur pressen. Sie fordert freie Entfaltung der Persönlichkeit, die ihr allerdings, auch ohne Nationalsozialismus, von einer borniertehn Gesellschaft oft schwer genug gemacht wird. Diese nationalsozialistische Diktatur war allerdings der Gipfel der Borniertheit. Und wieso konnte man die Juden als unkultiviertes Volk abstempeln, hatten sie doch die Bibel, das Buch der Bücher, hervorgebracht, ein großartiges Kulturdenkmal. Das war in einer Zeit entstanden, als die angeblichen Prachtgermanen noch nicht einmal auf den sprichwörtlichen Bärenfellen lagen. Unsere europäische Kultur, wie sie sich erst so viel später entwickelt hatte, war ohne die Bibel gar nicht denkbar. So und ähnlich redeten wir. Wir hatten Glück, dass es keiner hörte, der es nicht hören sollte und durfte. – Wenn unser Trupp zu später Stunde die Junkernschenke verlassen musste, weil die schloss, bewegten wir uns weiter zur Albanikirche, standen da und diskutierten weiter. Schlug die Turmuhr dort Mitternacht, erschien pünktlich ein Polizist, der uns schon kannte. Milde lächelnd sagte er dann: „Wollen Sie bitte weiter gehen!"

Er hätte auch anders reagieren können; denn eine solche Volksansammlung aus eigener Initiative war natürlich verboten. Wir folgten seiner Aufforderung denn auch und gingen nach Hause. Der Hauptredner unter uns war ein winzig kleiner Mann, der eigentlich hatte Chirurg werden wollen. Da er aber zu klein war, um überhaupt auf den OP- Tisch gucken zu können, wechselte er zur Jurisprudenz. Er trug ständig einen riesengroßen Regenschirm bei sich, um seinen kleinen Körperwuchs zu kompensieren. Der Regenschirm diente ihm aber auch als Demonstrationsinstrument. Während er am Albaniplatz seine Reden schwang, fuchtelte er damit ständig in der Luft herum. Sein Vater war Diplomat: für welche Seite er eintrat, war nicht ganz deutlich. Jedenfalls wusste der Kleine immer einiges was wir nicht wussten, über die Konstellation der Mächte. Von Gräueltaten der Deutschen, wie sie uns nach dem Krieg erzählt wurden und heute nach 60 Jahren noch täglich vor Augen geführt werden, hat er uns nichts berichtet.

Der kleine Rosen, der im Walkemühlenweg im Nachbarhaus neben Karla wohnte, lud Karla und mich einmal zum Abendessen ein. Er wohnte im Vergleich zu uns geradezu fürstlich. In seinem großen Zimmer hatte er einen reichhaltigen Tisch gedeckt. Es gab die leckersten Sachen, die wir gar nicht mehr kannten. Woher er die hatte, blieb sein Geheimnis. Wir schwätzten bis tief in die Nacht, als um 3 Uhr plötzlich die Sirenen heulten. Fliegeralarm! Ich rannte wie besessen in die Hanssenstraße 18 zu Omi Groß. Die weinte schon: „Fräulein Rupperthal, Fräulein

Rupperthal, wo waren Sie bloß? Ohne Sie habe ich solche Angst!"
Es war auch zum Fürchten im Keller des kleinen Hauses, wenn die englischen Bomber darüber hinwegdröhnten. Aber Göttingen stand noch nicht auf ihrem Plan. Die Göttinger munkelten, die Engländer würden Göttingen verschonen. Das englische Haus *Hannover* (die Windsors) hätte dazu eine besondere Liebe. Als einmal eine Luftmine vor dem Stadthaus einen großen Krater riss, war das wohl ein Versehen. In den folgenden Semesterferien mussten wir das Vorphysicum ablegen. Außerdem machte ich mein Krankenpflegepraktikum diesmal in der Göttinger Frauenklinik auf der chirurgischen Station. Karla hatte das Glück, Blechschmidts Embryonen zählen zu dürfen. Das waren Halbtagsstellen. So konnten wir auch oft im theologischen Seminar sitzen und Karl Barths Bücher lesen. Das Seminar war damals in einem Seitenflügel des Auditoriengebäudes an der Weender Straße, die zu der Zeit *Straße der SA* hieß, untergebracht. Im Studentenjargon hieß und heißt die Straße übrigens schlichtweg *Professorenrennstrecke*. Meistens waren Karla und ich die einzigen Benutzer im Theologischen Seminar.
Als wir das Vorphysicum erfolgreich hinter uns gelassen hatten, fuhren wir an einem schönen Sonntag nach Sooden-Allendorf an der Werra, diesmal mit dem Zug, stiegen auf den Ahrenberg, setzten uns ins Gras mit Blick auf die Werra und diskutierten angeregt. Als es schon dunkelte, brachen wir endlich auf. Aber ach, großer Schreck, der letzte Zug nach Göttingen war schon abgefahren! Also mussten wir an Ort und Stelle ein Nachtquartier suchen. Im Finstern tappten wir von Hotel zu Hotel. Nirgends war ein Zimmer frei. Es handelte sich dabei kaum noch um Feriengäste. Vielmehr waren Ausgebombte in den Hotels

untergebracht. Mir kam ein Gedanke, der vielleicht die Rettung sein konnte. Im Sommer 1941 hatten Mutti und ich hier einmal die Ferien verbracht. Wir hatten in einer recht noblen Pension gewohnt. So ungefähr wusste ich noch die Richtung, um dahin zu gelangen. An den Mauern und Zäunen tasteten wir uns dahin und fanden auch wirklich das richtige Haus. Natürlich war auch das in völliges Dunkel gehüllt. Wir fanden die Türglocke und klingelten. Doch niemand öffnete. Die Besitzerin war eine vornehme alte Dame, schon damals im schneeweißen Haar. Ihr Name fiel mir ein, und ich rief laut:
„Fräulein Stiegler, Fräulein Stiegler!"
Da tat sich im ersten Stock ein Fenster auf, und es war tatsächlich Fräulein Stiegler, die da herausschaute und nach unserem Begehr fragte. Ich nannte meinen Namen, und sie erinnerte sich zum Glück an Mutti und mich. Kurz schilderte ich unsere Notlage.
„Na kommen Sie nur erstmal herein! Ich kann junge Mädchen ja nicht nachts auf der Straße stehen lassen."
Sie kam herunter und ließ uns ein. Da waren wir schon mal erleichtert.
„Ja, was machen wir nun?" überlegte die nette alte Dame.
„Das ganze Haus ist belegt. Aber, da gibt es doch eine Möglichkeit. Ein Ehepaar ist verreist. Es sind saubere Leute. Waschen Sie sich und schlüpfen einfach in die leeren Betten. Das merken die gar nicht, wenn sie zurückkommen!"
Wir waren erstaunt über soviel liberale Großzügigkeit. So was war wohl nur in der Kriegssituation möglich. Wir nahmen das Angebot natürlich gern an und schliefen einen unbekümmerten tiefen Schlaf. Am nächsten Morgen verabschiedeten wir uns mit großem Dank und fuhren mit dem Zug nach Göttingen. – Übrigens hatte die Stieglerische Pension eine sehr hoheitliche

Tradition. Die kaiserlichen Prinzen und Prinzessinnen hatten hier öfter ihre Ferien zugebracht. Ihre Bilder hingen an allen möglichen Plätzen an den Wänden. So eine Monarchie hat doch was zum Vorzeigen!

Karla in Hamburg 1941

Karla in Schwarzwald 1940

XI Kapitel

In Northeim hatte sich inzwischen einiges ereignet. Als die amerikanischen Truppen in der Normandie landeten, hatten die in Holland stationierten Deutschen die Flucht ergriffen. Mein Vater hatte wieder seine Soldatenuniform angezogen, deren er sich nach dem ersten Weltkrieg entledigt hatte, natürlich nicht dieselbe, aber eine analoge. Doch bevor er sich zur Kompanie begab, hatte er seine Sekretärin Anni van Beers in den letzten Zug nach Deutschland gesetzt und sie kurzerhand zu Mutti geschickt. Alle Holländer, die für die Deutschen gearbeitet hatten, wurden von den holländischen Landsleuten jetzt grimmig bestraft. Die jungen Mädchen wurden als *Moffengriet* beschimpft. Man schnitt ihnen die Haare ab und steckte sie ins Gefängnis. Davor wollte Vater die Anni bewahren. So erschien Anni denn eines Tages im Sommer 1944 bei Mutti und Tante Gustchen. Sie war nur wenig älter als ich, war nicht sehr hübsch, aber freundlich, lieb und nett. Man gewährte ihr gern Asyl. Als ich nach Hause kam, habe ich mich gleich mit ihr angefreundet. Sie hat mir sogar einen Freundschaftsring geschenkt. Allzu lange dauerte dieser Asylaufenthalt nicht. Anni hatte eine Schwester, die in Treysa mit einem Deutschen verheiratet war. Dahin ist sie dann übergesiedelt und noch etliche Jahre dort geblieben, bevor sie es wagen konnte, nach Holland zurückzukehren. Ihre Mutter, die für die Deutschen gekocht hatte, war dann auch endlich aus dem Gefängnis entlassen worden. Anni hat bald darauf geheiratet und noch viele Jahre mit meinen Eltern im brieflichen Kontakt gestanden. – Zunächst wussten wir überhaupt nicht, wo mein Vater sich aufhielt, und wenn Anni uns nicht so weit unterrichtet hätte, wäre uns überhaupt alles verborgen geblieben.

Der alte Onkel August starb im September, und gleich darauf verlobte sich Tante Gustchen. Das war ein wahrer Glücksfall, dass der benachbarte Besitzer einer Kohlenhandlung gerade Witwer geworden war. Sonst wäre es Tante Gustchen finanziell recht schlecht gegangen. Der Kohlenhändler hatte mit seinen Kohlen gute Geschäfte gemacht, besaß eine elegante Villa, war ein vornehmer, netter Herr, und man sah es ihm an, dass er *Kohle* hatte. Die Kohlen selber sah man ihm eigentlich nicht an. Er beschäftigte Leute! Tante Gustchen war hingerissen und über die Ohren verliebt. Am liebsten wäre sie gleich zu ihm gezogen. Doch er hielt auf Etikette. In ihrer Jugend war Tante Gustchen mit einem Theologen verlobt gewesen, der später ein berühmter Professor wurde und noch heute in der Fachwelt einen Namen hat. Die Verlobung war auseinander gegangen, weil die angehende Schwiegermutter so geizig war, dass sie ihrer zukünftigen Schwiegertochter bei Hunger nur ein Stück Würfelzucker gewährte. Nun pfiff das Gustchen auf den erlauchten Herrn Professor und fand den Kohlenhändler viel besser.
Für meine Mutti änderte sich nun auch einiges. Die große Wohnung in der ersten Etage wurde aufgegeben. Mutti bekam eine niedliche kleine Wohnung im Parterre des gleichen Hauses Güterbahnhofstr. 5. Vater und ich waren da auch mit gemeldet, und Gustchen wohnte bis zu ihrer Heirat im November 1944 bei Mutti zur Untermiete. Die kleine Wohnung bestand aus einem sehr geräumigen Wohnzimmer, einer angrenzenden so genannten Kammer, die bequem zwei Betten aufnahm, und einer kleinen Küche. Das Klo war eine Gemeinschaftseinrichtung. Aber das kannte man ja

schon. – Von Vater kam auch mal Feldpost, die nichts Näheres verriet.

Für uns Studenten begann das Wintersemester 1944/45 zunächst ganz harmlos. Der zweite Präparierkursus stand auf dem Plan. Diesmal waren die Eingeweide dran. Das war wesentlich interessanter als Muskeln, Nerven und Knochen. Hier konnte man geradezu chirurgische Übungen vortäuschen. Ein bisschen Frivolität war bei den männlichen Kommilitonen ausgebrochen. Sie wirkte ansteckend. Vielleicht kam man ohne die, als Mediziner, gar nicht aus. Man durfte sich nicht alles so unter die Haut gehen lassen. Was da so angestellt wurde, etwa bei Messung der Länge eines Darms o. ä., will ich lieber nicht schildern.
Karla und ich besuchten auch wieder eine theologische Vorlesung. Der Professor hieß Emanuel Hirsch; dem Namen wie dem Aussehen nach konnte man ihn für einen Juden halten. Aber die angeblichen Rassemerkmale stimmten sowieso nie. Mit der ganzen Rassenideologie konnten wir nichts anfangen. Hirsch galt im übrigen als Nazi und Deutscher Christ. Doch weder das eine noch das andere war der Grund seiner Beliebtheit unter den Studenten. Hirsch war einfach ein Genie, ein hervorragender Theologe und Redner. Dabei war er absolut blind. Er wurde in den Hörsaal hineingeführt, setzte sich auf das Katheder und hielt seine Vorträge auswendig. Ein bisschen liederlich sah er aus, hatte mal eine Bettfeder an seinem Anzug hängen. Man konnte sich vorstellen, dass er im Bett liegend seine Ausführungen vorbereitete. Er sprach über die „Geschichte der neueren evangelischen Theologie", schlug dabei große Bögen, bezog Philosophen und klassische Dichter in seine Darstellung ein. Es war ungemein spannend, ihm zuzuhören. So war der

Hörsaal denn auch gerammelt voll. Nicht nur alle Sitzplätze waren vergeben, sondern auch in den Gängen standen die Hörer dichtgedrängt.

Doch bald war es mit der Göttinger Idylle vorbei. Der Krieg holte uns auch da ein. Eines Tages wurden bedrohliche Warnungen für die Stadt ausgegeben. Mutti kam schon früh von Northeim zu mir. Sie wollte bei mir sein. Karla flüchtete erst auch einmal zu mir. Als dann die Sirene ertönte, liefen wir im Hochtempo in den nahen Wald. Der Keller hätte doch keinen Schutz bedeutet. Stundenlang gingen wir dann im Hainberg spazieren, ohne irgendetwas Verdächtiges zu sehen oder zu hören. Es gab da ein traditionsreiches Waldrestaurant, „Kaiser-Wilhelm-Park" genannt. Schließlich gingen wir dahinein. Es war in Betrieb, und wir aßen da zu Mittag. Inzwischen musste es wohl Entwarnung gegeben haben, denn wir sahen da den berühmten Physiker Professor Pohl, zu dessen Füßen Karla und ich auch gesessen hatten, mit seinen Assistenten seinen Geburtstag feiern. Wir gingen also in die Stadt hinunter. Bis dahin war nichts passiert. Da man dem Frieden aber nicht traute, beschlossen wir, für die Nacht nach Northeim zu fahren. Auf den Gedanken kamen auch viele andere. Seltsamerweise fuhr aber kein Zug. Also machten wir uns zu Fuß auf; die 20 Kilometer würden wir schon schaffen. Eine große Schar von Menschen bewegte sich auf der Landstraße dahin. Englische Fliegerpiloten berichteten später, dass es Churchill vorwiegend darum gegangen wäre, die deutsche Zivilbevölkerung zu vernichten. Sie hätten auf der Landstraße zwischen Göttingen und Northeim einfaches Spiel gehabt. Auf so schreckliche Gedanken Churchills sind wir gar nicht gekommen. Nun, in dieser Nacht passierte auch nichts. Wir kamen heil und müde in Northeim an und hatten einen schönen Marsch gemacht.

Die Ruhe war trügerisch. An einem Nachmittag saß ich mit Karla mal wieder im theologischen Seminar, als die Sirenen heulten. Wir und alle, die sich in dem Gebäude aufhielten, eilten in den Keller unter dem Auditorium. Der Keller war als Luftschutzkeller eingerichtet. Wir saßen auf langen Bänken und zitterten; denn jetzt wurde es ernst. Deutlich konnten wir die Bombeneinschläge hören. Das Auditorium blieb verschont. Als wir es endlich verlassen konnten, sahen wir auf der *Weender* überall nur Glasscherben. Das Gaswerk brannte. Schwer erwischt hatte es die Universitätsbibliothek. Eine Bombe war mitten durch den Lesesaal gegangen. Es hätte alles viel schlimmer sein können. Und natürlich kam es auch noch schlimmer. Dies war erst der Anfang. Groß war die Sorge um die verlorenen Buchbestände. Am nächsten Morgen beklagte Prof. Hermann Rein in der Physiologievorlesung heftig den Verlust wertvollsten alten Kulturgutes. Beim näheren Besehen war der Schaden, jedenfalls in dieser Richtung, nicht so groß. Die Bombe war in der Mitte zwischen den Büchern hindurchgegangen. Was in den Regalen stand, konnte gerettet werden.

Spätere Bombardierungen Göttingens haben wir dort nicht mehr miterlebt. Wir waren inzwischen im wahrsten Sinne des Wortes, „über alle Berge". Sehr plötzlich und unvermutet erhielten wir Medizinstudentinnen einen Einberufungsbefehl. Wir sollten Sanitätsdienstgrade der Wehrmacht ablösen, zunächst in den Heimatlazaretten, nach der Ausbildung dort in den Feldlazaretten. Tituliert war das Ganze als „Langfristiger Notdienst". Natürlich war das insofern blöd, als wir uns für April 1945 zum restlichen Physicum angemeldet hatten. Aber wir sahen ein, dass wir als Mädchen gegenüber den jungen Männern nicht lauter Privilegien in Anspruch nehmen konnten. Und, es war ja das Wenigste, war wir tun konnten, wenn wir diejenigen pflegten, die der Krieg übel zugerichtet hatte. Es war nach Stand der Dinge auch kaum anzunehmen, dass der Krieg noch lange dauern würde. Deutschland hatte ihn längst verloren. Die Wut auf die Durchhalteparolen wuchs. Was sollte das Durchhalten denn noch bringen? Immer nur noch mehr Tod und Verderben! Wunden heilen war das einzige Positive, das man für unser Vaterland noch tun konnte. Denn wir liebten unser Vaterland, wenn wir auch den Nationalsozialismus zunehmend ablehnten und in dem ganzen Geschehen apokalyptische Züge zu erkennen meinten. Hitler musste weg; aber mit den Feinden zu konspirieren, hätten wir als Verrat an Deutschland angesehen. Deutschland lieben und Ja zum Nationalsozialismus sagen – das war für uns zweierlei. Heute wird das oftmals nicht verstanden und alles in einen Topf geworfen.

Uns blieben nur wenige Tage, um unsere Zimmer zu räumen und unsere Sachen zu packen. Ich hatte da ein besonderes Problem. Ein Theologiestudent, den wir in der Studentengemeinde kennen gelernt hatten, wollte zum Wintersemester nach Tübingen wechseln und zum Sommersemester 1945 wieder zurückkommen. Er war schwer kriegsverletzt und nicht mehr fronttauglich. So durfte er studieren. Er bat mich, einen Teil seiner Bücher bei mir lassen zu dürfen. Wieso gerade bei mir? dachte ich. Doch ich willigte nach einem Gespräch mit Omi Groß ein. Aber nun musste dieser Student die Bücher ja auch bei mir abgeben, und ich durfte doch keinen Herrenbesuch empfangen. Also sagte ich ihm – Heinrich hieß er – er möge die Bücher Omi Groß in meiner Abwesenheit aushändigen. So geschah es denn auch. Als ich wieder in meine Bude kam, fand ich die Bücher ordentlich aufgestapelt in einer

Ecke und Omi Groß in heller Begeisterung über den netten Herrn. Der große blonde und blauäugige Westfale hatte die kleine Omi mit allem Charme, den er spielen lassen konnte, wenn er wollte, total eingewickelt.
„Fräulein Rupperthal, das ist ein netter Mensch. Den müssen Sie heiraten!" rief sie mir zu.
„Ja, der ist wirklich nett und so höflich!"
Nun hatte ich nicht die geringste Absicht, diesen Heinrich zu heiraten, und überhaupt lag mir der Gedanke an Heirat völlig fern. Aber was sollte mit den Büchern geschehen? Omi versprach, sie aufzuheben, und ich musste Heinrich in Tübingen benachrichtigen. Dazu kam ich im Moment nicht mehr. Das würde ich vom Lazarett aus tun, wenn ich erst einmal dort angekommen wäre.
Karla, Gerda, Erika und ich hielten uns zusammen und wurden auch alle vier ins Reservelazarett Celle beordert. Ich dachte: wie schön, dann habe ich es nicht so weit nach Hamburg zu meiner Oma! Vorher fuhr ich schnell noch einmal nach Northeim zu Mutti, die mich reichlich mit Proviant ausstattete. In Celle angekommen, fanden wir im angegebenen Lazarett eine Vielzahl von Studentinnen vor. Man sagte uns, dass wir da nicht gebraucht würden; aber für eine Nacht dürften wir bleiben. In einem großen Saal waren Notbetten aufgestellt. Da sollten wir schlafen. Am nächsten Morgen wurden wir vier nach Hannover beordert, um dort in einem Lazarett zu arbeiten. Also fuhren wir in der Morgenfrühe in einem ungeheizten Zug und ohne gefrühstückt zu haben, nach Hannover. Es war ein Sonntag. Die Stadt glich einem riesigen Geisterhaus. Am Bahnhof hatten wir uns nach der Richtung erkundigt, die wir einschlagen mussten. Zwei Stunden irrten wir durch die menschenleeren Straßen und sahen kein einziges heiles Haus. Zwischendurch setzten wir uns in einen Bunker und aßen die Brote von zu Hause. Dann

ging der Marsch weiter. Endlich erblickten wir von ferne ein heiles Haus, das die umherliegenden Trümmer überragte. Beim Näherkommen erkannten wir es als weniger heil. Es hatte weder Fenster noch Türen. Als wir eintraten, empfing uns widerlicher Gestank. Offenbar funktionierte die Kanalisation nicht. Kalt war es auch. Wir flüsterten uns zu: „Hier bleiben wir nicht!" Aber melden mussten wir uns schon. Die Stationsschwester war dick vermummt und schaute begreiflicherweise recht verdrießlich drein.

„Mir sind drei Studentinnen gemeldet, nicht vier. Eine ist zu viel!" sagte sie barsch. Darauf antworteten wir wie aus einem Mund: „Dann sind wir das nicht. Das sind andere!", machten auf dem Absatz kehrt und eilten davon. Irgendwann trafen wir einen Menschen, den wir nach der Rot-Kreuz-Zentrale fragen konnten.

„Die gibt es gar nicht mehr. Beim letzten Fliegerangriff ist sie draufgegangen," war die Auskunft. Der Herr wies uns den Weg zu einer Schule. Da würde eine Rot-Kreuz-Schwester Essen austeilen. Das war die Rettung. Schwester Josephine war schon relativ alt, mütterlich und warmherzig. Erstmal verabreichte sie uns eine warme Suppe, die uns gut tat. Dann stellte sie uns für unsere Rot-Kreuz-Dienststelle eine Bescheinigung aus, dass wir uns gemeldet hätten, unseren Dienst in Hannover aber nicht antreten können, da die einschlägigen Gebäude zerstört seien. – Nun mussten wir wieder nach Göttingen zurück. Um Fahrkarten zu erhalten, benötigten wir eine amtliche Bescheinigung. Die konnte uns Schwester Josephine selber nicht geben. Aber auch da wusste sie Rat. Der Ortsgruppenleiter der NSDAP hatte seinen Sitz auch in der Schule genommen, die anscheinend das einzige brauchbare Haus in der Gegend war. Er hatte sein Büro eine Etage höher.

Die gute Schwester eilte die Treppen hinauf und kam mit der notwendigen Bescheinigung wieder herunter. So waren wir nun wohl ausgestattet und gingen zum Bahnhof. Dort erhielten wir die Fahrkarten und die Auskunft, dass ein Zug nach Göttingen erst in etwa drei Stunden ginge. Neben dem Bahnhof funktionierte wunderbarerweise noch ein Kino. –welche Freude, dass wir in den Genuss eines Filmes gelangen konnten. Im Filmen war das Dritte Reich ganz groß! Heinz Rühmann und Zarah Leander waren die beliebtesten Stars. Ich weiß allerdings nicht mehr, was wir an jenem Tag sahen. Es waren wohl zu viele Ereignisse, um sich auch noch an den Film zu erinnern. Anschließend gingen wir zur NSV. Die funktionierte bis zuletzt, und immer gab es da was Gutes zu essen. Wir aßen uns also nochmals satt und fuhren mit dem Zug nach Göttingen. Dort kamen wir um Mitternacht an. Aber wohin nun? Unsere Zimmer hatten wir aufgegeben. Da fielen uns zwei Kommilitoninnen ein, die nicht eingezogen worden waren. Sie hatten gemeinsam eine kleine Dachwohnung und waren insofern privilegiert, als sie beide schon älter waren. Die eine war Kriegerwitwe. Die klingelten wir heraus. Eine schaute aus dem Fenster, sah uns vier da auf der Straße stehen:
„Wo kommt ihr denn her?"
Keiner will uns haben. Wir sind obdachlos und bitten um Nachtquartier!"
„Kommt rauf!"
Da gab es erstmal ein fröhliches *Gelage* mit allem, was der Kühlschrank zu bieten hatte. Wir waren ja mit allem zufrieden. Dann wurden die Nachtquartiere verteilt. Ich schlief mit Erika auf der Couch im Wohnzimmer, eine schlief in der Badewanne, die restlichen drei in zwei Betten. Wir schliefen wunderbar. Der Rest der Vorräte reichte dann auch noch für das Frühstück.

Wir mussten uns am nächsten Tag bei der Rot-Kreuz-Dienststelle melden. Die Leiterin, ein ältliches Fräulein, beschimpfte uns und glaubte uns unsere Odyssee nicht. Karla war nicht auf den Mund gefallen und beschwerte sich über die mangelnde Organisation, die man sonst in diesem Staat nicht gewohnt sei. Wir würden hin- und hergeschubst, ja geradezu misshandelt. Wir würden uns an höherer Stelle beschweren. Da wurde die „Geburtshelferkröte", wie wir die Dame freundlicher Weise heimlich nannten, ganz zahm. Sie hätte jetzt noch vier Stellen im Harz anzubieten. Allerdings könnten wir dann nicht zu viert zusammenbleiben. Das wollten wir aber. Nein, das ginge nun wirklich nicht, zwei sollten nach Ilsenburg, zwei nach Friedrichsbrunn. Da wir uns darüber nicht einigen konnten, ließ die Dame das Los entscheiden. So musste ich mit der Bochumer Gerda nach Ilsenburg. Diese Gerda kannte ich auch schon von Hamburg her, wo sie wie ich auch schon das erste Semester absolviert hatte. Sie war ein hübsches Mädchen, aber bei weitem nicht so intelligent wie Karla und streng katholisch. Dabei war sie allweil frohgemut, nahm es mit der Wahrheit und mit Mein und Dein nicht so genau. Man konnte ja alles beichten, und dann war die Sache wieder in Ordnung. Ihr Vater besaß eine Bierbrauerei, die bereits zerbombt war. Die Familie hatte sich im Keller des Hauses eingerichtet. – Ich machte noch schnell einen Abstecher nach Northeim zum Erstaunen von Mutti. Sie war aber froh, dass ich in den Harz sollte. Sie glaubte mich da sicherer. Gerade war sie bei der Weihnachtsbäckerei, und ich konnte mich mit dem bereits fertig gestellten reichlich bedienen. Mutti hatte sich in Northeim schon vielfach nützlich gemacht. Sie pflegte Kranke und betreute Kinder, deren es dort immer mehr gab, da die Eltern sie aus den Großstädten lieber zu Verwandten nach Northeim schickten. – Mit Proviant abermals gut versehen, stieg ich zu den anderen dreien in den nächsten Zug, der uns erst einmal bis Goslar brachte. Da saßen wir dann lange Zeit im Wartesaal, ließen uns von einem lustigen Tiroler, einem *Kamerad Schnürschuh* unterhalten und begleiteten ihn noch auf den Bahnsteig, als sein Zug kam. Zum Abschied stimmte er noch ein lang anhaltendes echtes Gejodel an, das wir noch so lange hörten, bis der Zug außer Sichtweite war. Endlich kam auch unser Zug angestampft. Es war Punkt 12 Mitternacht, als wir alle vier in Ilsenburg eintrafen. Man wies uns den Weg zum so genannten „Eisenbahnerheim", wo die Zentrale des Reservelazaretts ihren Sitz hatte. Wir gingen langsam die Straße bergan. Der volle Mond schien und warf ein gespenstisches Licht auf unseren Weg. Und wie von selbst fingen wir an zu singen: „Der Mond ist aufgegangen…". Wir sangen alle Strophen. „So sind wohl manche Sachen, die wir getrost belachen, weil unsere Augen sie nicht sehn…". Zum Belachen gab es zurzeit eigentlich nichts. Oder doch? Wir waren jung genug, um über unsere Odyssee zu lachen. Auf unser Klingeln an der verschlossenen Tür des Eisenbahnerheimes öffnete nach einer geraumen Weile ein verschlafen aussehender Sanitäter, offenbar durchaus nicht erfreut über den späten Damenbesuch. Wir verlangten energisch Nachtquartier, wir seien hier eingewiesen. Nach einigem Zögern führte er uns in einen großen Saal, in dem lauter Behandlungsliegen aufgereiht waren. Da durften wir von den mindestens 20 Liegen jeder eine aussuchen. Karla verlangte energisch Wolldecken und was zu essen. Gehorsam trottete der junge Sanitäter von dannen, brachte erst Wolldecken und suchte dann in der Küche nach etwas Genießbarem. Viel kam nicht dabei heraus. Speisekammer und Schränke waren natürlich abgeschlossen. Aber wir waren so hundemüde, dass wir

gleich einschliefen. Am nächsten Morgen fuhren Karla und Erika weiter nach Friedrichsbrunn. Gerda und ich warteten im Aufenthaltsraum auf das Erscheinen des Oberfeldarztes, den Leiter des Lazaretts, das nahezu alle ehemaligen Hotels Ilsenburgs umfasste. Er verspätete sich. Wir waren froh, gemütlich warm sitzen zu können, und studierten unsere mitgebrachten Anatomiebücher. Als wir endlich zu ihm beordert wurden, saßen wir einem äußerst charmanten Herrn, so Mitte 40, gegenüber. Er behandelte uns nicht nur kollegial, sondern so, als seien wir *First Ladies*. Wie wir später erfuhren, war er Junggeselle, aber bereits in festen Händen seiner um 20 Jahre jüngeren Sekretärin. Im Zivilberuf war er Praktischer Arzt in Magdeburg. Er begrüßte uns also sehr herzlich, versprach uns, dass wir als zukünftige Ärztinnen im Lazarett lernen und nicht dem übrigen Pflegepersonal gleichgesetzt werden sollten. Im sog. Schwesternheim sei ein kleines Zweibettzimmer mit einem Ofen. Das sollten wir beziehen, damit wir dort abends oder wenn wir frei hätten, ungestört arbeiten könnten. Nur sei das Zimmer im Moment noch von zwei anderen Medizinstudentinnen bewohnt. Die müssten aber zum Jahresanfang ins Feldlazarett übersiedeln.
„Ach was, " sagte er, „ich gebe Ihnen erstmal Weihnachtsurlaub. Nach Weihnachten, wenn Sie wiederkommen, ist das Zimmer frei!"
Wir bedankten uns herzlich und bekamen, als wir uns aus dem Dienstzimmer des hohen Herrn entfernt hatten, fast einen Lachkrampf. Das Leben war so herrlich bunt! An demselben Tag konnten wir nicht mehr fahren. Gerda musste immerhin ganz nach Bochum, und wenigstens wir zwei wollten nach Möglichkeit lange zusammenbleiben. Für die Nacht bot man uns ein kleines Zimmer mit zwei richtigen Betten an. Das haben wir genossen, und Muttis Weihnachtskeks mit Wonne

verzehrt. Wir fühlten uns wie im Himmel. Die halbe Nacht haben wir uns dumme Geschichten erzählt, bis wir vor Lachen einschliefen.
Am folgenden Tag überraschte ich Mutti abermals, durch mein unerwartetes Erscheinen. Sie hatte sich schon darauf eingestellt, Weihnachten allein verbringen zu müssen; denn Tante Gustchen im Nachbarhaus schwelgte in ihrem späten Eheglück über alle Maßen hinaus und hatte keinen Sinn mehr für ihre alte Freundin, die zurzeit ohne Ehemann dahinlebte und überhaupt nicht wusste, ob er noch irgendwo auf der Erde vorhanden war. Doch Mutti ließ es sich nicht verdrießen. Für alle ihre Schützlinge fabrizierte sie Pfefferkuchenhäuschen. Sie war reichlich beschäftigt. Nur ein Häuschen wollte ihr nicht recht gelingen. Es war für ein zuckerkrankes Kind bestimmt. Der Eischnee, der die anderen Häuschen zusammenhielt, durfte also keinen Zucker enthalten. So aber fiel das Häuschen immer wieder auseinander. Darüber kam ich hinzu und bemühte mich dann gleichfalls. Irgendwie haben wir es schließlich geschafft, das Häuschen zum Stehen zu bringen.

    Gleich nach Weihnachten wieder in Ilsenburg, wurde mir im „Blauen Stein" – so hieß das Hotel oben auf dem Berg – ein ganzer Saal verwundeter Soldaten zur Betreuung zugeteilt. Eigentlich war die Räumlichkeit ein großer Wintergarten gewesen, mit dünnem Dach und Dachpappe versehen. Eine Waschgelegenheit gab es da nicht. Aber die Zentralheizung funktionierte, und alles war heil und sauber, wenn auch nicht gerade steril. 25 Betten standen da in Reih und Glied, und die Verwundeten fühlten sich da ganz gemütlich, sofern die Verwundungen nicht allzu schwer waren. Sie wurden gut versorgt und hatten das Gefühl: für uns ist der Krieg zu ende. Der für den Blauen Stein zuständige Stabsarzt,

unser *Jupp*, sorgte schon dafür, dass keiner mehr an die Front musste. *Jupp*, der eigentlich Joseph hieß, stammte aus Würzburg, wo er eine Praxis als Allgemeinmediziner, eine Frau und zwei Kinder hatte. Er war ein hervorragender Arzt und ein sehr sympathischer, freundlicher Mensch und Vorgesetzter. Nur zwei Laster hatte er, das größere: er soff wie ein Loch; das kleinere: er war ein leidenschaftlicher Schachspieler. Im Übrigen war er sehr musikalisch und spielte gern Geige. Seine Dienstwohnung hatte er in einem kleinen Haus, direkt neben dem Blauen Stein. Mein Dienst auf der Station begann morgens um sieben Uhr und endete offiziell abends um 19 Uhr. Zwischendurch wurden die sehr reichhaltigen Mahlzeiten eingenommen. Dann ging es gleich weiter im Trapp: Nachttische säubern, Betten machen, Medizin verabreichen, Spritzen geben, Verbände wechseln, letzteres öfter täglich zweimal. Denn wir hatten keine Mullbinden mehr, sondern Papierbinden wie Klopapier, die bei stark nässenden Wunden durchsuppten. Nach getaner Arbeit auf der Station saßen wir so genannten „Schwestern" noch zusammen im Verbandszimmer, drehten Tupfer und legten Kompressen. Dabei amüsierten wir uns über mancherlei. Angelpunkt des Ulks war häufig die *Oberemma.*
Oberschwester Emma war eine Diakonisse, wohl die einzige voll ausgebildete Krankenschwester im ganzen Lazarett. Ihr unterstand das gesamte Pflegepersonal, meistens Eingezogene, und in Kurzkursen geschulte Rot-Kreuz-Helferinnen. Ob die Medizinstudentinnen, die ja für Sanitätsdienstgrade eingesetzt waren, ihr untertan zu sein hatten, war eine ständige Streitfrage. Nach unserer Meinung unterstanden wir dem Oberfeldarzt direkt, und das war auch seine Ansicht. Er schlug uns niemals einen Wunsch oder eine Bitte ab, wenn er nur irgend konnte. Er war eben ein äußerst liebenswürdiger

Chef. Die Oberemma dagegen sah sich vor allem verpflichtet, für unsere Moral zu sorgen. Sie war schon älteren Datums, grauhaarig mit strengem Mittelscheitel, darüber die weiße gefaltete Haube mit weißer Schleife unter dem Kinn, die Diakonissentracht mit Pelerine, damit man nur ja vom Busen nichts sah u.s.w. Sie hatte ihr Dienstzimmer ebenfalls im Eisenbahnerheim, neben dem des Oberfeldarztes. So schärfte sie uns immer wieder ein: Der Weg zum Oberfeldarzt führe nur über ihr Dienstzimmer. Natürlich boykottierten wir Medizinstudentinnen diese Anweisung, und dabei konnte uns gar nichts passieren, denn der Chef war ja auf unserer Seite. Es war ein ständiger amüsanter Krieg. Schwieriger war es im Schwesternheim. Das war eine ehemalige Pension mit mehreren kleinen Zimmern und einem einzigen Esssaal. Das Häuschen war für Sommergäste eingerichtet und jetzt im Winter zugig und kalt. Nur einmal in der Woche wurde der große Kachelofen im Saal geheizt. Dann war es da abends ein bisschen gemütlich. Uns machte das aber nicht viel aus. Wir waren eben ein *hartes Geschlecht*. Unangenehm war nur, dass die Oberemma ihr Domizil ebenfalls im Schwesternheim hatte. Sie schrieb uns vor, wann wir zu *Hause* das heißt im Schwesternheim sein sollten. Unmittelbar nach Dienstschluss hatten wir uns dahin zu begeben und unverzüglich zu Bett zu gehen. So gegen 10 Uhr leuchtete sie mit der Taschenlampe die Betten ab, ob auch alle vorschriftsmäßig darin lagen. Gegen dieses Ritual war selbst der Chefarzt machtlos. Natürlich bekamen Gerda und ich das versprochene Zweierzimmer im Dachgeschoß nicht. Das blieb leer. Es hätte sich der Kontrolle auch allzu leicht entziehen können. Gerda und ich wurden auch erstmal getrennt. Ich bekam in einem Dreierzimmer, im Parterre ein Bett zugewiesen, Gerda eins in einem Dreierzimmer in der ersten Etage. Meine beiden Stubengenossinnen kannte

ich nicht und hatte auch sonst keinen Kontakt mit ihnen. Ein besonderer Luxus war für mich, dass ich ein Nachtschränkchen neben dem Bett hatte. Darauf legte ich meine Bibel, ein Geschenk des Göttinger Superintendenten. Über drei Bücher verfügte ich bereits wieder: über eben diese Bibel, über Goethes *Faust* in Kleinformat und über Nietzsches *Zarathustra*, abgesehen vom Anatomiebuch. Die Oberemma entdeckte sofort die Bibel und war entzückt:
„Mein liebes Kind, kommen Sie doch abends noch ein Weilchen zu mir in mein Zimmer, damit wir zusammen die Bibel lesen. "
Darauf ging ich zunächst freudig ein. Natürlich war mir klar, dass ich keine Bibelstunde erwarten konnte wie in der Göttinger Studentengemeinde; aber vielleicht so ähnlich wie bei Tante Ida im Mädchenbibelkreis. Aber dann fiel ich in Entsetzen. Die Oberemma erklärte mir, dass man als Christ nur die Bibel lesen dürfe, und niemals ein anderes Buch. *Bücherlesen* sei Sünde.
„Aber dann wäre man ja ganz ungebildet, Schwester Emma. Schon auf dem Gymnasium muss man viele Bücher lesen. Und bei uns früher zu Hause hat es sehr viele Bücher gegeben. Die Klassiker muss man doch wenigstens gelesen haben. An billigen, primitiven Romanen bin ich sowieso nicht interessiert."
Die Oberemma schüttelte nur heftig den Kopf über soviel unchristliches Treiben. Wir konnten uns nicht einigen. Dann schlugen wir die Bibel auf. Die Seligpreisungen wollte die Oberemma mit mir lesen, Matth. 5. Da stand es ja:
„Selig sind, die da geistlich arm sind!"
Das bestätigte doch ihre Meinung. Das sei anders zu verstehen, beharrte ich. Nach einem zweiten kläglichen Versuch einer gemeinsamen Bibelstunde bat ich die Oberemma, mich fortan zu dispensieren. Um mein Seelenheil besorgt, gab sie auf.

Ich erbat mir auch ein anderes Zimmer mit mehr möglichen Kontakten. Das erhielt ich auch. Vor ein Zweierbett wurde ein ziemlich wackeliges Feldbett gestellt, das mir künftig als Lagerstatt diente. Auf den Nachttisch verzichtete ich gern. Meine Stubengenossinnen waren lustig. Die eine war sogar schon verheiratet. Eine Verbindungstür führte zu dem Raum, den Gerda mit zwei anderen teilte. Gerda und ich, an freies Studentenleben gewöhnt, sahen nicht ein, dass wir abends um 10 im Bett zu liegen hatten. Gerda machte schnell hier und da Bekanntschaften. Sie war eben eine Rheinländerin. Und wenn sie ausgehen wollte, dann tat sie es auch. Ich entdeckte bald, dass es viel angenehmer sei, im Blauen Stein im Verbandszimmer auf der Liege zu schlafen, als im Schwesternheim. Einmal machten Gerda und ich in einer Mondnacht einen Ausflug auf den Burgberg. Das war so romantisch. Wir entdeckten einen kleinen Pavillon, ursprünglich wohl ein Liebesnest. Die Einrichtung fehlte; aber an der Wand hing ein zierliches Schneeglöckchenbild, das uns wie eine Verheißung auf den baldigen Frühling vorkam. Gerda sagte:
„Das nehme ich mit!" Ich hatte was dagegen:
„Das kannst du doch nicht einfach klauen!"
„Ach was, wem gehört denn das? Merkt ja auch keiner", und schon war das Bild in ihrer Manteltasche verschwunden. Ein großes Spektakel gab es, als die verheiratete junge Frau in meinem Zimmer erfuhr, ihr Ehemann habe Fronturlaub und sei in Ilsenburg, woher er stammte. Er verlange, dass seine Frau unverzüglich zu ihm übersiedelte, weg aus dem Schwesternheim. Das fanden alle selbstverständlich, nur die Oberemma nicht. So was sei gegen die vorgeschriebene Ordnung. Alle Schwestern hätten im Schwesternheim zu übernachten. Die junge Frau weinte, wir redeten ihr zu, sie solle sich das nicht gefallen lassen. Dabei konnte

man sich das Lachen über die altjüngferliche Oberemma natürlich nicht verkneifen. Der junge Ehemann wandte sich unverzüglich an den Oberfeldarzt, der sofort eingriff und die Oberemma gründlich zur Schnecke machte. Sie war ratlos, was war denn das für eine Moral???

1944 in Ilsenburg

Ich bin der Zeit vorausgeeilt und muss sie noch einmal zurückschrauben. Als Gerda und ich in Ilsenburg ankamen, war das Jahr 1944 in wenigen Tagen zu ende. Man ging auf Silvester und Neujahr zu. Ich hatte mich im Blauen Stein schnell mit den anderen dort Arbeitenden arrangiert, sowohl mit dem Stabsarzt, als auch mit der netten Laborantin wie mit dem Pflegepersonal. Sie wollten Silvester groß feiern. Heute würde man wohl fragen, was es so von 1944 auf 1945 eigentlich noch zu feiern gab? Doch wir hatten gelernt, jede geschenkte Stunde zu genießen. Der Stabsarzt lud uns alle zum Abendessen in seine Wohnung ein. In seinem Wohnzimmer richteten wir einen langen Tisch festlich her – mit wenig Geschirr und vielen Gläsern. Zu essen sollte es Heringssalat geben. Wichtiger waren die Getränke. Von der Marketenderei erhielt jeder Lazarettinsasse eine Flasche Rotwein und eine Flasche Ingwerschnaps – auch die Patienten. Das war schon mal was. Mit dem 100%igen Alkohol aus dem Labor, Kakao und Eiern, stellten wir verschiedene Liköre her. Irgendwie, irgendwo tauchten dann auch noch Wein und Sekt auf. Als die Feier beginnen sollte und wir schon alle um den Tisch saßen, fehlte unser *Jupp*. Die Laborantin, die mit ihrer Schwester in der Etage darüber wohnte, ahnte das Richtige. Er hatte natürlich schon mal vorgefeiert – mit den anderen trinkfreudigen Ärzten. Endlich kam er fröhlich angesungen. Bei Tisch saß er mir direkt gegenüber. Der Heringssalat schuf erstmal eine Grundlage. Doch dann folgte ein gar zu fideles Trinkfest. Unser Jupp hatte schnell sein Commersbuch zur Hand und feierte so richtig „alte Burschenherrlichkeit", und der ganze Chor von Weibsen sang und feierte mit: „Gaudeamus igitur..." u.s.w. Das ging so eine ganze Weile, bis auf einmal unsere Laborantin, Lieselotte mit Namen, zur Seite kippte. Sie saß neben dem Stabsarzt, fiel mit dem Kopf an seine Brust und schlief da selig ein. Unsern Jupp verdross das nicht. Er sang und trank immer weiter, bis er nur noch lallte. Alle verstummten schließlich. Einigen wurde übel. Ich hatte alles mitgetrunken und war stocknüchtern geblieben. Ebenso die Schwester der Laborantin Gisela. Wir waren eben zu einem harten Geschlecht erzogen. Gisela und ich gingen nach draußen, gingen spazieren und atmeten tief die frische Luft ein. Gisela war ein bildhübsches Mädchen, nur leider fehlte ihr ein Bein. Das hatten ihr die Amerikaner bei einem Luftangriff auf Münster abgerissen. Das Warnsystem hatte wohl nicht rechtzeitig funktioniert, so dass die Weltverbesserer auch auf einem Spielplatz sich tummelnde Kinder als Zielscheibe benutzen konnten. Gisela war wirklich vom harten Geschlecht. Ihre meisterhaft angefertigte Prothese ließ sie lieber in der Ecke stehen. Die ganzen Riemen und Schnüre drückten auch all zu sehr auf den Magen. Mit ihren zwei Krücken bewegte sie sich schneller fort, als ein durchschnittlicher Fußgänger. Sie hatte es mit zäher Energie sogar fertig gebracht, auf den uns geradezu ins Fenster schauenden Brocken zu steigen.

Als Gisela und ich wieder in die Stube des Stabsarztes kamen, geboten wir dem Gelage Einhalt. Schwester Hilde, die älteste von uns und quasi Stationsschwester, war wieder zu sich gekommen. Wir räumten den Tisch ab, wuschen Geschirr und Gläser und jagten die halben Schnapsleichen nach Hause, d.h. ins Schwesternheim. Irgendwie müssen sie da angekommen sein. Immerhin musste man etwa 20 Minuten durch den dunklen Wald gehen. Mit dem Stabsarzt hatten wir unsere Probleme. Hilde und ich zerrten ihn vom Stuhl, schleppten ihn in sein Schlafzimmer, schmissen ihn ins Bett, Decke drüber. An jeder Seite zog eine von uns ihm einen Schaftstiefel aus. Während wir noch aufräumten, hörten wir ihn singen: „Gähnend wälzte sich im Bette Kurfürst Friedrich von der Pfalz. Gegen alle Etikette brüllte er aus vollem Hals: Wie kam gestern ich ins Nest, fallera? Bin scheint`s wieder voll gewest, fallera!" Da war er also wieder bei seinem Commersbuch, das er offenbar auswendig wusste. Und schon stand er in der Tür zum Wohnzimmer und verlangte was zu trinken. Wir hatten die übrig gebliebenen vollen Flaschen gut versteckt, er fand sie nicht. Wieder zerrten wir ihn ins Bett. Da gab er auf und sang: „Stille Nacht, heilige Nacht!" Bei diesem friedlichen Lied schlief er ein. Wir hörten ihn schnarchen und stahlen uns davon.

Ich hatte am darauf folgenden Feiertag Stationsdienst, ich, ganz allein. Die zwei Stunden, die mir noch zum Schlafen blieben, verbrachte ich auf dem Sofa in der Wohnung von Lieselotte und Gisela. Ich war aber so aufgedreht, dass ich gar nicht schlafen konnte. Punkt sieben trat ich in den Saal und wurde von meinen Patienten im Chor mit einem fröhlichen „Prosit Neujahr, Schwester Anneliese!" begrüßt. Dann musste ich mit jedem von Bett zu Bett anstoßen. Sie hatten ja alle Rotwein und Ingwerschnaps. Ein bisschen komisch war mir schon zumute; aber ich habe die Prozedur heil überstanden. – Gegen Mittag erschien der Stabsarzt, nüchtern, ausgeschlafen, aber mit Brummschädel. Energisch sagte er zu mir: „Schwester Anneliese, ich muss Sie mal sprechen!"
„Ja, bitte, Herr Stabsarzt!?"
„Also", beschwerte er sich, „ich weiß von heute Nacht nichts mehr. Nur Ihre Augen, die haben mich noch im Schlaf verfolgt. Sie können ja vorwurfsvoll gucken! Habe ich mich denn so schlecht benommen?"
„Nun ja", lachte ich, „Sie waren ganz schön blau!"

„So, und Sie waren offenbar völlig nüchtern. Was haben Sie bloß für Augen!" Ich war mir gar nicht bewusst, so strafende Augen zu haben.
„Aber das verspreche ich Ihnen, Schwester Anneliese, ich mache Sie mal so betrunken, dass Sie vor mir niederknien und sagen: Lieber Ofen, ich bete Dich an!"
„Das wird Ihnen bestimmt nicht gelingen, Herr Stabsarzt!" lachte ich.
Die Arbeit nahm ihren Lauf. Eines Tages erging der Befehl, wir sollten unsere Verwundeten morgens jeweils mit „Heil Hitler" begrüßen. Ob denen wohl danach zumute war, dachte ich bei mir. Ich mache mal den Test. Die Gegenantwort war eisiges Schweigen. Ich lachte und sagte:
„Guten Morgen, Jungs!" Da kam wie aus einem Mund der ganze Chor:
„Guten Morgen, Schwester Anneliese!" Einer der Verwundeten, Schigulla hieß er, hatte schon seine Quetschkommode bereit:
„Was soll ich spielen?"
„Einen Wiener Walzer! Dann geht die Arbeit schneller voran!"
Und schon ertönte die „schöne blaue Donau". Heil wünschen – das bedeutete für alle die Bitte um ein baldiges Kriegsende. – Die Fronten rückten von beiden Seiten näher. Wir hatten wahnsinnige Angst vor den Russen. An der Ostfront funktionierten die Feldlazarette zum Teil nicht mehr. Man brachte die Verwundeten direkt zu uns, in verschlissenen, verdreckten blutigen und verlausten Uniformen, die Wunden nur oberflächlich verbunden. Einmal kam ein ganzer Schub von 33 jungen Männern. Man stellte sie erst einmal auf Tragen in den Korridoren ab. Die Sanitäter zogen sie aus und verbrannten die Kleidung im Hof. Oh, welch ein Gestank! Im Blauen Stein gab es ein einziges Badezimmer mit einer altväterischen vierbeinigen

Badewanne und einem Kohlebadeofen. Alle 33 Verwundeten mussten nun nacheinander zur Reinigung in diese Badewanne befördert werden. Einige konnten gehen und kamen nackedei hereinspaziert, andere mussten von den Sanitätern getragen werden. Natürlich schaffte der alte Badeofen es nicht, so viel Wasser zu erhitzen. Die Sanitäter brachten das frische heiße Wasser jeweils eimerweise aus der Küche hoch. Ich fand, dass das für die Sanitäter eine sehr angemessene Beschäftigung war; denn meistens lungerten sie nur rum, und überließen uns die Arbeit. Ich stand stundenlang über den Badewannenrand gebeugt, badete, wusch und entlauste 30 Soldaten hintereinander. Schwester Hilde fiel dann die Aufgabe zu, die Wunden zu verbinden, während ich die Wanne für das nächste Badebaby reinigte. Das Entlausungsmittel Cuprex verströmte einen widerlichen Duft. Vermischt mit den anderen Gerüchen und dem Badedunst entstand eine Luft, die mich in etwa an den Affenkäfig bei Hagenbeck erinnerte, in den Vater mich zum Test auf meine Medizinerfähigkeit gesperrt hatte. Wie damals so bestand ich auch jetzt die Prüfung. Erst nach dem 30. Badevergnügen bat ich um Ablösung. Jahre später erzählte ich meiner amerikanischen Tante die Geschichte. Entsetzt sah sie mich an und sagte: „Und das hatte deine Mutter erlaubt?!"
Meine liebe Tante war recht schön naiv und typisch amerikanisch- moralisch fromm. Wer hätte wohl meine Mutter gefragt? Und wenn – Mutti hatte selbst im ersten Weltkrieg als Krankenschwester auf der Männerstation gearbeitet und kannte ähnliche Notwendigkeiten. Ein anderes Mal wurde ich anlässlich dieser Story nach erotischen Gefühlen gefragt! Na, wenn ich die damals überhaupt schon gehabt hätte, wären sie mir bestimmt vergangen.

So was gehört überhaupt nicht in Medizin und Krankenpflege.
Während unserer Badeprozedur hatten die anderen Schwestern die Betten für die Neuankömmlinge hergerichtet. Als ich in den Saal kam, sah ich viele erleichterte Gesichter aus der sauberen Wäsche hervorlugen. „Hallo, Schwester Bademeisterin!" rief einer der Patienten. Andere stimmten in diesen Ruf ein. Den Namen hatte ich nun auf Dauer. Der eine Saal reichte nicht mehr aus, um alle Verwundeten aufzunehmen. Der Speise- und Aufenthaltssaal musste geopfert und ebenfalls mit Betten bestellt werden. Damit auch noch nicht genug. An der Wand mussten Luftschutzbetten, also zwei übereinander, benutzt werden. – Wenn man die Verwundeten im Oberbett verbinden wollte, musste man auf das untere Bett steigen. Die Mode sah Röcke bis zum Knie vor, und natürlich hatten wir jungen Mädchen unsere blau- weißgestreiften Schwesternkleider mit entsprechenden Säumen versehen – zunächst jedenfalls. Aber da kannten wir die Vorstellungen der Oberemma noch nicht hinreichend. Sie hatte uns eines Tages alle antreten lassen und unsere Röcke mit dem Zollstock gemessen. Selbstverständlich hatte sie alle Röcke als zu kurz befunden und eine gehörige Verlängerung angeordnet. Die Aktion lag schon eine Weile zurück. Nun erwies sie sich ganz nützlich. Meine Verwundeten verhielten sich überhaupt sehr anständig. Nachdem ich gleich anfangs klargestellt hatte, dass ich bei aller Freundlichkeit auf gewisse Grenzen Wert lege, richteten sie sich danach. Von den Neuankömmlingen wollte mal einer zudringlich werden. Da bekam er von der älteren Belegschaft eine richtige Zurechtweisung zu hören. Was den einen nicht erlaubt war, sollte den anderen auch nicht gestattet sein. Nun gut! Die Hauptsache war, dass ich in gewisser Hinsicht meine Ruhe hatte. Arbeit gab es mehr als

genug. Das erkannten alle an. Ich hatte nämlich jetzt beide Säle zu betreuen. Die Patienten, die schon aufstehen konnten, halfen mir, wo sie nur konnten. Einer schob mir immer den Verbandswagen nach, einer sorgte für frisches Wasser mit Sagrotan zum Händewaschen. Andere waren um meine Ernährung besorgt. Die Lazarette waren mit Lebensmitteln immer noch gut ausgestattet. Für die Patienten war manches reserviert, was das Pflegepersonal nicht bekam. So erhielten unsere Verwundeten zu ihrer Stärkung jeden Nachmittag Kakao zu trinken. Die Schwerverwundeten wurden sogar mit Sahne und verquirltem Ei aufgepäppelt. Meine treuen Adlaten fanden, dass ich auch gestärkt werden müsste. Sie verzichteten selbst auf den Kakao, erklärten auch einigen anderen, dass sie den Kakao gar nicht so nötig hätten wie ich und versteckten die eingesammelten Tassen auf einem Tisch hinter einem vorgerückten Spint. Dann hörte ich von meinen Jungs den Befehl, mich hinter den Spint zu begeben zwecks Kakaopause. Ich gehorchte auch willig. Der Kakao war verlockend und belebend, und die Jungs freuten sich darüber, dass ich mich freute.

An ein mir etwas peinliches Erlebnis erinnere ich mich auch sehr gut. Der Stabsarzt machte in den Sälen Visite, nur mit mir im Gefolge. Unter den Neuankömmlingen war ein junger Mann mit Rippenfellentzündung. Er lag da immer sehr still und blass, sah mit seinem Lockenkopf aber sehr niedlich aus. Ich hatte ihm täglich den Rücken einzureiben. Wenn er an der Reihe war, hatte er sein Hemd immer schon ausgezogen, und während ich mich den nächsten Patienten zuwandte, zog er es sich selbst wieder an. Bei mir ging alles so ziemlich im Laufschritt. Als der Stabsarzt den Patienten nun gründlich abhorchte, fiel sein Blick auf das ausgezogene Hemd. Da rief er entsetzt:

„Schwester Anneliese, gucken Sie sich das an! Das ganze Hemd marschiert!" Jetzt sah ich das auch. Meine Entlausungsaktion hatte in diesem Fall nicht funktioniert. Die Läuse hatten in den Locken gute Verstecke gehabt und hatten sich lustig vermehrt. Der Stabsarzt entschied:
„Die Locken müssen abgeschnitten werden!"
So wurde unser verlauster junger Mann nach Hemd und Bettzeugwechsel zum unserm Hausfrisör namens Töppich befördert. Töppich war ein längst genesener Verwundeter, der in einem kleinen Zimmer im ersten Stock seinem wohl erlernten Friseurgewerbe nachging. Wie bei allen anderen sorgte der Stabsarzt dafür, dass er nicht wieder an die Front musste. Dieser edle Figaro war bei uns auch unentbehrlich, sowohl als Friseur, als auch als Spaßvogel. Mit Wonne schnitt er Locken samt Läusen und Nissen ab, drohte dann, uns mit den abgeschnittenen bevölkerten Haaren zu bewerfen. Quietschend liefen wir davon. – Abends nach Dienstschluss untersuchten wir Schwestern uns gegenseitig nach Mitbewohnern. Die meisten hatte es irgendwann erwischt, Sie konnten es aus Eitelkeit ja auch nicht lassen, schöne Schmachtlocken unter der Haube vorschauen zu lassen. Ich habe niemals Läuse bekommen. Meine Haare waren glatt, und im Dienst ließ ich sie ganz unter der Haube verschwinden. – So hilfreich meine freiwilligen Adjutanten waren – bei der Behandlung eines Patienten ließen mich alle im Stich. – Unter den Neuankömmlingen waren zwei Russlandkämpfer mit erfrorenen Füßen. Beide wurden zunächst gleich behandelt. Bei dem einen wirkte der sterilisierende Puder, der ihm mit sterilen Gazestreifen zwischen die Zehen und auf die Füße gelegt wurde, sehr schnell und er genas. Bei dem anderen dagegen verschlimmerte sich der Zustand trotz intensivster Pflege. Ich arbeitete mit steriler Kornzange, sterilen

Pinzetten, um die heilenden Gazestreifen anzulegen, nachdem die Füße vorher in übermangansaurem Kali gebadet waren. Nach dem Bad und dem Anlegen der neuen Verbände hatte der arme Mann etwas Linderung seiner Schmerzen. Trotzdem – die Zehen wurden schwarz, und ich hatte jedes Mal Angst, wenn ich die Verbände aufwickelte. Ich machte das alleine. Nur hätte ich jemanden gebraucht, der das Bein beim Verbinden hoch hielt. Aber da liefen alle meine Helfer weg, auch die Sanitäter erwiesen sich nicht als Vertreter des starken Geschlechts. Schließlich stützte ich das Bein mit Kissen ab.

Über die Befunde bei meinen Verwundeten musste ich Krankenberichte schreiben. Einen Abend hatte ich noch bis 11 Uhr daran gesessen. Es war Anfang März. Mir wurde sehr seltsam zumute. Ich dachte, ich wäre wohl etwas überarbeitet, legte mich schlafen in der Meinung, die Berichte am nächsten Morgen fertig zu machen. Als ich früh erwachte, hatte ich das Gefühl, mein Hals sei zugeschnürt. Ich tippte gleich auf Diphterie, brachte den Rest der Krankenberichte aber noch zustande. Dann bat ich den Stabsarzt, mir einmal in den Hals zu gucken. Er erschrak heftig, brachte mich ins Badezimmer, wo auch eine Liege stand. Dort bettete er mich erstmal, maß Fieber: 39,5, machte einen Abstrich und verschwand damit ins Labor. Ich döste vor mich hin, ich weiß nicht, wie lange. Endlich erschien der Stabsarzt wieder und setzte sich erstmal auf den Rand meiner geschichtsträchtigen Badewanne. Wie aus weiter Ferne hörte ich seine Stimme:

„Zwei Nachrichten, Schwester Anneliese. Der Abstrich ist positiv. Sie haben Diphterie. Aber das hat auch etwas Gutes. Soeben kam ein Telefonanruf von der Wehrmacht, Sanitätsabteilung: Sie sollen sich unverzüglich nach Wien in Marsch setzen und dort die Leitung des Labors im Feldlazarett übernehmen. Ich

konnte denen das gerade herausgekommene Ergebnis des Abstrichs melden. Daraufhin haben Sie drei Wochen Aufschub des Marschbefehls erhalten. Schwester Anneliese, das ist die Rettung! Die Russen stehen vor Wien. In drei Wochen ist der Krieg vorbei! Sie bekommen jetzt erst einmal zwei Spritzen eines neu entwickelten Serums gegen Diphterie." Gleich darauf erhielt ich in jeder Hinterbacke, also intramuskulär, eine riesige Spritze. Innerhalb von drei Tagen sollte das Serum seine Wirksamkeit beweisen.
Zunächst war die Frage: wohin mit mir? Schließlich bestand höchste Ansteckungsgefahr. Der Stabsarzt telefonierte hin und her. Dann wurde ich ins Eisenbahnheim beordert. Eine junge Schwester wurde mir zur Begleitung mitgegeben. Bis zum Ziel ging es noch etwa eine halbe Stunde durch den dick verschneiten Wald. Ich tappte dahin wie im Trance und merkte selbst nicht, dass ich mich bewegte. Im Eisenbahnheim sackte ich bei der Oberemma auf einen Stuhl. Sie drückte, sie küsste mich, bedauerte mich: „Mein armes Kind!" Das war wohl nicht gerade sehr fachmännisch und auch nicht fachfraulich. Der mich begleitenden Schwester erklärte sie dann, dass sie dort leider auch keinen Platz für mich hätten. Sie solle mich ins Schwesternheim bringen. Da fiel ich in mein wackeliges Feldbett und wusste erst einmal nichts mehr von mir. Doch ich wurde wieder hochgezottelt und es ging zurück zum Blauen Stein, wie eigentlich – das weiß ich nicht. Ein Vehikel hatte niemand zur Verfügung – außer Fahrrädern. Also gab es nur noch die Füße. Inzwischen hatte der Stabsarzt Ordnung geschaffen. Da war ein kleines Zweibettzimmer, das von den privilegierten *Uschas* belegt war, d.h. von Unterscharführern der Waffen-SS, die keiner leiden mochte. Die mussten das Zimmer räumen und mit Lagerstätten zwischen den anderen vorlieb nehmen. In

dem einen frischbezogenen und wohlgepolsterten Bett durfte ich mich nun endlich zur Ruhe begeben. Drei Tage schwebte ich zwischen Tod und Leben, das Fieber nahm bedenkliche Höhen an, und ich konnte nichts anderes denken, als dass mir gleich der Kopf platzen würde. Der Stabsarzt war in höchster Sorge und benachrichtigte meine Mutter telefonisch. Das hätte er nicht tun sollen. Er hatte sie nur in Ängste versetzt, und sie konnte nichts tun. Die Oberemma erschien, bedauerte mich wieder unendlich und lieh mir ihr seidenes Nachthemd, natürlich zugeknöpft bis oben hin. Ich konnte das alles gar nicht richtig wahrnehmen. Auch der Oberfeldarzt erschien und stellte klar, dass ich von Rechts wegen seine Patientin sei und nicht die des Stabsarztes. Im Moment war es mir unmöglich zu lachen. Offenkundig befand der liebe Gott, dass er auf der Erde noch Verwendung für mich hätte. Nach drei Tagen und Nächten sank das Fieber plötzlich. Mein Kopf wurde klar und der Hals war frei. Ich fühlte mich auf einmal pudelwohl und hatte die Absicht, meinen Dienst wieder anzutreten. Der Stabsarzt strahlte, verordnete aber weiter Bettruhe und drei Wochen Stubenarrest. Als Mutti besorgt anrief, teilte er ihr mit, dass ich wohlauf und die Gefahr überstanden sei. Alle meine Patienten erfuhren das, und auf die lustigste Weise wurde mir freudige Anteilnahme gezeigt. Eines Tages klopfte es an der Tür. Ich rief: „Herein!", obwohl außer dem Arzt und der Schwester eigentlich niemand herein durfte. Die Tür öffnete sich und im Türrahmen erschienen zwei Männer im Arztkittel. Ich musste erst zweimal hingucken, bevor ich zwei meiner Patienten erkannte. Sie hielten ein großes Paket, in eine weiße Serviette eingedreht, in der Hand. Alles sah sehr steril aus. Dann drehten sie die Serviette auf – und heraus kamen Bücher. Sie hatten sie für mich gesammelt, damit ich Lesestoff hatte. Den brauchte ich auch dringend. Es

waren gute Bücher: Rainer Maria Rilke, Jean Paul – die sind mir noch in Erinnerung. Aber es waren auch noch etliche andere. Man hatte sich ja geradezu bemüht, die ansteckende gefährliche Krankheit weiter auszubreiten, indem man mich im schlimmsten Stadium überall herumschickte. Aber sie blieb auf den *Blauen Stein* beschränkt. Der allerdings wurde erst einmal total unter Quarantäne gestellt. Schwester Hilde erkrankte ebenfalls und wurde zu mir ins Zimmer gelegt. Jedenfalls hatte ich für einige Zeit ihre Gesellschaft, die recht angenehm war. Ihr Hausarrest dauerte dann aber nicht so lange. Schließlich war ich wieder allein. Der Frühling hielt ungeachtet des Krieges seinen Einzug. Eine warme Märzsonne ließ den Schnee schnell schmelzen, erwärmte die Erde und ließ das Grün aus ihr hervorsprießen. Unter meinem Fenster dehnte sich der Wald aus. Da hörte ich oft den Ruf: „Schwester Anneliese, gucken sie doch mal!" Ja, da unten lagen meine Jungs im Frühlingsgras und winkten: „Kommen Sie bald wieder!?" – Die Oberemma besuchte mich auch wieder. Sie sei in großer Sorge um uns jungen Mädchen und überlege, ob sie uns nicht hinter die Front der Amerikaner schmuggeln könne, damit wir den Russen nicht zum Opfer fielen. Jungfrau sei bei der derzeitigen Jugend ja doch keine mehr. Das gebe es wohl gar nicht.
– Ich fuhr dazwischen:
„Doch, Schwester Emma, das gibt es!" Sie sah mich fragend an:
„Sind Sie wirklich noch Jungfrau?"
„Ja, Schwester Emma!" Nun kannten Emmas Liebesbezeugungen und Begeisterungsausbrüche kaum Grenzen.
„Oh, mein armes Kind, ich muss Sie vor den Russen beschützen!"- Nun ja, von denen wollte ich auch nicht gerade meiner Unschuld beraubt werden.

Endlich waren die drei Wochen um. Nicht bei allen Diphteriepatienten im Blauen Stein war die Krankheit so glimpflich verlaufen. Ein Verwundeter war daran gestorben, eine Lungenentzündung war hinzugetreten. Ein anderer Patient, bei dem man die Diphterie nicht gleich bemerkt hatte, war plötzlich tot umgefallen. Im Saal gab es mehrere Fälle von Wunddiphterie. Damit musste die Epidemie überhaupt eingeschleppt sein. Doch waren diese Fälle nicht weiter gefährlich. Die Wunden heilten nach kurzer Zeit. – Der Stabsarzt schickte mich zum Oberfeldarzt, der meine Genesung bescheinigen musste. An den Marschbefehl nach Wien dachte keiner mehr. Der Oberfeldarzt bewilligte mir erst einmal fünf Tage Genesungsurlaub. Mehr war ihm nicht gestattet. Schmunzelnd meinte er, ich könnte mir dann auch gleich hübsche kleine Kleidchen für den Sommer mitbringen, kleine Schühchen, vielleicht noch ein Hütchen. Geziemend lächelte ich, während ich innerlich an solchen Sommermöglichkeiten in Ilsenburg zweifelte. Ich würde dann hoffentlich über alle Berge sein. Egal, ich bekam meinen Urlaubsschein und überlegte mir auf dem Weg zum Bahnhof, dass ich eigentlich erst einmal zu Karla nach Friedrichsbrunn fahren könnte. Der Zug, den ich erwischte, beendete seine Tour in Thale. An ein Weiterkommen am gleichen Tag war nicht zu denken. Was tat man im solchen Fall? Man ging zur NSV. Da erhielt ich ein Bett oben über einer jungen Frau mit Kind, dazu eine Wolldecke. Bevor ich die hohe Lagerstätte erstieg, ließ ich mir in der Küche ein ordentliches Abendbrot servieren, und nach durchschlafener Nacht erhielt ich ein deftiges Frühstück. Immer noch galt die Parole „In Deutschland soll keiner hungern und frieren", wenn „die Räder auch schon längst nicht mehr für den Sieg" rollten. – Früh machte ich mich auf den Weg: drei Stunden bergan durch den tief verschneiten Wald.

Die Luft war rein und klar. Tiefste Stille herrschte überall. Kein Laut war zu hören.

Ich ging an der Rosstrappe vorbei. Tiefster Friede schien zu herrschen. Auf dem ganzen Weg begegnete mir nur ein alter Mann, der freundlich „Moin" sagte. Ich überraschte Karla, während sie gerade einen Verband anlegte. Die Wiedersehensfreude war groß.
Für den Tag bekam meine Freundin frei, und wir genossen schöne Stunden im lang vermissten Gespräch. Es war so ihre Art, dass sie Pastoren aufsuchte, um sie in theologische Gespräche zu verwickeln. Manche Pastoren hatten dafür nicht gleich das richtige Gespür und wollten uns mit ihren Frauen bekannt machen, uns sozusagen an sie abschieben. Die Pastorenfrauen der damaligen Zeit waren meistens mit häuslichen Dingen und einer stattlichen Kinderschar reichlich ausgelastet. Ihre Ehemänner fanden das selbstverständlich und wussten uns auch in keine andere Kategorie einzuordnen. Schrecklich, diese Pfarrherrn! An uns erlebten sie dann ihr blaues Wunder und fanden das kaum immer gemütlich. Friedrichsbrunn war sehr viel vornehmer als Ilsenburg. Das Lazarett war in einem ehemaligen Sanatorium untergebracht, und das war vom Feinsten. Karla hatte ein hübsches Zimmer für sich ganz allein. Ein zweites Bett stand zwar darin, war aber in der Regel nicht belegt. So konnte ich da fürstlich übernachten. Am nächsten Morgen früh machte ich mich wieder auf nach Thale. Es war Ostersonnabend und ich wollte bis zum Abend noch in Northeim sein. Diesmal schlug ich einen anderen, kürzeren Weg ein, die eigentliche Straße. Da war nun nichts von dem wunderbaren Frieden, den ich am Vortag bergauf durch den Wald genossen hatte, zu spüren. Über der Straße flogen ständig amerikanische Jagdbomber, so genannte Jabos, wohl um zunächst die Gegend zu erkunden. Ich

traute mich nicht, direkt auf der Straße zu gehen, sondern lief neben der Straße im Wald. Meine weiße Schwesternhaube leuchtete allzu hell. Ich hoffte, dass die Nadelbäume die Sicht von oben etwas verdeckten. In Thale erwischte ich nach längerer Wartezeit einen Zug nach Northeim. Der kam allerdings nur sehr langsam voran. Auf fast jeder kleinen Station war eine blau-gelbe Fahne ausgehängt. Das bedeutete „Fliegeralarm". Es waren die Jabos, die uns ständig in Unruhe versetzten. Dann hieß es: „Alles aussteigen! Schutz suchen unter der nächsten Unterführung!" Das ging so ein paar Mal. Mittlerweile wurde es schon dunkel. Im Finstern tasteten wir uns dann zu einer Unterführung, nachher wieder in den Zug zurück, und langsam setzte sich die Dampflokomotive wieder in Bewegung. Alle waren still, nur die Kinder weinten. Endlich – es war bereits wieder Mitternacht – kam ich in Northeim an. Ich war munter und fröhlich und freute mich auf meine Mutti. So bog ich wohlgemut vom Bahnhof um die Ecke in die Güterbahnhofstraße, wo Mutti ihre kleine Wohnung hatte. Der Mond schien durch die Wolken und warf seinen silbrigen Schein auf ein einzelnes Flugzeug am Himmel. Ich achtete nicht weiter darauf. Da rief mir unsere Hauswirtin aus ihrem Fenster zu: „Von der Straße, Fräulein Ruppenthal, das ist ein Ami! Kommen Sie schnell ins Haus!" Meine Mutter war nicht da. Alle jungen Frauen aus dem Haus waren ins nächste Dorf nach Hamstedt, geflüchtet. Nacht für Nacht hatten sie jetzt schon wegen der Jabo-Angriffe im Keller zugebracht. Sie wollten endlich einmal schlafen. Die alte Hauswirtin hielt allein die Wacht. Sie hatte Schlüssel zu Muttis Wohnung. Ich schlupfte hinein und sogleich in mein eigenes Bett. Sofort fiel ich in einen tiefen Schlaf, sah und hörte nichts mehr. In der Nacht war wieder Fliegeralarm. Ich merkte es nicht. Am Ostermorgen weckte mich die nette Hauswirtin, Frau Paul, und lud mich ein, bei ihr zu frühstücken. Sie servierte mir ein richtiges Osterfrühstück mit leckeren Ostereiern und echtem Kaffee; einen schönen Stuten hatte sie auch gebacken. Gleich darauf machte ich mich auf den Weg nach Hamstedt, um meine Mutti zu suchen. Auf der Landstraße herrschte ein seltsames Treiben. Ältere Männer, die man beim Militär nicht mehr gebrauchen konnte, hatten den Befehl erhalten, quer über die Straße Barrikaden zu bauen, um die Amerikaner aufzuhalten. Die Sinnlosigkeit dieses Tuns war wohl allen klar. So ging man denn sehr bedächtig zu Werke. Ich sprach hier und da einen der Männer an, um ihnen mein Bedauern über diese unsinnige Osterarbeit auszusprechen. Sie brummelten und murrten und machten in aller Gemütlichkeit weiter. Meine Mutti und die anderen Frauen, die in Hamstedt hatten schlafen wollen, traf ich völlig übernächtigt und verstört an. Flüchtende deutsche Infanterie hatte ihre Wagen abends da in einige Scheunen gefahren. Das hatten die Amis natürlich aus der Luft beobachtet und daraufhin das Dorf in der Nacht mit ihren Bordwaffen unter Feuer genommen. Die Northeimer Frauen hatten nicht einmal die Möglichkeit gehabt, einen Keller aufzusuchen. Samt ihrer Gastgeberin, die sie in guter Meinung eingeladen hatte, mussten sie stundenlang bäuchlings auf einem Steinfußboden im Korridor liegen. Die Gastgeberin verfügte über einen Lebensmittelladen, der auch als Anziehungspunkt gedient hatte. Und damit funktionierte es jedenfalls. Man wollte aufessen, was nur irgend möglich in die Mägen hineinpasste, damit wenigstens das die Amerikaner nicht bekamen. Die Wirtin servierte die schönsten Gerichte, hatte Buttercremetorten gebacken. Es gab Schokolade, Kaffee – alles, was vorher rationiert war, fand sich hier in Fülle. Ab und zu klingelte es an der Tür. Deutsche Soldaten, versprengt, auf der Flucht, baten um ein Glas Wasser. Alle wurden an den Tisch geladen und aufgefordert, soviel zu essen wie nur möglich. Das sprach sich schnell herum, und so schmolzen die Vorräte dahin. Am Abend vor Dunkelwerden machte sich der Frauentrupp, um einige Kilo schwerer, auf und zurück nach Northeim. Pflichtgetreu fuhr ich nach Ostern wieder nach Ilsenburg, allerdings unter einigen Hindernissen. Erstmal fuhr der Zug nur bis Goslar. Da hatte ich mehrere Stunden Aufenthalt. Die benutzte ich, um mir die Kaiserpfalz gründlich anzusehen. Währenddessen starteten die Amerikaner einen Tieffliegerangriff auf Goslar, den ich, hinter einer Säule der Pfalz stehend, deutlich verfolgen konnte. Es passierte nicht viel. Solche Kurzangriffe mit einigen Jabos sollten wohl vor allem Angst und Schrecken nähren. Ich setzte mich danach noch in ein Café, trank eine Tasse „Muckefuck" und schrieb eine Karte an Mutti. Die Karte ist jedoch nie angekommen ebenso wenig wie das Stethoskop, das sie mir nach Ilsenburg geschickt hatte. – Der Zug, der eigentlich bis Ilsenburg fahren sollte, endete bereits in Harzburg. Ich musste die restlichen 11km zu Fuß zurücklegen. Wieder ging ich am Rand der Landstraße im Wald dahin. Auf der Straße selbst bewegte sich deutsche Infanterie Richtung Osten. Als ich Ilsenburg erreichte, war es schon dunkel. Ich ging den Weg zum Schwesternheim hinauf, stieg die Treppe hoch in mein Schlafzimmer, ohne Licht zu machen, ertastete mein Bett und fühlte, dass es belegt war. „Aha", dachte ich, „die haben gar nicht mehr mit mir gerechnet! Dann muss ich jetzt zu Gerda mit ins Bett kriechen." Ich tappte im Finstern in die Richtung und fand Gerdas Bett leer. Die war mal wieder ausgegangen. In voller Kleidung wälzte ich mich da hinein und sank sofort in den Schlaf. Recht unsanft wurde ich geweckt; denn die Ahnungslose stellte ihre volle Aktentasche mit Schwung direkt auf meine Nase.

Der Stabsarzt sorgte nun dafür, dass mir nicht wieder die Mammutarbeit zugeteilt wurde. Ich hatte jetzt mehrere kleinere Räume im Obergeschoß zu betreuen, war im Verbandszimmer, gelegentlich auch im Labor beschäftigt. Vor allem aber hatte ich dem Stabsarzt zur Verfügung zu stehen. Manche ärztliche Tätigkeit ließ er mich selbständig erledigen. Auch im April hatten wir noch Neuzugänge. Unser Jupp musste noch ein zusätzliches Haus mit übernehmen. Es war ein kleines Hotel unten im Ort nahe dem Marktplatz, das jetzt auch noch zum Lazarett umfunktioniert wurde. Dafür hatte man nicht einmal mehr Betten. Die Verwundeten lagen auf Strohsäcken. Wenn man sie betreuen wollte, musste man auf Knien dazwischen herumrutschen. Der Stabsarzt fuhr mit dem Rad herunter und keuchend wieder hoch. Wenn er mich da unten brauchte, sauste auch ich auf dem Rad durch die enge Gasse vom Blauen Stein ins Städtchen hinunter, um nachher wieder hoch zu schnaufen. Ein weiteres Haus wurde noch höher am Berg beschlagnahmt. Da wurde Gerda, die bis dahin im Eisenbahnerheim gearbeitet hatte, als Schwester eingesetzt. Das war für uns ganz angenehm. Abends nach Dienstschluss kam sie zu mir in den Blauen Stein und wir lernten zusammen Anatomie. Danach schlief jede von uns in ihrer Dienststelle. Die Oberemma wagte nichts mehr dagegen zu sagen, nachdem unser Jupp sie einmal wegen ihrer ungeheuerlichen Unterstellungen abgekanzelt hatte.

Bei den Voruntersuchungen, die ich allein vorzunehmen hatte, machte ich zuweilen recht abenteuerliche Entdeckungen. Als ich bei einem Verwundeten die Herztöne abhorchte, kam mir einiges verwunderlich vor. Ich horchte noch einmal, und noch einmal und kam zu dem Ergebnis: Das Herz sitzt nicht links, sondern rechts. Der Soldat lachte: „Das habe ich noch gar nicht gewusst!" Den Umstand musste ich natürlich unbedingt dem Stabsarzt mitteilen. Der glaubte mir nicht. Aber er wollte sich selbst überzeugen. Er horchte einmal, horchte zweimal: „Donnerwetter, Schwester Anneliese, Sie haben Recht!" Das war eine Sensation. –

Einen sehr nützlichen ehemaligen Verwundeten hatten wir im Blauen Stein, der längst genesen war und eigentlich wieder hätte einrücken müssen. So was verhinderte unser Jupp immer, aber hier gab es besondere Gründe. Der junge Mann, ein verwöhnter Hoteliersohn, war aktiver Offizier gewesen, aber wegen Unbotmäßigkeit zum Gemeinen degradiert worden. Er war intelligent, höflich, geschickt, hilfsbereit. Man durfte ihm nur keine Befehle erteilen. Dann rastete er aus, und das passte nun wirklich nicht ins Militär. Er hatte auch so ein bisschen von einem Felix Krull. Thomas Mann wird ihn sich wohl nicht gerade zum Vorbild genommen haben. Ganz so schlimm war er auch nicht; aber er fand nichts dabei, wenn er seinem Namen im Fall der Nützlichkeit mal ein kleines Dr. -Titelchen voranstellte. Freundschaftliche Ermahnungen unseres Stabsarztes wirkten nur kurzfristig. Im Übrigen wussten wir die Dienste unseres ausrangierten Leutnants zu schätzen. Er wäre für uns durch dick und dünn gegangen. Wie unverbesserlich er war, zeigte sich aufs Neue, als er eines Abends Ausgang hatte. In einem kleinen Lokal verweigerte er einem im Dienst stehenden Leutnant die Reverenz. Als der ihn maßregelte, gab er ihm eine Ohrfeige, was nicht ohne Folgen bleiben konnte. Mir beichtete er als erster die Untat, dann unserem Jupp. Wir konnten nur den Kopf schütteln. Also war eins klar: Weidenstein – so hieß er – ist krank und nicht entlassungsfähig. Der Stabsarzt entschied: Weidenstein hat Würmer! Schwester Anneliese, untersuchen Sie im

Labor unter dem Mikroskop den Stuhl. Also machte ich mich ans Werk und suchte verzweifelt nach Würmern oder Wurmeiern, neben mir ein Wurmlehrbuch. Doch darüber war ich auch gerade im Vorphysicum geprüft worden. Endlich meinte ich, vielleicht fündig geworden zu sein. Mit dem Mikroskop in der Hand ging ich zum Jupp, um das Ergebnis zu präsentieren. Der schüttelte traurig den Kopf: „Ach, das ist doch nur eine Luftblase. Suchen Sie weiter!" Also machte ich mich wieder an die Arbeit. „So", dachte ich bei mir, „das hier, dieser Punkt, hat ein Wurm zu sein!" Wieder lief ich zum Stabsarzt und beharrte diesmal energisch auf meiner Meinung. Unser Jupp sah mich wieder traurig an: „Nun gut, meinetwegen ist das ein Wurm." Weidenstein wurde die Diagnose verkündigt. Ein entsprechender Gesichtsausdruck, Ringe unter den Augen, Blässe wurden festgestellt und Weidenstein wurde auf Wurmkost gesetzt. Die nächsten Tage bekam er nur geriebene Möhren zu essen. Das quittierte er ziemlich sauer.

Nicht nur lehrreich, sondern auch amüsant war es, wenn der Stabsarzt anordnete, dass ich an seiner Sprechstunde teilnehmen sollte. Auf einem Nebentisch hatte er immer ein Schachspiel stehen. Jeweils zwischen zwei Patientenuntersuchungen machte er schnell einen Zug. Während er sich dem nächsten Patienten zuwandte, musste ich in Beratung mit einer anderen Schwester den nächsten überlegen. Das war gar nicht so einfach. Und am Ende war unser Jupp immer der Sieger. – Er fuhr regelmäßig zu den Schachmeisterschaftsspielen nach Halberstadt und musste natürlich gewinnen.

XII Kapitel

Die Amerikaner kamen näher. Man hörte schon den Geschützdonner ihrer schweren Artillerie. Jabos beschossen unser Lazarettdach. Der Stabsarzt beschloss – als Offizier – alle Verwundeten, die laufen konnten und einigermaßen zu Kräften gekommen waren, zu entlassen. Eine ganze Nacht tippten die Sekretärin und ich offizielle Entlassungsscheine. Ich hatte mit der Schreibmaschine Probleme; denn es war eine französische Beutemaschine, auf der die Typen ganz anders lagen als bei den deutschen Maschinen. Die einzige vorhandene deutsche Maschine kam natürlich der Sekretärin zu. Immerhin schaffte ich auch etliche Scheine. Die Uschas - wenn sie uns auch noch so sehr geärgert hatten - funktionierten wir um zu Unteroffizieren. Damals galt noch die Devise: Kein Deutscher verrät einen Deutschen an den Feind. – Gegen Morgen legten wir uns erschöpft auf ein Untersuchungsbett. An Schlaf war nicht zu denken. Um den Lärm des Geschützdonners zu kompensieren, fingen wir an zu singen. Die Sekretärin stimmte an: „Vor der Kaserne, vor dem großen Tor. Steht eine Laterne und steht auch noch davor…." und „Nachts ging das Telefon….". Das waren damals so die gängigen Lieder.

Der Tag hieß uns geschäftig sein. Wir erhielten alle Armbinden mit der Aufschrift *Internationales Rotes Kreuz*. Ein großes weißes Bettlaken musste her. Aus der Hakenkreuzfahne wurde ein Rotes Kreuz herausgeschnitten und auf das Bettlaken genäht. Ein geschickter Sanitäter musste dieses Zeichen der Ergebung auf dem Dach befestigen. Zwischen dem Oberfeldarzt und den drei Stabsärzten gab es Streit.

Der Oberfeldarzt hielt es als unehrenvoll, die Stadt an die Amerikaner zu übergeben. Es war einfach gegen seine Offiziersehre. Dabei musste er doch einsehen, dass es gar keine andere Möglichkeit gab. Die Stabsärzte einigten sich mit dem Bürgermeister, die Stadt zu übergeben. Sie wollten den Amerikanern mit weißen Fahnen entgegengehen. Wir packten unsere wenige Habe in Rucksäcke, die wir griffbereit stellten. Sollten die Amis schießen, wollten wir in den Wald laufen, andernfalls im Haus bleiben. – Für die darauf folgende Nacht zitierte uns die Oberemma in den Keller des Schwesternheims. In der Nähe wurde ein deutsches unterirdisches Munitionslager gesprengt; es sollte den Amerikanern nicht in die Hände fallen. Der Lärm kam nun von beiden Seiten; er war unbeschreiblich. Die Oberemma hatte offenbar mütterliche Gefühle, dass sie uns alle um sich versammelt haben wollte. Es war der Keller der Eigentümer des kleinen Hauses. Das Eingemachte in den Regalen wackelte und zitterte und drohte, uns auf den Kopf zu fallen. Mir war allmählich alles egal. Ich wusste nur, dass ich schrecklich müde war. Heimlich schlich ich mich von dannen, die Treppe hoch, plumpste in mein Bett und schlief ein. Irgendwann wachte ich auf, weil mir eine Taschenlampe ins Gesicht leuchtete. Die Oberemma hatte mich vermisst und machte sich Sorgen. Es war wirklich eine fatale Situation. Die Balkontüren waren aufgesprungen; der Wind wehte ins Zimmer. „Ach, Schwester Emma, lassen Sie mich schlafen. Wir müssen doch alles nehmen wie es kommt!"
Am nächsten Morgen gingen wir im Blauen Stein wie gewöhnlich unserer Arbeit nach. Wir hatten alle Hände voll zu tun. Die Entlassungsscheine hatten nicht immer Wirkung gezeigt. Manche fühlten sich im Lazarett sicherer; einige hatten vergeblich versucht, sich durchzuschlagen, und waren zurückgekehrt. Die Häuser

waren voll besetzt. Ich hatte gerade eine Untersuchung vorzunehmen und das Stethoskop auf eine haarige Soldatenbrust gesetzt. Na, hatte der aber komische Herztöne! Ich fragte, das Ohr noch am Stethoskop: „Hatten Sie schon mal Herzprobleme?" Der Soldat fing an zu lachen: „Schwester Anneliese, das ist nicht mein Herz. Das ist die Sirene! Panzeralarm! Die Amerikaner sind da!" Wir eilten auseinander. Jeder, der irgend konnte, griff nach seinem Rucksack und lief in den Wald. Da harrten wir eine ganze Weile aus. Nur der Stabsarzt rannte zu den Kollegen und dem Bürgermeister, und wie vereinbart, gingen sie den Amerikanern entgegen. Wir im Wald hielten den Atem an. Was würde jetzt geschehen? Alles blieb ruhig. Nach einer geraumen Zeit kam unser Jupp zurück. Man sah ihm die Erleichterung an. Unsere Gesichter waren eine einzige Frage. „Ja, wir haben die Stadt mitsamt dem Lazarett übergeben. Es ist alles reibungslos verlaufen. Gehen sie ins Haus zurück und an die Arbeit!", sagte der Stabsarzt knapp. Wir waren erstmal froh, dass alles so verlaufen war. Der schreckliche Krieg schien für uns zu ende zu sein. Es war kaum zu fassen. Wir lachten und weinten zu gleich.

Nach einigen Stunden erschienen mehrere amerikanische Soldaten im Blauen Stein. Sie sollten die Verhältnisse kontrollieren und vor allem das Haus auf Waffen durchsuchen. Der Stabsarzt und Schwester Hilde, die auch gut Englisch sprach, übernahmen die Verhandlungen. Die Kommission ging von Bett zu Bett, um zu prüfen, ob die darin Liegenden unbedingt dort noch liegen mussten. Einer mag ein Arzt gewesen, einer machte sich Notizen. Ein Schwarzer war darunter. Der warf einigen unserer Soldaten Schokolade auf die Bettdecke und sagte: „Du Sklave, ich Sklave!" - Dann wurden wir gefragt, ob wir Waffen im Haus hätten, was wir guten Gewissens verneinten. Trotzdem untersuchten die Amis jeden Winkel des Hauses vom Boden bis zum Keller. Wir standen alle im Parterre des Treppenhauses, als der Stabsarzt plötzlich flüsterte: „Ach du liebe Zeit, das hatte ich ganz vergessen. Vor einer Woche war ein höherer Offizier hier auf der Durchreise. Der hat mich gebeten, hier eine Kiste abstellen zu dürfen. Sie steht im Keller. Ich habe keine Ahnung, was darin ist." Wir hielten, über das Treppengeländer gebeugt, alle den Atem an, als die Amis sich zur Durchsuchung des Kellers anschickten. Die Kiste war offenbar sehr fest vernagelt. Wir hörten heftige Hammerschläge, die nötig schienen, um sie zu öffnen. Mit jedem Hammerschlag wurde unsere Angst und das Gesicht unseres Jupp immer besorgter. Da – ein Jubelschrei und großes Gelächter im Keller. Bald darauf hörten wir Sektkorken knallen. Unten begann anscheinend ein fröhliches Gelage. Und als die Amerikaner endlich wieder zum Vorschein kamen, waren sie alle beschwipst, lachten und winkten und wankten davon. Da fühlten wir uns im Moment wirklich befreit. Eigentlich musste diese Geschichte in die Annalen Amerikas eingehen, ist sie doch ein Beweis dafür, dass die Amerikaner immer nur als *Befreier* kommen.

Ansonsten hatten wir keine Veranlassung, uns befreit vorzukommen. Der Kommandant ordnete bestimmte Sperrzeiten an. An einem schönen, sonnigen Frühlingsnachmittag hatten Gerda und ich beide frei. Wir dachten, als *Internationales Rotes Kreuz* brauchten wir uns nicht an die Sperrzeiten zu halten. So gingen wir seelenvergnügt über den Marktplatz, vorbei an der dort aufgebauten schweren Artillerie der Amis. Schnell merkten wir, dass es mit der Freiheit nicht weit her war. Zwei amerikanische Wachposten schnappten uns und brachten uns aufs Rathaus, wo der Kommandant sein

Quartier aufgeschlagen hatte. Mehrere Amis umringten uns gleich. Wir wurden nach unseren Pässen gefragt und wiesen unsere Rot-Kreuz-Ausweise vor. Die Amis waren jung und erwiesen sich als harmlos übermütig. Sie wollten alle unsere *pictures* haben, d.h. die Bilder in unseren Ausweisen. Sie fingen schon an, sich darum zu streiten. Da erschien der Kommandant, ein sehr junger Lieutenant und brachte seine Mannschaft erstmal zur Raison. Dann entschied er, die Damen seien nach Hause zu geleiten. Jetzt erhob sich neuer Streit. Alle wollten uns nach Hause bringen. „Das mache ich selbst!" schloss der Kommandant. Und so führte er uns dann geradezu galant, an jeder Seite eine, zum Schwesternheim. Es war ein ganzes Stück Weges dahin. Wir unterhielten uns mit ihm auf Englisch über amerikanische und deutsche Universitäten. Der junge Offizier war im Zivilberuf Student und kam aus Detroit, wo meine Verwandten auch lebten. Es kam bei der amerikanischen Besatzung immer öfter vor, dass die Feindschaft bei näherer Tuchfühlung mit einzelnen nicht funktionierte. Der amerikanische Kommilitone überdeckte unsere Gefangenschaft, sobald er uns bis zu unserem Haus gebracht hatte, schnell mit einer Tafel Schokolade. Dabei sagte er lachend, wir sollten nicht denken, dass wir jedes Mal für Übertretungen Schokolade bekämen. Wir versprachen, künftig brav zu sein, rannten in den Toilettenraum und brachen die Tafel genau in der Mitte entzwei. Jede von uns verzehrte ihre Hälfte sogleich auf dem Klo. Eine weitere Zerteilung konnte nicht geduldet werden.
Dem Blauen Stein wurde eine spezielle amerikanische Besatzung zuteil. Von da oben hatte man einen guten Überblick über das Tal und auf den Brocken. Auf den unschuldigen Berg ließen die Amerikaner vom Marktplatz aus permanent ihre Artilleriesalven krachen, weil sie da oben eine Einheit der Waffen- SS

vermuteten. Wir wussten sehr gut, dass die sich längst davon gemacht hatten. Bei Nacht und Nebel waren sie nach und nach heruntergekommen. Die deutsche Bevölkerung hatte sie mit *Räuberzivil* versorgt, und sie waren verschwunden. Hätten wir das den Amerikanern verraten, hätten sie es ja nicht einmal geglaubt. So schossen sie wie wild, und wir konnten sehen, wie das traditionsreiche Brockenhotel in Flammen aufging. Die Besatzung in unserem Haus bestand aus drei Mann, die mit ständig geladenen Gewehren und schussbereit unten im Korridor neben der Tür zum großen Saal saßen. Wir kümmerten uns nicht weiter um sie und gingen unserer Arbeit nach. Die drei Amis merkten bald, dass wir sehr harmlose Menschen waren, und fingen an, sich entsetzlich zu langweilen. Der eine spielte mit seinem Gewehr herum, und gerade als Schwester Hilde in den Saal gehen wollte, löste sich ein Schuss. Es war nur ein Streifschuss, der sie am Bein traf. Aber es floss Blut. Alle erschraken, am meisten die Amerikaner. Der Stabsarzt eilte herbei, untersuchte und verband die Wunde. Er wirkte beruhigend. Es war nicht so schlimm. Die Amis entschuldigten sich immer wieder. Fortan wollten sie ihre Gewehre sichern. Als wir im ehemaligen Restaurant zum Essen gingen, fanden wir eine Flasche Rotwein auf unserem Tisch. Der Stabsarzt bekam noch eine extra und jeden Tag wiederum eine. Unsere drei Amis wurden jetzt immer zutraulicher, erzählten uns von ihren Familien und zeigten uns die Bilder von ihren Frauen und Kindern.

Der junge Kommandant, der uns die Schokolade geschenkt hatte, war offenbar ein großzügiger Mensch. Er bot dem Oberfeldarzt an, das Lazarett mit amerikanischer Kost zu versorgen. Doch dessen deutsche Offiziersehre erlaubte es nicht, das Angebot anzunehmen. Niemand hatte dafür Verständnis. Unsere

Kost wurde immer schmächtiger; denn es kam nun kein Nachschub. An einem Vormittag, als ich in einem der kleinen Patientenzimmer zu tun hatte, wurde mir plötzlich schwarz vor den Augen. Ich musste mich am Bettrahmen eines Verwundeten festhalten, um nicht hinzufallen. Der dort Liegende fragte erschrocken: „Schwester Anneliese; was ist los? Sind Sie krank?"
„Nein", krächzte ich, „ich habe Hunger".
„Dem kann abgeholfen werden", sagte der junge Mann. Vom Bett aus öffnete er seinen Nachtschrank. Der war vollgestopft mit Brot, Butter, Würsten usw. Ich staunte: „Woher haben Sie denn das?"
Er lachte: „Die Ilsenburger Mädchen lassen ihre Soldaten doch nicht im Stich."
In der Tat gab es immer mal Besuchszeiten, und die teils ländliche Bevölkerung hatte noch so einiges. Mein Soldat schmierte mir erst einmal ein dickes Butter- und Wurstbrot und guckte strahlend zu, wie ich herzhaft hineinbiß. Er erteilte mir dann den *dienstlichen Befehl*, mich jeden Tag zu bestimmter Zeit bei ihm zu melden und mich satt zu essen. Dem „Befehl" bin ich gern gefolgt.

Allmählich reduzierte sich die Zahl unserer Patienten. Transportweise wurden sie in die Gefangenschaft abgefahren. Das Pflegepersonal hatte es nur noch mit einigen Schwerverwundeten zu tun, die für die Gefangenschaft nicht taugten. Wir Schwestern wohnten jetzt auch ganz in unseren Diensthäusern, ich also im Blauen Stein. Wir hatten Platz und Betten die Menge.
Unsere Stabsärzte ertrugen die Umstände schwer. Unser Jupp hatte noch im März 1945 Haus und Praxis in Würzburg eingebüßt. Die Alliierten hatten es nicht lassen können, zuletzt auch diese goldene Stadt zu zerstören. Seine Frau und seine Kinder waren zum

Glück mit dem Leben davongekommen. Er war ein frommer Katholik, ging jeden Sonntag in die Messe und erlaubte auch mir, jeden Sonntag den evangelischen Gottesdienst zu besuchen. Er war also keineswegs haltlos. Aber er hatte doch immer den Hang gehabt, nach dem Commersbuch zu saufen. Jetzt hatte alle drei Stabsärzte das Sauffieber ergriffen; unser Jupp schoss dabei den Vogel ab. Es war an einem Sonntag. Ich hatte allein Dienst auf der oberen Station. Da schleppten mir zwei Sanitäter einen blitzeblauen Stabsarzt an. Sie hatten ihn buchstäblich aufgelesen. Im Suff war er mit dem Fahrrad gegen eine Mauer gefahren, hingefallen und hatte sich das Schlüsselbein gebrochen. Die Sanitäter übergaben ihn mir zur weiteren Behandlung. Das war nicht so einfach. Er war ein hervorragender Chef, aber ein sehr schwieriger Patient.
„Schwester Anneliese", lallte er, „legen Sie mir einen vorschriftsmäßigen Schlüsselbeinverband an!" Sein Verstand kam wieder zum Vorschein. Ich machte mich ans Werk, ihn erstmal seiner Oberbekleidung zu entledigen und dann wirklich genau nach Vorschrift, wie ich es gelernt hatte, einen exakten Schlüsselbeinverband anzulegen. Doch er brummte immer:
„Strammer, strammer!" Ich zog den Verband mit allen Kräften so stramm, wie ich nur konnte. „So", sagte ich, „Herr Stabsarzt, jetzt folgen Sie mal meinen Anweisungen!" Seine großen schwarzen Augen unter den schütteren Haaren sahen mich fragend an.
„Ja, ich richte Ihnen ein Zimmer mit einem frischen Bett. Da schmeiße ich Sie rein. Erstmal schlafen Sie sich aus. Und in den nächsten Tagen gibt es keinen Tropfen Alkohol!"
Er nickte brav und ließ sich willig von mir ins Bett bringen, nachdem ich alles hergerichtet hatte. Es machte mir ziemliche Mühe, ihm die Schaftstiefel

auszuziehen. Nachdem ich das schließlich erledigt hatte, deckte ich ihn zu. Die Uniformhose ließ ich ihm. Nach kurzer Zeit großes Geschrei: „Schwester Anneliese, mir ist so schlecht. Bringen Sie mir schnell einen Eimer!" Ich rannte mit dem Eimer und kam nicht ganz rechtzeitig. Das war dem Jupp dann doch sehr peinlich. Er wollte nun von niemandem anderen behandelt werden als von mir. So blieb die Sache gewissermaßen unter Kollegen. – Viel mehr Patienten hatte ich auch nicht mehr. Ich nutzte die freie Zeit und las Karl Barths „Prolegomena zur Kirchlichen Dogmatik", die ich vom Ortspastor, einem aufrechten Barthianer, ausgeliehen hatte. Gelegentlich musste ich Nachtwache machen. Wir hatten noch einen Patienten mit einer Kugel im Kopf. Die Kugel wanderte. So war der Mann manchmal ganz vernünftig, dann wieder war er total verrückt und man wusste nicht, was er anstellen würde. Dann musste eine Schwester und hauptsächlich zu deren Schutz ein Sanitäter bei ihm wachen. Für die Nacht mussten eine andere, Schwester Thekla, und ich uns abwechseln. Da wusste man dann oft nicht, ob man lachen oder weinen sollte. Der Mann war ein strenger Katholik, und da die Ränder unserer
Hauben etwas hoch standen, hielt er sie für Heiligenscheine. So war Schwester Thekla die heilige Elisabeth, ich die heilige Jungfrau Maria. Dauernd mussten wir mit ihm das Ave Maria beten. Da ich es nicht ganz auswendig wusste, hatte ich es mir auf einen Zettel geschrieben. Der Kranke sah den Zettel und kriegte furchtbare Zustände. Er meinte, er sei dem Teufel verschrieben. Dann legte er eine Beichte nach der anderen ab über Dinge, die man gar nicht so genau wissen wollte. Der Sanitäter, der es sich auf dem freien Bett gemütlich gemacht hatte, bog sich vor Lachen. Mir war die Sache dann doch recht unangenehm. Das schlimmste an den Nachtwachen war, dass die lieben

Mitschwestern, die größtenteils nichts mehr zu tun hatten, am Tag einen jeden Schlaf raubenden Lärm veranstalteten. Der Stabsarzt verlangte dies und jenes. Natürlich brauchte er ärztliche Betreuung, und ich konnte nicht umhin, dem Oberfeldarzt den Krankheitsfall zu melden. Der hatte für die Sauferei kein Verständnis und redete unserem Jupp ernsthaft ins Gewissen. Die Pflege blieb weiter bei mir. Doch bald sah man unseren Jupp im Bademantel öfter herumlaufen. Ich achtete strikt darauf, dass er keinen Alkohol bekam. Er war auch ganz guter Dinge.

In den letzten Apriltagen beschlossen Gerda und ich auszureißen. Wir wurden hier nicht mehr gebraucht. Ich machte mir große Sorgen um Mutti. Ein Soldat, der in den letzten Kriegstagen von Northeim nach Ilsenburg getrampt war, hatte mir berichtet, gleich nach Ostern, das war also gleich nach meiner Abfahrt von dort, war Northeim heftig bombardiert worden. Der Bahnhof und die Häuser darum herum seien total zerstört und es habe viele Tote gegeben. Das Haus Güterbahnhofstr. 5 stand, wie schon der Straßenname sagt, direkt am Bahnhof. Jede Nachrichtenvermittlung war unmöglich gewesen. Wir bereiteten unseren Exodus gut vor. Ganz amtlich beantragten wir bei der Kommandantur einen Passierschein. Der wurde uns auch gewährt, allerdings nur bis Goslar. Weiter durfte es nicht sein. Von da an mussten wir zusehen, wie wir nach Northeim kämen. Unsere Kleidung, soweit wir sie nicht unmittelbar brauchten, und sonstige Sachen packten wir in die Koffer, mit denen wir einst angekommen waren. Die findige Gerda hatte eine nette ältere, alleinstehende Dame kennengelernt, bei der wir uns gern aufhalten durften, wenn wir mal einen freien Nachmittag hatten. Wir hatten ja weder im Lazarett noch im Schwesternheim eine Aufenthaltsmöglichkeit, und die

Dame freute sich über Gesellschaft. Jetzt baten wir sie, unsere Koffer zu beherbergen. Irgendwann würden wir sie abholen. Über dieses „irgendwann" herrschte völlige Unklarheit. Die Dame war zu jeder Hilfe gern bereit. Was wir brauchten, steckten wir in unsere Rucksäcke. Einer meiner Patienten hatte mir, im Bett sitzend, aus Tarnstoff einen riesengroßen Rucksack genäht. Es musste ja auch allerhand hinein. Die neue Unterwäsche für die Verwundeten, Trainingsanzüge, Wollpullover, Bettwäsche, alles, was in Mengen noch unbenutzt auf der *Kammer* lagerte, hatten wir unter allen Lazarettinsassen gleichmäßig aufgeteilt, egal ob Männlein oder Weiblein. Einiges davon hatte ich in den Koffer gesteckt, das andere stopfte ich in den Rucksack. Wer weiß, wozu es nützlich sein würde?! Wir sagten niemandem etwas von unseren Plänen. Nur vom Stabsarzt musste ich mich verabschieden. Das war ich ihm nun wirklich schuldig. Er lag gerade mal in seinem Bett im Krankenzimmer, als ich ihm unser Vorhaben beichtete. Er hatte volles Verständnis und gab mir noch ein paar gute Ratschläge mit auf den Weg. Ich solle zusätzlich zur Medizin noch Psychologie studieren. Es läge mir, mich nicht nur um das körperliche, sondern auch um das seelische Befinden von Menschen zu kümmern. – Ich weiß nicht, ob er meine heimliche Seelsorge an den Männern, die mit dem ganzen Geschehen nicht fertig wurden, beobachtet hatte. Wahrscheinlich! Die Verwundeten machten ja auch keinen Hehl daraus, sondern riefen nach mir, wenn sie mich brauchten. Aber es muss noch was anderes gewesen sein. Unser Jupp hatte schon vorher einmal geäußert, er traue mir hypnotische Kräfte zu. Er glaubte sogar, ich könnte Warzen besprechen. Aber so was wollte ich lieber gar nicht erst probieren. – Trotzdem – ich nahm mir seinen guten Rat zu Herzen. Weiter meinte der Stabsarzt scherzend, es sei doch sehr schade, dass er es nicht geschafft habe, mich mal unter den Tisch zu trinken. Aber nun wollten wir zum Abschied doch noch mal einen heben. Sprach es, langte hinter sein Bett und holte triumphierend eine Flasche Schnaps hervor. Ich war wütend: „Herr Stabsarzt, was haben Sie mir versprochen?! Und woher haben Sie das Zeug?" Doch er lachte nur, hatte wunderbarerweise noch zwei Gläser zur Hand und schenkte ein. Da blieb mir natürlich nichts anderes übrig, als diesen Abschiedstrunk anzunehmen. Wir verabschiedeten uns herzlich von einander mit gegenseitigem Dank und guten Wünschen.

Ilsenburg

XIII Kapitel

In der Mittagszeit des 1. Mai gingen Gerda und ich zu der alten Dame. Unsere Koffer hatten wir bei ihr schon abgegeben. Jetzt hielt sie einen Bollerwagen bereit, auf den wir erst einmal unsere Rucksäcke luden. Bis zum amerikanischen Grenzposten am Ortsausgang begleitete uns die hilfreiche Dame, Dann nahmen wir die Säcke auf den Rücken, verabschiedeten uns und bedankten uns. Während die Dame mit dem leeren Bollerwagen umkehrte, zeigten wir dem Grenzposten vorschriftsmäßig unsere Passierscheine. Er ließ uns durch. Und wir konnten nun singen:
„Wozu ist die Straße da? Zum Marschieren...". Wir marschierten stramm, obwohl die schweren Rucksäcke sehr drückten. Nachdem wir so eine lange Zeit gelaufen waren, lehnten wir uns mal an einen Zaun und stützten die Rucksäcke daran ab. Da kam ein amerikanischer Militärwagen heran, darauf mehrere Amis mit Essgeschirr. Der Wagen hielt an: ob wir mitfahren wollten? Und ob wir das wollten! Die Amis halfen uns auf den Wagen und boten uns Zigaretten an. Obwohl wir sonst nicht rauchten, nahmen wir die gern. Charmant gaben die Soldaten uns Feuer. Wir schäkerten ein bisschen auf Englisch. In Goslar waren auch sie am Ziel und halfen uns galant vom Wagen. Wie leicht kann doch bei schlichten und aufrechten Menschen die Völkerverständigung sein!

Es war schon zu spät, um noch an ein Weiterkommen zu denken. Wir mussten uns um ein Nachtquartier kümmern. In einer Schule war ein Auffanglager eingerichtet. Wieviele strömten dahin! Es waren Flüchtlinge aus den deutschen Ostgebieten, aus

den zerstörten Städten usw. Man hatte in allen Räumen Pritschen aufgestellt, immer drei übereinander, aus braunem Rupfen gefertigt. Decken gab es nicht. Im ganzen Haus stank es nach Urin. Anscheinend wurden die Ausgüsse in den Korridoren als Toiletten benutzt. Der Leiter des Lagers, der uns aufnahm, meinte es gut. Er wollte uns nicht zumuten, in den großen Klassenräumen zwischen dem vielen Volk zu schlafen. In dem Klassenzimmer, das ihm als Büro diente, standen auch einige dieser Pritschen. Die waren frei. Er wies sie uns zu mit dem Bemerken, das wir da für uns und ungestört seien. So nett das auch war, die Mainacht war kalt, und wir froren erbärmlich, obwohl wir auch unsere Mäntel angelassen hatten. Erstmal holten wir alles, was uns wärmen konnte, aus unseren Rucksäcken: Männerpullover, Männerunterhosen. Wir zogen alles übereinander. Es nützte nichts, wir froren weiter. Natürlich hatten wir auch leere Mägen. Wir versuchten eine andere Möglichkeit zur Erwärmung. In der Ecke lehnten zwei Fahrräder an der Wand. Die schnappten wir uns und radelten eine lange Zeit auf dem kleinen freien Raum im Kreis herum. Doch konnten wir das nicht die ganze Nacht machen. Schließlich kamen wir überein, uns eine Etage höher zwischen den anderen Leuten freie Pritschen zu suchen. „Wo viele Menschen sind, ist es wärmer", meinte Gerda. Sie hatte eine Taschenlampe dabei, öffnete oben die Tür einen Spalt weit und entdeckte zwei freie Pritschen nebeneinander. Wir schlichen uns hinein und legten uns auf diese Pritschen. So leise wir auch gewesen waren – einige Leute waren doch wach geworden. Im Dunkeln erhob sich ein Disput: „Da ist doch jemand hereingekommen!"
„Und das mitten in der Nacht!"
„Haltet bloß eure Sachen fest!"
„Ach, ich weiß schon, das waren bestimmt Nutten!"

„Klar!"
„Hallo, wer ist da reingekommen?"
„Die sind wieder rausgegangen!"
„Ja, das habe ich auch gehört!"
Gerda und ich lagen mucksmäuschenstill, sagten nichts und rührten uns nicht. Bald hörten wir wieder beruhigtes Geschnarche. Und es war wirklich entschieden wärmer als unten. Mindesten 30 menschliche Körper heizten den Raum, und der Mief heizte mit. Ich merkte, dass Gerda einschlief. Ich selbst hielt mich wach und spähte seitlich vom Verdunklungsrollo nach dem ersten Morgenlicht. Da stieß ich Gerda an, und ehe die anderen erwachten, schlichen wir davon.

Der amerikanische Kommandant, der in Goslar das Rathaus okkupiert hatte, unterschied sich extrem von dem Ilsenburger Kommandanten. Das Amt gestaltet sich nach dem Menschen, der es ausübt. Wir traten in sein Dienstzimmer, das von Bittstellern überfüllt war. Als wir endlich vor seinem Schreibtisch standen und mit ihm Englisch sprechen wollten, wies er uns barsch zurück. Er geruhte nicht, mit uns zu sprechen, der fette Kerl mit seinem Quadratkopf. Durch seinen Dolmetscher wollte er uns sagen lassen, wir bekämen keinen Passierschein. Man solle uns ins Goslarer Lazarett bringen und da gefangen halten. Wir hatten es schon verstanden, als er seinen Dolmetscher informierte. Bevor der sich an uns wandte, waren wir bereits in der Tiefe und in der Menge verschwunden. Die Lücke, die wir gelassen hatten, schloss sich sofort. Alle deckten uns. Der grässliche Mann wurde abgelenkt. Draußen vor dem Rathaus stand eine Reihe Amis Wache. Sie standen breitbeinig, zwischen zweien immer eine Lücke, guckten gelangweilt und beschäftigten sich ausschließlich mit ihren chewinggum. Unbehelligt gingen wir zwischen ihnen durch. „Ach was", sagten wir, „wir gehen einfach aus der Stadt raus, Richtung Northeim. Mal sehen, was passiert." Es war bis zum Grenzposten schon ein ganzes Stück zu laufen. Der Grenzposten war ein sehr junger Mann, schätzungsweise 19 Jahre alt. Ordnungsgemäß sagte er: „Please, your pass!" Wir wühlten in unseren Taschen und zeigten nach einander alle Ausweise die wir hatten, erst den abgelaufenen Passierschein. Der junge Mann las ihn und sagte: „No". Wir zeigten unseren Studentenausweis. Wieder sagte der Jüngling: „No", nachdem er den Ausweis hin- und hergedreht hatte. Daraufhin zeigten wir unseren Rot-Kreuz-Ausweis. Ein bisschen verzweifelt schüttelte das Kerlchen den Kopf und versuchte, uns klar zu machen, was er wirklich haben wollte. Als ob wir das nicht gewusst hätten! Aber wir sahen ihn nur verständnislos an und sagten auf Deutsch: „Wir können Sie nicht verstehen!" Da gab er seine Bemühungen auf und sagte nur noch ergeben: „Oh, go on!" Dazu winkte er mit der Hand. Vergnügt eilten wir von dannen. Solche Kriegslisten schienen uns erlaubt.

Lange Zeit sind wir dahingetippelt, bis wir uns erschöpft auf einen Grabenrand setzten, um etwas auszuruhen. Da kam ein deutscher Lastwagen daher und hielt an. Eine Rot-Kreuz-Schwester winkte uns heran. Ob wir mitfahren wollten; sie führen nach Gandersheim. Natürlich wollten wir das und stiegen fröhlich auf. Der Wagen war mit lauter Säcken beladen; dazwischen fanden wir aber bequem Platz. Wir hörten, dass die Fahrt für die Amerikaner bestimmt war. So hatte der Fahrer auch einen Passierschein. Wir mussten beichten, dass wir derzeit ein so kostbares Gut nicht besäßen. Die Rot-Kreuz-Schwester lachte: „Kein Problem! Wenn wir an einen Kontrollposten kommen, rutschen wir etwas tiefer hinter die Säcke. Die weißen Hauben nehmen wir

ab; die leuchten zu sehr." So geschah es dann auch. Die Kontrolleure waren zufrieden, wenn der Fahrer seinen Passierschein zeigte. Auf die Fracht warfen sie höchstens einen flüchtigen Blick. Unsere Haare hatten so etwa die Farbe der Säcke. So kamen wir unbehelligt nach Gandersheim, sozusagen als Schmuggelware. Da fragten wir in einem Wirtshaus ein bisschen herum, wie der Kommandant so sei. Wir brauchten Passierscheine. „Ach, kein Problem!" erfuhren wir. Der hat eine deutsche Sekretärin, und die ist seine Geliebte. Die besorgt Ihnen alles!" Das hörte sich gut an. Also fragten wir im Rathaus gleich nach der Sekretärin. Alle unsere Erwartungen wurden übertroffen. In kürzester Zeit hatte Gerda einen Passierschein nach Bochum, ich bis Northeim. So setzten wir unsere Füße dann wieder in Bewegung. Ein Stückchen nahmen uns wieder Essen holende Amerikaner mit. Danach ging die Tippelei weiter. Als es dunkel wurde und wir von der Straße mussten, hatten wir es bis Imbshausen, 8 km vor Northeim, geschafft. Wir waren erst einmal am Ende unserer Kraft, und Hunger hatten wir auch. Wie und wo sollten wir die Nacht verbringen? Wir fürchteten schon, wir müssten uns in den Straßengraben legen. Es war trockenes, schönes Wetter, aber doch sehr kalt. Aber vielleicht gab es hier ja auch einen ganz normalen Dorfgasthof. Wir erfuhren, dass es zwei dieser Art gäbe. Doch der erste war verschlossen, und auf unser Klopfen und Rufen öffnete niemand. Beim zweiten war die Tür ebenfalls zu; aber auf unser flehentliches Rufen hin wurde uns aufgetan. Es war so, als kämen wir ins Paradies. Wir erhielten ein sauberes Zimmer mit zwei Betten, an jeder Wand eines.
Ich sehe noch die schönen dicken Federbetten mit den rotkarierten Bettbezügen. Das sah so appetitlich aus. Waschschüsseln und Waschkannen mit sauberem Wasser, sauberen Handtücher – alles war da! Wir

hüpften fast vor Freude und nahmen erst einmal eine gründliche Säuberung an uns vor. – Aber nun mussten wir auch was essen und trinken. Mit einem Restaurant war das Gasthaus derzeit nicht ausgestattet. Plötzlich förderte die findige Gerda aus ihrem Rucksack einen halben Laib Brot zutage, dazu eine Tüte echten schwarzen Tee, den es bei uns schon lange nicht mehr gab. Ich staunte:
„Woher hast du denn das?"
„Organisiert", lachte sie. Näheres verriet sie nicht. Sie entwickelte einen Plan. Die Wirtsleute säßen sicher in der warmen Küche. Wir würden sie da um heißes Wasser für den Tee bitten und ihnen von den losen Teeblättern etwas abgeben. Bestimmt würden sie uns dann auch erlauben, in der warmen Küche Platz zu nehmen. Dann würden wir anfangen, zu dem Tee das trockene Brot zu essen. „Du wirst sehen, mindestens geben sie uns Marmelade!"
Genauso ereignete es sich dann auch. Danach konnten wir zufrieden in die schönen Betten steigen und wundersam schlafen, wie in Abrahams Schoß.

Am nächsten Morgen durften wir wieder in der Küche frühstücken, wie am Abend zuvor. Gut ausgeschlafen und frisch gestärkt machten wir uns wieder auf den Weg. Jetzt erschienen uns die 8 km wie ein kleiner Spaziergang. Doch mir wurde immer ängstlicher zumute, je näher wir Northeim kamen. Würde ich meine Mutti überhaupt lebend vorfinden? Das Haus Güterbahnhofstraße 5 war in der Gegend überall bekannt. Es gehörte einem Zimmermeister und eine große Zimmermeisterei war dabei. Uns kam ein Mann entgegen. Den fragte ich:
„Ist das Haus von Zimmermeister Paul stehen geblieben?"
„Ja, das steht noch!"

Mir fiel schon mal ein großer Stein vom Herzen. Sicher war Mutti bei dem Angriff mit den anderen Hausbewohnern im Keller gewesen. Wir mussten nur noch um eine Ecke biegen und richtig! Da sah ich das Haus und war voller Freude.
Während Gerda und ich da um die Ecke bogen – es war der 3. Mai – standen alle Bewohner des Hauses um den einzigen Radioapparat. Aus dem ertönte eine Stimme, die sagte: „In diesem Moment ziehen die Engländer in Hamburg ein. Wir spielen zum letzten Mal das Deutschlandlied."… . Alle weinten. Und das waren keine Tränen über die angebliche Befreiung! Wenigstens das sei den Deutschen gestattet, über die Niederlage und den Untergang unseres Vaterlandes, eines Reiches mit einer langen Geschichte, die eben nicht nur 12 Jahre dauerte, zu weinen. – Plötzlich wurden die Hausbewohner aus ihrer Trauer herausgerissen. Eine Frau hatte beiläufig aus dem Fenster geschaut und sah uns um die Ecke biegen.
„Frau Ruppenthal, Ihre Tochter kommt!" rief sie. Sofort flogen alle auseinander. Mutti lief mir entgegen und ich fiel ihr um den Hals.

    Gerda ruhte sich erst einmal ein bisschen bei uns aus. Dann zog sie weiter nach Bochum und kam mit Energie, Raffinesse und Charme auch gut dort an.

XIV Kapitel

Nachdem die Amerikaner eingezogen waren und die Schießerei und Bomberei ein Ende genommen hatte, begannen die Deutschen sogleich mit dem Wiederaufbau, soweit es denn möglich war. In der Güterbahnhofstraße 5 war das Dach zum Teil abgedeckt. Irgendjemand hatte Ziegelsteine besorgen können. Nun machte sich die ganze Hausgemeinschaft ans Werk. Frauen und Kinder hoben die Ziegel vom Wagen und reichten sie weiter von Hand zu Hand. Geschickte Männer stiegen aufs Dach und brachten sie nach oben. Ein paar Dachdecker befestigten sie fachgerecht. Das dauerte seine Zeit. Mutti fand, man sollte mich davon mal beurlauben. Nach allen meinen Strapazen sollte ich ein paar Tage Ruhe haben. Das sahen die anderen Hausbewohner anders. Schließlich war ich jung. Wir waren ja auch zu einem harten Geschlecht erzogen. Doch irgendwann reißt auch der zäheste Lederriemen. Ich bekam plötzlich Fieber. Es gab ja auch sonst noch einiges zu verkraften, was wir in unserem abseitigen Ilsenburg, ohne Radio und ohne Zeitung, gar nicht mitbekommen hatten. Hitlers Selbstmord und was dem folgte war schließlich schwerwiegende deutsche Geschichte, bei der sich einem der Magen umdrehte. Dazu musste man kein *Nazi* sein. Ich stand nach einem Tag Bettruhe wieder auf und half Mutti, ihren Geburtstag vorzubereiten. Trotz der schrecklichen Zeit wollte sie am 11. Mai alle Freunde und Nachbarn einladen, die uns als Flüchtlingen beigestanden hatten. Lebensmittel hatte sie in Hülle und Fülle. Ein großes Lebensmittellager war vor dem Einmarsch der Amerikaner für die Bevölkerung zur freien Bedienung geöffnet worden. Alle Northeimer waren mit Bollerwagen dahin gezogen und hatten sie vollgeladen, so auch meine Mutter. Sie hatte es vornehmlich auf Konserven abgesehen und die im Keller unter den Kohlen versteckt. Was den Lebensmittelvorrat anging, den die deutsche Regierung hatte horten lassen, hätten wir den Krieg noch lange ausgehalten. Als die Amerikaner kamen, durchsuchten sie alle Häuser nicht nur auf Waffen, sondern auch auf Lebensmittel und beschlagnahmten viele. Besonders erpicht waren sie auf alkoholische Getränke, aber auch anderes hießen sie mitgehen. Unter Muttis Kohlen hatten sie nicht geguckt. So wurde viel gebacken und aufgefahren. Im Wohnzimmer wurde eine lange Tafel gedeckt. Und alle Northeimer Freunde, alte und neue, kamen. Während ich am Kaffeetisch saß, wurde mir plötzlich sehr elend zu mute. Heimlich schlich ich mich davon und legte mich in der anschließenden Kammer ins Bett. Das Fieber war wiedergekommen, ich kriegte Mundfäule und eitrige Erscheinungen. Das ging so ein paar Wochen. Unser guter Dr. Hans, Muttis Jugendfreund und unser Hausarzt, war beim letzten Bombenangriff ums Leben gekommen. Die Amis hatten die Zuckerfabrik bombardiert, wohin er gerade wegen eines Notfalls gerufen worden war. So besaßen wir zwar alle etliche Säcke Zucker, die im Freien gestanden hatten, aber keinen Hausarzt. Mutti rief das Krankenhaus an, wo ein anderer als Chefarzt eingesprungen war. Der kam gleich zu uns ins Haus und brachte noch seinen Assistenzarzt mit. Das war eine so nette Geste, dass ich sie hier erwähnen muss. Natürlich wussten die Ärzte, dass ich Medizinstudentin war und im Northeimer Krankenhaus wie im Lazarett gearbeitet hatte. Aber ich war in der Medizin doch eine kleine Anfängerin. Trotzdem behandelten sie mich so kollegial, als wenn ich schon auf ihrer Stufe stünde. Komisch. Dass man so was bei Theologen selten erlebt, auch

dann nicht, wenn man schon ziemlich geklettert ist. Sie glauben immer noch, allein Adam sei Gottes Ebenbild. Nun, meine beiden Superkollegen ließen mich die Diagnose selber stellen und ebenso die Therapie vorschlagen. Ich stellte fest: restliche Giftstoffe von der Diphterie, reichliche Strapazen, aktuell: Mangelerscheinung, wesentlich an der Zufuhr von Vitaminen. Therapie: Vitamin-C-Spritzen. Die großen Kollegen stimmten dem zu, und also hatte ich mir selbst Vitamin-C-Spritzen zu verabreichen. Damit wurde ich wieder fit. Aber vor allem infolge der liebevollen Betreuung meiner Mutti, der die Nachbarn vergolten, was sie ihnen an Gutem getan hatte. Sie brachten Lebensmittel, vor allem Kaninchen- und Hühnerfleisch. Sobald ich wieder auf den Beinen war, suchte ich Arbeit. Zweimal wurden wir jungen Leute zitiert. Einmal mussten wir früh antreten, wurden mit einem Leiterwagen aufs Feld gefahren, um Rüben zu verziehen. Dafür erhielten wir eine RM. Ein anderes Mal mussten wir auf dem Hof eines Restaurants für die Amerikaner Kartoffeln entkeimen. Das passte mir gar nicht. Ich meldete mich wieder beim Roten Kreuz und bot meine Dienste an. Da konnte man mich auch gleich gebrauchen. So zog ich wieder meine *Schwesterntracht* an und kochte in einer früheren öffentlichen Waschküche in zwei großen Waschbottichen Erbsen- und Kartoffelsuppe. Die wurde an durchziehende deutsche Soldaten ausgegeben. Neben der Waschküche waren in einem zimmerähnlichen Raum Tische und Stühle aufgestellt. Da verteilte ich dann in tiefen Tellern meine Kochprodukte. Wieder hatte ich dankbare Soldaten:
„Ach, bitte, Schwester, kann ich noch einen Schlag bekommen?"
„Gern!"

So eilte ich als Kellnerin hin und her und rührte zwischendurch als Köchin in den Pötten. Die Soldaten strebten alle ihrer Heimat zu, soweit es sie denn noch gab. Einer meiner Gäste erzählte mir, er wolle zu seinen Eltern nach Hamburg. Sie seien zwar ausgebombt und hausten sehr bescheiden, aber er hoffe doch sehr, sie wieder zu sehen. Alles andere sei gar nicht so wichtig. Wir kamen ein bisschen ins Gespräch, obwohl von allen Seiten nach mir gerufen wurde. Vor seinem Esstisch stehend, sagte ich, dass wir nach Northeim geflüchtet seien, meine Oma aber nach Hamburg zurückgekehrt sei. Wir hätten lange nichts von ihr gehört. Es gäbe ja auch keine Nachrichtenvermittlung. Der nette junge Mann erbot sich, für meine Oma einen Brief mitzunehmen.
„Sie wohnt in Rahlstedt. Das ist ziemlich weit außerhalb!" gab ich zu bedenken.
„Das macht nichts. Da finde ich schon hin!" antwortete der ausgediente Soldat hilfsbereit. Im Stehen schrieb ich mit Bleistift einige Zeilen auf ein Stück Papier, das ursprünglich als Feldpostbrief vorgesehen war. Kaum konnte ich glauben, dass der Brief je ankommen würde. Doch er kam an. Der junge Mann hat ihn meiner Oma überbracht. Kürzlich fand ich ihn zwischen Familienbildern. Ich schrieb:

Northeim, am 1. Juni 1945
„Meine liebe Oma!
Ob es gelingt, Dir auf diese Art Nachricht zu geben? Ich teile in der Gemeinschaftsküche Essen an Soldaten aus. Und es ziehen so viele nach Hamburg. Ich bin aus Ilsenburg zu Fuß hier angekommen. Nun weiß ich nicht recht, was ich machen soll. Ich helfe in der Kirche beim Kindergottesdienst, singe im Kirchenchor, gebe Unterricht in Rechnen und Deutsch. Beworben habe ich mich bei Dr. Olivet als Sprechstundenhilfe. - Hier ist vor

Einzug der Amerikaner allerhand los gewesen. Aber bei uns ist nichts Schlimmes passiert. Der Bahnhof ist indessen eine Ruine, auch das Bahnhofshotel ist weg. – Wir warten immer auf Papa. Man weiß so gar nichts. Wie es Euch wohl geht? Mutti macht sich die größten Sorgen. Sonst geht es uns ganz gut. Seid recht, recht herzlich gegrüßt.

Eure Anneliese"

Der Brief schildert genau die Situation. Die Ungewissheit über Schicksal und Verbleib von Vater war am schlimmsten. Die Arbeit in der Kirche St. Sixti, wo einst meine Mutti und ihre Schwester getauft worden waren, machte mir viel Freude. Theologie reizte mich weiterhin. Auf dem Dachboden in der Güterbahnhofstr. 5 entdeckte ich Schulbücher für den Griechischunterricht an Gymnasien. Sie gehörten dem Sohn des Zimmermeisters Paul, der kein Interesse mehr daran hatte. Die gute Frau Paul schenkte mir die Bücher, als ich sie mir ausleihen wollte. Und so machte ich mich auf eigene Faust daran, die altgriechische Sprache zu erlernen – mit dem heimlichen Hintergedanken, das Neue Testament einmal in der Originalsprache zu lesen. Zu dumm war es von mir gewesen, in der Klosterschule das Angebot, als einzige aus unserer Klasse Griechischunterricht zu nehmen, auszuschlagen. Wie gern hätte mir unser Amandus noch mehr vom Logos erzählt! Den Gedanken, Sprechstundenhilfe zu werden, ließ ich fallen. Bald liefen meine Pläne in einer anderen Richtung.

Meiner Mutti war das Konto gesperrt worden, weil Vater auf Drängen seines Vorgesetzten hin 1938 noch in die NSDAP eingetreten war, ohne sich da je zu betätigen. Sie wusste sich zu helfen. Für die Miete hatte sie wohl noch genug im Säckel. Alle ihre Tätigkeiten waren freiwillig und ehrenamtlich; aber sie bekam immer Lebensmittel zugesteckt. Von solchen hatte sie auch noch Vorräte, vor allem zwei große Säcke Zucker aus der zerbombten Zuckerfabrik, einen kleinen Sack mit weißem, einen großen Sack mit braunem Zucker. Überdies hatte sie ein Stückchen Land gepachtet, wo sie Kartoffeln, Möhren, Tomaten, Erbsen und anderes anbaute. Ich selbst hatte ein Postsparbuch, das mir natürlich meine Oma eingerichtet hatte. Darauf hatte ich auch das größtenteils eingezahlt, was ich im Lazarett verdiente. Ich hatte immerhin 53 RM in Monat erhalten. So schlugen Mutti und ich uns ganz gut durch.

Am Ende des Krieges und danach waren sehr viele Menschen unterwegs. Sie kamen irgendwo her und wollten irgendwo hin. Northeim war auch schon in Friedenszeiten ein Eisenbahnknoten- und Umsteigepunkt gewesen. Jetzt, wo die Züge unregelmäßig fuhren und der Bahnhof keine Halle mehr hatte, wirkte sich das katastrophal aus. Viele mussten dort unter freiem Himmel nächtigen. Muttis kleine Wohnung wurde zum Durchgangshotel. Schon bevor ich aus Ilsenburg zurückkam, hatten zwei Kusinen auf der Reise zum elterlichen Wohnsitz in Duderstadt erst einmal bei Mutti Station gemacht. Die ältere, Erika, war voll ausgebildete Krankenschwester und in einem Lazarett im Westen im Einsatz gewesen. Ihre jüngere Schwester Eva, ebenso alt wie ich, hatte vor Münster bei der Flak Kriegsdienst leisten müssen. Von einem Erdloch aus, das sie sich gebuddelt hatte, musste sie einen Scheinwerfer bedienen. Dagegen hatte ich es noch gut gehabt. Dann logierten bei uns lauter fremde Menschen. Wir hatten im Wohnzimmer eine alte breite Kastenmatratze deponiert, auf der bequem zwei Erwachsene liegen konnten. Mal stellten wir die für besonders Bedürftige für die Nacht zur Verfügung, mal

schliefen Mutti und ich darauf und vergaben unsere Betten in der Kammer.
Die Leute waren bescheiden und dankbar. Einmal waren es zwei Schulmädchen, die abends um ein Glas Wasser baten. Mutti holte sie rein, versorgte sie und wies ihnen für die Nacht unsere Betten zu. Sie wusch und trocknete auch noch schnell einige Kleidungsstücke der Mädchen. Die beiden gehörten zu einer Schulklasse, die aus der Kinderlandverschickung zurückkam. Ein anderes Mal bat ein junger Ehemann für seine hochschwangere Frau um eine Übernachtungsgelegenheit. Die werdende Mutter passte gerade auf die breite Matratze im Wohnzimmer. Ihr schmächtiger Mann musste sich daneben dann noch dünner machen. Ich dachte bei mir: „Na, wenn das man nicht in der Nacht los geht!"
Aber Mutti verdross und beängstigte das nicht. Es wäre ihr eine Freude gewesen, einem Kind auf die Welt zu helfen. Sie konnte es ja! Doch die Nacht verlief ruhig, und wir haben nicht erfahren, wo der neue Erdenbürger in dieser völlig durcheinander geratenen Welt seinen ersten Schrei von sich gab. Dann wieder waren es fünf deutsche Soldaten, die um Nachtasyl baten. Sie hatten sich der Gefangenschaft entziehen können und fürchteten, von den Amis geschnappt zu werden. Die konnten wir nicht alle in unserer Wohnstube unterbringen. Die Hausbewohner schleppten Liegestühle herbei und brachten sie in die Waschküche. Da waren die Flüchtenden besser aufgehoben als in der Wohnung. Die Hauswirtin heizte den Waschkessel soweit, dass die Männer darin baden konnten. Überall herrschte große Hilfsbereitschaft. Einerlei, was wir sonst waren: wir waren Deutsche! – Wiederum einmal klingelten zwei Schülerinnen bei uns und baten um etwas Wasser. Es war Mittagszeit. Mutti und ich aßen

eine Gemüsesuppe, die gleich für mehrere Tage gekocht war.
„Ihr habt doch bestimmt Hunger!", sagte meine Mutter zu den Mädchen. „Kommt herein und esst mit!"
„Ach, bitte, dürfen wir unseren Lehrer auch dazu holen?"
„Ja, holt ihn!"
Beglückt eilten die Mädchen zum Bahnhof und mit ihrem Lehrer im Schlepptau kamen sie zurück. Der war etwas verlegen, aß dann aber doch mit Genuss Muttis Gemüsesuppe.

Unsere amerikanischen Besatzer zeigten sich immer zutraulicher. Sie spielten arglos und wie die Kinder auf der Hauptstraße Volleyball, und unsere kleinen deutschen Kinder standen am Straßenrand und guckten staunend zu. Die Polen, die während des Krieges im Klosterhof gearbeitet hatten, fingen an zu plündern. Da geboten ihnen die Amerikaner entschieden Einhalt. Dafür musste aber jeder Deutsche von seinen Kleidungsstücken eine bestimmte Anzahl bei einer Sammelstelle abgeben, und das musste sauber, heil und ordentlich sein. Schweren Herzens brachte ich unter anderem mein buntes Kleid, das ich beim Bombenangriff getragen hatte, und Muttis Abendkleid zur Sammelstelle. Vaters Smoking hatte ich unter der Matratze im Bett versteckt. In den nächsten Tagen sah man dann die Polen triumphierend und lärmend in Reihen durch die Straßen ziehen, schön angetan mit unseren Kleidungsstücken. Nach 14 Tagen waren diese Kleider schmutzig, und wieder ging es ans Plündern. Es folgten noch mal die gleichen Anweisungen der Amerikaner.

XV Kapitel

Noch im Sommer 1945 ereignete sich etwas, das meinem Leben eine neue Richtung geben sollte. Ich bin in diese neue Richtung gegangen, ohne eigentlich die alte, bereits eingeschlagene aufgeben zu wollen. Von der Northeimer Kirchengemeinde aus wurde ich zu einem Katechetenkursus vermittelt, der in Göttingen im „Stillen Ochsen", wie man das alte Studienstift nannte, abgehalten wurde. So zog ich mit Sack und Pack per Anhalter wieder nach Göttingen. Unterkunft fand ich wieder bei Muttis Schulfreundin Ilse. Allerdings musste ich mich zunächst mit der Kammer begnügen. Im Wohnzimmer hatte sich Rübchen eingerichtet. Aber es war ja Sommer. Da genügte die Kammer auch. An dem Kursus nahmen die verschiedensten Leute teil. Fast alle Altersgruppen waren vertreten und die unterschiedlichsten Berufsgruppen: ältere Schüler, Studenten, Lehrer, Studienrätinnen, Pastorenfrauen usw. Es waren alles interessierte Teilnehmer, die derzeit nicht wussten, was sie beruflich anfangen sollten. Leiterin war eine aus Ostpreußen geflüchtete Vikarin. Sie hatte in Königsberg eine Bibelschule geleitet und war eine adlige Dame. Obwohl sie eine volle Pastorenausbildung besaß, war es ihr nicht gestattet, Pastorin zu werden. Sie durfte sich nur Vikarin nennen und keineswegs predigen. So war das damals: „Das Weib schweige in der Gemeinde!" Dabei konnte ihr mancher Pastor nicht das Wasser reichen. So ein Pastor tönte dann auch da herum. Aber dann nahm sich auch Professor Joachim Jeremias der Sache an. Und so wurde erst richtig was daraus. Professor Otto Weber ließ sich natürlich auch nicht lumpen. Obwohl er als Vertreter der reformierten Theologie eigentlich in der

Hannoverschen Landeskirche nichts zu suchen hatte, musste er unbedingt dabei sein. Zum Schaden war das keineswegs. Er war ein guter Pädagoge.
Der *Stille Ochse* hatte seine Geschichte. Für mich persönlich gewann er eine besondere Bedeutung, nicht nur durch diesen Kursus. Doch das andere sollte sich erst später erweisen. Lange vor dem derzeitigen Geschehen wurde in diesem Hause dem berühmten Kirchenhistoriker Hans von Campenhausen ein Sohn geboren: Axel Freiherr von Campenhausen, gegenwärtig der führende Kirchenrechtler der EKD. Dieser hat mir erst kürzlich von dem Ort seiner Geburt erzählt. Ich habe oft beruflich mit ihm zu tun. Dann ist da noch etwas anderes. Der Kursus fand jeweils in der Bibliothek des Hauses statt. Dort stand ein altes Ecksofa, das bald darauf, nämlich im Oktober 1945, einem relativ langen Menschen als notdürftige Schlafstätte dienen sollte, nämlich meinem Mann. Davon ahnte ich im Sommer noch nichts.

Ich war fleißig in der Theologie wie in der Medizin. Beim Dekan der Medizinischen Fakultät, Professor Deuticke, meldete ich mich zurück. Er sagte mir aber, Er könne mir keine Zusage geben. Man müsste mit einem numerus clausus rechnen. Und da hätten natürlich einmal die Männer, die an der Front gestanden hätten, Vorrang. Er könne nicht mehr tun, als mich vorzumerken.
Unter den Teilnehmern des Kurses waren einige, mit denen ich mich anfreunden konnte, so eine Pastorentochter aus Hamstedt und eine Pastorenfrau aus Katlenburg. Groß war meine Freude, als plötzlich meine Freundinnen Karla und Erika im *Stillen Ochsen* erschienen. Das war wirklich eine Überraschung. Seit meinem vorösterlichen *Spaziergang* durch den verschneiten Harz hatten wir nichts von einander gehört.

Automatisch fragte ich nach der ersten stürmischen Begrüßung: „Wo kommt ihr denn her?"
Ja, wo die wohl herkamen? Aus Northeim natürlich. Mutti hatte sie zu mir geschickt. Der Hintergrund war: Die Amerikaner hatten etliches ihrer anfänglichen Besatzungszone an die Russen und an die Engländer abgegeben. Der halbe Harz fiel an die Russen, so auch Friedrichsbrunn und Ilsenburg. Gerade noch rechtzeitig vor dem Eintreffen der Roten Armee waren Karla und Erika auf abenteuerliche Art getürmt. Ihr erstes Anlaufziel war meine Mutti in Northeim, wo sie auch mich vermuteten. Nun war ich zwar nicht da, aber sie durften sich erst einmal dort ausruhen und sich versorgen lassen. Karla fuhr von Göttingen aus zu ihrer Tante nach Banteln und blieb da zunächst. Da auf dem Land gab es mehr zu essen als bei ihren Eltern in Bremen-Vegesack. Erika trampte nach Hause. So interessant der Kursus auch war, ich wollte mein Medizinstudium wieder aufnehmen. Doch erst einmal machte ich die Abschlussprüfung des Katechetenkurses mit. Wenn es denn gar nicht klappen sollte mit der Medizin, musste ich eben Religionslehrerin werden. Es reiste extra eine Kommission aus Hannover an, eine richtige Prüfungskommission. Die Prüfung war dann aber ziemlich albern. Die Fragen nach den biblischen Geschichten hätte ich schon als Grundschülerin beantworten können. In kleinen Gruppen wurden wir jeweils geprüft. Als meine Gruppe die lächerliche Angelegenheit hinter sich und ich den Raum verlassen hatte, gab ich meinem Unmut Ausdruck. Das hörte jemand von den Veranstaltern des Kursus, der zufällig vorbeikam. Daraufhin wurde ich wieder hineingeholt und von der schwarzen Geistlichkeit examiniert. Die Professoren Jeremias und Weber waren auch dabei. Nun ging es ein bisschen anders zu! Man fragte mich nach Karl Barth. Als ich dann vergnügt und munter von

dessen Schriften erzählte, breitete sich unter den erlauchten Herren Heiterkeit aus. Das Fazit war die Frage:
„Warum wollen Sie denn Medizin studieren und nicht Theologie? Studieren Sie Theologie! Wir können Sie gebrauchen!" Darauf war ich nicht gefasst. Ich stotterte ein bisschen herum: Dazu müsste ich erstmal meinen Vater fragen und zurzeit wüsste ich noch nicht einmal, wo er sei. Und der sollte ja schließlich das Studium bezahlen, wenn er dann überhaupt noch dazu in der Lage sei. Darauf entgegneten die schwarzen Herren: Um die Bezahlung sollte ich mir keine Sorgen machen. Notfalls würde die Hannoversche Landeskirche dafür eintreten. Ich erklärte, gegenwärtig nichts entscheiden zu wollen. Immerhin dachte ich über das noble Angebot nach.

Im September, kurz vor meinem 22. Geburtstag, tauchte mein Vater dann plötzlich in Northeim auf. Ach, waren wir froh! Er kam direkt aus Hamburg von Oma; denn seinen Entlassungsschein hatte er sich klugerweise nach Hamburg ausstellen lassen. Was sollte ein Hamburger und dazu noch ein Architekt auf die Dauer auch in Northeim? Ein echter Hamburger will immer nur in Hamburg leben. Und da gab es für einen Architekten jede Menge zu tun. Überall hieß es: Wiederaufbau, Neuanfang. Die Deutschen waren wirklich ein hartes Geschlecht! Vater war in der Nähe von Lübeck in englischer Gefangenschaft gewesen. Zuerst hatten alle auf freiem Feld hinter Stacheldraht gelegen. Dann wollten die Engländer für die Gefangenen Baracken bauen und fragten nach einem Architekten. Vater bekam den Auftrag, die Entwürfe und die Bauleitung zu übernehmen. Ihm wurde ein Jeep mit einem Englishman zur Verfügung gestellt, ein Bauwagen als Unterkunft und Büro und englische

Verpflegung. Da war er fein raus. Als die Baracken fertig waren, wurde er entlassen. Nun war er bei uns nur mal für wenige Tage auf Besuch. Er plante mit Mutti eine völlige Rückkehr der ganzen Familie nach Hamburg und überlegte, wie weiter gearbeitet werden sollte. Als ich ihm von meinen Studienproblemen erzählte und ich um seine Meinung bat, sagte er lachend: „Na, eine Tochter habe ich nur, und die will nun herumlaufen im langen schwarzen Kleid, nur so ein bisschen weißes am Hals, mit großem Bekenntnisdutt und himmelverdrehten Augen!? Ne Spatz, die Himmelskomik überlass man den Männern! Ich will eine schicke, flotte Tochter haben." Darauf wandte ich ein, dass ich ganz bestimmt nicht so herumlaufen wollte. Wie es denn aber mit der Bezahlung der Studiengebühren sei?! Medizin sei am teuersten, Theologie entschieden billiger, und dann hätten mir die von Hannover ja auch Unterstützung zugesagt. – Das stimmte Vater bedenklich. Ja, wie es finanziell weiter gehen sollte, wusste er im Moment auch nicht. Natürlich würde er sich sofort um Arbeit bemühen. Die Sache sah für ihn nicht sehr gut aus – wegen des dummen, damals unerlässlichen Eintritts in die NSDAP. Er wollte es bei den Engländern direkt versuchen. Die interessierten sich derzeit gar nicht für solche Hindernisse. In meiner Angelegenheit entschied Vater schließlich: da ein Weiterstudium in der Medizin in mehrerer Hinsicht zweifelhaft sei, solle ich Theologie studieren. Auf alle Fälle sollte ich studieren und nicht aus der augenblicklichen Not heraus das Studium an den Nagel hängen, um schnell Geld zu verdienen. Man würde schon weiter sehen. Wie es so Vaters Art war, folgten dann Ermahnungen zu Fleiß und Tugend. – Vater war keineswegs unkirchlich, geschweige denn unchristlich. Aber er konnte keine Frömmelei und Bigotterie leiden. Es musste alles militärisch *zackig* sein.

Unser akutes Problem war, unseren verwöhnten Paps für die Tage seines Besuchs zünftig zu ernähren. Meine Freundin Karla kam nach Northeim und blieb ein Weilchen bei uns. Wir fuhren nach Hamstedt, gingen ins Pfarrhaus zu meiner neuen Bekannten, der Pastorentochter, und baten sie, mit uns im Wald Pilze zu suchen. Pilze gab es da reichlich, nur wir kannten sie nicht. Die aber kannte alle. So kamen wir mit bis zum Rand gefüllten vollen Körbe nach Northeim zurück. Das gab leckere Gerichte, und Vater war selig.

Karla und ich verließen das erneut glückliche Ehepaar, d.h. meine Eltern, bald. Karla fuhr nach Banteln, und ich machte mich nach Hamburg auf, um meine Oma endlich wieder zu sehen. Ich erwischte einen Zug, der durch die Gegend bummelte und abends um 11 Uhr in den erhaltenen Hamburger Hauptbahnhof einfuhr, also genau zur Sperrzeit. Ich übernachtete mit vielen anderen Leuten im Bunker. Auf der Bank sitzend, legte ich meinen Kopf auf den Rucksack neben mir und döste bis zum frühen Morgen in dieser Haltung. Der erste Zug nach Rahlstedt fuhr um sechs Uhr. Den nahm ich und stand kurz vor sieben Uhr bei meiner Oma vor der Tür. Da stand meine Oma fertig angezogen im Seidenkleid und sorgfältig gekämmt im Türrahmen und ich fiel ihr um den Hals, dass sie fast umkippte. Man kann sich heute kaum vorstellen, was es damals bedeutete, sich nach den Schrecken des Krieges und allen Ungewissheiten wie Unmöglichkeit von Kontakten lebend wieder zu sehen.
Als ich im September 1945 bei Oma war, lebte auch Onkel Emil noch. Das Dienstmädchen Emma war treu geblieben und sorgte dafür, dass meine Oma von dem Wenigen was es zu essen gab, wenigstens ihren Anteil erhielt. Ich blieb einige Tage in Rahlstedt. Oma stellte mir ihr Bett zur Verfügung und schlief auf einem

winzigen Salonsofa. In der oberen Etage des kleinen Hauses waren fremde Leute einquartiert, Ausgebombte. Ich wollte dann noch meine Freundin Elisabeth aufsuchen, die in Othmarschen ein Zimmer ergattert hatte. Da die S- Bahn unregelmäßig fuhr, lief ich nach Farmsen zur nächsten U-Bahn Haltestelle, und meine liebe Oma begleitete mich ein großes Stück des Weges, elegant wie immer und mit flottem Schritt. Als wir uns von einander verabschiedeten, dachte ich nicht, dass es ein Abschied für immer sein sollte. Meine Oma war nie krank gewesen. Aber die alten Menschen waren fast verhungert und hatten keine Widerstandskraft mehr. Onkel Emil starb im Oktober an einem alten Lungenleiden, das wieder aufgebrochen war, meine Oma am 25. November an einer Blutvergiftung infolge von einer Furunkulose, die damals in Rahlstedt wie eine Seuche wütete. Ich kehrte nach Northeim, dann nach Göttingen zurück. Vater fuhr wieder nach Hamburg, um Wohnung und Stellung zu suchen. Sobald er eine Wohnung gefunden hatte, sollte Mutti nachkommen. Mit der Wohnungsvergabe war das so eine Sache. Sobald der Druck von oben weg ist, blüht die Korruption. Und wer am Hebel sitzt, mahlt zu erst. Die Wohnung, die Muttis Kusine uns überlassen wollte, fand der Mann im Wohnungsamt für uns viel zu gut. Die nahm er lieber selber. Uns wurden zwei Zimmer zugewiesen, direkt am Bahnhof, in einem ganz närrischen Altbau. Kam man durch die Haustür unten herein, erblickte man zur rechten Seite die Klos für das Haus. Gerade aus ging es eine steile Treppe hoch, über die man zu zwei Wohnungstüren gelangte. Die rechts angebrachte Tür führte zu unserer neuen Behausung. Das Wohnzimmer lag dann einigermaßen normal zu rechter Hand mit einem Fenster zur Straße. Aber was heißt Wohnzimmer? Es war das Zimmer für zwei von uns vier, etwa für Oma und mich. Das zweite Zimmer musste innerhalb der Wohnung erst erstiegen werden; dazu führte nochmals eine steile Treppe hoch. Es lag somit unter dem Dach, das mit einem großen Loch verziert war. Mit alten Plünnen war das Loch ausgestopft. Eine Heizmöglichkeit bestand nicht. Na ja, immerhin gab es ein Dach über dem Kopf, wenn auch ein kaputtes. Hier wollten meine Eltern nächtigen.

Bevor es zum Umzug dahin kam, erkrankte Oma. Vater musste sie ins Krankenhaus bringen. Als Mutti die Nachricht erreichte, nahm sie den nächsten Anhalter, um möglichst schnell von Northeim nach Hamburg zu gelangen. Es war ein offener Lastwagen, beladen mit Polen. Die drohten ihr ständig damit, sie herunterschmeißen zu wollen. Sie kam dann doch gerade noch rechtzeitig an, um ihre Mutter noch lebend anzutreffen. Kurz darauf lief sie Hamburg ab, um für Oma einen Sarg zu bekommen, was außerordentlich schwierig war, ihr aber schließlich doch gelang.

Mich erreichte die Nachricht von Omas Tod, als ich längst wieder in Göttingen war, und zwar als Studentin der Theologie. Ich wohnte wieder bei Muttis Freundin Ilse. Sie hatte für mich und Karla ein kleines Zimmer frei gemacht. Karla hatte ihre Bude nicht wieder bekommen und Ilse war es ganz recht, doppelte Miete zu kassieren. Der kleine Raum fasste immerhin ein Bett und eine Couch sowie einen Tisch und primitive Waschgeräte. So begann erneut ein freies Studentenleben mit einigen Varianten. Karla durfte noch ein weiteres Semester Medizin studieren und hängte das Studium dann endgültig an den Nagel. Ich aber hatte erstmal Griechisch und Hebräisch und natürlich auch Theologie zu büffeln. So legte ich aufs Neue richtig los.

Trotz allem – da war noch etwas anderes im Spiel. Kurz vor Semesterbeginn – und der war am 1. Oktober 1945 – hatten Karla und ich einen Ausflug nach Katlenburg gemacht. Eigentlich wollten wir die Pastorenfrau aus dem Katechetenkursus besuchen, einfach so, ziemlich unbedarft. Die war aber nicht zu Hause. Die Herbstsonne war hell und freundlich. Es war noch warm. Wir stiegen auf die Überreste der Katlenburg, die von Gras überwachsen waren und legten uns lang hin, Sonne und Wärme genießend und in den blauen Himmel schauend. Auf einmal sagte Karla: „Ich habe mir das überlegt. Es wird Zeit, dass wir heiraten."
Ich war ziemlich verdutzt; an so etwas hatte ich noch gar nicht gedacht: „Und wen willst du heiraten?"
„Also, da wäre zum Beispiel Napoleon und dann natürlich auch Heinrich." „Napoleon" nannten wir einen Medizinstudenten, der bei Professor Deuticke als wissenschaftliche Hilfskraft arbeitete. Wenn Deuticke sein Kolleg hielt, saß er oben auf dem Podest links an der Wand mit einigen anderen Hilfskräften. Da Deuticke seine Vorlesungen stets auswendig hielt und die Angewohnheit hatte, dabei auf dem Podest hin- und herzulaufen, mussten wir immer in die Ecke gucken, in der er sich gerade befand. Hielt er sich links auf, schauten wir gleichzeitig auf den jungen Mann, dem die dunklen Haare ein bisschen ins Gesicht fielen. Eigentlich himmelten wir immer ziemlich auffällig den Professor an. Aber der junge Mann fühlte sich dann auch angeguckt und reagierte entsprechend. Da wir seinen Namen nicht wussten, nannten wir ihn Napoleon. Karla hatte mal am Eingang zum Hörsaal ein paar Worte mit ihm gesprochen. Er hatte Studienurlaub und war in Unteroffiziersuniform. Nun wussten wir derzeit, als wir da auf der Katlenburg im Gras lagen und uns von der Sonne bescheinen ließen, von keinem der beiden, wo

sie abgeblieben waren. Würden wir sie überhaupt jemals wieder sehen? Heinrich hatte mir ein paar mal ins Lazarett geschrieben und seine Bücher irgendwann bei Omi Groß abgeholt. Demnach war er mal wieder in Göttingen aufgetaucht. Neckend stritten Karla und ich uns, wer mit wem usw. Schließlich meinte Karla: „Ich bin doch mehr für Napoleon. Den Heinrich kannst du haben!" Mit diesem Gespräch, das ich gar nicht ernst genommen habe, war eine neue Lebensära eingeleitet.

Zu Beginn des Semesters mussten wir uns für das Mittagessen in der Mensa anmelden und dafür – wie damals bei allen Gelegenheiten – Schlange stehen. Es waren zwei Schlangen nebeneinander. Plötzlich entdeckte ich Heinrich neben mir. Da stand er in seiner ganzen Länge, drehte sich zu mir und sah mich aus seinen blauen Augen strahlend an. Es zuckte ein bisschen in mir und klickte anscheinend auch bei ihm. Es war ja immer ein großes Ereignis, sich nach dem Krieg wieder zu sehen. Er hatte perfektes Zivilzeug an. Nichts mehr von seiner Feldwebeluniform!
Gut sah er aus, abgesehen von seiner Blessur. Durch den erlittenen Hüftschuss hatte er ein kürzeres Bein. Eine dicke Sohle unter dem einen Schuh musste das Übel kompensieren. Er war sehr tapfer darin und ging damit geschickt um. Karla traf Napoleon wieder bei Deuticke. Er hieß in Wirklichkeit Peter. So wurde aus Napoleon *Peter der Große.* Heinrich und ich lustwandelten gern im Hainberg. Trafen wir uns im Theologicum, guckten wir uns nur an. Und ohne was zu sagen, marschierten wir los. Nachher gingen wir brav wieder auf unsere Arbeitsplätze. Ein paar mal lud Heinrich mich ins Theater ein, einmal in ein Beethovenkonzert. Im Theater wurden jetzt gern solche Stücke aufgeführt, die im III. Reich verboten waren. So sahen wir mit großer Begeisterung „Hoffmanns

Erzählungen" von Jaques Offenbach. Doch bevor das Orchester mit der eigentlichen Opernmusik beginnen konnte, musste es die englische Nationalhymne spielen: „God save the king." Dazu mussten wir alle aufstehen. Heinrich, der sein zerschossenes Bein nach rechts ausstrecken musste, wenn er saß, hatte damit seine Schwierigkeiten. Aber das war es nicht, was uns so ärgerte. Wir empfanden es als große Demütigung, dass wir unsere Feinde so ehren sollten. Das ging nun dauernd so weiter. Wir kochten vor Wut. Heute findet man das wohl ganz normal. Wir hatten es nicht anders verdient. Aber wir jungen Leute waren bockig und trotzig. Hitler: nein! Zu Deutschland: ja, unser Vaterland! Während ich mit Heinrich doch letztlich ziemlich auf Distanz blieb, verlobten sich Karla und Peter im Januar. Es gab eine zünftige Verlobungsfeier in unserer Bude. Wir hatten umgebaut, so dass doch etliche eingeladene Studenten da Platz fanden. Karla hatte Heinrich neben mich drapiert. Der sang zur Gitarre Karla an. Die grinste dazu, und Peter war sauer. Ich hatte innerlich von Heinrich bereits Abstand genommen. Er erwies sich als schrecklich langweilig und wusste nicht, was er wollte. Anscheinend kannte er außer der Fachliteratur nur ein einziges Buch: „Und ewig singen die Wälder." Davon erzählte er immer wieder, wenn wir spazieren gingen. Im übrigen hielt er theologische Monologe, die meiner Meinung nach völlig absurd waren: Wer ein Weib ansähe, es zu begehren, der habe damit bereits die Ehe gebrochen. So habe er nun schwer gesündigt, weil er mich begehrlich angesehen habe. Die schwerste Sünde sei es, wenn zwei, die nicht miteinander verheiratet seien, sich küssten. Ich verstand gar nichts mehr. Welche Ehe hatte er denn gebrochen? Wir waren doch alle beide nicht verheiratet, da war doch gar keine Ehe, die wir hätten brechen können. Natürlich wusste er alles besser. Er hatte schon mehrere Semester Theologie hinter sich und fühlte sich hoch über mich Anfängerin erhaben. Ich hätte eben noch nicht das richtige Verständnis. Als wir beide aus dem Weihnachtsurlaub zurückkehrten, erzählte er mir, dass er seine ältere Schwester gefragt habe, ob er sich mit mir verloben solle. Die habe gemeint, das müsse er selber wissen. Nur, ich wusste längst, dass ich keine Lust hatte, mit ihm mein Leben zu verbringen.

Ich muss das Rad noch einmal ein bisschen zurückdrehen auf den Weihnachtsurlaub, den ich bei meinen Eltern in Hamburg verlebte. Sie hatten inzwischen die ihnen in Rahlstedt zugewiesenen Zwei-Zimmer bezogen. Vater arbeitete für die Engländer. Damit diese schöne Unterkünfte bekämen, ließen sie als erstes die Villen an der Alster wieder aufbauen. Nun egal, Vater war froh, dass er Arbeit gefunden hatte; denn an den Wiederaufbau der ganzen zerstörten Stadt war vorläufig nicht zu denken. Die lag noch für ein paar Jahre in Trümmern. Um nach Hamburg zu gelangen, nahm ich einen Umweg; für die Amerikaner fuhr ein beheizter D-Zug regelmäßig von München nach Bremen. Er hielt auch in Göttingen, und Zivilisten durften mitfahren. Welch ein Vergnügen, in einem richtigen und warmen Zug fahren zu dürfen! Karla war schon vorher zu ihren Eltern nach Bremen-Vegesack gefahren und hatte mich eingeladen, dort zu übernachten. Wir hatten einen recht vergnüglichen Abend mit ihren Eltern. Der Vater konnte so hübsche Döntjes auf Platt erzählen. Am nächsten Morgen bemühte ich mich, einen Zug Richtung Hamburg zu erwischen, musste dann aber zunächst mit einem Bummelzug vorlieb nehmen, der nur bis Buchholz fuhr. Da saß ich erst einmal für ein paar Stunden fest. Ich ergatterte im Wartesaal einen Sitzplatz an einem quadratischen Tisch, an dem noch drei andere Personen saßen, ein älteres Ehepaar und direkt mir

gegenüber, ein stämmiger Herr mittleren Alters. Ich wollte die Zeit nutzen und schlug meinen *Hollenberg* auf, ein Lehrbuch der hebräischen Sprache; denn das *Hebraicum* stand kurz bevor. Da beugte sich der Herr über den Tisch, offenbar um genau zu sehen, was ich da las. Er sah mich forschend an und fragte dann: „Sind Sie Jüdin?" Das verneinte ich. „Aber warum lernen Sie dann Hebräisch?"
„Ich studiere Theologie. Und um das Alte Testament zu verstehen, muss man Hebräisch lernen!"
„Ich bin Jude, von Beruf Kunstmaler. Ich war in Dachau im KZ und habe das dortige Geschehen in Ölgemälden festgehalten."
Er hob einen großen Koffer hoch, der neben ihm auf der Erde stand, setzte ihn auf den Tisch und öffnete ihn. Gleich das erste Bild, das er uns zeigte, löste Schrecken und Entsetzen aus. Ich sah nur Feuer, Feuer.
Das ist ja furchtbar! Aber warum malen Sie das? Ich habe den Feuersturm in Hamburg miterlebt; aber ich bemühe mich immer, nicht daran zu denken. Vergessen kann man das nicht; aber man muss die Gedanken daran verdrängen. Sonst hält man es nicht aus!" Da war mein Gegenüber ganz anderer Meinung. Nein, man müsse daran ständig denken und sich das vor Augen halten, damit es niemals vergessen werde. Diese letztere Meinung beherrscht nun, noch 60 Jahre danach, die ganze politische Atmosphäre.

Allenthalben war das Entsetzen groß, als die Judenmorde bekannt wurden. Ich hatte nur etwas von Theresienstadt gehört. Verschwägerte einer Nachbarin, die ich persönlich nicht kannte, waren dahin deportiert worden. Sie haben regelmäßig von dort geschrieben und sind nach dem Krieg zurückgekommen. Ebenso eine Hausgenossin einer Schulfreundin. Die sind jedenfalls nicht in Auschwitz gelandet. Sonst war mir nichts bekannt. Die Jüdin, die mit bei uns im Haus in Hamburg wohnte, hatte ständig Angst, dass sie *abgeholt* würde. Sie hat aber bis zuletzt bei uns gewohnt und ist mit uns aus dem zusammengestürzten und brennenden Haus geflüchtet. Sie hatte einen halben Laib Brot bei sich und hat das Brot großzügig unter uns aufgeteilt. Mehr weiß ich nicht mehr von ihr. Nach dem Bombardement unseres Hauses sind ja alle Bewohner auseinander gestoben.

Eine Ansage riss mich hoch. Es würde ein Kohlenzug von Buchholz bis Harburg fahren. Wer sich das zutraue, dürfe oben auf den Kohlen sitzend mitfahren. Schnell stopfte ich meinen Hollenberg in den Rucksack, schwenkte den auf den Rücken, grüßte noch und kletterte auf die Kohlen. Ein anderes Mädchen meines Alters kletterte neben mich. Wir hielten sofort zusammen. Die andere hatte eine Wolldecke bei sich. Die spannte sie über uns aus. So waren wir wenigstens ein bisschen vor der Kälte geschützt. Langsam tuckerte der Zug dahin. Neben den Gleisen standen hier und da Leute mit Eimern und baten uns, Kohlen hinunter zu werfen. Aber das konnten wir natürlich gar nicht. Wir wären ja selbst ins Rutschen gekommen. In Harburg musste ich wieder auf einen Zug warten, der mich zum Hamburger Hauptbahnhof bringen sollte. Geraume Zeit saß ich im Wartesaal auf meinem Rucksack. Als ich dann endlich in Hamburg angekommen war, fuhr von dort aus kein Zug nach Rahlstedt. Ich nahm die U-Bahn und fuhr bis Farmsen. Von dort ging ich dann zu Fuß in Begleitung eines netten jungen Mannes, der einen Richtweg wusste. Wir hatten es nicht gelernt, vor bösen Männern Angst zu haben. Heute würde wohl mit Recht keine Frau solches Risiko eingehen. Aber der junge Mann war anständig. Er bat mich nur um ein Wiedersehen. Das lehnte ich ab. – Man sieht hier jedenfalls, wie *bequem* wir damals reisten. Das Leben war eigentlich nur noch Abenteuer.

Meine Eltern hatten sich in dem unteren Zimmer bestmöglichst eingerichtet. Es war nur nicht warm zu kriegen. Vater hatte eine so genannte „Hexe" ergattert, einen kleinen Herd, der recht schwächlich war und zudem schlecht gefüttert wurde. Wenn ich mal warme Füße haben wollte, setzte ich mich auf die Seitenlehne des Sofas, das eigentlich Tante Käthe gehörte, und stellte sie direkt auf den Herd, ohne das geringste Risiko, die Sohlen anzusengeln. Zu der Zeit hatten sie auch noch das obere Zimmer mit dem kaputten Dach. Da hatten sie in Tante Käthes Betten ihre Schlafstätte. Tante Käthe hatte inzwischen das Haus ihrer Eltern bezogen und ihre Möbel übernommen. Das obere Zimmer durften meine Eltern zu der Zeit noch behalten, weil ich da noch mit gemeldet war. Für mich stand im unteren Zimmer ein Luftschutzbett. Bei aller Primitivität genossen wir es, wieder zusammen in Hamburg zu sein. Vater freute sich schon darauf, beim Wiederaufbau der Stadt mitarbeiten zu können. Mutti hatte dicke Erbsen aus Northeim mitgebracht. Am Heiligen Abend gab es eine richtig deftige Erbsensuppe. Findig, wie Mutti war, hatte sie auch gleich einen Pferdeschlachter entdeckt. Da gab es ohne Fleischmarken Pferdefleisch und Pferdebrühe. „Hotte hü" und „Hüa" schmeckten lecker. Doch bald gab es ein Problem. Mutti hatte in ihrer Großzügigkeit die alte Wohnungswirtin eingeladen, mitzuessen. Das tat die natürlich gern. Aber da gab es sofort Futterneid. Der grassierte jetzt überall und schuf Feindschaften. Vater guckte der alten Frau jeden Löffel in den Hals. Seine sonst grauen Augen wurden grün und sein Kopf rot. Das war immer ein Zeichen dafür, dass er wütend war. Mutti bemerkte das sofort und rollte ihre dunklen Kirschenaugen vorwurfsvoll zu ihm hin.

Das Spielchen kannte ich. Muttis Augen zeigten immer ihre Wirkung. Vater duckte sich. Ach, es waren herrliche Eltern! – Beiläufig erzählte ich auch mal von Heinrich, aber nichts von seinen komischen Monologen. Es war so eine Art Beichte. Vater hatte mir immer jeglichen Umgang mit dem starken Geschlecht verboten. Doch jetzt reagierte er ganz anders: „Ist meine Tochter auf einmal erwachsen? Das kann ich mir gar nicht vorstellen! Nun geht sie schon mit einem langen Feldwebel spazieren!" Ja, ich war 22 Jahre alt und damit mündig, was man damals mit 21 Jahren wurde. Vater schien gar nichts dagegen zu haben.

Auf der Rückfahrt kam ich schneller nach Bremen, musste da aber im Bahnhofsbunker übernachten. Man hatte da Betten aufgestellt und es gab sogar eine Wolldecke. Natürlich legte man sich da voll bekleidet hinein. Ich schob den Rucksack unter meine Kniekehlen. In Göttingen war Karla schon vor mir. Sie hatte es mit Peter genossen, dass sie das Zimmer mal für sich allein hatte. Ich zog es dann vor, mich wieder in die Kammer zurückzuziehen. Die ließ sich allerdings nicht heizen. Am Tag war ich selten zu Hause. Wenn ich es war, mochte ich auch gern mal im warmen Zimmer sein. Da konnten wir einen kleinen Kanonenofen heizen, weil Peter und ich im Hainberg Bäume geklaut hatten. Peter hatte mehrere zarte Stämme gefällt. Ich hatte sie zusammengerollt. Gemeinsam hatten wir sie auf den unverzichtbaren Bollerwagen geladen und in den Garten hinter dem Haus Hanssenstraße 3 kutschiert. Peter sägte, ich hackte. Karla sah amüsiert aus dem Fenster. Sie musste immer ein bisschen geschont werden, weil sie leicht kränkelte. Die Holzscheite, die wir in den Ofen schoben, waren noch frisch und etwas feucht. Der Geruch war nicht gerade angenehm und die Hitze mäßig. Egal – wir mussten auch jetzt das *harte Geschlecht* unter Beweis stellen. Ich mochte Peter ganz gern, beneidete Karla aber keineswegs um ihn. Er lümmelte sich allzu oft und allzu gern auf unserer Couch herum, was auch Karla nicht passte. Sie hatten auch reichlich viele Meinungsverschiedenheiten. Peter erwies sich als sehr strenger Katholik, während Karla betont protestantisch und von ihrer Mutter pietistisch erzogen war. Was sollte das geben? Lange zweifelte sie, ob sie ihn denn wirklich heiraten sollte. Schließlich meinte sie, er sei wenigstens verpflichtet, treu zu sein.

Nach unseren Gesprächen auf der Katlenburg hatte ich noch viele junge Männer kennengelernt. In der Theologischen Fakultät war das weibliche Geschlecht sehr rar vertreten. Die Auswahl für die Männer war gering, für die Mädchen, die gesund waren, groß. Aber man sollte es nicht glauben – da hatten die in Räuberzivil steckenden ehemaligen Offiziere und Soldaten doch meines Erachtens oftmals recht verschrobene Ansichten. Wenn die lieben Engländer uns mal wieder den Strom sperrten, scharten wir uns in dem einzigen geheizten Raum im Theologicum um den Ofen und öffneten die Klappe. Im flackernden Feuerschein sahen wir uns gegenseitig nur schemenhaft. Um so persönlicher wurden die Gespräche. Aber was diese Herren für Probleme hatten! Ob Tanzen wohl Sünde sei etc. Da ging es also wieder um die Begehrlichkeit. Ich hatte, wo sich die Gelegenheit bot, gern getanzt – ohne jegliche sündhafte Gedanken. So sagte ich in die Runde hinein: „Wieso sollte das Sünde sein? Es macht doch einfach Spaß, sich nach der Musik zu bewegen!" Das war wohl ziemlich naiv. Die Männer, die so lange im Feld gestanden hatten, waren offenbar von einigen Nöten geplagt. Aber sie trauten sich ja auch sehr mühselig. Wie oft fühlte ich ihre Blicke intensiv auf mich gerichtet; aber sie waren alle so zögerlich, bis mich dann einer schnappte, der flinker war. Der war, wie ich später erfuhr, bei dem Tanzgespräch auf mich aufmerksam geworden. Als er mich schnappte, waren etliche andere verdutzt: „Wieso schnappt gerade der uns das Mädchen weg?" Aber das hörte ich erst später.

Die Theologen hatten das Privileg, für ihre Kollegs die Hörsäle in den Universitätskliniken benutzen zu dürfen. Das war sehr angenehm, weil die geheizt wurden. Einige Vorlesungen fanden in der Frauenklinik, andere in der Augenklinik statt. Wir pendelten hin und her, ich immer in der Mitte von vielen Studenten. So begegnete ich öfter Karla, die natürlich auch in den Kliniken ihre Vorlesungen hörte, manchmal auch mit mir zusammen in eine theologische Vorlesung ging, so in Otto Webers Dogmatikvorlesung morgens um 8. Diese Vorlesung gab einen guten Einstieg in die Patristik, die ja die Grundlage der Lehre und der Kirchengeschichte ist. Ich habe diese Vorlesung sehr sorgfältig mitgeschrieben und besitze diese Nachschrift heute noch. Otto Weber las am Mittwochabend zweistündig Bibelkunde. Diese Vorlesung war eine gute Vorbereitung auf die exegetischen Fächer. Da saß ich neben einem Dr. phil. Pieter L., einem Holländer, der Lektor für Spanisch war, sich aber gleichzeitig um die Theologie bemühte. Er war lang, schlank und lustig. Wir ulkten uns an, kamen über einem Radiergummi, das hin und herwanderte ins Kichern und ernteten von Weber böse Blicke. Ich war eine unverbesserliche Lachtaube. Eigentlich gab es zu der Zeit gar nichts zu lachen; aber wir lachten trotzdem. Von Pieter drohte mir keine Gefahr. Er war verheiratet und freute sich auf die Geburt seines Kindes. Aber wir waren uns zweifellos sehr sympathisch. Er war interessant und nicht so dämlich wie Heinrich. Wenn ich in eine Lehrveranstaltung ging, die in einem zweitürigen Hörsaal stattfand, musste ich sehr auf der Hut sein, durch welchen Ausgang ich ging. Mal stand Pieter an dem einen, Heinrich an dem anderen, um auf mich zu warten. Manchmal standen sie auch beide an einem der Ausgänge. Natürlich ging ich lieber mit Pieter als mit Heinrich. Pieter war ein Gogartenfan und hatte das Privileg, an dem einmal wöchentlich zusammenkommenden Gesprächskreis in Gogartens Haus teil nehmen zu dürfen. Da nahm er mich mit und führte mich dort ein. Als Erstsemestler in der Theologie hätte ich zu diesem gehobenen Kreis sonst niemals Zutritt gehabt. So ließ Gogarten sich meine geringe Gegenwart gefallen. Eigentlich war diese Veranstaltung mehr ein Kolleg Gogartens, in dem er seine dialektische Theologie etwas gemütlicher vortrug als in der offiziellen Vorlesung. Die ihn öfter unterbrach, war seine gescheite Frau, die seine Spezialitäten längst kannte. Sein Vortrag ähnelte einer Kuchenschnecke, deren Gewinde immer wieder auf denselben Punkt kommt. Frau Gogarten bemerkte gelegentlich: „Friedrich, das sagtest du bereits!" Da schmunzelte man wohl ein bisschen; aber keiner hätte gewagt zu kichern. Alle waren ganz Andacht. In der Vorlesung war Gogarten sehr autoritär. Wenn mal einer zu spät kam, gab es ein fürchterliches Donnerwetter, so dass alle zitterten. Wenn er predigte, dann im Mathematischen Institut. Da war es wohl etwas wärmer als in der Universitätskirche. Er stand vor dem Katheder im Talar und hielt mehr eine Vorlesung als eine Predigt. Und die Studenten, die bei überfülltem Saal auch in den Fensterbänken saßen, schrieben alle mit. Er wurde auch mal politisch und nahm kein Blatt vor den Mund, mokierte sich ungescheut über Praktiken der Besatzungsmächte. Er war eine knorrige Eiche und fürchtete sich nicht. Luther kam ihm bei seiner Kritik zur Hilfe.

Allzu viel konnte ich mich in diesem ersten Semester mit Theologie nicht beschäftigen. Zunächst mussten die alten Sprachen bewältigt werden, erst einmal Hebräisch. Am 7. Februar 1946 sollte die mündliche Prüfung stattfinden, vorher die schriftliche. Da der Hebräischlehrer an der Universität ein so umständlicher Mensch war und lange nicht darüber hinaus kam, uns die Einführung des „Aleph", d.h. des ersten Buchstabens im Hebräischen Alphabet, zu erklären, wanderten etliche dort ab. Auch ich ging lieber zu einem alten Pastor, der in seiner Wohnung Hebräischkurse abhielt. Ich fand großes Gefallen an der Sprache und wurde bald zur *Vorbeterin*. Meine Kommilitonen schlossen Wetten ab: ich würde die Prüfung mit Eins bestehen. Heinrich bot mir großzügig Nachhilfestunden an. Ich ließ mich darauf ein, um zu sehen, wie er das anstellen würde. Nun ja, Hebräisch hatte er gelernt, wenigstens was! Ein älterer Kommilitone, der im Theologicum vor mir saß, bot mir seine Vokabelauszüge an. Ich nahm das Heft entgegen, blätterte ein bisschen darin und sah auf der Rückseite des Pappdeckels seinen Namenszug: Dr. Sprengler. „Aha", dachte ich, „der ist schon wer, vermutlich ein Dozent". Ich gab das Heft mit Dank zurück. Es war nicht ungewöhnlich, dass Dozenten und Professoren zwischen uns Studenten saßen. Einige waren erst kürzlich hier hergezogen und hatten noch keine richtige Wohnung. Der fast immer zwischen uns saß, war Iwand. Er aß dauernd Knäckebrot und knackte lauthals mit den Zähnen.

Am 7. Februar fand also das mündliche Hebraicum statt, und zwar im Keller der Frauenklinik, wo ich einst operierte Frauen gepflegt hatte. Alle Theologieanfänger waren da versammelt. Es müssen ca. 100 Studenten gewesen sein, die da erst einmal

zum Warten verurteilt waren. Zwei Prüfer hatten den Andrang zu bewältigen. Jeweils in Gruppen wurde examiniert. Ich war Otto Weber zugeteilt und einer Gruppe, die als vorletzte dran kam. Wir vertrieben uns die Langeweile mit allerlei Schabernack. Die Männer übten sich darin, auf den Händen zu laufen. Es war furchtbar komisch, die abgetragenen Soldatenstiefel in der Luft zappeln zu sehen. Endlich, endlich war ich mit meiner Gruppe an der Reihe. Doch Otto Weber lief erstmal weg. So warteten wir wieder, bis die Sache endlich ihren Anfang nahm. Jeder musste ein Stück aus der hebräischen Bibel lesen und übersetzen. Ich hatte dabei nicht die geringsten Probleme und fand, ich hätte eine Eins verdient. Weber hatte offenbar, nachdem er schon mehrere Stunden geprüft hatte, keine Lust mehr und verkündete, alle hätten mit „gut" abgeschnitten. Da waren diese „alle" ziemlich erstaunt. Als wir den Prüfungsraum verlassen hatten, erfuhren wir, dass überhaupt alle die Note „gut" erhalten hatten, auch solche, von denen wir was ganz anderes wussten. Wir trabten zum Theologicum und diskutierten lauthals die närrischen Beurteilungen. Da stand auf einmal dieser Dr. Sprengler neben mir und fragte mich lachend: „Lieben Sie Musik?" Ich war erstaunt. Die Frage schien mir im Moment ziemlich unpassend. Ich runzelte die Stirn, sagte dann aber schlicht: „Ja, sehr!" Daraufhin fragte der große Herr, sich ein wenig zu mir herunterneigend: „Darf ich Ihnen etwas vorspielen?" Erstaunt antwortete ich: „Ja, gern. Aber wo denn?" „In der Mensa steht ein Flügel!"
Eine Kommilitonin, etwas älter, Lehramtskandidatin, rief dazwischen: „In meinem Zimmer steht ein Klavier. Ich wohne in der Nähe, in der Baurat-Gerber-Straße!" So gingen wir im Trupp auf diese Bude; denn etliche Kommilitonen hatten sich angeschlossen. Wir saßen in dem schmalen Raum auf der Bettkante oder auf dem

Fußboden. Der Ofen war kalt, und wir behielten unsere Mäntel an. Bald wurde uns warm ums Herz. Der Pianist spielte zu erst eine Rhapsodie von Brahms, op. 79, dann Beethovens Mondscheinsonate. Alles spielte er auswendig und vollendet schön. Ihm wurde dabei so warm, dass er uns bat, sein Jacket ausziehen zu dürfen. Das gestatteten wir ihm voller Bewunderung. Nachher erzählte er uns ein bisschen von seiner Geschichte: heimatvertrieben, Haus und Hof, der edle Bechsteinflügel – alles dahin, aber vor allem: Frau und Schwiegermutter von den Russen ermordet. Während er das erzählte, wurde sein Gesicht aschfahl und es war so, als würde der stattliche Mann in sich zusammenfallen. Ich empfand Anteilnahme, ich würde nicht sagen: Mitleid. Dazu war dieser Mann zu imponierend, als dass ich ihn hätte durch Mitleid degradieren wollen. Galant brachte er mich nach Hause, bis vor die Haustür. Es war kein weiter Weg. Unterwegs bemühte er sich, mich interessant zu unterhalten. Voller Misserfolg! Er sprach von Koedukation. Er sei dagegen, weil bei den Mädchen der weibliche Charme dadurch verloren ginge. Von solchen Dingen hatte ich noch nie etwas gehört und ich konnte nichts damit anfangen. Hätte er mir doch etwas über Musik erzählt! Aber Männer sind doch manchmal gar zu blöd!

Das Hebraicum war nicht die einzige Schlussprüfung in diesem ersten Semester. Es gehört in den Bereich der Komik. Wer die Behauptung aufgebracht hat, weiß ich nicht: Angeblich hätten wir im III. Reich alle nichts Richtiges gelernt, kein richtiges Abitur gemacht usw. Darum mussten nun alle Erstsemestler eine Zusatzprüfung ablegen und um dahinzukommen, einen oder mehrere Kurse belegen. Obendrein mussten wir für jeden Kursus 90 RM bezahlen. Die Theologen kamen noch am besten weg.

Sie mussten ja unbedingt ein gutes Deutsch können, und ausgerechnet das sollte im Deutschen Reich nicht richtig vermittelt worden sein! Ich hatte Glück, dass ich in eine Gruppe kam, die von einem sehr netten und einsichtigen Studienrat geleitet wurde. Ich hatte zunächst Befreiung beantragt, weil ich ja eigentlich gar kein Erstsemestler war. Der Antrag wurde brüsk abgelehnt. Nach einigen Sitzungen beantragte Dr. Erbe – so hieß der Studienrat – nochmals Befreiung für mich, mit der Begründung, ich habe solchen Kursus nicht nötig. Abgelehnt! Nun wurde dieser Kursus recht angenehm gestaltet. Wir lasen klassische Dramen mit verteilten Rollen und diskutierten darüber. Derartiges kannte ich zum Teil schon von der Altonaer Schule, erst recht von der Klosterschule. Aber es machte Spaß. Zum Abschluss bekamen wir drei Themen zur Auswahl, um einen Aufsatz zu schreiben. Ich wählte – anders als im Abitur – eine Kunstbeschreibung. Uns war kein Kunstwerk vorgelegt worden. Um eins zu beschreiben, musste man sich schon sehr genau erinnern. Ich hatte mal ein Buch über die Naumburger Stifterfiguren besessen. Das Buch war irgendwie im Trümmerschutt untergegangen. Aber ich konnte die Figuren trotzdem noch genau beschreiben und interpretieren, weil ich in Obertertia mal einen Vortrag darüber gehalten hatte. Der war mir noch wörtlich in Erinnerung und ich schrieb ihn einfach auf. Das Echo war dann zu meinem Erstaunen überwältigend. Es sei von allen Aufsätzen der beste gewesen. In der Klosterschule waren unsere Lehrer immer sehr sparsam mit Lob. Unser Amandus gab niemals eine Eins – aus Prinzip und aus pädagogischen Gründen. „Die Eins ist der Inbegriff der Vollkommenheit! Meine Damen, halten Sie sich etwa für vollkommen?" – also sprach unser Amandus. Wir murrten manchmal, wieso denn nicht mal Inge eine Eins in Mathematik bekäme? Doch er blieb unerbittlich. Und nun war ein Vortrag, den ich in Obertertia gehalten hatte, auf einmal Spitzenreiter in der Ergänzungsprüfung zum Abitur! Aber nein, wir hatten im III. Reich gar nichts gelernt. Ich kullerte vor Lachen.

In diesem ersten Semester nach dem Krieg wollte man uns, die wir unter der Diktatur aufgewachsen waren, auch über die Werte der Demokratie belehren. Zu der Zeit konnten wir die Werte noch nicht erkennen. Die Besatzungsmächte zeigten uns nur eine andere Diktatur, die Diktatur des Siegers auf allen Gebieten. Nun fing man mit demokratischen Methoden innerhalb der Universität an. Für den Asta (Allgemeiner Studentenausschuss) sollten die Vorsitzenden gewählt werden. Wir saßen im Auditorium und vor uns stand eine Reihe von Studenten. Aus dieser Reihe heraus sollten wir einige Männer (!) wählen. Wir kannten keinen. Da erhob sich ein Gewisper und Gekicher. Wir Mädchen fragten uns gegenseitig, wer wohl der niedlichste sei. Welche Kriterien sollten wir denn sonst geltend machen? Der Versammlungsleiter fuhr uns zornig an, wir hätten die Demokratie noch nicht begriffen. War denn das die ersehnte Demokratie? Wir kicherten weiter.

Von weitaus höherer Stelle wurden wir über die miserable Forschung im III. Reich belehrt. Im Audimax sprach ein amerikanischer Professor auf Deutsch über die geistige Unterbelichtung der Deutschen zu dieser Zeit. In der Wissenschaft sei absolut nichts geleistet worden. Gerade eben hatten die Amerikaner Wernher von Braun und unseren Göttinger Professor Hermann Rein nach Amerika berufen. Da war gerade solche Rede nicht sehr einleuchtend. Einige Studenten wurden wütend und riefen die Namen der Berufenen. Der Redner fuhr indessen fort, die deutschen Professoren zu diskriminieren. Und wir sollten den Mund halten. Wollte man uns so zur Demokratie erziehen?! Nein, wir sollten zu Duckmäusern umfunktioniert werden!

Zeichnung von Mutti

XVI Kapitel

Nach Semesterschluss arbeitete ich lieber im provisorisch eröffneten Lesesaal der Universitätsbibliothek als im Theologicum. Ich hatte keine Lust mehr, Heinrich zu begegnen. Vielmehr wollte ich radikal mit ihm brechen. Erstmal schrieb ich ihm eine Karte und bat um ein Treffen zwecks Aussprache. Darauf reagierte er nicht. So heckten Karla und ich einen ziemlich bösen Brief aus und lachten uns dabei kaputt. Das Niederträchtigste, was man einem Mann sagen kann, ist wohl die Anschuldigung, dass er gar keiner sei! Au weih! Karla gab den Brief bei Heinrichs Wohnungswirtin ab und lief dann schnell davon. Wir waren ziemlich gemeine Frauensleute. Aber ich fühlte mich durch Heinrichs Verhalten verletzt. Was bildete er sich eigentlich ein? Nun, wir warteten gespannt auf eine Antwort. Die kam dann auch umgehend. Die Beleidigung hatte gesessen. Natürlich wäre er ein Mann, und ein Mann, ein Wort! Damit wusste ich allerdings nicht, welches Wort er meinte.
Inzwischen hatte sich in meinem ganz privaten Leben etwas ereignet. Als ich einmal über den Theaterplatz ging, begegnete mir zufällig der Dr. Sprengler. Er sah sehr elend aus, in seiner ganzen Länge schmal. Auf dem Kopf trug er ein viel zu kleines Hütchen, das ihm wohl irgendeiner geschenkt hatte. Dazu passte der Krattmantel aus Soldatenzeiten schlecht. Der war ihm auch viel zu weit geworden. Soldatenhosen und schreckliche Stiefel waren auch nicht gerade gesellschaftsfähig. Er kam freudig auf mich zu:
„Ach, mein liebes gnädiges Fräulein, wie ich mich freue, Sie endlich wieder zu sehen. Wo waren Sie denn nur? Ich habe Sie so vermisst!" Ich sagte ihm, dass ich in der

Universitätsbibliothek gearbeitet hätte. Jetzt dachte er, dass ich ihm hätte entgehen wollen. Das war weit gefehlt. Ja, er hätte doch die Kommilitonin, auf deren Zimmer das Klavier stand, gebeten, mich zu einem weiteren Konzert einzuladen. Warum ich denn nicht gekommen wäre? – Nun, die liebe Kommilitonin hatte mir kein Wort gesagt. Sie wollte den Dr. Sprengler allein empfangen, mit ihm vierhändig spielen und sich als gute Partie anpreisen. Sie stammte aus Uelzen, war weder ausgebombt noch heimatvertrieben und hatte eine große Aussteuer zu erwarten. Doch der Dr. war von ihr nicht beeindruckt. Er war sehr enttäuscht, mich da nicht anzutreffen und bat mich nun herzlich um ein Stelldichein. Ich war etwas verwirrt. Was konnte dieser bereits promovierte und großartige Pianist wohl an mir gefunden haben? Was war ich denn schon? Noch gar nichts, ein unbeschriebenes Blatt! Aber natürlich sagte ich zu, die Sache war auf alle Fälle interessant. Wir gingen danach jeden Tag zusammen spazieren. Es wurde Frühling, wurde warm. Alles blühte und grünte. Man konnte den Krieg und die widerliche Besatzung mal vergessen. Der Herrgott ließ die Sonne über uns scheinen – über Gerechte und Ungerechte. Sie zu genießen, das konnten die Engländer uns jedenfalls nicht verbieten. Sie war nicht rationiert. Über Koedukation wurde nie wieder gesprochen. Dafür gab es ganz andere Themen, die alle sehr interessant waren. Der *„Herr Doktor"*, wie ich ihn anredete, hatte entschieden mehr Bücher gelesen als Heinrich.

Nun hatte ich kürzlich beschlossen, das Orgelspiel zu erlernen. Zu dem Zweck ging ich ins Konservatorium. Der dortige Lehrer meinte, wir sollten erst einmal meine Klavierspielkenntnisse auffrischen. Wie es sich für die sog. höhere Tochter gehört, hatte ich eine Zeitlang Klavierunterricht gehabt und Omas Klavier traktiert. Ich weiß nicht, ob es an meinem traitement lag oder woran auch immer – das Klavier fing an zu mucken. Die Tasten blieben unten kleben, und auch der Klavierstimmer wusste keinen Rat. Das war sehr schade, weniger wegen meines Geklimpers als wegen Omas charmanten Klavierspiels, wozu ich gerne tanzte. Ein neues Klavier wollte man sich nicht leisten. So wurde die Klavierstunde aufgegeben. Und jetzt, in Göttingen mit 22 Jahren, konnte ich von vorn anfangen. Einmal in der Woche hatte ich Unterricht; aber jeden Tag ging ich ins Konservatorium und übte eifrig. Als ich das dem Dr. Sprengler erzählte, ging für ihn die Sonne auf – in doppelter Hinsicht. Einmal wusste er, wo er mich finden würde; denn ich hatte für die Übungen meine bestimmte Zeit. Vor allem aber wusste er jetzt, wie er an ein Klavier kommen konnte. Natürlich verriet ich ihm auf seine Frage meine Übungszeit. Und schwupp, war er da, immer zehn Minuten später als ich. Ich beobachtete überhaupt, dass er sich bei Verabredungen stets etwas verspätete. Der Grund dafür wurde mir schnell einsichtig. Er war es nicht gewohnt, zu Fuß zu gehen und rechnete nach Autozeiten. Wenn ich im Konservatorium meine Klimpereien startete, trat er erst leise hinter mich, gab mir dann hier und da Tipps und Anweisungen, erst vorsichtig, bald energischer und bat schließlich, mir das Stück einmal vorspielen zu dürfen. Da saß er dann, spielte und spielte, vergaß alles um sich her. Das war ja eigentlich nicht der Sinn meiner Klavierstudien; aber es war so köstlich, ihm zuzuhören, dass ich es ihm gern gewährte. Ich bewunderte ihn immer mehr, hielt mich aber sehr distanziert. Als ich das alles Karla erzählte, meinte sie, ich sei ziemlich blöd, mich so zurückzuhalten. Sie wolle sich den Mann einmal ansehen. So kam sie dann auch ins Konservatorium – als stille Beobachterin. Nachher sagte sie: „Ich könnte dich schütteln. Merkst du denn gar nicht, dass er dich

liebt? Nun komm ihm doch ein bisschen entgegen! Du magst ihn doch auch!" Ich war in dieser Sache ziemlich scheu und fand mich zu gering für ihn. Es war dann am 22. März 1946. Wir gingen spazieren; es fing an zu regnen, einen sanften, warmen Frühlingsregen. Während wir uns zum Schutz unter einen Baum gestellt hatten, fragte er mich, was ich für Zukunftspläne hätte? Ich antwortete, ich wolle Missionarin werden, am liebsten Missionsärztin, wenn ich denn zur Fortsetzung des Medizinstudiums die Genehmigung bekäme. Baldmöglichst wolle ich dann nach Indien. Mir schwebte das Vorbild unserer *Göttlichen* aus der Altonaer Schule vor. Mit der stand ich immer noch in Verbindung. Ich bemerkte, wie der Herr Doktor bei dieser meiner Antwort tief durchatmete. Diesen Plan wollte er unbedingt durchkreuzen, wie ich bald erfuhr. Wir gingen lange miteinander an diesem Tag. Längst war es dunkel. Endlich standen wir vor meiner Haustür Hanssenstraße 3. Da riss er mich plötzlich an sich und küsste mich. Im selben Augenblick schlug die Glocke vom Kirchturm 11 Uhr, Sperrzeit! Er rannte davon, stolperte im Finstern über den Kantstein und schlug lang hin, stand auf, rannte weiter zu seiner Behausung Schildweg 16.
Von dem Sturz hörte ich erst später. Zunächst stand ich ganz benommen im Dunkeln. In meiner kalten Kammer ließ ich mich dann im Mantel auf den einzigen Stuhl fallen. Mein dunkelblauer Tuchmantel wurde in der Mitte mit großen stoffüberzogenen Knöpfen geschlossen. Ich zählte ab: „Dr., Heinrich, Dr., Heinrich, Dr., Heinrich, Dr." Dabei blieb es. Ich nahm noch meine Blusenknöpfe dazu. Jedesmal kam als letztes „Dr." heraus. Natürlich wollte ich es auch gar nicht anders haben. Heinrich war eigentlich schon abgeschrieben. Er hatte sich aber noch einmal ins Spiel gebracht, indem er mir einen reuigen und zuckersüßen Brief geschrieben hatte. Er wollte mich unbedingt treffen. Nun wusste er leider, wo er mich am

nächsten Tag bestimmt treffen würde. Das stand im Theologicum am schwarzen Brett, nämlich dass ich dann die Aufsicht über die Bibliotheksbenutzung haben würde. Natürlich wusste das auch der Dr., dessen Vorname ich noch nicht kannte. Endlich, um 1 Uhr ging ich zu Bett mit dem Gedanken: „Mal sehen, was morgen passiert!"

Am nächsten Morgen saß ich pünktlich um 8 Uhr auf dem Aufsichtsplatz im Arbeitsraum des Theologicums. Es war ein kleiner Tisch. Wer davor auf dem Stuhl saß, schaute die Wand an und hatte die Kommilitonen hinter dem Rücken. Die Bibliothek war zu der Zeit im Parterre untergebracht. Da konnte niemand sitzen, weil nicht geheizt war. Wollte nun jemand ein Buch entleihen, so musste ich mit den Betreffenden hinuntergehen, die Tür zur Bibliothek aufschließen, den Entleiher bewachen, danach wieder zuschließen und oben seinen Namen und den Buchtitel aufschreiben lassen. Also eine ziemlich umständliche Prozedur! – Kaum saß ich, da erschien Heinrich und verlangte, ich solle mit ihm nach unten gehen. Bis zum Treppenabsatz kam ich mit. Dann drückte ich ihm den Schlüssel in die Hand und sagte, das Weitere könne er allein machen. Er solle die Tür offen stehen lassen, damit ich ihn beobachten könne. Und wie erwartet, ließ er sich darauf ein. Nachher stand er eine Weile erwartungsvoll neben meinem kleinen Tisch, sagte nichts und trat von einem Fuß auf den anderen. Ich ließ ihn zappeln und sagte auch nichts. Schließlich ging er weg und setzte sich direkt hinter mich. Ich hatte mir ein Buch gegriffen: „Kierkegaard, Begriff der Angst". Darauf guckte ich, ohne wirklich zu lesen. Es ging, wie vorausgesehen weiter. Der Dr. Sprengler erschien und trat mit der gleichen Bitte an mich heran, wie vorher Heinrich. Aber da spielte der Dr., wie erwartet, nicht mit. Als ich auf dem Treppenabsatz stehen bleiben wollte, nahm er mich bei der Hand: „Komm' mal schön mit! Das gibt es nicht, dass du hier stehen bleibst!" Nun duzte er mich auch noch einfach so! Gehorsam wie ein Lamm folgte ich ihm. In der Bibliothek standen die Bücher in etlichen Regalen. Das Buch, das er haben wollte, stand im allerhintersten Regal, ganz in der Ecke. Natürlich wollte er weniger das Buch, als vielmehr mich. Noch widerstand ich ihm: ich sei überhaupt noch viel zu jung für ihn. Das stimmte eigentlich auch; aber er ließ den Einwand nicht gelten. – Wieder oben setzte er sich ebenfalls hinter mich, direkt neben Heinrich. Die Blicke aus vier Augen hinter mir musste ich bis 13 Uhr aushalten. Es kamen noch etliche andere Studenten, mit denen ich nach unten gehen musste. Das war nun mal Dienst! Aber dann saß ich wieder über meinem Kierkegaard und begriff von dem *Begriff der Angst* kein Wort. Es war klar, wer das Spiel gewonnen hatte.

Punkt 13 Uhr stand der Dr., dessen Vornamen ich immer noch nicht wusste, neben mir und bat darum, mich zu meinem Mittagstisch begleiten zu dürfen. Ich hatte damals ein Abonnement im *Kronprinzen* direkt am Bahnhof. Da gab es immer so schöne Pellkartoffeln mit Quark, eine wahre Kostbarkeit! Der Dr. selbst aß in der Mensa. Er brachte es fertig, mich bis zum Kronprinzen zu begleiten, von da zur Mensa zu rennen, um die dort übliche Wassersuppe aus dem Blechnapf zu löffeln, und wieder zurück zum Kronprinzen zu laufen, um mich abzuholen. Ich war gerade eben mit dem Essen fertig, da war er schon wieder zurück. Lange Beine hatte er ja! Offensichtlich war er nicht nur musikalisch und belesen, sondern auch noch sportlich.
Für den Abend stellte Karla uns die Bude zur alleinigen Verfügung. Sie ging zu Gerda, die aus Bochum ebenfalls nach Göttingen zurückgekehrt war. Da gab es

für Gerhard und mich nun endlich eine aufgelockerte Zweisamkeit, das heißt ich blieb nicht mehr ganz so stur und begann sehr vorsichtig, seine Zärtlichkeit etwas zu erwidern. Ja, ich mochte ihn sehr gern. Allmählich schien mir, dass ich mich in ihn verliebt hatte. Kurz vor der Sperrzeit verließ er mich und gleich darauf erschien Karla, neugierig, was sich ereignet haben mochte. Eigentlich nicht viel. Karla ulkte: „Bist du nun verlobt?" Ich darauf: „Kann sein! Ich weiß es noch nicht genau!"

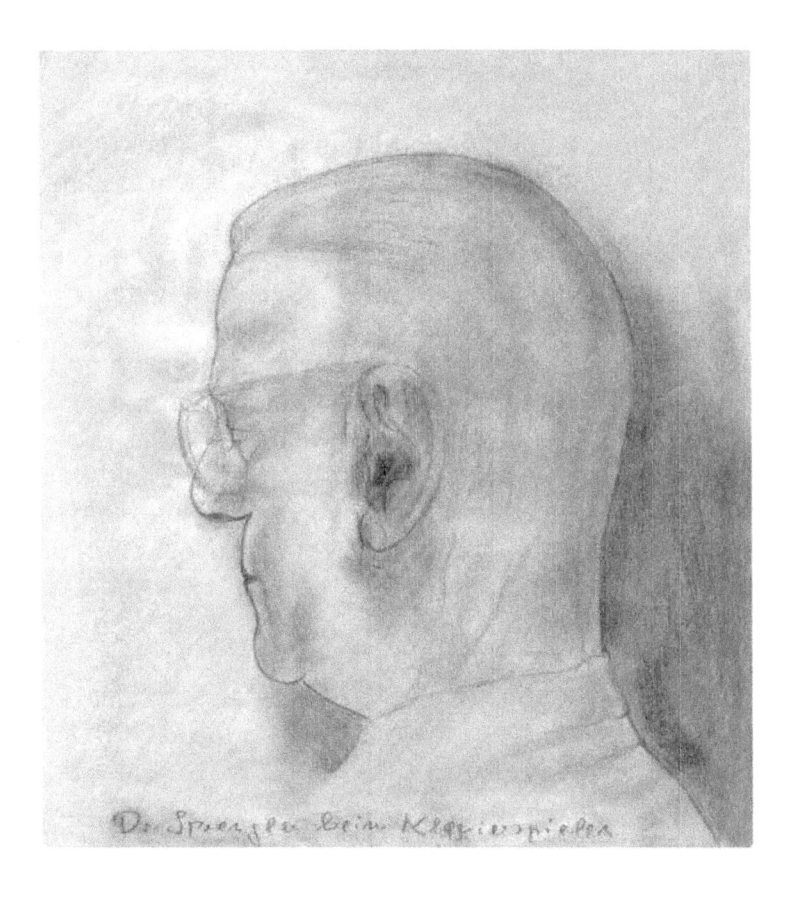

XVII Kapitel

Zum Wochenende fuhr ich erst einmal zu meinen Verwandten nach Duderstadt. Onkel Albert Hein war ein Vetter meiner Oma, aber mehr in der Generation meiner Mutti. Bei einer Vielzahl von Kindern hatten sich die Generationen verschoben. Er war ein sehr beliebter gemütlicher Erzähler. Alle in der Familie hatten ihn gern. Wie mein Opa war auch er Kaufmann in der Zigarrenbranche, aber bei einer anderen Firma, nämlich bei Engelhard und Biermann, die ihren Hauptsitz in Bremen hatten. Dort hatte die Familie auch ursprünglich gewohnt, und es war ein lebhaftes Hin und Her zwischen Hamburg und Bremen, bis Onkel Albert als Direktor in die Filiale nach Duderstadt im Eichsfeld versetzt wurde. Seine Frau, Tante Otti, war eine goldige Person und wie ihr Mann, ursprünglich Hamburgerin. Von den drei Kindern war das älteste, Hans Helmuth, von der Firma nach Brasilien geschickt worden, wurde dort im Krieg interniert und blieb auch danach dort, Erika war das zweite Kind, eine echte dunkle Hein. Sie hatte Ende 1945 geheiratet und lebte in Frankfurt / Main. Mir eng verbunden war Eva, das jüngste der Kinder, der gleiche Jahrgang wie ich, aber viel größer und ein Bild von Schönheit mit ihren dunklen Haaren, dunklen Augen und brünettem Teint. Es war für mich, als ich nach Göttingen katapultiert wurde, der reine Glücksfall, dass diese Familie nun so in meiner Nähe wohnte. Auch für meine Mutti war es wunderschön, solange sie in Northeim wohnte, ab und zu mal nach Duderstadt zu fahren. Sie malte dort ihre zarten Blumenbilder, und die geschäftstüchtige Eva verkaufte sie. Ich meinerseits musste Probleme irgendwelcher Art immer mal mit Eva bekakeln und sie die Ihren mit mir. Überdies war die

Dienstvilla, die die Familie bewohnte, das reine Paradies für mich. Es war alles wie im tiefsten Frieden, überaus gemütlich das ganze Mobiliar, die dicken Teppiche, Tante Ottis exzellente Küche. Gegen Zigarren konnte man alles kaufen, was Herz und Magen begehrte. Aber vor allem war die ganze Atmosphäre von menschlicher Wärme erfüllt.

Tante Otti und Onkel Albert

Ich fuhr mit der Bahn. Obwohl die Entfernung gering war, musste man zweimal umsteigen, in Northeim und in Wulften. Jedesmal musste man lange auf den Anschlusszug warten. Punkt 11 Uhr abends, also genau zu Beginn der Sperrzeit, kam ich in Duderstadt an. Alle Fahrgäste sollten in den Wartesaal gehen – bis zum nächsten Morgen. Das Heinsche Haus stand gegenüber vom Bahnhof. Ich rannte wie besessen dahin, sah aber schon, dass das ganze Haus dunkel war. Wie sollte ich zu so später Stunde hineinkommen? Ich hatte Glück. Auf der kleinen Veranda, die der Haustür vorgelagert war, saß eine junge Dame mit einem englischen Soldaten; sie poussierten miteinander. Die Dame erwies sich als Evas Freundin mit Namen „Gieschi". Eva hatte sie bei sich aufgenommen. So hatte sie einen Schlüssel und öffnete mir bereitwillig die Tür. Natürlich hatte ich nach der Tagestour großen Hunger. Ich kam mir vor wie ein Dieb; aber ich konnte es nicht lassen, in die Speisekammer einzubrechen und den dort aufgehobenen Heringssalat aufzuessen. Dazu noch ein Stück Weißbrot! Oh, das schmeckte! Mundraub war zu der Zeit ziemlich verbreitet. Dann schlich ich die Treppe hoch in Evas Zimmer. Evas Bett war leer, in dem anderen, das wohl einst Erika gehört hatte, lag jetzt Gieschi und aß Schokolade. Von ihr erfuhr ich, dass Eva als Dolmetscherin bei den Engländern Nachtdienst hatte. So legte ich mich getrost in Evas Bett. Ein Weilchen redeten Gieschi und ich noch miteinander. Gieschi wollte von mir wissen, ob ich auch einen englischen Freund hätte? Nein, ich hätte einen deutschen Freund, erwiderte ich. Das fand Gieschi zu der Zeit höchst unpraktisch. Wo ich denn Zigaretten und Schokolade herbekäme? Darauf gab ich zu verstehen, dass ich Nichtraucherin sei und lieber auf Schokolade verzichten wolle als auf meinen deutschen Freund. Dafür hatte Gieschi nicht das geringste Verständnis.

Am nächsten Morgen erwachte ich wohl ausgeschlafen. Eva war noch nicht zu Hause. Nach Genuss des großen Badezimmers, ging ich hinunter in die Küche, wo Tante Otti gerade das Frühstück bereitete. Nicht sonderlich erstaunt fragte sie nur: „Wo kommst du denn her?" Ich beichtete ihr alles, auch den Diebstahl. Sie lachte nur: „Du hättest ruhig noch mehr essen können!"

Als ich Eva später von meinem neuen Freund erzählte, meinte sie erst amüsiert: „Du hast wohl eine ganze Sammlung von Männern! Aber ich glaube, der, den du jetzt hast, ist dein „Guter"". Das war so Evas Ausdrucksweise. Sie selbst hatte viel größere Probleme. Eigentlich hasste sie die Engländer. Sie war schon einmal verlobt gewesen. Ihr damaliger Schatz war als Fliegerleutnant über England abgeschossen worden. Oui c`est la guerre! Die einen machten es wie die anderen! Aber Liebe fragt nicht nach solcher Logik! Man hasste den, der von der anderen Seite schießt. Aber nun war ihr Hass um einiges erschüttert. Der englische Kommandant, für den sie dolmetschen musste, hatte sich Hals über Kopf in das hübsche Mädchen mit der sanften singenden Stimme, wie sie den Heins eigen war, verliebt. Er war unverheiratet und machte ernsthaft Jagd auf sie. Dabei hatte sie aus ihrem Hass auf die Besatzer kein Hehl gemacht. Als er sie fragte, ob sie sich nicht über die *Befreiung* freue, antwortete sie: „Würden die Engländer sich freuen, wenn die Deutschen England besetzt hielten?" Das erstaunte den Kommandanten. Er meinte die Hitlerjugend müsse doch schrecklich gewesen sein. Eva darauf: „Überhaupt nicht! Ich war BDM – Führerin!" Das stieß den Ronald Allinson gar nicht ab. Vielmehr imponierte ihm diese Haltung! Während Eva in ihrer Meinung noch schwankte, hatte Tante Otti sich längst für diesen Schwiegersohn entschieden und ärgerte sich über das Zögern ihrer Tochter. „Ron", wie er genannt wurde, ging im Hause bereits ein und aus, versorgte *mommy* mit Zigaretten und allem, was sie gern hatte, und war ein goldiger *sonny boy*.
Auch an diesem Tag stellte er sich zum Mittagessen ein und brachte einen Haufen englischer Würstchen mit. Er selbst aß mit großem Genuss die Kartoffelpuffer, die Tante Otti extra für ihn gebacken hatte. Wir aßen die

nahrhaften Würstchen, die allerdings scheußlich schmeckten – wie die englische Küche eben so ist. Nachher sagte er zu Tante Otti: „Oh, Mommy, deine liebe Sonne ist so mjüde!" Er übte sich tapfer in der deutschen Sprache. Tante Otti amüsierte sich, qualmte mit Andacht englische parfümierte Zigaretten und wies der *lieben Sonne* das Sofa zum Ausruhen zu. Dieser Ron hatte sich bei den Heins bereits gut eingerichtet. Tante Otti ließ ihm alles durchgehen. Mich bat dieser Englishman dann, bei Eva ein gutes Wort für ihn einzulegen. Er liebte sie doch so und wolle sie heiraten. So schlecht seien die Engländer doch gar nicht, jedenfalls nicht alle! Nein, er ganz bestimmt nicht. Wir unterhielten uns auf Englisch, was mir keine Mühe machte – dank unsrer *Göttlichen*. Gegen Abend stellten sich noch etliche englische Soldaten ein, weil es bei *Mommy* so gemütlich war. Eva war natürlich müde und musste erst einmal schlafen, bevor sie den nächsten Nachtdienst antrat. So scharten sich die Engländer um mich und freuten sich, mit mir Englisch parlieren zu können. Das waren so die privaten Friedensschlüsse. En bloc mochte man sich nicht. Von Mensch zu Mensch sah das anders aus. Ronald Allinson überzeugte mich, und ich redete Eva zu, sie solle ihren Widerstand aufgeben.

Die Duderstädter hatten mit den Befreiungsmächten einige Aufsehen erregende Erlebnisse gehabt. Zuerst waren es die Amerikaner, die ihre Befreiungskünste ausübten, indem sie alle Häuser nach Lebensmitteln durchsuchten. Zu der Zeit war Tante Ottis Mutter, Omi Süßemilch – so hieß sie wirklich – mit im Haus. Eigentlich wohnte sie in Hamburg – Othmarschen in einer hübschen Villa. Sie liebte es, für ihre Enkelinnen schöne Kleidchen zu nähen. Auf eins mehr oder weniger kam es auch nicht an: sie nähte gleich auch für mich eins mit. So trugen Erika, Eva und ich oft die gleichen

Kleider. Omi Süßemilch war auch sonst sehr hilfreich. So nun auch in den Befreiungsangelegenheiten! Erika und Eva stopften sie ins Bett und legten ihr Schinken und Würste mit unter die Bettdecke:
„Schön still liegen, Omi! Und immerzu husten!" Das tat Omi mit Wonne. Als die Amerikaner kamen und Hausdurchsuchung hielten, fragte ein Ami: „What is with this old lady?"
„She has ch ch ch – Lunge – Tuberkulose!" sagte Erika und zeigte auf ihren Brustkasten. Der gewünschte Erfolg blieb nicht aus. Die Amis machten sich eilig aus dem Staube. – Nach den Amis kamen auch in Duderstadt die Engländer. Die trugen aus der Heinschen Villa alle Teppiche heraus. Eva beschwerte sich beim Kommandanten, mit dem sie damals noch nicht vertraut war. Der befahl umgehend, die Teppiche seien wieder hineinzutragen: das war Ronald Allinson. Und jetzt waren alle lieb und nett zueinander und Tante Otti war die beste mommy. In der Heinschen Atmosphäre gab es keine Feindschaften.

Eva

Am Montag zur Mittagszeit wollte ich mit dem Omnibus nach Göttingen zurückfahren. Der ließ dann ohne ersichtlichen Grund eine Stunde auf sich warten. In Göttingen wartete sehr ungeduldig mein *Guter*, für den ich mich nun endgültig entschieden hatte. Er war reichlich misstrauisch und glaubte, ich wolle aufs Neue versuchen, ihm zu entgehen. Mit Mühe konnte ich ihn überzeugen, dass das doch gar nicht meine Absicht war. Na, nun war ja erst einmal alles wieder in Ordnung. Verdruss ganz anderer Art gab es noch einmal, als ich meinen *Guten* zum Abendessen auf unsere Bude einlud. Es hatte sich die Sitte entwickelt, dass ich abends etwas kochte, eigentlich für Karla und mich. Peter hatte sich dazu eingeschlichen. Ich hatte noch so einiges Genießbare aus Northeim, u. a. dicke Erbsen. Nun sollte es den Abend Erbsensuppe geben, und ich sah nicht länger ein, dass Peter sich daran ergötzte, während mein Schatz hungerte. Der freute sich ganz mächtig auf sein Leibgericht. Zwischen den beiden Männern kam schnell Feindschaft auf, die von Peter ausging. Er war entschieden jünger als mein Guter, noch lange nicht graduiert, in Räuberzivil, das den Soldatendienstgrad verriet. Mein Gerhard war längst doktoriert, Pädagoge auf höherem Posten gewesen, im Krieg Major und Bataillonschef. Dabei war er sehr bescheiden und wollte sich Peter ganz kameradschaftlich nähern. Doch gerade das ärgerte den und er reagierte hässlich und giftig. Letztlich steckte Futterneid dahinter. Meinem armen Schatz guckte er wütend jeden Löffel Erbsensuppe in den Hals, gerade so, als hätte er allein Anspruch darauf. Das machte mich böse und wütend. Künftig fanden solche Abendessen nicht mehr statt. Ich lieh mir Rübchens Zimmer und kochte und briet für meinen Guten und mich auf dem Kanonenofen. Rübchen lieh ihr Zimmer gern her. Das war für diese Göre ja alles so interessant.

Eines Abends brachte Gerhard, den ich jetzt lieber nach seinem Vater Bernd nannte, der Name gefiel mir besser, mir ein kostbares Geschenk mit. Es war ein dunkelgrüner Tuchmantel mit einem großen Iltispelz, dazu ein „Schiffchen", wie man diese Kappen nannte, ebenfalls aus Iltis. Diese Kombination hatte seiner verstorbenen Frau gehört. Als er sie von dem Bauernhof, auf dem sie evakuiert war, abholen wollte, übergab die Bäuerin ihm schweigend nur diese Requisiten. Seine Frau war ermordet worden. Alles, was sie an Besitz bei sich gehabt hatte, wertvoller Schmuck z.B., war verschwunden, ob nun Deutsche, Russen oder Polen die Räuber waren, ließ sich nicht ausmachen. In seinem Entsetzen und seinem Schmerz hatte mein Guter danach auch wohl keine Recherchen unternommen. – Ich zog den Mantel etwas beklommen an. Er war mir viel zu weit; ich konnte ihn zweimal um mich herumwickeln. Nur das Schiffchen saß gut auf meinem relativ kleinen Kopf. Nun musste ich innerlich doch schmunzeln. Die arme Frau musste ja einen beträchtlichen Umfang gehabt haben. Ich war jung und schlank. Reizte meinen Schatz das nun erst recht? Er wusste sofort Rat. Er kannte einen alten Schneidermeister. Der würde den Mantel enger machen. Das geschah dann auch.

Zu Ostern fuhr ich nach Hamburg zu meinen Eltern – für 14 Tage. Ich sagte ihm die Adresse, und er versprach zu schreiben. Die Züge fuhren wieder regelmäßig. So gab es da derzeit keine Probleme. Vorsichtig brachte ich meinen Eltern meine neue Situation bei. Vater knurrte ein bisschen: „Wieder ein anderer? Auch ein Theologe?"
„Nun ja, nicht nur, aber auch!"
„Hoffentlich nicht so ein Knickebein, so ein Tuti mit dem süßen Mund?" `Tuti mit dem süßen Mund` wurde der katholische Priester genannt, der im ersten Weltkrieg bei Verdun die Toten auszusegnen hatte. Vater konnte ihn wunderbar kopieren. „Kasak" wurde er auch betitelt, d.h. „Katholische Sündenabwehrkanone". Er soll reichlich feige gewesen sein. Wenn während seiner Leichenrede irgendwo ein Schuss fiel, sei er davon gelaufen. Der

„Esak" „Evangelische Sündenabwehrkanone" hielt sich besser und genoss mehr Respekt. Ich musste lachen, ich kannte meinen Vater. Was kommen musste, kam, nämlich die Frage: „War er wenigstens Soldat?" Jetzt war ich am Zuge:
„Na Paps, wo denkst du denn hin? Ich gebe mich doch nicht mit einem einfachen Soldaten ab!"
„War er denn Offizier?"
„Ja, allerdings!"
„Kleiner Leutnant, was?"
„Nein, Major!" Vater atmete einmal tief durch:
„Ja, wenn das so ist, dann kann aus der Sache was werden!"

Ich wartete in den nächsten Tagen sehnsüchtig auf Post, doch immer wieder vergeblich. Was war nur passiert? Ja, es hatte sich wirklich einiges zugetragen; aber das erfuhr ich erst später. Erst einmal besuchte ich unsere *Göttliche* aus der Altonaer Schule in der Griegstraße 24. Sie wohnte dort mit ihrer Schwester zusammen, die praktisch war und den Haushalt führte. Von ihrer Schwester, behauptete sie, sie könne nicht einmal Kaffee kochen. An mir bemerkte sie eine seltsame Veränderung. Es war wohl so! Die ganze Zeit hatte ich das Gefühl, der Brief sei angekommen. Und richtig! Als ich in Rahlstedt ankam, lag der ersehnte Brief da – mit einem Stempel versehen, der die Hand der bösen Engländer anzeigte. Sie hatten diesen schönen Liebesbrief geöffnet und kontrolliert. Dieses Pack! Auf diesen Brief folgten dann gleich der zweite und der dritte, die ungeöffnet passiert waren. Ich freute mich irrsinnig und schrieb liebe Briefe zurück. Die alte Wohnungswirtin meiner Eltern, Mutter von 21 Kindern, legte mit Wonne *die Karten* und prophezeite mir: „Deerntje, da ist einer, der liegt Ihnen sehr. Über den Weg gibt es eine Verlobung!" Ich nahm diese

Kartenlegerei zwar nicht ernst, aber so würde es wohl sein. Zunächst bekam ich über dem allen furchtbare Zahnschmerzen. Der gegenüber wohnende Dentist wollte den Übeltäter ziehen und brach ihn ab. Mit dem blutüberströmten Stummel schickte er mich nach Hause. Ich wimmerte vor Schmerzen. Mutti brachte mich zu dem besten Zahnarzt in Rahlstedt, der auch willens war, mir zu helfen. Aber erst einmal musste ich in dem überfüllten Wartesaal ein paar Stunden warten. Das war schlimmer als die Prozedur, die mit fünf Spritzen dann folgte. Zu Hause steckte Mutti mich gleich ins Bett. Ich hatte Fieber, die Backe war dick und erging sich in einem bunten Farbenspiel. Am dritten Tag meiner Zahnorgie erhielt ich ein Telegramm von meinem Schatz: „Komme auf der Durchreise nach Hamburg. Treffpunkt Hauptbahnhof, dann und dann… ". Ich sprang aus dem Bett. Viele Gedanken schwirrten durch meinen Kopf. Hamburg hatte zu der Zeit zwei Hauptbahnhöfe; der Altonaer Bahnhof hieß damals auch Hauptbahnhof, auf Grund dessen, dass Altona mal eine Stadt für sich gewesen war. In Altona wäre ein Treffen leicht, weil dort ein Sackbahnhof war. Aber auf dem Hamburger Bahnhof mit seinen vielen Ausgängen war es äußerst schwierig. Das alles wusste der gute Schatz gar nicht; er war noch nie in Hamburg gewesen. Wieso auf der Durchreise? Wohin wollte er denn? Nun, man würde sehen! – Was sollte ich anziehen? Wie meine immer noch geschwollene Backe verbergen? Ach, waren das Probleme! Zunächst wusste Mutti Rat. Da waren noch der hellgraue gestreifte Mantel von Oma und vor allem ihr schwarzer Hut mit grünen Reiherfedern und einem schwarzen Schleier. Die Reiherfedern schnitt ich ab; der Schleier kam mir sehr zurecht. So, in Omas Bekleidung würde ich zum Stelldichein antreten. Ähnlich war ich früher, so mit 14 Jahren, ins Kino gegangen, wenn es nur für mindestens

18 jährige erlaubt war. Damals konnte ich auch noch Omas hochhackige Schuhe anziehen; die passten mir jetzt nicht mehr. Jetzt war ich 22 Jahre alt und zukünftige Braut eines doppelt so alten stattlichen Mannes. Ich konnte ruhig etwas älter aussehen. Zuerst fuhr ich zum Hamburger Hauptbahnhof und stellte mich oben an die Brücke. Von dort meinte ich, alles beobachten zu können. Der Zug kam auf die Minute pünktlich an. Ich spähte mit Argusaugen auf die Menge, die dem Zug entstieg, konnte meinen Schatz aber nicht entdecken. Darauf rannte ich zur Halle, Da sah ich ihn auch nicht. Ich flitzte zur S- Bahn und fuhr nach Altona. Auch da war er nicht auffindbar. Wieder zurück zum Hamburger Hauptbahnhof! Da stand er am Ausgang zur Halle wie eine Eiche, aber mit finsterem Gesicht. Ich fiel ihm um den Hals, und alles war gut! Wir fanden Platz im Wartesaal. Mit Wonne verspeiste er den Haufen Kartoffelpuffer, die Mutti mit Fischöl extra für ihn gebraten hatte. Nun hörte ich, dass er nach Heide in Dithmarschen weiterfahren wollte. Dort waren Bekannte, ebenfalls Heimatvertriebene, untergekommen. Er hoffte, dort *hamstern* zu können. In wenigen Tagen wollte er nach Göttingen zurückreisen. Wir verabredeten uns, würden uns hier treffen, die ganze Sperrzeit über im Wartesaal sitzen und am nächsten Morgen zusammen nach Göttingen fahren. Ja, so sollte es sein!
Wir trafen uns auch zur vereinbarten Zeit am angegebenen Ort, erlebten dann aber eine Überraschung. Um 11 Uhr abends wurde verkündet, alle hätten den Wartesaal zu verlassen. Die Frauen hätten sich in den einen Bunker, die Männer in den anderen, die Ehepaare in den dritten Bunker zu begeben. Wo sollten wir nun hin? Auf keinen Fall wollten wir uns trennen. „Oh, ich weiß was!", sagte ich. „Hier in der Nähe wohnt eine alte Tante; in deren Küche steht ein Ledersofa. Darauf können wir die ganze Nacht sitzen.

Sie ist sehr lieb und erlaubt das bestimmt." So rannten wir in die Barnerstraße; gegenüber von der Fabrik stand das Haus. Tante Annas Mann, Onkel Paul, war in der Fabrik von Essmann Werkmeister gewesen. Es war die Fabrik, die heute als große Disco bekannt ist. Tante Anna und Onkel Paul waren die Schwiegereltern von Tante Frieda. – Wir fanden die Eingangstür offen. Vor der Wohnungstür ging Bernd links ein Stück die Treppe hoch und versteckte sich. Ich klingelte. Daraufhin öffnete sich die Tür einen Spalt; dahinter war Tante Anna im weißen Nachthemd zu sehen: „Na Küken, wo kommst du denn her?", lachte sie „nur hereinspaziert!"

Die „Fabrik" in der Barnerstraße

„Ach Tante Anna, ich habe noch einen Studienkollegen dabei. Darf der auch hineinkommen?"
„Ja natürlich, wo ist er denn?"
„Er steht hier auf der Treppe!" Tante Anna amüsierte sich königlich:

„Her mit ihm!" Etwas zaghaft kam mein Bernd herunter. Ich bat, dass wir die Nacht über auf dem Sofa in der Küche sitzen dürften. Das wurde gern gewährt. Doch kaum saßen wir, da erschien Tante Anna, hübsch angezogen, das pechschwarze Haar wohl gekämmt, und machte Feuer im Herd, um Kaffee zu kochen. Sie stellte Brot, Margarine und Marmelade auf den Tisch, Geschirr und Bestecke. Sie tat das alles wie selbstverständlich, und das um Mitternacht. Onkel Paul lag nebenan im Bett; er litt unter Hungerödemen und hatte ganz dicke Beine. Um die Ecke rief er: „Ist das Küken da? Soll mal herkommen!" Gehorsam folgte ich seinem Wunsch. Er war ein goldiger Onkel, mit dem ich von klein an allerlei Späße machte, kraulte seine Glatze, wenn er mit Opa und anderen Herren Skat spielte und so weiter. Nun lag er da, ganz eingefallen, und Tante Anna opferte für uns die letzten Lebensmittel. Als ich zurückkam, packte mein Schatz gerade aus seinem Rucksack einen riesengroßen runden Käse aus, den er bei Heide gehamstert hatte. Ein Messer hatte er auch dabei und schnitt den Käse auf, wie eine Torte. Da gingen uns die Augen auf, uns lief die Spucke im Mund zusammen. Es gab nun die reinste Käseorgie. Onkel Paul brachte ich auch davon ein paar Stücke. Während wir so aßen, kam plötzlich Onkel Hans nach Hause. Das war der Schwiegersohn, der mit seiner Frau, Tante Hilde, bei den Schwiegereltern untergekrochen war, nachdem ihre Wohnung den englischen Bomben zum Opfer gefallen war. Onkel Hans war schon immer ein Ulkvogel gewesen und daher bei mir sehr beliebt. Jetzt kam er mitten in der Sperrzeit, von einem grässlichen Fusel beschwipst und mit einem großen schwarzen Pfaffenhut auf dem Kopf, fröhlich trällernd herein: „Seid gegrüßt alle miteinander…". Der seltsame nächtliche Besuch verwunderte ihn offenbar überhaupt nicht. Mit meinem Schatz war er gleich gut Freund und natürlich machte er sich gleich über den Käse her.

„Woher hast du denn den Hut, Onkel Hans?", fragte ich. Er erzählte dann, dass er mit einem katholischen Priester Brüderschaft getrunken hätte, danach hätten sie die Hüte getauscht. Über dem Käse wurden wir immer lustiger, gerade so, als seien wir voll des süßen Weines. Als kein Krümel mehr übrig war, zog Tante Anna sich zurück. Onkel Hans zögerte noch. Er fühlte sich für mich verantwortlich und wollte über meine Tugend wachen. Schließlich holte er aus dem Wohnzimmer, wo seine Eheliebste im Luftschutzbett schlief und die ganze herrliche Feier versäumt hatte, zwei grüne Plüschsessel und zwei Stühle. Daraus konstruierte er eine Liegegelegenheit für meinen Liebsten, der sich unter den netten gemütlichen Leuten äußerst wohl fühlte. Dann ging er schlafen; d. h. er schlief erst ein, als er meinen Bernd entsetzlich schnarchen hörte, wie er mir später erzählte. Ja, er schnarchte wirklich schrecklich, aber nur, weil er so schlecht lag. Ich indessen, auf dem Ledersofa liegend, kam nicht zur Ruhe und dachte bei mir: „Soll ich den heiraten? Wenn der immer so schnarcht, na, das kann ja heiter werden!" – Um fünf Uhr mussten wir aufstehen; denn um sechs fuhr der erste Zug Richtung Göttingen. Wir beeilten uns; der Zug stand schon da, und wir bekamen schöne Sitzplätze. Plötzlich sagte mein Guter: „Du liebe Zeit, ich habe mein Messer bei Tante Anna vergessen!" Sprach es, stand auf, stieg aus und rannte davon. Ich rief noch hinterher: „Das kriegst du doch auch noch später wieder!" Er hörte nicht mehr. So wertvoll war damals ein Messer! Ich aber saß da voller Ängste. Würde er den Weg überhaupt finden? Und was wäre, wenn er nicht rechtzeitig zurückkam? Er hatte die Fahrkarten bei sich. Die Zeiger der Bahnhofsuhr rückten weiter und weiter. Jetzt war es schon eine Minute vor Abfahrt des Zuges. Da kam er, mit Sprüngen angerannt, wie ein Känguruh. Er sprang auf das Trittbrett, und der Zug fuhr ab. Mir fielen mehrere Steine vom Herzen. Stolz präsentierte er mir das Messer! Tante Hilde hatte es ihm ausgehändigt, während alle anderen noch schliefen. Die gute Tante Hilde hatte den Käse verschlafen; dafür durfte sie nun das Käsemesser überreichen. Wir kamen ohne Käse, aber mit Messer glücklich in Göttingen an.

Das war im April gewesen. Im Sommersemester trimmte ich aufs Graecum zu, das im September stattfinden sollte. In den Griechischstunden ging es hoch her. „Zum ersten, zum zweiten, zum dritten, Graf Matuschka!" donnerte Grosse-Brauckmann, der alte Studienrat für Sprachen, immer wieder. Auf den Grafen hatte er es ganz besonders abgesehen. Aber auch alle anderen, ausgediente Offiziere und wer auch immer, zitterte unter seinen Exerzitien. Froh war man, wenn die Stunde vorbei war und Xenophon und Plato sich verabschiedeten. Für mich stand dann immer mein Guter vor der Tür, um mich abzuholen. Er hatte es nicht mehr nötig, sich solche Verletzung der Menschenrechte gefallen zu lassen. Derartiges hatte er längst hinter sich. Eines Tages im schönen Monat Mai, als er mich wieder von dem barbarischen Griechischunterricht abgeholt hatte, gingen wir über den Wilhelmsplatz Richtung Mensa. An der Ecke von der Aula fragte er mich plötzlich: „Übrigens, was ich sagen wollte, wann verloben wir uns, und vor allem: wann heiraten wir?" Im Prinzip hatte ich eine ähnliche Frage ja erwartet, aber nicht an diesem Ort und so einfach hingeworfen. Ich hatte mir diese Angelegenheit sehr romantisch vorgestellt. Deshalb antwortete ich nicht gleich. Erstmal musste ich tief Luft holen. Daraufhin fuhr er mich unwirsch an: „Oder willst du etwa nicht?"

„Doch, doch!" stotterte ich erschrocken. Gleich war er zufrieden und sagte: „Ich dachte mir die Sache so: nach deinem Graecum verloben wir uns, und zu Weihnachten heiraten wir!" Jetzt musste ich heimlich lachen und ergriff meinerseits die Initiative: „Och, so lange will ich nicht warten. Ich möchte mich zu Pfingsten verloben und nach dem Graecum heiraten!" Jetzt war er platt. Aber natürlich einverstanden. So tippelten wir selig zur Mensa und feierten unser Einvernehmen mit einer so genannten Milchsuppe aus dem Blechnapf. Sie bestand größtenteils aus Wasser und hatte eine bläuliche Farbe; am Boden schwamm ein einsames Reiskorn. Doch das verdross uns nicht, Bernd sagte mir: „Das geht dünne durch den Leib!"

Pfingsten fuhren wir zu meinen Eltern. Meinem Schatz war etwas bänglich zu mute. Wie würden sie ihn aufnehmen? Die Sorge war unbegründet. Mutti hatte schon alles, was damals möglich war, für die Verlobungsfeier vorbereitet, und Vater freute sich auf den Major als Schwiegersohn. Gleich, nach dem wir uns in der Wohnstube niedergelassen hatten, kam Bernd zur Sache. Er legte seine Verhältnisse dar und bat Vater um die Hand seiner Tochter. Ich fand dieses altmodische Getue sehr komisch und hätte fast eine Lachsalve von mir gegeben. Schnell lief ich zu Mutti, die sich in der Küche zu schaffen machte; sie durfte sie mit benutzen. Einigermaßen interessant war die Angelegenheit ja doch. Ich bat Mutti, mir ihren Ehering mal kurz zu leihen. Wie würde sich so ein Ring auf meinem linken Ringfinger wohl machen? Hm, ganz gut! Schnell gab ich Mutti ihren Ring zurück und ging erwartungsvoll ins Wohnzimmer. Doch welche Enttäuschung! Ich fand die Herren engagiert im Gespräch über die letzten beiden Weltkriege. „Also, da lag der Franzmann, und da lagen wir!", hörte ich Vater erregt sagen, „und dann: Radderraddadat...". So ging es weiter. Vater redete vom

Franzmann und vom Fort Douaumont bei Verdun, Bernd vom bösen Iwan. Mich und den Grund unseres Besuches hatten sie offenbar total vergessen. Mutti servierte uns ein Essen mit Sauerkraut. Letzteres war schon ein bisschen ältlich, aber immerhin war es Sauerkraut. Das eigentliche Verlobungsessen hatte sie für morgen, den ersten Pfingsttag, aufgehoben. Für die Nacht stellte sie ihr Bett neben dem von Vater für das neue Familienmitglied zur Verfügung. Sie selbst schlief mit mir im Wohnzimmer – alles nach Zucht und Ordnung. Am ersten Pfingsttag gab es ein wunderbares Essen. Mutti hatte einige unserer früheren Mieter ausfindig gemacht, und das erwies sich als sehr lukrativ. Die nette Frau Emma, die bei meiner Geburt dabei gewesen war und einen blauen Fleck am Arm davon getragen hatte, wohnte mit ihrem Mann jetzt in einem kleinen Zimmer in der Nähe vom Sternschanzenbahnhof. Der Mann, von Beruf eigentlich Finanzmakler, arbeitete jetzt am Schlachthof. Hoppla! Der konnte ohne Lebensmittelmarken Fleisch besorgen. So gab es dann ein Friedensessen mit Zungenragout. Eine andere frühere Mieterin hatte bei ihrem Bruder in Rahlstedt Unterschlupf gefunden. Der betrieb eine große Gärtnerei. Auch dies war sehr positiv zu werten. Im Wohnzimmer prangte ein großer Blumenstrauß aus Klatschmohn, weißen Margariten und Kornblumen. Das sollte der Verlobungsstrauß sein, den mein Verlobter nicht besorgen konnte. War ich denn eigentlich wirklich verlobt? Ich hatte immer noch keinen Ring am Finger. Sonst war alles perfekt: Friede, Freude Einvernehmen, Harmonie auf der ganzen Linie. Die Männer verstanden sich prächtig. Mutti hatte Bernd gleich ins Herz geschlossen und versprach, auf dem Stück Land, das sie in Rahlstedt gepachtet hatte, außer Kartoffeln und Gemüse auch Tabak an zu bauen. Mein Schatz, der gern Pfeife rauchte, strahlte aus allen Knopflöchern. Am

Abend gingen wir im Liliencronpark spazieren und mein Guter ließ es an Zärtlichkeiten nicht fehlen. Mutti wurde jetzt aber ärgerlich: „Was ist nun eigentlich los? Seid ihr verlobt oder nicht? Ein zweites Verlobungsessen gibt es nicht! Sage deinem Bernd: entweder oder!" Ich sagte es ihm beim nächsten Abendspaziergang. Er war verblüfft und ganz erschrocken: „Ach, die Ringe! Die habe ich ganz vergessen! Ist denn das so wichtig?" Ich fand, dass es durchaus wichtig sei. Im Übrigen hatte ich gesehen, dass er sie eingesteckt hatte.

Morgens am Tag nach Pfingsten – Vater war schon in sein Büro gegangen, Mutti in der Küche beschäftigt – saßen mein Guter und ich allein im Wohnzimmer auf dem Sofa. Da holte er aus seiner Westentasche die Ringe hervor, steckte mir und sich selbst das Gold jeweils auf den linken Ringfinger. Ich war sehr glücklich. Doch mit den Ringen nicht genug! Er holte ein goldenes Gliederarmband mit zwei großen Rubinen und einem wunderschönen großen Brillanten aus der Tasche und legte es mir um den linken Arm. So was Kostbares hatte ich höchstens beim Juwelier auf dem Jungfernstieg gesehen. Mir wurde fast schwindelig. Als wir danach spazieren gingen, erzählte er mir die Geschichte dieses Schmucks.

Also: Meine verstorbene Frau war Opern- und Kammersängerin und einzige Tochter eines Reedereikaufmanns. Sie besaß sehr viel an kostbarem Schmuck, den sie teils schon geerbt hatte. Als wir uns trennten, hat jeder von uns beiden einige Stücke an sich genommen. Was sie bei sich hatte, ist ihr geraubt worden. Ich selbst hatte meinen Teil in einem Zigarrenpappkarton in meinem Militärwagen versteckt. Es war in der letzten Phase des Krieges, als die Russen uns schon auf den Fersen waren. Nachdem wir in Pommern noch schwer gekämpft hatten, damit die letzten Flüchtlingszüge nach Westen abfahren konnten, habe ich mein Bataillon bis nach Holstein zurückgeführt und da aufgelöst und alle nach Hause geschickt, soweit es denn dieses „zu Hause" noch gab. Ich bin dann mit meinem Burschen Metke, der nicht von mir weichen wollte, Richtung Süden gefahren. Sprit hatten wir genug dabei. Wir kamen ungehindert durch, bis zum Beginn der amerikanischen Besatzungszone. Da wurden wir gestoppt. Die Amis hießen uns aussteigen und dirigierten uns in ihren Jeep, um uns dem nächsten Kommandanten vorzuführen. Die Zigarrenschachtel mit dem Schmuck und eine Flasche Birkenwasser blieben in meinem Wagen zurück. Ich hatte vorsorglich auf den Schmuck deutsche Kriegszigarren gelegt, darauf zum Abschrecken schmutzige Soldatentaschentücher. Trotzdem glaubte ich, nun auch diese Habe noch verloren zu haben; denn die Amis würden zweifellos meinen ganzen Wagen beschlagnahmen und mich mit meinem Burschen dazu. Der Kommandant war zunächst sehr ungnädig und sprach nur per Dolmetscher zu uns. Er wollte wissen, was ich von Beruf sei. Ich sagte: „Organist". Daraufhin erhellte sich seine Miene, und er verkündete: „This is a clergyman!" Und zu mir gewandt, sagte er: „Go on!" Der Dolmetscher übersetzte: „Sie können gehen!" Das galt auch für Metke. Der aber beschwerte sich: „Wir möchten aber gefahren werden. Man hat uns ja auch hergefahren!" Das verstand der Ami gar nicht. Ich gab Metke einen Puff: „Kommen Sie schon, Metke!" Der brummte und beschwerte sich über schlechte Behandlung. Aber so schlecht war sie gar nicht. Wir erhielten Armbinden mit der Aufschrift: „Military government." So konnten wir uns sehen lassen. Aber wir mussten laufen und den Wagen suchen. Metke war zuversichtlich: „Ick weeß den Weg jenau. Den habe ick mir jemerkt, Herr Major!" Ich hatte ziemliche Probleme mit dem Laufen. Bei dem Kampieren im Freien hatte ich mir Gelenkrheuma geholt, und mein eines Bein war sehr geschwollen. Der Schaftstiefel drückte entsetzlich. Es waren sieben Kilometer bis zu dem Dorf, wo sie uns geschnappt hatten. Endlich kamen wir dort an. Natürlich war unser Wagen nirgends zu sehen. Es war auch schon dunkel. Metke hatte eine Taschenlampe bei sich und leuchtete alle Scheunen ab. Plötzlich flüsterte er: „Hier is er! Ick habe ihn!" Wir schoben ihn aus der Scheune, ganz leise. Dann spähte ich mit bangen Gefühlen in das Versteck. Das Birkenwasser war weg; aber der Pappkarton stand da – unversehrt – Mit angehaltenem Atem öffnete ich ihn, während Metke leuchtete. Kaum konnten wir es fassen: es fehlte nichts. Der Schmuck lag unberührt unter dem Dreck. Auf deutsche Zigarren waren die Amis nicht erpicht. Das Birkenwasser hatten sie wohl für Schnaps gehalten. Und so, Anneliechen, ist der Schmuck für dich gerettet!"

Die Geschichte war zu komisch und in schlimmsten Tagen geradezu zum Lachen.

Für den Nachmittag hatte Vater Karten für das Ernst – Drucker –Theater auf der Reeperbahn erstanden. Das traditionsreiche Haus, das alle Hanseaten liebten, war erhalten geblieben und spielte mit bewährten alten Schauspielern. So fuhren wir dann mit Mutti zur Reeperbahn und trafen uns da mit Vater. Auf der Reeperbahn gab es so allerhand zu sehen. Uns interessierte im Moment die öffentliche Personenwaage. Mein langer Bräutigam brachte ganze 140 Pfund auf die Waage, ich 120 Pfund. Vater staunte über meinen blitzenden Schmuck, den ich nun in Hamburgs Vergnügungsviertel stolz zur Schau trug. Im Übrigen war ich mit Omas Kaffeekannenkleid angetan, das Mutti für mich geändert hatte, also eine prächtige Erscheinung! Im Ernst-Drucker-Theater saß man auf einfachen schmalen Bänken ohne Lehne. Auf der Bühne wurde nur Plattdeutsch gesprochen. Das hatte mein Schatz noch nie gehört. Aber er verstand alles und lachte Tränen. Das war eine herrliche Verlobungsfeier auf der Reeperbahn! Später lachte ich Tränen, wenn er versuchte, das Hamburger Platt nachzuahmen. Er verfiel doch immer wieder in seinen Berliner Dialekt, den ich dann nachmachte. Es war eine babylonische Sprachverwirrung! – Am Tag darauf gingen wir vormittags spazieren. Zu meinem Schrecken sah ich mit großem Rucksack Tante Erna vom Bahnhof kommen. Das war eine Schulfreundin von Mutti, unverheiratet, frisch und fromm und jugendbewegt, ihres Zeichens Erzieherin im Waisenhaus. Mutti hatte sie einst dahin vermittelt. Tante Erna war lieb und herzensgut, aber doch ein Männerschreck mit ihrer überlauten Stimme und Schwärmerei für alle Pastoren, die sie sämtlich *süß* fand. Nun kam sie ganz unbedarft zu meinen Eltern, offenkundig mit der Absicht, dort zu übernachten. Sie wusste nicht, dass das *Hotel Ruppenthal* derzeit überbelegt war. Aber wie ich sie kannte, würde sie das gar nicht stören. Im Gegenteil! Da hatten sich zwei *süße* Theologen verlobt. Ein neues Pfarrhaus war in Sicht, nach Tante Ernas Meinung angemessene Ferienaufenthalte. Ich musste Bernd schnell über die Gefahr aufklären. Er machte ein saures Gesicht und näherte sich nachher misstrauisch der elterlichen Wohnung. Tante Erna aber war von überwältigender Freude; Mutti guckte besorgt. Es kam, wie ich es vorausgesehen hatte: Tante Erna war abends nicht zu bewegen, nach Hause zu fahren. Sie blieb zähe da. Vater kam heim. Er war der einzige Mann, der in solchen Fällen gelassen blieb. Er besorgte aus der Nachbarschaft eine Chaiselongue, trug sie ins Wohnzimmer, so dass Tante Erna eine Lagerstatt zwischen Mutti und mir hatte. Ich war auch ärgerlich; ich wollte gern einiges mit Mutti besprechen, ein bisschen Eheunterricht haben. Ich tat es trotzdem. Tante Erna spitzte die Ohren. Sie hatte Ferien und war offenbar auf einen längeren Aufenthalt bei meinen Eltern eingerichtet, einfach so. Das war zu der Zeit gar nicht so ungewöhnlich. Nun fand Tante Erna lauter unerwartete interessante Neuigkeiten vor. Die waren viel versprechend. Meine kluge Mutti erriet alle Gedanken und baute vor. Vor dem Einschlafen sagte sie: „Weißt du, Erna, ich muss morgen Vormittag unbedingt in die Stadt. Dann könnten wir ja zusammen fahren". Dagegen war Tante Erna machtlos.

Es war Juni. Als wir nach Göttingen zurückkamen, erreichten wir meine Wohnung gerade zur Sperrzeit. Ich zeigte Mutter Ilse meinen Verlobungsring und bat, dass mein Verlobter für den Rest der Nacht in ihrem Wohnzimmer auf dem Sofa sitzen dürfte. Sie erlaubte das gern. Mein Guter hatte mittlerweile alle Damen des Hauses bezirzt. Wie er das konnte! Er sparte nicht mit „Gnädige Frau", Verbeugungen und Handküssen, und die Frauenherzen schmolzen dahin. Peter dagegen war unbeliebt; er war noch zu schlacksig und jungenhaft. Wenn Karla und Peter sich vor der Haustür zum Abschied küssten, regten sich die ehrbaren Damen auf. Wenn Bernd und ich das gleiche taten, war alles in Ordnung. Karla und Peter heirateten bald und bekamen ein Zimmer in der Sternstraße zugewiesen. So hatte ich die Bude allein für mich und zog aus der Kammer aus. Ich ochste nun intensiv aufs Graecum hin, obwohl ich jetzt gar keine Lust mehr hatte. Meine Gedanken waren ganz auf Hochzeit ausgerichtet. Da erwies sich mein Schatz als gestrenger Pädagoge und hielt mich zur Arbeit an.

Da ich das Zimmer nun für mich allein hatte, kam er am Sonnabend und Sonntag jeweils zum Essen zu mir. Er hatte gehamstert, Mehl und Graupen, irgendwo auf den Dörfern. Dafür hatte er mit purem Gold bezahlt. Dieser Tausch stand in keinem Verhältnis zueinander. Aber so war das nun mal: die Bauern hamsterten die kostbarsten Schmuckstücke, die Hungernden schnell aufgegessene Lebensmittel, die man in Friedenszeiten für billiges Geld haben konnte. Die Männer waren eifrig im Hamstern, meistens aber im Kochen völlig ungelernt. So brachte mein Bernd die Hamsterware zu mir. Mutter Ilse erlaubte mir fernerhin die Küche zu benutzen. Meine Spezialitäten waren: „Großer Hans" d.h. ein riesiger Mehlkloß, in einem Tuch im Wasserbad eine Stunde gekocht – mit Hefe, damit er tüchtig dick wurde. Die Kenntnis davon stammte aus dem Arbeitsdienst. In die Graupensuppe tat ich jeweils 50 gr. Leberwurst. Die erstand ich auf Fleischmarken. Die Suppe musste ja nach etwas schmecken. Mutter Ilse lieh ihren Waschtopf her; ihre Kochtöpfe waren zu klein für die benötigten Mengen, die wenigstens am Wochenende unseren Hunger stillen sollten. Einmal schmeckte die Graupensuppe besonders gut, und das kam so: Der übereifrige Grosse-Brauckmann gab uns zu jedem Wochenende eine dicke Griechischarbeit auf, mit der man sich mehrere Stunden beschäftigen musste. Da war ich nun an einem Wochenende mehr mit großem Hans, Graupensuppe und Bräutigam beschäftigt, und die Griechischarbeit wurde verhauen. Das ärgerte mich schrecklich. So was konnte ich nicht ertragen; es war gegen meine Ehre. Das Wochenende darauf erstrebte ich den Ausgleich, polierte meine Griechischarbeit auf Hochglanz und vernachlässigte alles andere. Der Erfolg war: die fettlose Graupensuppe brannte an. Da wusste Mutter Ilse sofort Rat: „Ich gehe mal schnell in den Garten der Hauswirtin. Da wächst Sellerie. Ich schneide einfach nur die Blätter ab. Das gibt einen wunderbaren Geschmack!" Gesagt, getan! Und wirklich: mein Schatz war entzückt. So gut hätte die Suppe noch nie geschmeckt. Von meiner polierten Geschichtsarbeit war Grosse-Brauckmann sehr angetan. So war denn alles gut. In der Folgezeit wurde keine Griechischarbeit mehr verhauen, und die Suppe war auch auf Hochtour. Mutti schickte uns aus Hamburg eine Liste herrlicher Lebensmittel, die Tante Frieda aus Amerika über Dänemark für uns bestellt hatte. Die Sendung ließ zwar auf sich warten; aber es war stets eine freudige Hoffnung für uns. Beim kargen Mittagessen in der Mensa legten wir die Liste neben unsere Blechnäpfe und redeten uns ein, in der Wassersuppe seien Butter, geriebener Käse und Eipulver enthalten. Eines Tages alarmierte uns Vater, wir sollten zur Kusine Erika nach Frankfurt fahren. Tante Frieda hätte ein Paket für uns dahin geschickt. Sie durfte zu dem Zeitpunkt nur in die amerikanische Besatzungszone Pakete schicken, nicht in die englische. Die Inhaltsbeschreibung klang verheißungsvoll: für mich zwei paar Strümpfe und ein Unterrock, eine Dose Fleisch, eine Dose Rinderbrühe, eine Tafel Schokolade. So verlockend sich das anhörte – mein Verlobter widerstand Vaters Ansinnen. Dafür extra nach Frankfurt zu fahren, war denn doch ein zu großer Aufwand, vor allem weil die Züge jetzt immer voller wurden. Die Deutschen waren noch lange nicht zur Ruhe gekommen; es war eine dauernde Wanderung von Ost nach West. Allzu viele wussten nicht, wo sie Wurzeln schlagen sollten. Man ging bald wieder dazu über, die Fahrkarten nur an solche auszugeben, die eine amtliche Bescheinigung über die Notwendigkeit der Reise vorweisen konnten. – Von meiner Verlobung und ihrem neuen Neffen wusste Tante Frieda zu dieser Zeit noch nichts. Die Briefe gingen nur per Schiff, und deren Zahl war reduziert. Es dauerte jetzt, nach dem Krieg, mehrere Wochen bevor ein Brief überkam.

Ich legte mein Graecum bei der Oberschulbehörde in Hamburg als Ergänzung zum Abitur ab. Ich war die einzige Studentin, die das Graecum machte. Die vielen anderen, die da versammelt waren, quälten sich noch mit dem Latinum. Der alte Oberschulrat Schröder, der von unseren Lehrern auf der Klosterschule gehasst wurde, war noch im Amt. Natürlich interessierte ihn die einzige Graecesistin, und er war nach alter Gewohnheit so ekelhaft wie möglich. Die beiden Schulräte, die zu prüfen hatten, waren dagegen nett und korrekt und ließen ihn nicht hochkommen. Mein Liebster brachte die ganze Zeit auf dem Korridor zu. Bei der schriftlichen Klausur guckte er auch mal um die Ecke und sah mich in Ruhe und Gelassenheit meine Übersetzung anfertigen, gegen die nicht einmal der alte Schröder anstänkern konnte. Aber natürlich – was fiel denn solchem Weib ein, Griechisch zu lernen und Theologie zu studieren? Was wollte die denn? Verlobt war sie auch!

Es war Anfang September. Wir feierten meinen Geburtstag noch in Hamburg, Gelegenheit, um eine alte Freundschaft aufzufrischen. Ich lud meine Freundin Elisabeth ein. Sie hatte von meiner Verlobung aus dem Hamburger Abendblatt erfahren. Natürlich hatte mein Vater es nicht lassen können, eine stolze Annonce in die Zeitung zu setzten: „Die Verlobung unserer Tochter Anneliese mit Herrn Dr. Gerhard Sprengler beehren sich anzuzeigen...". Ich fand auch das sehr komisch; aber es gehörte nun mal zum „guten Ton". Elisabeth und ich hatten uns einmal als Kinder im Ekströmschen Schlafzimmer vor dem großen Spiegel im Streit geprügelt, weil jede meinte, die schönste zu sein und zuerst zu heiraten. Das Rennen machte ich nun. Über diesen Streit lachen wir heute noch. Sie hat als letzte geheiratet; da war ich schon Witwe.

Ja, jetzt wollten wir heiraten, am besten gleich jetzt, in Hamburg. Das nächste Standesamt war in Wandsbek. Als wir da vorsprachen, erfuhren wir, dass die Bestimmungen aus dem Dritten Reich noch nicht alle außer Kraft gesetzt waren. So musste man da noch einen Erbgesundheitsschein vorlegen. Solche Papiere hatte ich im Northeimer Gesundheitsamt bearbeitet und wusste sehr gut, was für ein Behördenspektakel und Papierkrieg das war. Mein Verlobter wäre damit schon gar nicht zugange gekommen, weil seine Behörden im wilden Osten lagen. Wir hatten keine Lust, noch länger zu warten und solchen Spuk auf uns zu nehmen. Ich konnte mir die Bemerkung nicht verkneifen: „Es ist ja erstaunlich, dass Sie nicht noch einen „arischen Nachweis" verlangen!" So fuhren wir dann in dieser Hinsicht unverrichteter Dinge nach Göttingen zurück. Da unternahmen wir bei schönstem Wetter einen Spaziergang nach Geismar. Wir wussten gar nicht, dass es da ein Standesamt gab, entdeckten es aber unvermutet. Der Standesbeamte hängte gerade ein Aufgebot im Schaukasten vorn an der Straße aus. Wir fragten, ob man da auch ohne Erbgesundheitsschein heiraten könne? „Ja, natürlich!" sagte der Beamte freundlich, „Sie wollen heiraten? Dann nur hereinspaziert!" Nun hatten wir beide unsere Papiere nicht dabei. Wir eilten nach Göttingen zurück. Als wir am *Kleinen Rosengarten* vorbeikamen, in dessen Mitte das Standesamt zu der Zeit stand, meinte ich, wir könnten es doch auch da einmal versuchen. Mein zukünftiger Eheherr sprach: „Ja, geh mal hinein und frage, ob sie einen Erbgesundheitsschein erwarten!" Solche *Schickereien* waren schon fast ehelich: „Mach mal! Tu mal! Du hast die jüngeren Beine!" Es war eigentlich sehr komisch. Ich trug ein kurzes Röckchen aus blau-weiß karierter Lazarettbettwäsche, ein zartes Blüschen und

weiße Kniestrümpfe, die in Northeim eine Bekannte auf dem Boden gefunden hatte. Sie stammten aus Urgroßmutters Zeiten, als die Röcke noch den Boden fegten. Ich klopfte etwas schüchtern an die Bürotür des Standesbeamten, trat dann ein und stellte meine Frage. Der Beamte fing an zu lachen: „Nein, kleines Fräulein, einen Erbgesundheitsschein benötigen wir nicht mehr. Wollen Sie denn heiraten? Wo ist denn der Bräutigam? Der wird allerdings benötigt!" Ich war ärgerlich: wieso „kleines Fräulein?"
Ich hatte gerade meinen 23. Geburtstag gefeiert! Gern würde ich mich ja etwas damenhafter anziehen. Wenn ich nur könnte! Trotzdem sagte ich: „Mein Verlobter steht draußen!"
„Will er denn nicht?" amüsierte sich der Standesbeamte wieder. Ich war jetzt ganz wütend und herrschte meinen Bräutigam an: „Reinkommen!" Gehorsam und erstaunt trottete er herbei. Am nächsten Tag legten wir unsere Papiere vor und bestellten das Aufgebot für den 30. September. Bis dahin gingen wir jeden Tag zum Rathaus, wo wir im Kasten hingen, und besichtigten uns. Endlich war der ersehnte Tag da. Es war ein strahlender Herbsttag, als mein Schatz mich morgens halb neun abholte. Ich trug mein eigenhändig etwas modifiziertes Konfirmationskleid, darüber eine Kostümjacke aus Pepitastoff. Die hatte ich mal auf Bezugschein bekommen, und sie schlug bereits grün aus. Aber mein kostbarer Schmuck war unübersehbar. Unsere Trauzeugen waren bereits im Kleinen Rosengarten versammelt. Der alte Schneidermeister Elias und der Kommilitone Oskar Weber, der in der Hanssenstraße wohnte. Während der Zeremonie musste ich immer auf das Bild an der Wand hinter dem Standesbeamten schauen. Es war ein querformatiges Landschaftsbild, das den Fleck, den das vorige Bild hinterlassen hatte, nicht ganz verdeckte. Das entfernte

Bild war offenbar länglich gewesen, und es war unschwer zu erraten, wen es dargestellt hatte. Immerhin hatten sie uns da kein Bild vom englischen König oder gar von dem Bomben-Churchill hingehängt. Das war ja schon mal was.
Unser erstes Hochzeitsmahl fand in der Mensa statt. Dann fuhren wir nach Hamburg. Der Zug war total überfüllt, man hatte nur Platz, um auf einer Zehenspitze zu stehen. Die kirchliche Trauung wollte ich nach alter Tradition am Wohnsitz meiner Eltern haben, wo auch ich im Augenblick noch gemeldet war. Sie sollte am 2. Oktober stattfinden, und zwar in der alten Rahlstedter Dorfkirche. Mutti hatte das alles schon eingefädelt und mit dem dortigen Pastor verhandelt. Wir mussten nur am 1. Oktober zu einem Vorstellungs- und Brautgespräch beim Pastor erscheinen. Mein Mann und Herr hatte es veranlasst, dass ich auf dem Göttinger Bahnhof meinen Verlobungsring vom linken Ringfinger auf den rechten steckte. Und stolz sagte er gleich zu dem alten Pastor Hoeck: „Darf ich Ihnen meine Frau vorstellen?" Der runzelte die Stirn: „Wieso Frau? Sie heiraten doch erst morgen?"
„Wir waren gestern auf dem Standesamt!" sagte ich schnell. Ja, das waren verschiedene Auffassungen über die Form der Eheschließung. Dass sie eine lange Geschichte hatte, wusste ich zu dem Zeitpunkt noch nicht. Die verschiedenen Auffassungen zeichneten sich auch bei meinen Eltern ab. Mutti bestand darauf, dass uns gleich das elterliche Schlafzimmer überlassen werden sollte. Vater war empört und verstand nicht, dass Mutti ihre Meinung gegenüber damals – vor 24 Jahren – so geändert hatte. Aber Mutti sagte kurzum: „Ich habe keine Lust, wegen der zwei Tage die Betten umzuräumen. Die Kinder sind verheiratet. Punktum!"
Natürlich siegte Mutti, und Vati brummte.

Derweil hatte Tante Grete mein Hochzeitskleid fabriziert. An eine weiße Pracht mit Schleppe und Schleier war natürlich nicht zu denken. Das war uns auch ganz egal. Auf solche Parade legten wir keinen Wert. Aber da war noch Omas schwarzes Seidenkleid und ihr schwarzer Plüschmantel, beides gerettet, weil Oma diese Sachen in der Bombennacht getragen hatte. Sie waren gereinigt, und es ließ sich etwas daraus machen. Warum nicht einmal in Schwarz heiraten? Ich hatte genaue Vorstellungen von meinem Brautkleid und für Tante Grete alles aufgezeichnet. Der Plüsch sollte oben sein und eng anliegend, figurbetont, der Rock aus Seide, angekräuselt und weit. Aber Tante Grete hatte wie immer ihren Kopf für sich. Ihr wichtigstes Anliegen war stets, es müsse oben herum alles „'n büschen voll" aussehen. Als ob ich es nötig gehabt hätte! Vater brachte am Abend des 1. Oktober das Kleid mit, fein in Seidenpapier gewickelt und mit Stecknadeln im Papier. Woher Tante Grete wohl so kostbare Utensilien hatte? Als ich die Bescherung sah, war ich wütend. Der schwere Plüsch ganz aufgeplüstert, große Puffärmel aus Plüsch, der Rock aus jeweils einem Streifen Seide und einem Streifen Plüsch quer. Schon beim Anprobieren durch Tante Lina hatten die schweren Plüschstreifen die leichten Seidenstreifen in die Länge gezogen. Für ein langes Kleid reichte es trotzdem nicht. Der Rock ging bis zur Wade, nach damaliger Mode unmöglich. Ich schnitt sofort den unteren Streifen ab und säumte das Kleid so, dass es bis zum Knie ging. Na, wenigstens das! Was ich nicht ändern konnte: der plusterige Plüsch des Oberteils rutschte immer unter dem breiten Gürtel durch. Darüber musste ich den Brautstrauß halten. Man konnte Tante Grete nicht absprechen, dass sie sich viel Mühe gemacht hatte, zu viel! Ganz hübsch war ja der Kragen aus teefarbenem Taft und die ebenso überzogenen Knöpfe auf dem fülligen Oberteil. Woher sie bloß den Taft hatte? Die Nähmaschine hatte sie auf einem Trümmerhaufen gefunden. Das Tretbrett funktionierte nicht mehr; sie musste das Rad immer mit der Hand drehen. Aber sie schaffte das spielend. – Mein Ehemann hatte einen eleganten schwarzen Anzug, den ein sog. „Sachsengänger" im Koffer von seiner Mutter geholt hatte, ebenso wie meinen Koffer aus Ilsenburg. „Sachsengänger" nannte man die jungen Männer, meistens Studenten, die Besitzstücke in den Westen Geflüchteter auf Schleichwegen für viel Geld aus der Ostzone in den Westen holten.

Nun, wir waren doch ein ansehnliches Paar, das sich am 2. Oktober 1946 nachmittags von der elterlichen Wohnung in der Bahnhofstraße zur alten Dorfkirche in Rahlstedt bewegte. Ich hatte den grünen Wollmantel lose übergehängt, den großen Teerosenstrauß im Arm. Natürlich hatte Mutti den von unsrer früheren Mieterin besorgt – Wie sollte es wohl anders sein? Im Gefolge hatten wir alle Tanten, die durchweg von meinem Liebsten hell begeistert waren – er war ja ein geschickter Schmusepeter. Der Pastor Hoeck guckte etwas erstaunt auf mich. Er hatte wohl eine weiße Braut mit Schleier und Kranz erwartet. Aber woher nehmen und nicht stehlen? Er hatte in seiner abgelegenen Pfarre wohl nicht viel vom Krieg mitbekommen. So war er denn auch über unseren Trauspruch verwundert: „Rufe mich an in der Not...". Es war mein Konfirmationsspruch, den zu bewähren ich reichlich Gelegenheit gehabt hatte. Einen besonderen Schandfleck brachte ich mit zur Trauung: auf meinem linken Handrücken prangte ein großer runder Fleck, den mir offenkundig ein munterer kleiner Geselle, der im Zug herumgesprungen war, verpasst hatte. Man konnte sich vor diesem fidelen Volk, das ständig aus dem Osten eingeschleppt wurde, nirgends retten, wo viele Menschen zusammen kamen.

Beim Ringwechseln konnte ich meine Hand schlecht verstecken.

Rahlstedter Dorfkirche

    Als glückliches Ehepaar schritten wir aus der Kirche hinaus. Die hatte sich sehr gefüllt: Vettern, Kusinen, Freunde, sogar Tante Bettys Dienstmädchen, hatten sich eingefunden. Nach Hause einladen durften wir nur die Tanten, ob es uns passte oder nicht. Vater hatte es so bestimmt, und die Räumlichkeit war ja auch gering und klein. Die Gäste bekamen nur Kaffee aus Korn und Torte aus Brotteig, Quark und Marmelade. Das edle Hochzeitsessen hatten wir vorweggenommen: Rinderfilet vom Schlachthof. Die Geschenke, die die Tanten uns offerierten, waren sehr edel und durchaus erwähnenswert. Vaters Schwestern waren nach dem Tod meiner Großmutter Ruppenthal aus ihrem

Kellerloch erlöst, hatten ein Zimmer am Mühlendamm bekommen und wollten die alten Betten nicht mehr haben. So schenkten sie sie uns großzügigerweise. Ebenso großzügig war Tante Käthe. Sie vermachte uns Tante Bettys alte Salonmöbel, die einst sehr elegant gewesen, in den letzten Jahren aber als Vielzweckmöbel sehr ramponiert worden waren. Wir konnten weder das eine noch das andere gebrauchen. Aber sie drängten uns das alte Gerümpel auf und hielten sich für äußerst nobel. „Die buckelige Verwandtschaft", wie Vater die Tanten respektlos nannte, verschwand vor dem Abendessen. Mutti servierte uns – nur uns als dem Brautpaar – etwas ganz Besonderes: dicken Reis mit echter Vollmilch. So was aß Bernd mit Leidenschaft, ich nur um des Hungers willen.

Liliencronpark in Rahlstedt 1949

Nun waren wir eigentlich am Ziel unserer Wünsche angelangt: wir hatten uns. Aber noch nicht so richtig. Wir hatten noch kein Nest. Zunächst blieben wir noch einige Tage in Hamburg. Wir besuchten den

Verlobten meiner Kusine Ruth, der sich als Knecht bei einem Bauern in den Vierlanden verdingt hatte. Eigentlich war er Buchdrucker; aber das Gewerbe lohnte sich nicht. Die Vierlande, die normalerweise die Stadt Hamburg mit Obst und Gemüse versorgten, waren von den Engländern als Sperrgebiet erklärt worden. Nur wer dort wohnte oder Verwandte hatte, durfte hinein. Wir erklärten am Kontrollposten, wir wollten unseren Vetter besuchen; man ließ uns passieren. Da sahen wir das Obst verfault an den Bäumen hängen oder auf dem Boden liegen; das Gemüse verdorrt oder vergammelt. Es lohnte sich für die Bauern nicht, die Früchte zu ernten. Sie konnten sie nicht verkaufen. Die Deutschen durften sie nicht haben; die Engländer wollten sie nicht. Sie waren nur daran interessiert, die Hamburger hungern zu lassen. Da fiel einem nichts anderes ein als der ständige Spruch des alten Oberst, bei dem Bernd in Göttingen seine Bude hatte: „Diese verfluchten Engländer!" Unser Vetter Walter hatte ein kleines Knechtshaus mitten im Bohnenfeld. Über seiner Knechtskammer mit großem Herd war ein Heuboden. In dieser Abgeschiedenheit hatten er und Ruth ein sehr lauschiges Plätzchen. Jetzt hatte er für uns einen Haufen Bohnen gepflückt, Kartoffeln lagen auch bereit. Ich machte gleich Feuer und fing an zu kochen. Wir aßen, aßen, aßen Bohnen, Bohnen und Kartoffeln, nur keinen Speck. Nach vollendeter Mahlzeit machten wir uns zu dritt nach Hamburg auf. Walter trug einen großen Sack Bohnen auf dem Rücken. Er als Bewohner der Vierlande durfte etwas mit hinausnehmen; das war erlaubt. Wir durften das natürlich nicht, bekamen aber etwas ab.
Abends kam Vater nach Hause, ein noch größeres, schweres Paket auf den Schultern. „Nanu, Papps, hast du auch Bohnen gehamstert?" fragte ich. Vater warf die Last ab und lachte: „Ne, das sind unsere Fesselballons,

die im Krieg über die Stadt schwebten. Die haben die Engländer uns geklaut. Jetzt klauen wir sie zurück, gibt hübsche Mäntel, näht Grete." In der Tat, was war das für ein schöner gummierter Stoff in beige und hellgrau. Und riesig groß waren diese Ballons! Ja, wenn Tante Grete, das auf ihrer defekten Maschine schaffte, daraus Mäntel zu nähen! – Vorweggenommen: Sie schaffte es, und wir sahen sämtlich in unseren hellen Mänteln sehr schick aus. Die Göttinger machten große Augen, wenn Bernd und ich damit durch die Stadt gingen. Sie konnten die Herkunft des Stoffes kaum ahnen. Über dem Nest Göttingen hatte es keine Fesselballons gegeben. – Außer den Mänteln fielen dann noch Handtaschen, Kollegtaschen und sonstiges ab. Theatertaschen wurden von Mutti bestickt und bemalt.

Als wir nach Göttingen zurückkamen, nunmehr als vollständiges Ehepaar, fanden wir auf meiner Bude eine gelbe Paketkarte, die mir mitteilte, dass für mich ein *gift-parcel* aus den USA angekommen sei. Ich müsse es vom Zollamt abholen. Da eilten wir flugs in den Nikolausberger Weg und nahmen das Päckchen glücklich in Empfang. Der Inhalt war so ähnlich wie in dem Paket, das Tante Frieda nach Frankfurt geschickt hatte. Die Nachricht von meiner Heirat war *drüben* noch nicht angekommen. So war viel Schokolade darin, aber keine Zigaretten. Das änderte sich später. Mein Mann rauchte gern Zigaretten; aber sie ließen sich auch besonders gut auf dem Schwarzmarkt verkaufen. Im übrigen lebten wir von dem Geld aus der Bataillonskasse.

So war denn alles geregelt. Aber um ein gemeinsames Nest zu finden, brauchten wir noch vier Wochen. Das war ein einziges, aber großes und freundliches Zimmer in der Hanssenstraße 11. Die

großen Fenster ließen auf einen gepflegten Garten blicken, in dem viele Singvögel zwitscherten und Eichhörnchen munter herumsprangen. Das eine Fenster war allerdings kaputt. An den Wänden klebten dunkelrote Tapeten, die stark abfärbten. Die Möbel, die die Göttinger stets mitvermieteten, waren in unserem Fall nach den Maßen des Wohnungswirtes angefertigt, und der hatte eine Länge von 2,26 Meter! Wenn ich auf einem der Stühle saß, bekam ich die Füße nicht auf den Fußboden und der Tisch reichte mir bis zum Hals. Die Hauptsache war ein kleiner Kanonenofen in der Ecke. Wenn man den heizte und direkt davor saß, wurde einem sogar warm. –
Bei allem waren wir sehr glücklich.

Ende

Aus all dem trüben Zitternschen
und all dem bittern Bregehen
rett' ich hinüber Glaubensbrücke
zu Gott allein, der täglich wunderschafft
dem Aug', das ein Jahr hat zu sehen
in dir das Werden, Wachsen und Vergehen
und falte fest die Hände
und flehe: Vater sende
mir deine Lieb und Gnad
auf meinem Lebenspfad.

                                    J.

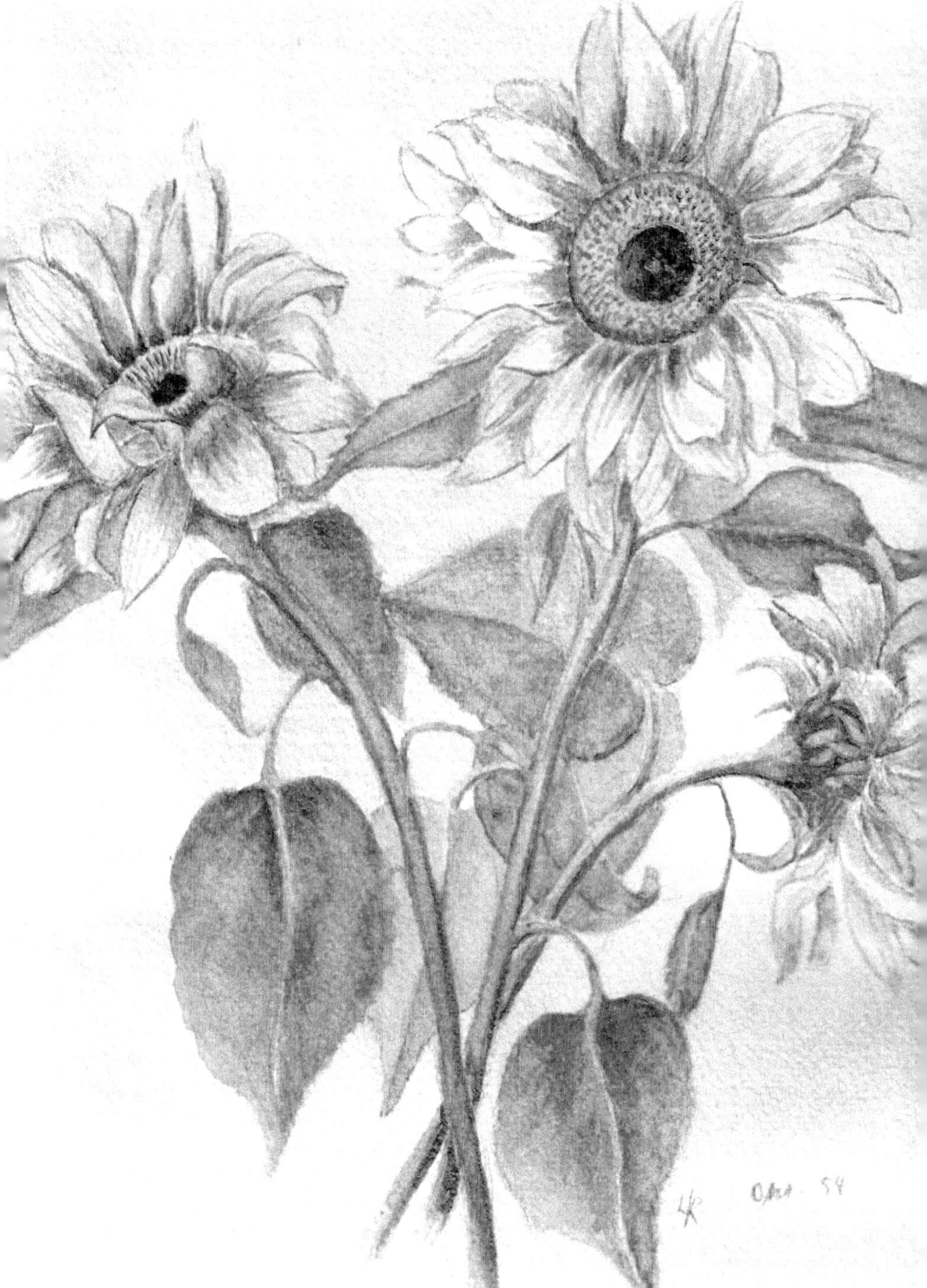